山楂树之恋

长篇小说

Hawthorn Tree Forever

艾米◎著

凤凰出版传媒集团
江苏人民出版社

凤凰联动
FONGHONG

图书在版编目(CIP)数据

山楂树之恋/艾米著.—南京：江苏人民出版社，2009.12
ISBN 978-7-214-05977-2

Ⅰ.山… Ⅱ.艾… Ⅲ.长篇小说－中国－当代 Ⅳ.I247.5

中国版本图书馆CIP数据核字（2009）第147135号

书　　名	山楂树之恋
著　　者	艾　米
责任编辑	蒋卫国
特约编辑	李　勇
出版发行	江苏人民出版社（南京湖南路1号凤凰广场A楼　邮编：210009）
网　　址	http://www.book-wind.com
集团地址	凤凰出版传媒集团（南京湖南路1号凤凰广场A楼　邮编：210009）
集团网址	凤凰出版传媒网http://www.ppm.cn
经　　销	江苏省新华发行集团有限公司
印　　刷	北京金威达印刷有限公司
开　　本	880毫米×1230毫米　1/32
印　　张	10.5
字　　数	247千字
版　　次	2009年12月第1版　2010年3月第5次印刷
标准书号	ISBN 978-7-214-05977-2
定　　价	28.00元

说明

《山楂树之恋》是以本书主人公静秋在1977年写的一个类似回忆录的东西为基础写成的，叙事是艾米加上去的，对话大多是静秋原文中的。

1977年是中国在“文革”后恢复高考制度的第一年，静秋那时已经顶职参加了工作，在L省K市八中附小教书，她也报了名，准备参加高考。

她那时的生活已经比顶职前不知好了多少倍了，这次又有幸能报名参加高考，这使她想起老三曾经用来安慰她的那些话，说她会从农村招回来的，说“天生我材必有用”。

可惜的是，当老三的预言一个接一个开始成为现实的时候，老三却成了一个美丽的梦想。睹景思人，静秋开始写回忆录，以纪念她跟老三一起度过的那段时光。

后来她把老三的故事写成一个三万字左右的小说，寄给了《L省文艺》。她那时甚至不知道投稿应该写在格子纸上，就用一般的横条信纸写了，寄了出去。

那篇小说被退了回来，编辑评价说：“文笔细腻，风格清新……但人物缺乏斗争性……”，叫她按编辑的意见改写后再寄回《L省文艺》。静秋没有改写，一是因为忙于应考，二来她写那篇小说是为了纪念老三，如果按编辑要求改动，老三就不成其为老三了，即便发表了，也没有意义了。后来，卢新华的《伤痕》发表,中国文坛进入“伤痕文学”时期。艾米的父亲开玩笑说,可惜《L省文艺》的编辑胆子太小,不然静秋的那篇小说可以代替《伤痕》,被写进中国文学史了。

十年后，静秋离开K市到L省的省会去读书，再后来她妹妹出国，妈妈和哥哥相继移民，家里的东西都扔掉了。那篇退稿也早已不知扔到哪里去了，但这篇写在一个日记本里的回忆录被她妈妈保存下来，带到了加拿大。

艾米在参与写完《致命的温柔》后，就经常收到网友的悄悄话或跟帖，建议她写写静秋的故事。那时艾米还不知道静秋的这段故事,只知道另外几段，于是经常“威胁”静秋，说要把她的故事写出来，但她都没有同意。

今年春节时，静秋带她的女儿Sara到艾米家来玩，带来了那个日记本，让艾米挑一些写出来，纪念三十年前的那段故事。

于是就有了《山楂树之恋》。

01

1974 年的初春，还在上高中的静秋被学校选中，参加编辑新教材，要到一个叫西村坪的地方去，住在贫下中农家里，采访当地村民，然后将西村坪的村史写成教材，供她所在的 K 市八中学生使用。

学校领导的野心当然还不止这些，如果教材编得好，说不定整个 K 市教育系统都会使用，又说不定一炮打响，整个 L 省，甚至全国的初高中都会使用。到那时，K 市八中的这一“伟大创举”就会因为具有历史意义而被写进中国教育史了。

这个在今日看来匪夷所思的举动，在当时算是“创新”了，因为“教育要改革”嘛。文化大革命前使用的那些教材，都是“封、资、修”的一套，正如伟大领袖毛主席英明指出的那样：“长期以来，被才子佳人、帝王将相们统治着。”文化大革命开始后，虽然教材一再改写，但还是赶不上形势的飞速变化。你今天才写了“林彪大战平型关”，歌颂林副主席英勇善战，过几天就传来林彪叛逃、座机坠毁温都尔汗的消息，你那教材就又得变了。

至于让学生去编教材，正是教育革命的标志。从群众中来，到群众中去；

高贵者最愚蠢，卑贱者最聪明。总而言之，就是贵在创新嘛。

跟静秋一起被选中的还有另外两个女孩和一个男孩，都是平时作文成绩比较好的学生。这行人被称为“K市八中教改小组”，带队的是工宣队的李师傅，三十多岁，人比较活跃，会唱点歌，拉点二胡，据说是因为身体不大好，在工厂也干不了什么活，就被派到学校来当工宣队员了。

学校的陈副校长算是队副，再加上一位教高中语文的罗老师，这一行七人就在一个春寒料峭的日子，向着西村坪出发了。

从K市到西村坪，要先乘长途汽车到K县县城，虽说只有三十多里地，但汽车往往要开个把小时，绕来绕去接人。K县县城离西村坪还有八九里地，这段路就靠脚走了。

静秋他们一行人到了K县，就遇到了在那里迎接他们的西村坪张村长，说来他也是个威威赫赫的人物，在K县K市都颇有名气，因为他的村子是“农业学大寨”的先进村，又有辉煌的抗日历史，所以张村长的名字也比较响亮。

不过在静秋看来，张村长也就是个个子不高的中年男人，很瘦，头发掉得差不多了，背也有点弓了，长相也很一般，不符合当时对英雄人物的脸谱化描写：身材魁梧，脸庞黑红，浓眉大眼。静秋马上开始担心，这样一个人物，怎样才能把他塑造成一个“高、大、全”的英雄形象呢？看来这教材真得靠“编”了。

话说这一行七人，个个把自己的行李打成个军人背包一样的东西，背包绳的捆法是标准的“三横压两竖”，每人手里还提着脸盆牙刷之类的小件日用品。

张村长说：“我们翻山走吧，只有五里地，如果从河沟走，就多一倍路程。我看你们几个，身体也不咋的，还有几个女的，恐怕……”

这七位“好汉”异口同声地说：“不怕，不怕，就是下来锻炼的，怎么样艰苦就怎么样走。”

张村长说：“翻山路也是锻炼哪，走河沟还得蹚几道水，我怕你们这几个女的……”

几个“女的”一听到别人叫她们“女的”，就浑身不自在，因为“女的”在当地话里就是指结了婚的女人。不过贫下中农这样称呼，几个“女的”也不好发作,反而在心里检讨自己对贫下中农淳朴的语言没有深刻认识，说明自己跟贫下中农在感情上还有一定距离，要努力改造自己身上的小资产阶级思想，跟贫下中农打成一片。

张村长要帮几个“女的”背东西，几个“女的”一概拒绝：谁那么娇贵？不都是来锻炼的吗？怎么能一开始就要人照顾？张村长也不勉强，只说：“待会儿背不动了，就吭一声。”

走出县城，就开始翻山了。应该说山也不算高，但因为背着背包，提着网兜，几个人都走得汗流浃背，于是张村长手里的东西越来越多，最后背上也不空了。三个“女的”有两个的背包都不见了，光提着脸盆等小件，还走得气喘吁吁的。

静秋是个好强的人，虽然也累得要死要活，但还是坚持要自己背。对她来说，吃苦耐劳基本上成了她做人的标准，因为静秋的父母在文化大革命中都被揪出来批斗了，爸爸是“地主阶级的孝子贤孙”，妈妈是“历史反革命的子女”。静秋能被当作“可以教育好的子女”，享受“有成分论，不唯成分论”的待遇，完全是因为她平时表现好，一不怕苦，二不怕死，时时处处不落人后。

张村长见大家有点“苟延残喘”的样子，就一直许诺：“不远了，不远了，等走到山楂树那里，我们就歇一会儿。”这个“山楂树”，此时就成了“望梅止渴”故事里的那个“梅”，激励着大家坚持走下去。

静秋听到“山楂树”，脑子里首先想到的不是一棵树，而是一首歌，就叫《山楂树》，是首苏联歌曲，她最早是从一个L师大俄语系到K市八中来实习的老师那里听到的。

分在静秋那个班实习的是个二十六七岁的女生，叫安黎，人长得高大结实，皮肤很白，五官端正，鼻梁又高又直，如果眼睛再凹一点的话，简直就像个外国人了。尽管安黎的眼睛不凹，但大大的，最引人注目的就是她的眼皮不是双层，而是三四层，这让班上的单眼皮女生羡慕得要死。

据说安黎的父亲是炮二司的什么头头，因为“九一三”事件受了牵连，所以安黎的日子曾经过得很惨。再后来她父亲又走运了，于是就把她从农村招回来，塞进了L师大。至于她为什么进了俄语系，就只有天知道了，因为那时俄语早已不吃香了。

听说解放初期，曾经有过一个学俄语的高潮，很多英语老师都改教俄语去了。后来中苏交恶，苏联被称为“修正主义”，因为他们居然想“修正”马列主义。先前教俄语的那些老师又有不少改教英语了。

静秋就读的K市八中跟整个市区隔着一道小河，交通不太方便。不知道市教委是怎么想的，把硕果仅存的几个俄语老师全调到K市八中来了，所以K市八中差不多就成了K市唯一开俄语的中学，几乎年年都有L师大俄语系的学生来实习，因为除了K市八中，就只有下面几个县里有开俄语的中学了。

安黎因为老头子的关系，所以没分到下面县里的中学去。安黎挺喜欢静秋，没事的时候总找她玩，教她唱那些俄语歌曲,《山楂树》就是其中一首。这样的事情，在当时是只能偷偷地干，因为苏联的东西在中国早就成了禁忌，更何况文化大革命中把凡是沾一点“爱情”的东西都当作资产阶级腐朽没落的东西给禁了。

按当时的观点,《山楂树》不仅是“黄色歌曲”,甚至算得上“腐朽没落”、“作风不正”，因为歌词大意是说两个青年同时爱上了一个姑娘，这个姑娘也觉得他们俩都很好，不知道该选择谁，于是去问山楂树。歌曲最后唱道：

可爱的山楂树啊，白花开满枝头，

亲爱的山楂树啊，你为何发愁？

……

最勇敢最可爱的，到底是哪一个，

亲爱的山楂树啊，请你告诉我。

安黎嗓子很好，是所谓的“洋嗓子”，自称“意大利美声唱法”，比较适合唱这类歌曲。每到星期天休息的时候，安黎就跑到静秋家，让静秋用手风琴为她伴奏，尽情高歌一阵。安黎最喜欢的歌就是《山楂树》，至于她喜爱这首歌到底是因为觉得这歌好听，还是因为她也同时爱着两个人不知如何取舍，就不得而知了。

所以静秋听张村长提到“山楂树”,还真吃了一惊,以为他也知道这首歌。不过她很快就明白过来，是真有这么一棵树，而且现在已经成了他们几个人的“奋斗目标”了。

背包压在背上，又重又热，静秋觉得自己背上早就让汗湿透了，手里提的那个装满了小东西的网兜那些细细的绳子也似乎早就勒进手心里去了，只好不停地从左手换到右手，又从右手换到左手。

正在她觉得快要坚持不下去了的时候，忽听张村长说："到了山楂树了，我们歇一脚吧。"

几个人一听，如同死囚们听到了大赦令一样，出一口长气，连背包也来不及取下就歪倒在了地上。

歇了好一阵，几个人才缓过气来。李师傅问："山楂树在哪里？"

张村长指指不远处的一棵大树："那就是。"

静秋顺着张村长的手望过去，看见一棵六七米高的树，没觉得有什么特殊之处，可能因为天还挺冷的，不光没有满树白花，连树叶也还没泛青。静秋有点失望，她从《山楂树》歌曲里提炼出来的山楂树形象比这诗情画意多了。她每次听到《山楂树》这首歌，眼前就浮现出一个画面：两个年轻英俊的小伙子，正站在树下等待他们心爱的姑娘。而那位姑娘则穿着苏联姑娘们爱穿的连衣裙，姗姗地从暮色中走来。不过当她走到一定距离的时候，她就站住了，躲在一个小伙子们看不见的地方，忧伤地询问山楂树，到底她应该爱哪一个。

静秋好奇地问张村长："这树是开白花吗？"

这个问题仿佛触动了张村长，他滔滔不绝地讲起来："这棵树呀，本来是开白花的，但在抗日战争期间，有无数抗日志士被日本鬼子枪杀在这棵树下，他们的鲜血灌溉了树下的土地。从第一个抗日英雄被杀害在这里开始，这棵树的花色就慢慢变了，越变越红，到最后，这棵树就开红花了。"

几个人听得目瞪口呆，还是李师傅提醒几个学生："还不快记下？"

几个人恍然大悟，看来采访现在就开始了，于是纷纷找出笔记本，刷刷地记了起来。

看来张村长是见过大世面的，对这四五杆笔刷刷记录他讲话的场面好像早已司空见惯，继续着他的演说。等他讲完这棵见证了西村坪人民抗日历史的英雄树的故事，半个小时已经过去了，一行人又启程了。

走出老远了，静秋还回过头看了看那棵山楂树，隐隐约约的，她觉得那棵树下站着个人，但不是张村长描绘过的那些被日本鬼子五花大绑的抗日志士，而是一个英俊的小伙子。她在内心里狠狠批判了一把自己的小资产阶级思想，决心要好好向贫下中农学习，把教材编好。

这棵树的故事是肯定要写进教材的了，用个什么题目呢？也许就叫《血染的山楂树》？好像太血腥了一点，改成《开红花的山楂树》？或者《红色山楂花》？

歇过一阵之后再背上背包，提上网兜，静秋的感觉不是更轻松，而是更吃力了。可能背与不背形成了鲜明的对比，先甜后苦，总是让后面的苦显得更苦。不过谁也不敢叫一声苦。怕苦怕累，是资产阶级的一套，静秋是唯恐别人会把她往资产阶级那里划的。本来出身就不好，再不巴巴地靠着无产阶级，那真的是自绝于人民了。党的政策向来是“出身不由己，道路可选择”，那就是说你要比出身好的人更加注意，绝对不要有一丝一毫非无产阶级的言行。

但是苦和累并不是你不说就不存在的，此时的静秋恨不得自己全身的痛神经都死掉，那就不会感到背上的沉重和手上的疼痛了。她只能拿出多年练就的绝招来帮助自己忘记身体的苦痛：胡思乱想。想得太入神的时候，她往往能产生一种身在彼处的感觉，好像灵魂飞离了自己的躯壳，变成了那些想象中的人物，过着一种完全不同的生活。不知道为什么，她老是想到那棵山楂树，被敌人五花大绑的抗日志士和身穿洁白衬衣的英俊苏联小伙交替出现在她的脑海里。而她自己，时而是即将被处决的抗日志士，时而是那个因为不知道爱谁而苦恼的苏联女孩，搞得她分不清自己究竟是更接近共产主义，还是更接近修正主义。

山路终于走完了，张村长站了下来，指着山下说："那就是西村坪。"

几个人都抢着跑到山崖边去观赏西村坪，只见一条小河像条绿色的玉带，蜿蜒着从山脚下流过，环绕着西村坪。沐浴在初春阳光下的西村坪，比静秋以前下去锻炼过的几个山村都美丽，真算得上山清水秀。站在山顶鸟瞰西村坪，整个村庄尽收眼底。田地像一个个绿色的、褐色的小块块一样，遍布整个山村，一幢幢民房散落在各处。中间有一处，似乎有不少房子，还有一个大场坝，张村长介绍说那就是大队部所在地。队里开大会的时候村民就到那里去，有时搞联欢晚会，也是在那里举行。

张村长解释说，按K县的编制，一个村就是一个大队，所谓村长，实际上就是大队党支部书记，不过村里人都爱叫他"村长"。

一行人下了山，首先来到张村长的家，他家就在河边，从山上就能望见。家中只有他妻子在家，她让大家叫她"大妈"。家里其他人下地的下地，上学的上学。

休息了一会儿，吃过了饭，张村长就开始安排几个人的住处。李师傅、陈副校长和那个叫李健康的男生住在了一户村民家里，罗老师只是暂时住几天,在写作方面作些指导,过一两天还得回去教课,所以随便在哪里挤挤就行了。

可惜的是，三个女生不能住在一起。虽然有户村民同意把他家的一间房给学生住，但只能住两个人，张村长只好说："你们当中剩的那个就住我家吧，可我家没有多余的房间，只能跟我二闺女睡一床。"

02

三个女生面面相觑，都不愿意一个人“掉单”住在张村长家，跟他女儿挤一床。静秋看看问题不好解决，主动说：“那你们两个住一起吧，我住张村长家。”那两个女生欢天喜地地答应了。

当天就没什么活动安排了，大家自己安顿下来，休息一下，晚上再上张村长家吃饭，说好明天正式开始工作，大多数时间会用来采访村民，编写教材，但也会安排跟贫下中农一起下地，干点农活。

晚上，张村长带其他人到他们的住处去了，家里就只剩下静秋跟大妈两个人。大妈把静秋带到她二闺女的房间，让她把行李放在那里。那个房间像静秋去过的那些农村住房一样，黑糊糊的，只在一面墙上有一个很小的窗子，没安玻璃，只用玻璃纸糊着。

大妈开了灯，灯光很暗，勉强看得见屋子里的摆设。静秋看见这是一间十五平米左右的房间，收拾得干干净净，一张床还比较大，比单人床大，比双人床小，睡两个人虽然挤点，也还凑合。床上铺着刚浆洗过的床单，硬硬的，摸上去像纸板不像布料。被子折成一个三角形，白色的被里在两角翻出来，包裹着红花被面。静秋琢磨了半天，都没琢磨出这究竟是怎么折出来的，不免有点心慌，决定今天用自己的被子，以免明天折不回原样了。按那时的要求，学生下乡住在贫下中农家，就得像当年的八路军一样，用了老乡家的东西后，得回归到原封原样。

靠窗的桌子上有一块大大的玻璃板，是专门用来放照片的那种，这在当时算得上奢侈用品了。玻璃板下面有深绿色的布底，照片放在上面，再用玻璃板压住。静秋忍不住凑过去看了起来。

大妈想必也是经常接待来访者的，很健谈，也很和蔼可亲。她一张张指着那些照片，告诉静秋那些人都是谁。静秋从照片上看到了大妈的大儿子张长森，很高大，简直想象不出他是张村长和大妈的儿子，可能是家庭中的变异。大儿子在严家河邮局工作，一个星期才回来一次。大儿媳叫余敏，在村里的小学教书，长得眉清目秀，个子瘦高，跟大儿子很相配。

大女儿叫张长芬，也长得眉清目秀，中学毕业后在村里劳动。二女儿叫张长芳，长相跟她姐完全不一样，嘴有点突出，眼睛也比姐姐的小。长芳还在严家河中学读书，一星期才回来一两次。

正谈着，张村长的二儿子回来了，说爹叫他回来挑水，好早点做饭，听说今天从城里来了客人，晚上要叫城里来的客人上家里来吃饭。

静秋走出去跟张村长的这位二公子打招呼，发现他长得一点不像他哥哥，倒是很像张村长，个子矮矮的，五官也像是没长开一样。静秋有点吃惊，怎么一家两兄弟、两姐妹之间的长相会相差这么远呢？好像父母生第一个儿子和女儿的时候，都竭尽全力造出最好的品种，到了第二个就懈怠了，完全随造物主乱捏一个了事。

大妈说话总是让人感到很亲切，一两个称呼过后，就让你觉得已经和他们亲如一家了。大妈指着二儿子，对静秋说：“这是你二哥，叫张长林。”

静秋不知道叫他什么好，只说：“你要去挑水呀？我帮你挑吧。”

长林似乎很害羞，小声说：“你挑得动水？”

“我怎么挑不动？我也经常下乡学农的。”

大妈说：“你要帮忙？那我到后院去砍两棵菜，你拿到河里去洗。”说着就提起一个竹篮上后院去了。

屋中只剩下静秋跟长林两个人在那里，长林似乎更手足无措了，一转身，跑到屋后拿水桶去了。过了一会儿，大妈提着两棵菜回来了，交给静秋，让她跟长林一起到河边去。

长林也不看静秋，招呼一声“走吧！”就率先往河边走去。静秋提了菜篮跟在后面，两人沿着窄窄的小路往河边走。走了一半，碰见村里几个小伙子，个个都拿长林打趣：“长林，你爹跟你说下媳妇了？”“耶，还是城里的呢。”“长林鸟枪换炮了。”

长林急得放下水桶就去追那些人，静秋在后面喊道：“走吧，别管他们了。”长林返回来，挑起水桶，飞一般地向河边跑。静秋很纳闷，这些人是什么意思？怎么开这种玩笑？

到了河边，长林坚决不让静秋洗菜，说水冷，看把你的手冻裂了。静秋抢不过他，只好站在河边看他洗菜。长林洗完菜，又把两只桶都装上水，静秋急忙抢着要挑水：“你刚才不让我洗菜，那现在水该我挑了。”长林不肯，挑起水桶就箭步如飞地往回走了。

回到家，长林又出去了，静秋想帮大妈做饭，但插不上手。刚好长林的小侄子欢欢醒了，大妈就吩咐说：“欢欢，你带静姑姑去叫三爹回来吃饭。”

静秋这才知道张家还有一个儿子，她问欢欢：“你知道三爹在哪里呀？”

“知道，在贪贪队。”

“贪贪队？”

大妈解释说：“是在勘探队，小孩子说不清楚。”

欢欢拉着静秋的手：“走呀，走呀，到贪贪队去呀，三爹有糖吃。”

静秋跟着欢欢往外走，刚走了一小段，欢欢就不肯走了，伸开两手要人抱：“腿腿晕了，走不动了。”

静秋忍不住笑起来，一把抱起欢欢。别看欢欢人儿不大，还挺沉的呢，静秋走了大半天路，现在再抱欢欢，觉得特别沉。但欢欢不肯走路，只好抱一段歇一阵，她不停地问："到了没有？到了没有？你是不是忘记路了？"

走了好一阵儿，还没到，静秋正要再歇息一会儿，突然听到远远的什么地方传来一阵手风琴声，她没想到这个小山村里还有人会拉手风琴，不由得站在那里聆听起来。这声音的确是手风琴声，拉的是《骑兵进行曲》，这是一首节奏很快的手风琴曲，静秋也练过，不过练得还不到家，右手比较熟练，但左手不行。她感觉这个拉琴的人不仅右手很熟，左手和弦也很熟，拉到激昂之处，真的有如万马奔腾，风起云涌。

琴声是从一排工棚样的房子里传出来的，那些房子不像村民们住的房子，单家独户，而是一长条好几间房子连在一起，想必是"贪贪队"的房子了。

静秋问欢欢："你三爹是不是住在那里面？"

"嗯。"欢欢见已经到了，英雄起来了，腿也不晕了，就想挣脱静秋自己跑过去。

静秋牵着欢欢，向那排房子走去。现在她能清楚地听见手风琴声了，琴声已经变成了《山楂树》，有几个男声加入进来，用中文唱着这首歌，似乎都是手里忙着别的事，嘴里漫不经心地唱着。但就是这样的漫不经心，时断时续，低声哼唱，使得那歌声特别动听。

静秋听得入了迷，仿佛置身在一个童话的世界。暮色四起，炊烟袅袅，空气中飘荡着山村特有的那种清新气味，耳边是手风琴声和男生们的低声合唱，这个陌生的山村突然变得亲切起来，有了一种只可意会、不可言传的感人气息，似乎各种感官都浸润在一种只能被称为小资产阶级情调的气氛中。

欢欢挣脱静秋的手，向那排房子跑去，进了第三个门，手风琴声也随之停了下来。她猜那个拉琴的人很可能就是欢欢的三爹，也就是张村长的三儿子。

她有点好奇，到底这位三儿子是会更像大儿子长森呢，还是更像二儿子长林？不知道为什么，她很希望他像长森，因为这样优美的琴声好像没道理是从长林那样的男人手下倾泻出来的。她知道这样想对长林很不公平，但她仍然忍不住要这样想。

03

静秋像等着玩魔术的人揭宝一样，等待欢欢的三爹从那房子里出来，她想如果他不是那个拉手风琴的，就是那几个唱歌的当中的一个。她没想到在世界的这个角落，居然有这么一群会唱《山楂树》的人，也许这里的村民都不知道这首歌是苏联歌曲，所以这些勘探队员可以自由自在地唱。

过了一会儿，静秋看见一个人抱着欢欢出来了。他穿着深蓝色齐膝棉大衣，大概是勘探队发的，因为静秋已经看见好几个穿这样衣服的人在房子周围走动了。欢欢挡住了他脸的一部分，直到他快走到她跟前，放下了欢欢，静秋才看见了他脸的全部。

静秋看一个人的时候，总像是脑子里有一双眼睛，心里有另一双眼睛一样。脑子里的那双眼睛告诉她，这个人不符合无产阶级的审美观，因为他的脸庞不是黑红的，而是白皙的；他的身材不是壮得“像座黑铁塔”，而是偏瘦的；他的眉毛倒是比较浓，但一点不剑拔弩张。不像宣传画上那样，像两把剑，从眉心向两边朝上飞去。一句话，他不符合无产阶级对“英俊”的定义。

记得有部文化大革命前夕拍摄的电影，叫《年轻的一代》，里面有个叫林育生的，算是个思想落后的青年，怕下农村，怕到艰苦的地方去锻炼。林育生是达式常演的，那时的达式常还很年轻，瘦瘦的，轮廓分明，有点白面书生的味道，长相很符合那个角色。

如果静秋是导演，如果要她来给欢欢的三爹分配一个角色，她就要分派他演那个林育生，因为他的长相不革命，不武装，很小资产阶级。

但她心里那双眼睛却在尽情欣赏他的这些不革命的地方，只不过还没有形成鲜明的观点，只是一些潜藏在意识里的暗流。她只知道她的心好像悸动了一阵，人变得无比慌乱，突然很在乎自己的穿着打扮起来。

她那天穿的是一件她哥哥穿过的旧棉衣，像中山装，但不是中山装，上面只有一个衣袋，被称作“学生装”。“学生装”的小站领很矮，而静秋脖子很长，她觉得自己现在看上去一定像个长颈鹿，难看死了。

静秋的父亲很早就被遣送到乡下劳动改造去了，家里三兄妹就靠母亲一个人做小学老师的工资维持，一直都很困难，所以静秋总是穿哥哥的旧衣服。好在那是个不讲究穿着的年代，虽然穿男孩衣服仍然被人笑话，但习惯了也就不当回事了。这好像还是她第一次对自己的穿着这样上心，好像生怕留给他一个不好的印象一样，她简直不记得自己在谁的面前这样关心过自己的长相和穿着，也不记得自己在谁的面前曾经这样局促不安。她班上的男生好像都很怕她，小学、初中时还有人欺负她，可到了高中，他们一个个连正眼望她一下都不敢，一说话就脸红，所以她也从来没关心过他们对她的穿着、长相满意还是不满意，都是一群小毛孩。

但眼前这个人，却能使她紧张到心痛的地步。她觉得他穿得很好，他洁白的衬衣领从没扣扣子的蓝色大衣里露出来，那样洁白，那样挺括，一定是用那种静秋买不起的“涤良”布料做的。衬衣外面米灰色的毛背心看上去是手织的，连很会织毛衣的静秋也觉得那花色很好看很难织。他还穿着一双皮鞋。静秋不由得看了看自己脚上那双褪了色的解放鞋，觉得这一贫一富形成的对比太鲜明了。

他在对她微笑，看着她，却仿佛是在问欢欢："这是你静姑姑？"然后他才跟她打个招呼，"今天刚来的？"

他说的是普通话，而不是K县的话，也不是K市的话。静秋不知道是不是该跟他讲普通话。她的普通话也讲得很好，是学校广播站的播音员，经常被选去联欢会上报节目、运动会上播稿件，但她平时不好意思讲普通话，因为在K市，除了外地人，大家都不会在日常生活中讲普通话的。静秋不明白他为什么会讲普通话，也许是因为跟她这个外来人才讲的吧。她"嗯"了一声，算是答过了。

他问："作家同志是从县城过来的还是从严家河过来的？"他的普通话很好听。

"我不是作家，"静秋不好意思地说，"你别乱叫。我们从县城过来的。"

"那肯定累坏了，因为从县城过来只能走路，连手扶拖拉机都没办法开的。"他说着，向她伸过手来，"吃糖。"

静秋看见他手中是两粒花纸包着的糖，好像不是K市市面上买得到的。她羞涩地摇摇头："我不吃，谢谢了，给小孩子吃吧。"

"你不是小孩子？"他看着她，像看个小孩子一样。

"我……你没听见欢欢叫我'姑姑'？"

他笑了起来，静秋很喜欢看他笑。

有些人笑起来时，只是动员了脸部的肌肉而已，他们的嘴在笑，但他们的眼睛没笑，眼神仍然是冷漠的，甚至是仇恨的。但他笑的时候，鼻子两边现出两道笑纹，眼睛也会微微眯缝起来，给人的感觉是他的笑完全是发自内心的，不是装出来的，也不是嘲讽的，而是全心全意的笑。

“不是小孩子也可以吃糖的，”他说着，又把糖递过来，“拿着吧，别不好意思。”

静秋只好接过糖，自我安慰说：“我替欢欢拿着。”欢欢抢上来要静秋抱，静秋也不知道自己怎么一下就笼络住了欢欢的心，她有点受宠若惊，抱起欢欢，对他说：“大妈叫你回家吃饭的，我们走吧。”

他伸出手，让欢欢到他那里去：“欢欢，还是让三爹抱吧，姑姑今天走了好多路，肯定累了。”

欢欢没反对，于是他走上来从静秋手里把欢欢抱过去了，示意静秋走前面。静秋不肯，怕他走在她后面看见她走路姿势不好看，或者她衣服有什么不对头，就固执地说：“你走前面，我——不知道路。”

他没再坚持，抱着欢欢走在前面，静秋走在他后面，看见他像受过训练的军人，两条长腿笔直地向前迈动。她觉得他既不像他大哥长森，又不像他二哥长林，他好像来自另一个家庭一样。

她问：“刚才是你——在拉手风琴？”

“嗯，你听见了？是不是听出很多破绽？”

静秋看不见他的脸，但她感觉就是从他的背影都能感觉到他在微笑。她不好意思地说：“我——哪里听得出破绽？我又不会拉琴。”

“谦虚使人进步，你这么谦虚，进步肯定很快。”他站住，微微转过身，“但撒谎不是好孩子，你肯定会拉。你带琴来了没有？”他见她摇头，就提议说，“那我们转回我那里，你拉两曲我听听？”

静秋吓得乱摆手：“不行，不行，我拉得太糟糕了，你拉得——太好了，我不敢拉。”

“那改日吧。”说完，他继续往前走。

静秋不置可否，好奇地问：“怎么你们那里的人都会唱《山楂树》？”

“这歌挺有名，五十年代很流行，很多人都会唱。你也会唱？”

静秋想了想，没说自己会唱还是不会唱。她的思绪一下子从《山楂树》这首歌，跳到今天路上看见的那棵山楂树去了：“歌里边说山楂树是开白花的，但是今天张村长说山上那棵山楂树是开……红花的。”

“嗯，有的山楂树是开红花的。”

“那树……真的是因为烈士的鲜血浇灌了树下的土地，花才变成红色的吗？”她问完了，觉得这个问题有点傻。她感觉他在笑，就问：“你是不是觉得我这个问题问得很傻？我只是想弄清楚，才好写在教材里，我不想撒谎。”

“你不用撒谎，你是那样听来的，就那样写，是不是真的，就不是你的问题了。”

“那你相信那花是……烈士鲜血染红的吗？”

“我不相信，从科学的角度讲，那是不可能的，应该原来就是红的。不过这里人都这样说，就当是一个美丽的传说好了。”

“那你的意思是说这里的人都……在撒谎？”

他笑了笑说：“不是撒谎，而是有诗意。世界是客观存在的，但每个人感受到的世界是不同的，用诗人的眼光去看世界，就会看见一个不同的世界。”

静秋觉得他有时说话很“文学”，用她班上一个错别字大王的话说，就是有点“文妥妥”（文绉绉）的。她问：“你——看见过那棵山楂树开花吗？”

“嗯，每年五六月份就会开花。”

“可惜我们四月底就要走了，那就看不见了。”

“走了也可以回来玩的。”他许诺说，“今年等那树开花的时候，我告诉你，你回来看。"

"你怎么告诉我？"

他又笑了一下："想告诉你，总归是有办法的。"

她觉得他只是随口许个诺，因为那时电话还很不普遍，K 市八中整个学校才一部电话，打长途电话要到很远的电信局去。估计在西村坪这样的地方，可能连电话都没有。

他似乎也在想着同一个问题："这里没电话，不过我可以写信告诉你。"

静秋吓坏了，她们一家住在妈妈学校的宿舍里，如果他写信到学校，肯定被妈妈先拿到了，那还不把妈妈吓死？从小到大，妈妈都在嘱咐她"一失足成千古恨"，但从来没告诉过她怎样才算失足了，所以在她看来，只要是跟一个男生有来往了，就是失足了。她紧张地说："不要写信，不要写信，让我妈妈看见，还以为……"

他回过头，安慰她："不要怕，不要怕，你说了不写，我不会写的。山楂花不是昙花，不会开一下就谢掉，会开好些天的。到五六月份的时候，你随便抽个星期天来一趟就能看见了。"

到了张村长家，他放下欢欢，跟她一起走进屋子。家里人大多都回来了，长芬先自我介绍说她是大姐长芬，然后就很热情地为静秋介绍每一个人，"这是二哥""这是大嫂"，静秋便跟着她一样叫"二哥""大嫂"，叫得每个人都很开心。

长芬最后指着"三爹"说："这是三哥，快叫。"

静秋乖乖地叫声"三哥"，结果屋子里的人都笑起来。

静秋不知道说错了什么，红着脸站在那里。"三哥"解释说："我不是他们家的，我跟你一样，只是在这里住过，他们随便叫的，你不用叫。我叫孙建新，你叫我名字好了，或者跟大家一样，叫我老三吧。"

04

从第二天开始，“K 市八中教改小组”就忙起来了，每天都要采访一些村民，听他们讲抗日的故事，讲农业学大寨的故事，讲怎么样跟走资本主义道路的当权派作斗争的故事。有时还到一些具有历史意义的地方去参观。

一天的采访完毕后，小组的人就在一起讨论一下，该写些什么，每部分由谁来写，然后大家就分头去写，过几天把写的东西拿到组里汇报，大家提些意见，做些修改。除此之外，他们每个星期要跟生产队的社员们下地劳动一天。社员们星期天是不休息的，所以静秋他们也不休息。小组的成员轮换着回 K 市，向学校汇报教材编写情况，顺便也休息两天。

每个星期三和周末，张家的二闺女长芳就从严家河中学回来，她跟静秋年龄相仿,又睡一个床,一下就成了好朋友。长芳教静秋怎么把被子折成三角形，静秋帮长芳写作文，晚上两个人要聊到很晚才睡觉，多半都是聊老二和老三。

按西村坪的风俗,家里儿子的小名就是他们的排行,大儿子就叫“老大”，二儿子就叫“老二”。但对女儿就不这样叫了，只在她们名字的最后一个字后面加个“丫头”,排行也没把她们算在内,因为女儿都是要出嫁的,一出嫁，就去了婆家，“嫁出去的女，泼出去的水”，就不再是家里人了。

长芳对静秋说：“我妈说你来了之后，老二变得好勤快了，一天跑回来几趟看要不要挑水，因为你们城里的女孩讲卫生，用水多。他怕你不习惯用冷水，每天烧好多瓶开水，好让你有喝的有洗的。我妈好高兴，看样子是想让你做我二嫂呢。”

静秋听了，总是有点局促不安，怕这番恩情日后没法报答。

长芳又说：“老三也对你很好呢，听我妈说，你一来，他就拿来一个大灯泡给你换上，说你住的这屋灯光太暗了，在那样的灯光下看书写字会把你眼睛搞坏的。他还给我妈一些钱，叫她用来付电费。”

静秋听了，心里很高兴，嘴里却说：“他那是怕把你的眼睛搞坏了，这不是你的屋吗？”

“我在这屋住这么久了，以前怎么没给我换个大灯泡？”

后来静秋碰见老三，就要把钱还给他，但他不肯要，两个人让来让去，搞得像打架一样，静秋只好算了。她准备走的时候，像八路军们一样，在老乡的桌子上留一点钱，写个条子，说是还他的。

这些年来，静秋都是活在“出身不好”这个重压之下，还从来没有人这样明目张胆地向她献过殷勤。在她看来，现在这种生活有点像是偷来的，因为大妈他们不知道她的出身，等他们知道了，肯定就不会拿正眼看她了。

有天早上，静秋起床之后，正想叠被子，却发现床上有鸡蛋大一块血迹。她发现是自己“老朋友”来了，把床单弄脏了。她的“老朋友”总是这样，一遇到什么重大事情就冲锋在前。以前但凡出去学工、学农、学军，“老朋友”总是提前到来。静秋连忙把床单换下来，用一个大木盆装了些水，偷偷摸摸洗掉了那块血迹。乡下没自来水，静秋不好意思在家里清床单，估计也清不干净。那天刚好是个雨天，好不容易等到中午雨停了，她连忙用脸盆装着床单，下河去清。

她知道自己现在不应该沾冷水，她妈妈很注意这点，总是把经期沾冷水的坏处强调了又强调，说不能喝冷水，不能吃冷东西，不能洗冷水，不然以后要牙疼、头疼、筋骨疼。但今天没办法了，希望沾一次冷水不会出什么大问题。

静秋来到河边，站在两块大石头上，把床单放进水里。但她够得着的地方水很浅，床单一放下去就把河底的泥土也带上来了，好像越清越脏。她想：豁出去了，脱了鞋站到水里去清吧。正在脱鞋，就听见有人在说话："你在这里呀？幸好看见了，不然我站在上游洗胶鞋，泥巴水肯定把你的床单搞脏了。"

她抬起头，看见是老三。自从那次叫他"三哥"被人笑了之后，她就不知道叫他什么了。不管叫他什么，她都好像叫不出口一样，她也不知道是为什么。一切有关他的东西，对她的嘴来说，都成了禁忌，而对她的眼睛她的耳朵她的心来说，则成了"红宝书"——要天天看，天天读，天天想。

他仍然穿着那件半长棉大衣，但脚上穿了双长统胶鞋，沾了很多泥巴。她有点心虚，今天这么个雨天，她在这里洗床单，恐怕谁都能猜到是怎么回事了吧。她生怕他问她这一点，急急地在心中草拟一个谎言。

但他没问什么，只说："我来吧，我穿着胶鞋，可以走到深水地方去。"

静秋推托了一阵，但他已经把他的棉大衣脱了，放到她手中，把床单拿过去了。她抱着他的大衣，站在岸上，看他把袖子挽得高高的，站在深水的地方，先用一只手把胶鞋上的泥巴洗掉了，然后开始很灵巧地抖动床单。

洗了一会儿，他把床单拿在手里，像撒渔网一样撒出去，床单就铺开了，漂在水面上，上面的红花在水波荡漾下欢快地跳动。他等床单快被河流带走、她也吓得大叫起来了，才伸出手去把床单抓回来。这样玩了几次，静秋不怕了，所以他再让床单漂走的时候，她就不叫了。

她不叫，他就不去抓床单，这次真的漂走了。漂出几米远了，他还没伸手抓回来，她终于忍不住大叫起来，他才呵呵笑着，在水里深一脚浅一脚地跑着，把床单抓了回来。

他站在水里，回过头望她，大声问："你冷不冷？冷就把大衣披上。"

"我不冷。"

他跑上岸来，把大衣披在她身上，打量她一会儿，笑得前仰后合。

“怎么啦？”她好奇地问，“是不是……很难看？”

“不是，是衣服太大，你披着，像个蘑菇一样。”

她见他的双手冻得通红，担心地问：“你……冷不冷？”

“说不冷就是撒谎了，”他呵呵笑着说，“不过快好了。”

他又跑回河里去清床单，清了一会儿，他拧干了床单，走回岸边来。她赶快把大衣递给他，他穿回去，拿起装着床单的脸盆。

静秋去夺脸盆，说：“你去上班吧，我自己拿回去，太谢谢你了。”

他不给她脸盆：“现在是中午休息时间。我上班的地点移到这边来了，正好去大妈家休息一下。”

回到家，他告诉她后面屋檐下有晾衣服的竹竿，他找了块抹布帮她擦干净竹竿，又帮她把床单晾了上去，然后找了两个夹子夹住。

他做这一切的时候，仿佛是手到擒来，很熟练，也很自然。静秋不禁好奇地问：“你怎么这么会做家务？”

“常年在外，都是自己做。”

大妈听见了，打趣他：“夸嘴呢，你的被子、床单都是我家长芬拿过来洗的。”

他吐了吐舌头，不敢再吹了。静秋想长芬一定是很喜欢他，不然为什么替他洗被子床单？

那段时间，老三几乎每个中午都到大妈家来，有时睡个午觉，有时就跟静秋聊两句。有时他会带些鸡蛋和肉过来，让大妈做了大家吃。不知道他在哪里搞来的，因为那些东西都是凭计划供应的。有时他会带些水果来，那也算是稀有的。所以他每次到来，都能让全家人大开其心。

有时，他叫静秋把她写的东西给他看，他说："作家同志，我知道你们大将不示人以璞，不过你写的可不是璞，是村史，可不可以给我看看？"

静秋拗不过他了，就给他看。他很认真地看了，还给她，说："文笔是没得说了，不过让你写这些东西，真是……浪费你的才华了。"

"为什么？"

"这都是些应景的文章，一套一套的，没什么意思。"

这些话总是把静秋吓一跳，觉得他真的近乎反动了。不过她也实在不喜欢写这些东西，但不写又没办法。

他一见她为写东西犯愁，就安慰她："随便写写就行了，他们要你怎么写你就怎么写。写这些东西不用费那么大脑筋。"

她见没人的时候，就问他："你总说'写这些东西不用费太多脑筋'，那写什么东西才值得费脑筋？"

"写你想写的东西的时候，就费点心思。你写过小说、诗歌没有？"

"没有。我这样的人怎么能写小说？"

他饶有兴趣地问她："你觉得要什么样的人才能写小说？我觉得你是个当作家的料，你有很好的文笔，而且更重要的是，你有一双诗意的眼睛，你能看到生活中的诗意……"

静秋觉得他又开始"文绉绉"了，就追问："你总说'诗意''诗意'，到底什么是'诗意'？"

"按以前的说法，就是'诗意'；按现在的说法，就是'革命的浪漫主义'。"

"你懂这么多，为什么不写小说呢？"

"我想写的东西，肯定是没人敢发表的东西；能发表的东西，肯定是我不愿意写的东西。"他笑了笑说，"你可能一进学校就是文化大革命，但我是读到高中才遇到文化大革命的，我受资产阶级的影响肯定比你深。我读书的时候，一直想考大学，进清华北大，不过生晚了点……”

“那你为什么不去当工农兵大学生？”

他摇摇头：“那有什么意思？现在大学里什么都学不到。你高中毕业了准备干什么？”

“下农村。”

“然后呢？”

静秋很难受，因为她看不见自己会有什么“然后”。她哥哥下农村好几年了，总是招不回来。她哥哥小提琴拉得很好，县文工团和海政文工团都有心招他去，但一到了政审就给刷下来了。她有点伤感地说：“没有什么‘然后’，我下了农村，肯定招不回来了，因为我家——成分不好。”

他很肯定地说：“不会的，你一定能招回来，只是迟早的问题。别想那么多，别想那么远，这世界每天都在变化，说不定到你下农村的时候，政策就改变了，就不用下农村了。”

静秋觉得这简直是天方夜谭，会有这种事情？他一定是在安慰她，反正她下不下农村、能不能招回来跟他无关，他这样说说也不用负责。说到这些，静秋就觉得跟他没什么可说的了，他说过他父亲是当官的，虽然也挨了些整，但现在似乎已经没事了，所以他没下农村，直接进了勘探队。她觉得他这样的人，跟她完全是两种不同的人，他不可能理解她的那些担心。

“我要写东西了。”她懒懒地说，然后就装模作样地写起来。他也不再说什么，有时坐在那里打个盹，有时跟欢欢玩一玩，到时间了，就回去上班去了。

有一天，他给她拿来一本厚厚的书：“《约翰 · 克里斯朵夫》，你看过这本书没有？”

“没有。”

他把书留给她看，说这只是其中的一集，你看完了这本就告诉我，我再拿其他的给你。

后来静秋问他：“你怎么有这些书？”

“都是我妈买的。我爸是当官的，但我妈不是。你可能听说过，解放初期，颁布了新婚姻法，很多干部都把他们乡下的老婆离掉了，在城里找了年轻漂亮、知书识礼的女学生做老婆。我妈妈就是这样一个女学生，资本家的小姐，可能为了改变自己的政治地位，就嫁给了我爸爸。

“但她觉得我爸爸根本不能理解她，所以她内心永远都是苦闷的，大多数时间都生活在书本之中。她爱买书，她有很多书，不过文化大革命的时候，她胆小，就把很多书烧掉了。我跟我弟弟两个人藏了一些。这书好不好看？”

静秋说：“这是资产阶级的东西，但我们可以批判地吸收……”

他又像看小孩子那样看着她：“这些书都是世界名著，只不过——现在在中国遭到这种厄运，但是名著终归是名著，是不会因为暂时的遭遇就变成垃圾的。你还想看吗？我还有一些，不过你不能看太多，不然你的教材写不出来了。要不，我帮你写？”

他信手帮她写了几段，说：“西村坪的村史我熟得很，先写几段，你看看你老师、同学看不看得出来，看不出来，我再帮你写。”

后来小组讨论的时候，静秋把她那几天写的东西拿给大家看了，似乎没人看得出那几段不是她写的。于是他就成了她的“御用文人”，他每天中午帮她写教材，她每天中午就看他带来的小说。

05

这一天，静秋跟教改小组的人到村东头去参观黑屋崖，这里是个大山洞，听说抗战期间曾经是抗日救国人员的藏身之地。但后来被汉奸告了密，日本鬼子包围了黑屋崖，二十多个藏在那里的伤员和村民被堵在里面。日本鬼子放火烧了那个山洞，跑出来的被乱枪打死了，没跑出来的就被烧死了。到现在还看得见被烟熏黑的洞壁。

这是西村坪村史上最沉重的一页，教改小组的成员都听得热泪盈眶。参观完后，本来是吃饭时间，但大家说革命先烈为了我们今天的幸福生活抛头颅，洒热血，牺牲了自己的生命，难道我们晚点吃饭都不行吗？于是大家顾不上吃饭，就开会讨论编写这一课的事情，一直到下午两点才散会。

静秋回到大妈家，没看见老三，心想他肯定来过了，现在又回去上班了。她匆匆吃了点剩饭，就赶着写今天听到的东西。但是到了第二天中午，老三没有过来，静秋有点惶惑了，难道他昨天来了，发现我不在，就生气了，再也不来了？她觉得这是不可能的，她哪里有那么大的本事，能让老三为她生气？

跟着有好几天，老三都没有再出现。静秋开始失魂落魄了，总觉得什么地方不对头，写东西也写不出来，吃饭也吃不好，老想着老三到底为什么不过来了。她想问问大妈他们，老三到哪里去了，但她不敢，唯恐别人误会她跟老三有什么。

傍晚的时候，她带着欢欢做幌子，去工棚那里找老三。到了勘探队的工棚附近，没有听见手风琴声。她在那里流连了好一阵，但不敢到工棚里去打听老三的下落，只好怏怏地回来。后来，她实在忍不下去了，就旁敲侧击地问大妈：“欢欢刚才在问三爹这几天怎么没来……”

大妈也很迷惑，说："我也正在说老三怎么好几天没来了呢，怕是回去探亲去了吧。"

静秋心里凉了半截，他探亲去了？他是不是已经结婚了？她从来没问过他结婚了没有，他也从来没提过他结婚了没有，长芳从来没说过他已经结婚了，但长芳也没说过他没结婚。他说他上高中了才遇到文化大革命，那他应该比她大六七岁，因为文化大革命开始的时候她才上小学二年级。如果不响应晚婚的号召，他恐怕也可以结婚了。想到他已经结婚了，她的心好难受，总觉得他骗了她一样。但她把这段时间的点点滴滴都拿出来想了一遍，又觉得他没骗她什么，两个人就是在一起聊聊写东西的事，没说什么别的，也没做什么别的。

那个玻璃板下面有他一张照片，很小，一寸的，像是为办什么证件照的那种。没人的时候，静秋常常盯着那张照片出神。她觉得自从遇见他，她的无产阶级审美观已经完全彻底地被他改变了，她只爱看他那种脸型，他那种身材，他那种言谈举止，他那种微笑。什么黑红脸膛，什么铁塔一样的身材，统统都见鬼去了。

但是他却不再露面了，难道他看出什么，所以躲起来了？她想到过段时间，她就会离开西村坪，就再也见不到他了。他只不过是几天不露面，她就这么难受，那以后永远见不到他了，她该怎么办？

很多时候，一个人发现自己爱上了一个人，都是在跟他分别的时候，突然一下见不到那个人了，才知道自己已经不知不觉地对那个人产生了很强的依恋。

静秋只觉得害怕，这种依恋的心情，她还从来没有体验过，好像她在不知不觉之中就把自己的心放到了他的手上，现在就随他怎么处置了。他想让她的心发痛，只要捏一捏就成；他想让她的心快乐，只要一个微笑就行。她不知道自己怎么会这么不小心，明知道两个人是不同世界的人，怎么还会这样粗心大意地恋上了他。

也许所有的女孩，特别是家里贫穷的女孩，都做过灰姑娘的梦，梦想有一天，一位英俊善良的王子爱上了自己，不嫌弃自己的贫穷，使自己脱离苦海，生活在幸福的天堂。但静秋不敢做这样的梦，她知道自己不是灰姑娘。灰姑娘穷虽穷，但她长得多美呀！而且灰姑娘的父母也不是地主分子或者历史反革命的子女。

她想不出自己有什么地方值得老三喜欢，他一定是中午闲着没事，才到大妈家来玩一玩的。也许他就是书中说的那种花花公子，使点小手腕，把女孩子骗到手了，就在自己的“猎人日记”里记上一笔，算作自己的辉煌战绩，然后就出发到别处去骗别的女孩了。

静秋觉得自己已经被老三骗了，因为她已经放不下他了，他肯定看出来了。也许这就是妈妈经常说的“一失足成千古恨”？她想起《简·爱》里的一个情节。简爱为了让自己放弃对罗切斯特的爱，每天对着镜子说：“你是个相貌平平的姑娘，你不值得他爱，你永远不要忘记这一点。”静秋也想把镜子找出来，对自己说这句话，但她觉得那样就是承认自己爱上他了，但她连对自己也不敢承认这一点。她还是个高中生，人家那些毕业了的、工作了的，都还要提倡晚恋，更不用说还在读书的人了。她对自己说：我一定要学会忘记他，即使以后他回来了，我也不能再跟他接触了。

她在自己写村史的本子的最后一页写了个决心书：“坚决同一切小资产阶级思想划清界限，全心全意学习、工作，编好教材，用实际行动感谢学校领导对我的信任。”她只能写得含混一些，因为没有地方可以藏匿任何个人隐私。但她自己知道“小资产阶级思想”指的是什么。

但过了几天,“小资产阶级思想”又出现了。那是一个下午,快五点了,静秋正在自己房间写东西，突然听见大妈欣喜的声音：“你回来了？是回去探亲了吧？”

然后她听见那个令她心头发颤的声音说：“没有啊，我去二队那边了。”

“欢欢问了你好多趟，我们都在念你呢。”

静秋慌乱地想：还好，大妈没说我也问了好多次，都算在欢欢身上了。她听见那个小“替罪羊”在堂屋里欢快地跑来跑去，过了一会儿还拿来几颗糖给她，说是三爹给她吃的。她接过来，又全都给回小“替罪羊”，微笑着看他一下剥开两颗，塞到嘴里去，把两边的腮帮子胀得鼓鼓的。

她克制着自己,坐在自己房间里不出去见老三。她听见他在跟大妈讲话,好像是说二队那边出了技术故障，他被叫过去解决什么问题去了，二队是在严家河下面的一个什么村子里。她舒了一口气，一下就忘记了自己的决心,只想看见他，跟他说几句话。她不得不把自己写的决心书翻出来，一遍遍地看，对自己说：静秋，考验你的时候到了，你说话要算数啊。于是她死死地坐在桌前不出去。

过了一会儿，她听不见他的声音了，知道他已经走了，又后悔得不行,如果他又去别的什么地方，几天不过来，那她不是错过了今天这个难得的机会？她慌慌张张地站起来，想出去看看他往哪里走了，即使看见一个背影也可以让自己安心一下。她刚站起来，转过身，就看见他正斜靠在她房间的门框上看着她。

“你——要到哪里去？”他问。

“我去——后面一下。”

屋后有个简陋的厕所，所以“去后面”就是上厕所的意思。他笑了一下，说：“去吧，不耽搁你，我在这儿等你。”

她站在那里，呆呆地看着他，觉得几天不见，他好像瘦了一样，两边脸颊陷了下去，下巴上的胡子冒了出来，她从来没看见过他这个样子，他的下巴总是刮得干干净净的。她担心地问：“你在那边——好累呀？”

“不累呀，技术方面的事情，不用什么体力的。”他摸摸自己的脸，说，“瘦了吧？睡不好……”

他一直盯着她看，盯得她心里发毛，心想我的脸颊是不是也陷下去了？她小声说：“怎么你去二队那边……也不告诉大妈一声呢？欢欢老问起你呢。”

他仍然盯着她，也小声说：“那天走得很急，我没时间过来告诉你——们，后来在严家河等车的时候，我到邮局去告诉了老大，以为他回来时会告诉你们的，可能他忘了。以后不能指望别人，还是我自己过来告诉你一下。”

静秋吓了一跳，他这是什么意思？他好像看穿了她的心思，知道她这些天在找他一样。她声明说：“你告诉我干什么？我管你——到哪里去？”

“你不管我到哪里去，但我想告诉你我到哪里去了，不行吗？”他歪着头，有点不讲理地说。

她窘得不知道说什么了，赶快跑到后面去了。在屋外站了一会儿，才又跑回来，看见他坐在她桌子跟前，正在翻看她写作用的本子。她抢上去，把本子合起来，嗔怪他：“怎么不经人家许可就看人家东西？”

他微笑着，学她的口气问：“怎么不经人家许可就写人家？”

她急了，分辩说：“我哪里写你了？我提了你的名，道了你的姓？我写的是……决心书。”

他好奇地说：“我没说你写我呀，我是说你不经那些抗日英雄许可就写人家。你写我了？在哪里？这不是你写的村史吗？”

静秋不知道他刚才看见她的决心书没有，很后悔说错了话，也许他刚才看见的是本子前面的村史。还好他没再追问，而是拿出一支新钢笔，说：“用这支笔写吧，老早就想给你买一支的，没机会出去。你那支漏水，你看你中指那里老是有块墨水印。”

她想起他的确说过要买支笔给她。因为他老爱在衣服上面口袋那里插好几支笔，有一次她笑他：“你真是大知识分子，挂这么多钢笔。”

他笑着说：“你没听说过？挂一支笔的是大学生，挂两支笔的是教授，挂三支笔的是——”他卖个关子，不说下去了。

“是什么？挂三支笔的是什么？是作家？”

“挂三支笔的是修钢笔的。”

她听了，忍不住笑起来，问：“那你是个修钢笔的？”

“嗯，喜欢鼓捣鼓捣小机件，修修钢笔手表闹钟什么的，手风琴也敢拆开了瞎鼓捣。不过你那支笔我拆开看过了，没法修了，要换东西，不如再买一支，等我有空出去给你买一支。你用这支笔，不怕把墨水弄到脸上了？你们女孩最怕丢这种人了。”

她没说什么，因为她家穷，买不起新笔，这支旧笔还是别人给的。

现在他把那支新笔递给她，问：“喜欢不喜欢这支笔？”

静秋拿起那支笔，是支很漂亮的金星钢笔，太漂亮了，简直叫人舍不得往里面灌墨水。她想收下这支笔，再付钱给他，但她没钱，这次下乡预付的伙食费还是她妈妈问人借的，所以她把笔还给他：“我不要，我的笔还能写。”

“为什么不要？你不喜欢？”他好像有点着急，“我买的时候就在想，也许你不喜欢黑色的，但是这种样子的没别的颜色。我觉得这种好，笔尖细细的，你写的字秀气，用这种细笔尖好。”他解释了一会儿，说，“你先用这支，我下次再给你买好看一点的。”

“别——别，我不是嫌笔不好，是太……好了，很贵吧？”

他仿佛舒了口气：“不贵，你喜欢就好。灌点墨水试一下？”他说着，就拿过墨水瓶，灌了墨水。他写字的时候，总爱在落笔前握着笔轻轻晃动一会儿，好像在想问题一样，然后就开始刷刷地写。

他在她本子上写了一首诗，大意是说：从我遇见你的那一天起，我就在心里恳求你，如果生活是一条单行道，就请你从此走在我的前面，让我时时可以看见你；如果生活是一条双行道，就请你让我牵着你的手，穿行在茫茫人海里，永远不会走丢。

她很喜欢这首诗，就问他：“这是谁的诗？”

“我乱写的，算不上诗，想到什么就写下了。”

那天，他一定要她收下那支笔，说如果她不肯收，他只好送到她组里去，告诉他们这是他为教改作的贡献，专门送给静秋写村史的。静秋怕他真的跑到组里去，搞得人人都知道，只好收下了，许诺说等以后挣了钱，就还钱给他。

他说：“好，我等着。”

06

又过了几天，轮到静秋回 K 市休息，她的轮休排在星期三、星期四两天。

前两次轮休，静秋把机会让给了那个叫李健康的男生，因为他其实不那么健康，脸上老有包块长出来，需要经常去医院检查。静秋把轮休机会让给他的另一个原因是她没路费钱。那时她妈妈每月的工资才四十来块钱，要养活她跟妹妹两个人，还要给下农村的哥哥一些零用钱，又要周济在乡下劳动改造的父亲，每个月都是入不敷出，所以她能省就省了。

但这次不行了，她的班主任托回去休假的人带信来，说学校汇演，他们班还等着她回去排节目，一定让她回去一趟，把班上的舞蹈编好了，教给同学们了才能走。班主任说已经发动全班同学为她募集了来去的路费，这次一定要回去了。

静秋的妈妈在八中附小教书，跟静秋的班主任算是一个学校的同事。班主任知道静秋家穷，每次开学报名时都主动让她打缓期，就是推迟交学杂费。虽然每学期学杂费只三四块钱，在当时也算一笔很大的开销了。

班主任还常常拿张表让静秋填，说填了学校可以给她每学期十五块钱补助，叫助学金。但静秋不肯填，因为助学金还要在班上评的，静秋不想让人知道她家穷，要靠助学金读书。

她自己每年暑假都到外面去做零工，在一些建筑工地做小工，师傅砌墙，她就帮忙搬砖，搅和水泥，用木桶子装了，挑给师傅。很多时候，她得站在很高的脚手架上，接别人从地上扔来的砖，有时还要跟几个人合抬很重的水泥预制板，都是很重很冒险的活，但每天可以挣到一块二毛钱，所以她一到暑假就出去打零工。

这次要回去轮休了，让她又喜又愁，喜的是可以回去看看妈妈和妹妹了，她妈妈身体不好，妹妹还小，她老是担着心。现在回去看看，可以帮家里买煤买米，干点重活。但是她又很舍不得西村坪，尤其是老三，回去两天就意味着两天见不到他，而剩下的时间已经不多了。

大妈听说静秋要回 K 市，就竭力主张让长林去送她，但静秋不肯，一是她不想耽误长林出工，二是怕受了这个情，以后没法还。

听长芳讲，几年前，长林曾经喜欢过一个来插队的女知青，那个女知青可能是看他爸爸面子，跟他好过一段。后来有了招工指标，那个女知青向长林赌咒发誓，说只要你为我搞到这个回城的指标，我一定跟你结婚。

但等到长林帮她说情，让他爸爸为她弄到那个指标后，她就一去不复返了。她后来还对人说，只怪长林太傻，没早把生米煮成熟饭，不然她成了他的人，自然是插翅难飞。

这事让长林成了村里的笑柄，连小孩子都会唱那个顺口溜："长林傻，长林傻，鸡也飞，蛋也打；放着个婆娘不会插，送到城里敬菩萨。"

有很长一段时间，长林都像是霜打了的茄子，萎靡不振。给他说媳妇他也不要，叫他找对象他也不找。这回家里住了静秋这个女学生，好像他精神又好起来了，所以大妈就总是让长芳在静秋耳边吹风。但长芳觉得二哥配不上静秋，不光没做上媒，还把大妈的话、二哥的话全透露给静秋了。

静秋让长芳告诉大妈，说自己出身不好，配不上长林。

大妈知道了，亲自跑来跟她说这事："姑娘家，成分不好怕什么？你跟我家长林结了婚，成分不就好了？以后生的娃都是好成分。你不为自己着想，也要为娃们着想吧？"

静秋羞得满脸通红，恨不得在地下挖个洞钻进去，连声说："我还小，我还小，我没想过这么早就找对象，我还在读书，现在提倡晚恋晚婚，我不到二十五岁以后，是不会考虑这个问题的。"

"二十五岁结婚？骨头都老得能敲鼓了。我们乡下女娃结婚早，队里扯个证明，什么时候都能结婚。"大妈安慰静秋，"我也不是要你现在就结婚，是把这话先过给你，你心里有我们长林就行了。"

静秋不知道怎么办才好，只好央求长芳去解释，说我跟你二哥是不可能的，我——不知道说什么好，就知道是不可能的。

长芳总是嘻嘻笑："我也知道是不可能的，但我不去做恶人，要说你自己去说。"

静秋临走前一天，长林自己找她来了，红着脸说："我妈叫我明天送你一程，山上人少，不安全，山下路远，还怕涨水……"

静秋赶快推托："不用送，不用送，我不怕。"然后又担心地问，"这山上有……老虎什么的吗？"

长林老实相告："没有，这山不大，没听说有野物，我妈说怕有……坏人。"

静秋竭力推辞了，大妈也出面说了一通，静秋也推辞了。她其实还是很想有个人送她的，一个人走山路，实在是有点胆战心惊。但一想到接受了长林这个情，以后拿什么来报答？她又宁可冒险一个人走了。她决定走山下那条路，虽然远一倍，而且要蹚水，但人来人往，不会遇到坏人。

到了晚上，老三过来了，跟大家一起坐在堂屋里说话。静秋几次想告诉他明天回去的事，都没有机会开口。她希望别的人会提起这事，那样他就知道她要回K市两天了，但没有一个人提起这事。她叹了口气，心想可能也不用告诉他，也许他这两天根本不会到大妈家来，就算来了，难道他还会因为看不见她难受？

静秋不好意思老呆在堂屋，怕别人觉得她是因为他在才呆在那里的，就起身回到自己房间去写汇报，但她一直支着耳朵在听堂屋的动静，想等他告辞回家的时候悄悄跑出去告诉他，她明天要回K市去。但她又怕他拿她说过的话抢白她，说："你告诉我这个干什么？我管你到哪里去？"

她待在自己房间，却一个字也没写。快十点了，她听见他在告辞了，她正想找个机会溜出去告诉他，他走进她房间来了，从她手里拿过笔，找了张纸，很快地写了几句话，然后把那张纸推到她面前。她看见他写着：

“明天走山路，我在山上等你。八点。”

她吃了一惊，几乎看不懂他写的是什么意思了，她抬头望着他，见他在微笑，盯着她，仿佛在等她回答。她愣了片刻，还没等她回答，大妈已经走进来了。他提高声音说：“谢谢你，我走了。”就走了出去。

大妈狐疑地问：“他谢你什么？”

“噢，他请我帮他在K市买东西。”

大妈说：“我也正想要你帮忙买点东西。”大妈拿出一些钱，“你回去了，帮我们长林买些毛线，帮他织件毛衣，颜色、式样都由你定。我听你大嫂说你蛮会织毛衣，你这身上穿的是自己织的吧？”

静秋不好推托，只好收下了钱，心想：不能做大妈的儿媳，帮她儿子织件毛衣也算是补偿吧。

那一晚，静秋怎么都睡不着，她把那张纸拿出来看了又看，他的确是那样写的。但他是怎么知道她明天要回去的呢？他明天不上班吗？他会对她说什么？做什么？有他做伴，她心里很高兴，但是女孩防范的是男人，他不也是个男人吗？两个人在山上，如果他要对她做什么，难道她还打得过他？

说实话，静秋就知道男人对女人构成威胁，但并不知道这个威胁具体是怎么回事。“强奸”也听说过，外面经常可以看到布告，有些人的名字上打着大红叉，就知道又枪毙了几个。那些人当中，有些就是“强奸犯”，有时还有犯罪经过的描写，但都比较含糊，看不出究竟是怎么回事。

静秋记得曾经看见过一个枪毙残害女性的强奸犯的布告，其中有句说强奸犯“将螺丝刀插入女性的下体，手段极其残忍”。记得那时她还跟几个女伴议论过，说到底哪里算下体？几个人都觉得腰部以下都算下体了，那么这个强奸犯到底把螺丝刀插到受害人腰部以下哪一块去了？这事她一直没搞清楚。

还有个女伴曾经讲过，说她姐姐跟男朋友吹了，因为那个男朋友“不是人”，有一天晚上，那个男朋友送她姐姐回家的时候，把她姐姐压到地上去了。这又把几个人搞得糊里糊涂，是不是那个男的太凶恶，要打他女朋友？

静秋的女伴大都是八中或八中附小老师的小孩，都住在学校教工宿舍里，一起长大的。那几个大点的，似乎知道得多一些，但讲起来也是藏头露尾，叫几个小点的摸头不是脑，如堕云里雾中。

记得有个女孩曾经很鄙夷地讲过，说某某的姐姐像等不急了一样，还没举行婚礼就结婚了。在静秋听来，这个说法简直狗屁不通，不合逻辑，结婚不就是举行婚礼吗？怎么可能没举行婚礼就结婚了呢？

还有就是总听人说谁谁被谁谁“搞大了肚子”，但从来没人告诉静秋，一个人的肚子是如何被搞大的，自己悟来悟去，也就基本上悟出跟男的睡觉就会被搞大肚子，因为她妈妈一个同事的儿子被女朋友甩了，那个同事很生气，总是对人说那个女孩“跟我儿子瞌睡都睡了，肚子都被搞大过了，现在不要我儿子了，看谁敢要她”。

那件事给静秋很深的印象，因为她妈妈告诫过她，说你看看，我同事还是人民教师，遇到这样的事，都会在外面败坏那女孩的名声，如果是那些没知识的人，更不知道说出什么难听的话来了。一个女孩子，最要紧的就是自己的名声。名声坏了，这一辈子就完了。

把这么多前人的经验教训，再加上道听途说以及自己的逻辑推理全综合起来，静秋得出了一个结论：明天可以跟老三一起走那段山路，只要自己时时注意就行了。在山上是不会睡觉的，所以不存在搞大肚子的问题，最好让他走前面，他就不可能突然袭击，把她按到地上去。另外，注意不让他碰她身体的任何地方，想必不会出什么问题了吧？唯一的担心就是被人看见了，传到教改小组耳朵里去，那就糟糕了。但她想那段山路好像没什么人，应该不会被人看见吧？要不，明天跟他一前一后离远点，装作不认识一样，只不知道他肯不肯。

第二天，才七点钟，静秋就起来了，梳洗了一下，跟大妈告个别，就一个人出发了。她先走到河的上游，乘渡船过了那条小河，然后就开始爬山。今天几乎是空手，没背行李，比上次轻松多了。

她刚爬上山顶，就看见了老三。他没穿他那件蓝色棉大衣，只穿了件她没见过的茄克，显得他的腿特别长，她就喜欢看腿长的人。她一看见他，就忘记了昨天晚上为自己立下的那些军令状，只知道望着他，无声地笑。

他也一个劲地望着她笑："看见你出门了。开始还以为你不会来呢。"

"你——今天不上班？"

"换休了，"他从随身背的包里拿出一个苹果，递给她，"早上吃东西了没有？"

她老实回答："没有，你呢？"

"我也没有，我们可以走到K县城去吃早点。"他把她背的包都拿了过去，"你胆子好大，准备一个人走山路的？不怕豺狼虎豹？"

"长林说这山上没野物，他说，只需要防坏人……"

他笑起来："你看我是不是坏人？"

"我不知道。"

他安慰她说："我不是坏人，你慢慢就知道了。"

"你昨天……好大胆，差点让大妈看见那个纸条。"她说了这句，就觉得两个人像在搞什么鬼一样，有点狼狈为奸的感觉，好像做了什么见不得人的勾当，她的脸一下子红起来。

不过他没注意，只笑着说："她看见了也不要紧，她不识字，我写得又草，还担心连你也看不清呢。"

山顶的路还有点宽，两个人并排走着，他一直侧着脸望她，问："大妈昨天找你干什么？"

"她叫我在K市帮长林买毛线，帮他织件毛衣。"

"大妈想让你做他儿媳妇，你知不知道？"

"她……说过一下。"

"你——答应了？"

静秋差点跳起来："你乱说些什么呀？我还在读书。"

"那你的意思是——如果你没读书，就答应做她儿媳妇了？"他见她脸庞涨得红通通的，好像要发恼一样，不敢再问了，只说，"你答应给长林织毛衣了？"

"嗯。"

他像吃了大亏一样叫起来："你要给他织毛衣？那你也要给我织件毛衣！"

07

静秋笑道："你怎么像小孩争嘴一样？别人要织一件，你也要织一件？"说到这里，又有心试探一下，"你还要我帮你织毛衣？你不会叫你……

爱人帮你织？”

他急了：“我哪里有爱人？你听谁说我有爱人？”

她见他没爱人，心里很高兴，但嘴里却继续冤枉他：“大妈说你……有爱人，说你上次就是回家探亲去了。”

他大喊冤枉：“我还没结婚，哪来的爱人？她肯定是想把你跟长林撮拢，才会这样说。你到我们队上去问问，看我结婚了没有。你不相信我，总要相信组织吧？”

静秋说：“我干吗去你队上问？你……结婚不结婚……跟我有什么关系？”

他好像也觉察到自己有点失态，笑了笑说：“怕你误会。”

静秋心里觉得很温暖，他一定是喜欢她的，不然他为什么怕她误会？但她不敢再往下问，感觉好像已经走到了一个危险的漩涡附近，再问，就要一头栽进去了。

他也没再提这个话题，开始问她的情况，她很坦率地讲了自己家的事，觉得对他没什么要隐瞒的，也许早点让他知道，还可以考验他一下。她就把父母怎么挨批斗，父亲怎么被赶回乡下去，哥哥怎么招不回来都讲给他听了。

他默默地听着，没怎么插嘴，只在她每次快停下的时候，又提点问题，好让她继续讲下去。

静秋说：“我记得‘文革’刚开始的时候，我妈妈还没被揪出来。那时候，一到晚上，我就跟小伙伴们一起，跑到妈妈学校的会议室去看热闹，那里经常开批斗会。我们都把批斗会当件好玩的事，总是学那个工宣队队长的福建普通话，因为他总是把‘某某’说成‘秒秒’。

“那时挨批斗的是一个姓朱的老师，听说是跟《红岩》中的许云峰、江姐、成岗等人共过事的，后来被捕，就变节自首，保全了一条性命。虽然她自己一直辩解说她只是‘变节’，就是脱离了共产党，但没有‘叛变’，也就是没出卖同志，但‘文革’一开始就被揪出来了，当叛徒来斗争。她那时是白天劳动，晚上挨批。白天的时候，她在外面劳动，我们那帮小孩就经常围着她，学那个工宣队队长的话：朱佳静，又名朱芳道，系秒秒省秒秒市人，于秒秒年秒秒月在秒秒集中营叛变革命。她总是泰然自若，昂着头，不理睬我们这些小孩子。挨批斗的时候，她也是昂着头，不肯低下，经常冷冷地说：‘你们不讲道理，我懒得跟你们说。’

“但是有一天，我又跟那群小孩到会议室去看热闹，却看见是我妈妈坐在圈子中间，低着头，在接受批判。小伙伴都开始笑我，学我妈妈的样子，我吓得跑回家去，躲在家里哭。后来我妈妈回来了，没提那件事，因为她不知道我看见了。

“一直到了公开批判她的那一天，她知道瞒不过我们了，中午的时候就给了我一点钱，叫我把妹妹带到河对岸的市里去玩，不到下午吃饭的时候不要回来。我跟妹妹两人一直呆到下午五点才回来。一进校门，就看见铺天盖地的标语，都是打倒我妈妈的，她的名字被倒过来挂在那里，还打上了红叉，说她是历史反革命……

“回到家里，我看见妈妈的眼哭红了，她的一边脸有点肿，嘴唇也肿了，她的头发被剃得乱七八糟，她正在对着镜子自己剪整齐。她是个很骄傲的人，自尊心很强，受到这种公开批斗，简直无法忍受。她搂着我们哭，说如果不是为了三个孩子，她就活不下去了……”

他轻声说：“你妈妈是个伟大的母亲，她为了孩子，可以忍受一切痛苦和羞辱。你不要太难过，很多人都经历过这样的厄运，但是只要熬出来了，就会像你说的那个朱老师一样，昂首做人，不再为这些痛苦了。”

静秋觉得他有点阶级阵线不清，那个姓朱的是叛徒，我的妈妈怎么能像她那样呢？她赶快解释说：“我妈妈不是历史反革命，她后来就被‘解放’出来了，她又可以教书了，是那些人搞错了，我外祖父曾经参加过共产党，后来搬去另一个地方，找不到组织了，就被当成自动脱党了。解放初期，把他抓起来关进监狱，还没等到事情弄清楚，他就病死在监狱里了。但那不是我妈妈的问题……”

“重要的是你自己要相信你的妈妈，即使她真是历史反革命，她仍然是个伟大的母亲。政治上的事，说不清楚……你不要用政治的标准来衡量你的亲人。”

静秋说：“你跟那个叛徒朱佳静的论调一模一样，她的儿女责问她那时为什么要自首，说你不自首的话，现在也跟江姐一样，是个人人歌颂的革命烈士了。别人能忍受敌人的拷打，为什么你忍受不了？她说：‘我不怕拷打，也不怕死，但那时你爸爸也关在监狱里，我不变节，你们早就饿死了。我只是个一般党员，不认识任何别的党员，我没出卖任何人，我跟他们说以后不参加党的活动了。’她这话被她的儿女揭发出来，革命群众画了很多漫画，都是她从狗洞里爬出来的丑恶面目……”

他叹了口气：“一边是儿女，一边是事业，她也是太难选择了。不过既然她没出卖别人，其实也不用这么整她的。党那时似乎有过政策，为了保存实力，是允许党员在被捕后采取灵活手段的，可以登报声明脱党，只要不出卖同志就行。有些担任一定领导职务的人，被捕后也采用过这样的办法。”

他说出几个响当当的名字，说他们都被捕过，都是这样才被放出来的。

静秋听得目瞪口呆，不由自主地说：“你……好反动啊。”

他笑着望她：“你要去揭发我？其实这些事在上面的圈子里是公开的秘

密，就连下面的人也知道一些。不过你很天真纯洁罢了。”

她担心地说：“我不会去揭发你，但你这样乱说，不怕别人揭发你？”

“哪个别人？我对谁都不会说的，只对你说说。”他开玩笑说，“你如果要揭发我，我也认了，死在你手里，心甘情愿。只求你在我死后，在我坟上插一束山楂花，立个墓碑，上书：这里埋葬着我爱过的人。”

她扬起手，做个要打他的样子，威胁说：“你再乱说，我不理你了。”

他把头伸给她，等她来打，见她不敢碰他，才缩回去，说：“我妈妈可能比你妈妈还惨。她年轻的时候，可以说是很进步很革命的，她亲自带领护厂队到处去搜她那资本家父亲暗藏的财产，亲眼看着别人拷问她的父亲，她不同情他，她觉得她做的一切都是为了革命。虽然她后来跟我父亲结了婚，但她一直很低调，只在市群艺馆当个小干部。她嫁给我父亲那么多年，也一直跟她的资本家父亲划清界限，但她骨子里还是个小资产阶级知识分子，喜欢文学，喜欢浪漫，喜欢一切美的东西。她看了很多书，很爱诗歌，自己也经常写一点，但她不拿去发表，因为她知道她写的东西，只能算得上小资产阶级的东西。‘文革’当中，我父亲被打成‘走资本主义道路的当权派’，遭到批斗，被隔离了，我们被赶出军区大院，我妈妈也被揪了出来，说她是资本家的小姐，腐蚀拉拢革命干部，用极其卑劣的手段引诱我父亲，把革命干部拉下了水。那时候，整个群艺馆贴满了各种低级下流的大字报和漫画，把我妈妈描绘成一个肮脏无耻的女人。

“她像你妈妈一样，是个高傲自尊的女人，从来没有被人这样泼过污水，所以没法忍受。她跟那些人吵，替自己辩护，但越辩护越糟糕，那些人用各种方法羞辱她，逼她交代所谓勾引我父亲的细节，连新婚之夜的一点一滴都要她交代出来，还借批斗的机会在她身上乱摸，她就痛骂他们，而他们就打她，骂她，说她挨批的时候还不忘勾引男人。那时她每天回来都要洗很长时间的澡,因为她觉得自己被玷污了。他们打了她很多,一直到她被打得站不起来了,他们才让她回家养伤。

“那时，我父亲在省里被批斗，省报、市报上都印满了批判揭发他的东西，后来就越来越往低级下流方面滑，很多是关于他生活腐化堕落的，说他引诱奸污了身边很多女护士、女秘书、女办事员。我们把这些都藏着，不让我母亲看见，但她仍然看见了，因为实在太多，藏不胜藏。她的身体承受了外界的打击，她还坚持活着，但这个来自她丈夫的‘背叛’把她打垮了，她用一条长长的白围巾结束了她的生命。她的遗书只有几句话：质本洁，命不洁，生不逢时，死而后憾。”

静秋小声问：“那你父亲真的……有那些事吗？”

“我也不知道。我觉得我父亲是很爱我母亲的，虽然他不知道怎样爱她才是她喜欢的方式，但他还是爱她的。我母亲走了这些年，父亲也早就官复原职，有很多人为他张罗续弦，但他一直没有再娶。我父亲总是感叹，说毛泽东的那句话有道理：‘胜利往往来自于再坚持一下之后。’有时候，好像已经走到了绝境，以为再也没有希望了，但是如果再坚持一下，再坚持一下，往往就看到了胜利的曙光。”

静秋没想到他有比她更惨痛的经历，很想安慰他，但又不知道说什么好，只说：“你这些年过得也很难……”

他没再谈父母的事，两个默默走了一会儿，他突然问：“我……可不可以跟你到 K 市去？”

她吓了一跳：“你跟我到 K 市去干什么？如果我妈妈看见，或者老师同学看见，还以为……”

“以为什么？”

“以为……以为……反正……反正影响不好。”

他笑起来：“看把你吓得，话都说不清了。你放心，你叫我不跟你去，我就不会跟你去的。你说的话就是最高指示，我肯定照办的。”他小心地问，“那我可不可以在县城等你回来呢？县城没人认识我们，你要是怕的话，我可以只远远地跟着你。你回来的时候，不是还要走这么远的路吗？你一个人走我怎么能放心呢？”

她看他这么乖，说不准跟她去 K 市就不敢跟她去，她一感动，胆子就大起来：“如果不耽搁你工作的话，你……就在县城等我吧。我坐明天下午四点的车，五点到县城。”

“我在车站等你。”

又默不做声地走了一段，静秋说：“你讲故事我听吧，你看过那么多书，肚子里肯定有不少故事，讲一个给我听吧。”

他就讲了几个故事，每讲完一个，静秋就问：“还有呢？还有呢？”他就又讲一个。最后，他讲了一个没题目的故事，大意是说有一个青年，为了挽救他父亲的事业和前程，答应娶他父亲上司的女儿为妻，但他心里是不愿意的，这事情就一直拖着。后来他遇到了一个他自己喜欢的姑娘，他想娶那个姑娘为妻，但那个姑娘知道了他跟另一个姑娘有过婚约，就不信任他，躲了起来。

讲到这里，他就停下了。

她问：“后来呢？把故事的结局告诉我吧。”

“我真的不知道结局，如果你是……那个姑娘，我的意思是，如果你是那个青年后来遇到的姑娘，你会怎么办？”

静秋想了想，说：“我想，如果那个青年可以对一个姑娘出尔反尔，他也会对别的姑娘出尔反尔的，所以……如果我是那个他后来遇到的姑娘，我肯定也会躲起来。”说到这里，她似乎恍然大悟，“这是不是你的故事？你在讲你自己？”

他摇摇头：“不是我的故事，是从很多书里看来的，几乎所有的爱情故事都大同小异。你看过《罗密欧与朱丽叶》吗？罗密欧不是很爱朱丽叶吗？但是不要忘记，罗密欧在遇到朱丽叶之前也喜欢过另一个女孩的。”

“是吗？”

“你忘记了？罗密欧遇见朱丽叶的那天，他是为了另一个女孩去那个聚会的，但他看见了朱丽叶，就爱上了她，你能说罗密欧既然能对第一个女孩出尔反尔，就一定会对朱丽叶出尔反尔吗？”

静秋想了一会儿，说：“他没有对朱丽叶出尔反尔，是因为他很快就死了。”

“噢，想起来了，我刚才那个故事的结局是这样的：后来那个青年疯了一样到处找那个女孩，可是老是找不到，他没法忍受没有她的生活，就……自杀了。”

“这肯定是你乱编的。”

08

星期四下午，静秋匆匆赶到长途车站，挤上了开往K县城的最后一班车。没想到车刚开出K市就抛锚了，停在一个前不靠村、后不靠店的地方，足足等了一个多小时，才重新听见汽车发动机声。

静秋急得要命，等赶到K县城，肯定七点都过了，车站都关门了，不知道老三还会不会等她。如果他走了，她今天是没法赶回西村坪了，只好在K县城找个地方住一晚上。但她身上的钱买了车票之后就没剩下什么了。她想：万不得已的话，只好把大妈请她买毛线剩下的钱用来住旅馆了，只不知道住一夜旅馆要多少钱。

当她的车开近K县汽车站的时候,她看见老三正站在昏黄的路灯下等她。车一停,他就跑到车门口向里张望,看见她了,就跳上车来,挤到她跟前:“以为你不来了,又以为你的车……翻了。肚子饿了吧？我们找个地方吃东西吧。”

他接过她的那些包：“背了这么多东西？跟别人带的？”然后就不由分说地抓起她的手，带着她下了车，去找餐馆。她试着挣脱他的手，但他抓得好紧，而且又是晚上，想必也没人会看见，她就由着他抓了。

K县城不大，连公共汽车都没有，几家餐馆早就关门了，没地吃饭了。

静秋问：“你吃了没有？如果你吃过了，我们就不用找餐馆了，回到西村坪再吃吧。”

“我也没吃，开始准备等你来了一起吃的，后来就怕离开了会跟你错过，所以就守在那里。你肯定饿了,还是先吃点东西吧,待会儿要走很远的路的。”他拉着她的手，说，“跟我来，我有办法。”

他带着她到县城附近的那些农民家去找吃的，说只要给钱，总归能找到饭吃。走了一会儿，他看见一户人家，说：“就是这家了，房子大，猪圈也大，肯定家里杀了猪的肉还有剩的，让我们去开开荤。”

他们俩去敲那户人家的门，开门的是个中年妇女，听说他们是来找饭吃的，又看见老三手里的钞票晃来晃去的，就把他们让进屋去。老三跟她谈了一会儿，给了钱，那个妇女就张罗做饭了。

老三帮忙烧火,他坐在灶跟前,很老练地架柴烧火,还拉静秋坐在旁边看。

灶跟前堆着一些茅草样的东西，算是坐的地方。静秋跟老三坐在茅草堆里烧火，只有那么一点地方，两个人挤在那里，她的人几乎靠在他身上了，但她不怎么怕，因为这户人家肯定不认识他们俩。

炉灶里的火映在老三脸上，他的脸变得红红的，好像特别英俊。静秋不时偷偷地看他，他也不时地侧过头望她一眼，跟她的视线相遇，就会心地一笑，问她："这种生活好不好玩？"

"好玩。"

那顿饭对静秋来说，真是太丰盛了，新米煮出来的饭特别好吃，几个菜也是色香味俱全，有一碗煎得两面黄的豆腐，一个炒得绿油油的青菜，一碗咸菜，还有两根自家做的香肠。他把两根香肠都夹给她，说："知道你喜欢吃香肠，刚才专门问了，如果主人说没香肠，我就要换一家了。"

"你怎么知道我爱吃香肠？"她不肯要两根，一定要留一根给他。

他说："我不爱吃香肠，真的，我爱吃咸菜，队上食堂吃不到的。"

她知道他是在让给她吃，哪里会有不爱吃香肠的人？她一定要他吃，说你不吃，我也不吃了。两个人在那里让来让去，主人看见了，乐呵呵地说："你们这两口子怪有趣的，蛮恩爱呢，要不我再给你们煮两根？"

老三赶快掏钱，连声说："那就多煮几根吧，我们可以带在路上吃。"

吃完饭，他问静秋："今天还回去不回去？"

"当然回去，不回去在哪里住？"

"想不回去当然能找到住的地方，"他笑了一下，"还是回去吧，不然你又怕别人说这说那。"

一路上，他都牵着她的手，说天太黑，怕她摔跤。两个人的手一直抓在一起，有点汗涔涔的。他问："我牵着你的手，你是不是……好怕？"

“嗯。”

“以前没人牵过你的手？”

“没有。”她好奇地问，“你牵过别人的手？”

他有好一会儿没回答，最后才说：“如果我牵过，你是不是就觉得我是坏人？”

“那你肯定是牵过的。”

“牵和牵是不一样的，有的时候，是因为责任，有的时候，是因为没别的办法，还有的时候是因为……爱情。”

她还从来没有听过别的人直截了当对她说“爱情”这个词，那时说到爱情，都是用别的词代替的。她听他用这个词，感觉很尴尬。她不敢顺着这个话题往下说，不知道他还会说些什么令她尴尬的话来。

路过那棵山楂树的时候，他问：“那边就是那棵山楂树，想不想过去看一下，坐一会儿？”

静秋觉得有点毛骨悚然：“不了，听说那里枪杀过很多抗日英雄的，晚上去那里好怕……”

“那以后有机会再来吧。”他开玩笑说，“你信仰共产主义，还怕鬼？”

静秋不好意思地说：“我也不是怕鬼，其实那些抗日英雄就是变了鬼，应该也是好鬼，也不会害人，对吧？所以我不是怕鬼，只是怕那种阴森森的气氛。”她突然想起了什么，问他，“我到西村坪那天，你是不是刚好也从什么地方回西村坪，在那棵树下站过？”

“没有啊，”他惊讶地问，“我怎么会跑那里站着？”

“噢，那可能是我看花眼了。那天我一回头，总觉得树下站着个人一样，穿着洁白的衬衣……”

他呵呵笑起来："你真是看花眼了，那么冷的天，我穿着件洁白的衬衣站在那里？不冻死了？"

静秋想想也是："可能是我平常听《山楂树》时，老想起那树下站着的两个青年，所以看走眼了。"

他一本正经地说："也许是那些冤魂当中有谁长得像我吧？可能那天他现了形，刚好被你看见，你就以为是我了。快看，他又出来了！"

静秋哪里敢看，吓得撒脚就跑，被他一把拉住，扯到自己怀里，搂紧了，安慰说："骗你的，哪里有什么冤魂，都是编出来吓唬你的。"他搂了她一会儿，又开玩笑说，"本来是想把你吓得扑进我怀里来的，哪里知道你反而向别处跑，可见你很不信任我啊。"

静秋躲在他怀里，觉得这样有点不大好，但又很舍不得他的怀抱，而且也的确是很怕，就厚着脸皮赖在他怀里。他在双臂上加了一点力，她的脸就靠在他胸膛上了。她从来不知道男人的身体会有这样一股令人醉醺醺的气息，不知道怎么形容那气息，就觉得有了个人可以信任依赖一样，心里很踏实，黑也不怕了，鬼也不怕了，只怕被人看见。

她能听见他的心跳，好快，好大声。"其实你也很怕，"她抬头望着他，"你心跳得好快。"

他松了一下手，让身上背的包都滑到地上去，好更自由地搂着她："我真的好怕，你听我的心跳这么快，再跳，就要从嘴里跳出去了。"

"心可以从嘴里跳出去？"她好奇地问。

"怎么不能？你没见书上都是那么写的：他的心狂野地跳动着，仿佛要从嘴里跳出去一样。"

"书里这样写了？"

“当然了，你的心也跳得很快，快到嘴边了。”

静秋感受了一下自己的心跳，狐疑地说：“不快呀，还没你的快，怎么就说快到嘴边了？”

“你自己感觉不到，你不相信的话，张开嘴，看是不是到嘴边了。”不等静秋反应过来，他已经吻住了她的嘴。她觉得大事不妙，拼命推开他。但他不理，一味地吻着，还用他的舌头顶开她的嘴唇。

如果他只吻她的嘴唇，她可能还不会这么紧张，现在他连舌头都伸进她嘴里来了，使她觉得很难堪，感觉他很下流一样，怎么可以这样？从来没听说过接吻是这样的。她紧紧咬着牙，他的舌头只能在她嘴唇和牙齿之间滑来滑去。他攻了又攻，她都紧咬着牙，连她自己也不知道为什么要这样，只觉得既然他是想进入她的口腔，那肯定就是不好的事，就得把他堵在外面。

他放弃了，只在她唇上吻了一会儿，气喘吁吁地问她：“你……不喜欢？”

“不喜欢。”其实她没什么不喜欢的，只是很害怕，觉得这样好像是在做坏事一样。但她很喜欢他的脸贴着她的脸的感觉，她从来没想到男人的脸居然是暖暖的，软软的，她一直以为男人的脸是冰冷绷硬的呢。

他笑了一下，改为轻轻搂住她：“喜欢不喜欢这样呢？”

她心里很喜欢，但硬着嘴说：“也不喜欢。”

他放开她，解嘲地说：“你真是叫人琢磨不透。”他背起那些包，说，“我们走吧。”然后他没牵她的手，只跟她并排走着。

走了一会儿，静秋见他不说话，小心地问：“你……生气了？你不怕我摔跤了？”

“没生气，怕你连牵手也不喜欢。”

“我没有说我不喜欢……牵手……”

他又抓住她的手："那你喜欢我牵着你？"

她不肯说话。他偏要问："说呀，喜欢不喜欢？"

"你知道——还问？"

"我不知道，你让我琢磨不透，我要听你说出来才知道。"

她还是不肯说，他没再逼她，只紧紧握着她的手，跟她一起走下山去。摆渡的已经收工了，他说："我们别喊摆渡吧，我们那里有句话，形容一个人难得叫应，就说'像喊渡船一样'，说明渡船最难喊了。我背你过河吧。"

说着，他就脱了鞋袜，把袜子塞进鞋里，把鞋用带子连起来，挂在自己颈子上，然后把几个包都挂到自己颈子上。他在她前面半蹲下，让她上去。她不肯，说："还是我自己来吧。"

"别不好意思了，上来吧，你们女孩子走了冷水不好。现在天黑，没人看见。快上来吧。"

她只好让他背她，但她用两手撑在他肩上，尽力不让自己的胸接触他的背。他警告说："趴好了啊，用手圈着我的颈子，不然掉水里我不负责的啊。"说完，他仿佛脚下一滑，人向一边歪去，她赶紧伏在他背上，用手圈住他的脖子，她感到自己的胸挤在他背上，给她一种奇怪的感觉，好像挤在那里很舒服一样。但他浑身一震，人像筛糠一样发起抖来。

她担心地问："是不是我好重？还是水好冷？"

他不回答，哆嗦了一阵才平复下来。他背着她，慢慢涉水过河。走了一会儿，他扭过脸说："我们那里有句话，说'老公老公，老了要人供；老婆老婆，老了要人驮'。不管你老不老，我都驮你，好不好？"

她脸红了，嗔他："你怎么尽说这样的话？再这样，我跳水里去了。"

他突然不吭声了，静秋好奇地问："你怎么啦？又生气了？"

他用头向下游方向点了一下："你二哥在那边等你。"

静秋顺着他头指的方向看了一下，真的，长林坐在河边，身边放着一对水桶。老三走到岸上，放下静秋，边穿鞋袜边说："你等在这里，我过去跟他说点事。"说完，他就走过去跟老二打个招呼。

"老二，挑水呀？"

"嗯，你们回来了？"

然后他压低嗓音跟长林讲了几句，就回到静秋身边，说："你到家了，我从这边走了。"然后就消失在黑夜里了。

长林打了水，挑上肩，默不做声地往家走。静秋跟在后面，胆战心惊，她怕长林把刚才看到的事讲出去，让教改小组的人听见，那她就算完蛋了。她想趁到家之前的那点工夫给长林嘱咐一下："二……二哥，你别误会，他只是接了我一下，我们……"

"他刚才说过了。"

"你不要对外人讲，免得别人误会。"

"他刚才说过了。"

回到家，个个都显得很惊讶，大妈一迭声地说："你一个人跑回来的？走的山路？哎呀，你胆子真大，那条路，我白天都不敢一个人走的。"

09

那天晚上，静秋很久都睡不着，一直都在担心长林会把看见的事说出去。刚才他是没对其他人说，但那不是因为她在那里吗？等到背着她了，他会不会对大妈讲？如果他今晚真的是在河边等她回来，那他多半会讲出去，因为他肯定见不得她跟老三在一起。

静秋已经习惯于做最坏的思想准备了，因为生活中好些她不希望发生的坏事都发生了,往往是措手不及,令她痛苦万分。那种痛苦太可怕,来得太早，所以她从小就学会了凡事做最坏的思想准备。现在最坏的可能就是长林把这事说出去了，然后传到了教改小组的人耳朵里，他们又传回学校里。如果学校知道了，会怎么样？ K 市八中学生当中，因为读书期间谈朋友被处分的大有人在，但那多多少少都是有点证据的。现在就凭长林一个人说说，学校就能处分她。

但是她也知道自己的身份，妈妈虽然是早就被“解放”出来了，又做回人民教师，但爸爸还是戴着“地主分子”的帽子的。而“地富反坏右”五类分子当中，“地主”是首当其冲的，是无产阶级最大的敌人。像她这样的地主子女，如果有了“作风不好”这么一个把柄，学校还不狠狠整她？整她还是小事，肯定连家里人都牵连进去了。

静秋觉得爸爸被打成“地主分子”真的是很冤枉。爸爸很早就离开地主家庭，出去读书去了，像这样的地主子女，因为没在乡下收佃户的租，是不应该被划成地主的。她觉得爸爸甚至还算得上一个进步青年，因为他在解放前一两年就从敌占区跑到解放区去了，用自己的音乐才能为解放区的人民服务，组织合唱团，宣传共产党、毛主席，在那里教大家唱“解放区的天是明朗的天”。不知道怎么的，“文革”一开始就把他揪出来了，说他跑到解放区是去替国民党当特务的，还说他教歌的时候，把“解放区的人民好喜欢”教成“解放区的人民喝稀饭”,往解放区脸上抹黑。最后她爸爸被戴上“地主分子”帽子，赶回乡下去了。戴“地主分子”的帽子，主要是因为不能重复戴好几顶帽子，只好给他戴最重的帽子，不然的话，还要给他戴上“美蒋特务”、“现行反革命”等好几顶帽子的。

想到这些，静秋真是万分后悔，像自己这样的出身，在各方面都得比一般人更加注意，千万不能有半点闪失，不然就会闯出大祸。这次不知是怎么了，好像吃错了药一样，老三叫她走山路，她就走山路；老三说在县城等她，就让他在县城等她；后来又让他拉了手，还被他抱了，亲了；最可怕的是让长林看见他背着她了。这可怎么办？这个担心太沉重了，沉重得使她一门心思都在想着怎样不让长林说出去，万一他说出去了，又该怎么应付，而对老三，反而没什么时间去多想了。

接下来的几天，她每天都是提心吊胆的，对大妈和长林察言观色，看有没有迹象表明长林已经告诉他妈了。对长林，她担心还少一点，长林像个闷葫芦，应该不会跑到教改组去传这些话。但如果让大妈知道了，那就肯定会传出去了。

可看来看去的结果，是把自己完全看糊涂了。有时大妈的表情好像是什么都知道了一样，有时又好像是没听到风声。静秋的心情完全是随着自己的猜测变化：以为大妈知道了，就胆战心惊，寝食不安；觉得大妈还不知道，就暗自庆幸一番，嘲笑自己杯弓蛇影。

老三仍然跑大妈家来，不过他上班的地点移到村子的另一头去了，所以他中午不能来了。但他晚上常常会跑过来，每次都带些吃的东西来，有两次还带了香肠过来，说是在一户村民家买的。大妈煮好后，切成片，给大家做菜，但静秋吃饭的时候，发现自己碗里的饭下面埋着一小段香肠。她知道这一定是老三搞的，知道她爱吃香肠，想让她多吃一点。

她紧张万分，不知道怎么处理这段香肠。记得她妈妈讲过，说以前乡下丈夫疼媳妇，就会像这样在媳妇的饭里埋块肉，因为乡下媳妇在夫家没地位，什么都得让着别人，有了好吃的要先让公婆吃，然后让丈夫吃，再让小叔子们、小姑子们、还有自己的孩子们吃。轮到媳妇的，只有残菜剩饭了。

做丈夫的不敢当着父母的面疼媳妇，想给一人一块肉，又没那么多，就只好做这个手脚。她妈妈还学过乡下小媳妇怎么吃掉这块肉：要偷偷摸摸的，先把嘴搁在碗沿上，然后像挖地道一样，从饭下面掏出那块肉，装作往嘴里扒饭的样子，就悄悄咬一口肉，又赶快把肉塞回“地道”里去。碗里的饭不能全吃完了再去盛，不然饭下的肉就露出来了。但不吃完碗里的饭就去盛，如果被公婆看见，又要挨骂。

听妈妈讲，有个小媳妇就这样被丈夫心疼死了，因为她丈夫在她碗里埋了一个“石滚蛋”，就是煮的整只的鸡蛋，她怕人看见，就一口塞进嘴里，正想嚼，就听见婆婆在问话，她只好赶快吞了来答话。结果鸡蛋哽在喉咙里，就哽死掉了。

静秋看着自己的碗，心里急得要死，这要是让大妈她们看见，还不等于是拿到证据了？人家小媳妇如果被人发现，也就是挨顿骂，说小媳妇骚狐狸，把丈夫媚惑了。如果她现在让人发现，那就比小媳妇还倒霉了，肯定要传到教改组耳朵里去了。

静秋望了老三一眼，见他也在望她，那眼神仿佛在问：“好不好吃？”她觉得他好像在讨功一样，但她恨不得打他一筷头子。他埋这么一段香肠在她碗里，像埋了个定时炸弹，她吃又不敢大大方方地吃，不吃，待会儿饭吃掉了，香肠就露出来了。她吓得刚吃了半碗就跑到厨房去盛饭，趁人不注意，就把那段香肠丢到猪水桶去了。

回到桌子上，她再不敢望他，只埋头吃饭，夹了菜没有也不知道，吃的什么也不知道，只想着赶快吃完了逃掉。但他好像不识相一样，居然夹了一筷子香肠片，堂而皇之地放到她碗里了。她生气地用筷子打他筷子一下，说：“你干什么呀？我又不是没手。”

他讪讪地看着她，没有答话。

不知道为什么，自从那次跟他一起走山路后，她跟他说话就变得很冲，特别是当着外人的时候，总有点恶狠狠的样子，好像这样就能告诉大家她跟他没什么。而他正相反，以前他跟她说话，总是像个大人对小孩说话一样，逗她，开解她。但现在他胆子好像变小了一样，仿佛总在揣摩她的心思，要讨她喜欢似的。她抢白他一句，他就那样可怜巴巴地望着她，再不敢像以前那样，带点不讲理的神情跟她狡辩了。他越这样可怜巴巴，她越恼火，因为他这个样子，别人一下就能看出破绽。

刚回来的那几天，老三还像以前那样，见她在房间写村史，就走进去说要帮她写。她小声但很严厉地说：“你跑进来干什么？快出去吧，让人看见。”

他不像以前那样固执和厚颜无耻了，她叫他出去，他就一声不吭地在门口站一会儿，然后就乖乖地出去了。她能听见他在堂屋跟大妈她们说话。有时她要到后面去，得从堂屋穿过，他总是无声地望着她从跟前走过，他不跟她说什么，但他往往忘了答别人的话。

她听见大嫂说：“老三，你说是不是？”而他就“噢”地答应一声，然后尴尬地问：“什么是不是？”

大嫂笑他：“你这段时间怎么总是心不在焉的？跟你说几遍你都不知道别人在说什么，跟我那些调皮生一样，上课不注意听讲。”

这话差点让静秋蹦起来，感觉大嫂已经把什么都看出来了，只不做声，好让他们进一步暴露自己，等到证据确凿了再一网打尽。她想警告老三一下，但又没机会。

后来，在饭下面埋香肠、埋鸡蛋的事又发生了几次，每次都把静秋搞得狼狈不堪。她决定要跟老三好好谈一下，他再这么搞，别人肯定看出来了。他当然不怕，因为他在工作了，谈朋友也是天经地义的事，但她还是学生，他这样搞，不是害了她吗？

正好有天老大长森从严家河回来了，还带了一个叫老钱的人回来，说是个开车的，昨天晚上他的车撞死了一头野鹿，他们几个司机就把鹿抬回去剐了，把肉分了。长森也拿了一些回来，给大家开个荤。长森叫静秋去叫老三来吃晚饭，说老钱的手表坏了，要老三帮忙修修，老钱就是为这事过来的。

静秋得了这个圣旨，就大大方方地去工棚找老三。走在路上的时候，连她自己也觉得好笑，有没有圣旨，外人怎么知道？你有圣旨，别人也可以认为你是借机去找他的。但人就是这么怪，是大哥叫她去叫老三的，她去的时候心里就是坦然的，就不怕别人误会，真不知到底是在怕谁误会。

还没到工棚，她就听见手风琴声，是她熟悉的《波尔卡舞曲》，她站在那里，想起来西村坪的第一天，也是在这样一个暮色苍茫的时候，也是在这个地方，她第一次听见他的手风琴声。那时她只想能见到这个人，跟他说几句话。后来她也一直盼望见到他，几天不见，就难受得失魂落魄。

但自从那次跟他一起走山路，她的心情就好像变了一样，总是害怕别人知道什么了。她想，我的资产阶级思想真的是很严重，而且虚伪，因为我并不是不想跟他在一起，我只是怕别人知道。如果那天不被长林看见，保不住我还会天天盼望跟他在一起，真可以说是长林挽救了我，不然我肯定滑到资产阶级泥坑里去了。

她傻乎乎地站了一会儿，胡思乱想了一阵，又下了几个决心，才去敲老三的门。他开了门，见是她，好像很惊讶一样，脱口说："怎么是你？"

"大哥让我来叫你去吃饭的。"

"我说呢，你怎么舍得上我这里来。"他给她找来一把椅子，又给她倒杯水，"我已经吃过饭了，说说看，老大带了什么好东西回来，看我要不要过去吃一筷子。"

静秋站在那里不肯坐："大哥叫你现在就过去，有个人表坏了，叫你去修的。大哥带了一些鹿肉回来，叫你去吃。"

老三同寝室的一个中年半截的人开玩笑说："小孙哪，鹿肉可不要随便吃噢，那玩意火大得很，你吃了又没地方出火，那不活受罪？我劝你别去。"

静秋怕老三听了他的话真的不去了，连忙说："不要紧的，鹿肉火大，叫大妈煮点绿豆汤败火就行了。"

哪知屋里的几个男人都嘻嘻哈哈笑起来，有一个说："好了好了，现在知道怎么出火了，喝绿豆汤，哈哈哈……"

老三很尴尬地说："你们别瞎开玩笑。"说完，就对静秋说，"我们走吧。"来到外面，他对她抱个歉，说："这些人长年在野外，跟自己的家属不在一起，说话比较随便，爱开这种玩笑，你不要介意。"

静秋搞不懂他在抱什么歉，别人就说了一个鹿肉火大，不至于要他来帮忙道歉吧？吃了上火的东西多着呢，她每次吃多了辣椒就上火，嘴上起泡，有时连牙都痛起来，所以她不敢多吃。而且爱开玩笑跟家属在不在一起又有什么关系？她觉得他们说话神神鬼鬼的，又有点前言不搭后语，不过她懒得多想，只想着怎么样告诫他不要在她饭里面埋东西。

他们仍然走上次走过的小道，大多是在田埂上走。老三要静秋走前面，她还是不肯。他笑着说："怎么？怕我从后面袭击你？"见她没搭腔，他也不好再说下去了。

走了一段，他问："你……是不是在生我的气？"

"我生你什么气？"

他解嘲地笑了一下："没有就好，可能是我想太多了，我怕你在怪我那天在山上……"他转过身，看着她，慢慢退着走，"那天我是太冲动了一点，但是你不要往坏处想……"

她赶快说："我不想提那天的事。你也忘了那事吧，只要以后我们不犯了就行。我现在就怕长林误会了，如果传出去……"

"他不会传出去的，你放心，我跟他说过的。"

"你跟他说过，他就不会传出去了？他这么听你的？"

他似乎很尴尬，过了一会儿才说："我知道你很担心，但是他也只看见我背你，那也没什么，这河里经常有男人背女人的。听说以前这河里没渡船，只有'背河'的人，都是男的，主要是背妇女、老人、小孩。如果那天是长林，他也会背你的。这真的不算什么，你不要太担心。"

"但是长林肯定猜出我们是一起从县城回来的了，哪里会那么巧，正好在山上遇到你？"

"他猜出来也不要紧，他不会说的，他这个人很老实，说话算数的。我知道你一直都在担心，我想跟你谈谈，叫你不用担心，但是你总是躲着我。你放心，即使长林说出去，只要我们俩都说没那事，别人也不会相信的。"

"那我们不成了撒谎了？"

他安慰说："撒这样的谎，也不会害了谁，应该不算什么罪过。即使别人相信长林说的话了，我也会告诉他们那没你的事，是我在追求你，拦在路上要背你的。"

一个“追求”把静秋听得一惊，从来没听人直接用这个词，最多就说某某跟某某建立了深厚的无产阶级感情。在他借给她的那些书上看到“追求”这个词的时候，也没觉得有这么刺耳，怎么被他当着面这么一说，就听得心惊肉跳的呢？

他恳求说：“你别为这事担心了好不好？你看你，这些天来，人都瘦了，两只眼睛都陷下去了。”

她心里一动，呆呆地看他，暮色之中，她觉得他好像也瘦了一样。她看得发呆，差点掉到田埂下面去了。

他伸出手来，央求说：“这里没人，让我牵着你吧……”

她四面望了一下，的确没人，但她不知道会不会从什么地方钻出人来，她也不知道会不会有什么人在一个她看不见的地方看着他们。她不肯把手给他：“算了吧，别又闹出麻烦来。”

“你是怕别人看见，还是——不喜欢我牵着你的手？”

“这有什么区别吗？”她有点不客气地说，“还有啊，你以后不要往我饭下面埋东西，让大妈他们看见，不等于是给人一个证据吗？”

他有点迷惑不解：“往你饭下面埋东西？我没有啊。”

“你别不承认了，不是你还能是谁？每次都是你去的时候，我碗里才会埋着香肠啦，鸡蛋啦什么的，搞得我跟那些小媳妇一样，三魂吓掉两魂，每次都扔猪水缸里了。”

他站住了，看着她，认真地说：“真的不是我，可能是长林吧。你说每次都是我去那里的时候，可能刚好是我带了菜过去，才有东西埋。但我确实没有在你碗里埋东西，我知道那会把你弄得很难堪的，所以我只能是多买一些，拿过去大家吃，你也就能吃到了。”

她惊讶极了："不是你？那还能是谁？难道是长林？"她想到是长林，就舒了一口气，"如果是他就不要紧了。"

他脸上的表情好像很难受一样："为什么你不怕别人说你跟他呢？"

10

一连过了好些天，都风平浪静，连静秋也开始相信不会有什么事了，大概长林真的是个老实人，答应了老三不说出去，就真的不会说出去，她多少放心了一些。

心比较安定了，静秋就开始帮长林织毛衣，她目测了一下长林的身高、胸围，就起了针，挑选了一种比较粗犷但又好织的花，就开始织起来，她想赶在走之前织完，所以每天都织到很晚才睡觉。

大妈看见了，就说："不急，不急，织不完，你带回去织，织完了再叫我们长林去拿，或者你来玩的时候带过来。"

静秋一听，越发想赶在走之前织完了，免得留下一个尾巴，以后就得再见长林。很奇怪的是，她不怕别人误会她跟长林有什么，她只怕长林自己有那个心思，到时候她不能答应他，就伤害他了。

有一天，大妈跟静秋两个人拉家常，静秋说起妈妈身体不好，经常尿血，但查不出是什么原因。医生总是开证明，让她妈妈买核桃和冰糖吃，说可以治血尿，妈妈吃了很有效。不过核桃、冰糖都是紧俏物资，即使有医生证明也不容易买到。

大妈说："你大嫂娘家就有核桃树，以后叫你大嫂回娘家的时候带些过来，你拿回去给你妈妈治病。”

静秋听大妈这样说，高兴死了。她妈妈尿血的毛病已经很久了，什么方子都试过了，打鸡血针、摆手疗法等等，只要是不花很多钱的方法都试了，但就是没用。严重的时候，送去检验的尿像血一样红。

她立即跑去问大嫂。大嫂说：“我娘家那边的确有核桃树,但离这里太远，谁知道什么时候才会回娘家去？不过我会给娘家写封信，叫他们把核桃存在那里，我回去的时候就给你带些过来。”

“那……你们家核桃卖多少钱一斤？”

大嫂说：“都是自家的树，要什么钱？我们那里交通不方便，也不能拿到山外去卖，再说现在‘割资本主义尾巴’，连自留山、自留地都恨不得收回去，哪里还让卖核桃？秋丫头，我们一家都拿你当自家人的，只要能治好你妈妈的病，你就是把一棵树放倒了都没关系。”

静秋感激不尽，但不好意思催着大嫂写信，只说：“谢谢你了，你有空了帮我写封信去你家，我找个时间自己去拿。我妈妈这病不治好，我真怕她有一天血流尽了……”

过了几天，长林把一个篮子提到静秋房间来，说：“你看够不够。”说完就走了。静秋一看，是满满一篮子核桃，她愣住了，难道是大嫂叫他跑到她娘家去拿回来的？她狠狠地忍了半天才把眼泪忍回去。她早就发了誓的，说今生再不流一滴泪，因为她小时候流了太多的泪，深知流泪于事无补。她立志要做一个坚强的人，因为哥哥和爸爸在乡下，妈妈身体不好，妹妹比她小五岁，她就是家里的中流砥柱了，所以她的口号是：流血流汗不流泪。

她跑去找长林，想问问这究竟是怎么回事。她找了一会儿，看见长林坐在屋山头（侧面）吃饭。她走过去，站在那里，看他大口大口地吃饭，像是饿极了一样。

她问："你去大嫂娘家了？"

"嗯。"

"远不远？"

"不远。"

静秋望了一眼他的脚，发现一双鞋都走破了，脚趾头露了出来。她说不出话来，只呆呆地看那鞋。他看见了，赶快把鞋脱了，踩到脚下去，羞愧地说："我脚重，费鞋，是想打赤脚的，但山里冷……"

她有点哽咽，死命忍住了，问："是大嫂叫你去的？"

"不是。想早点拿来，你妈吃了早点好。"他几口扒完饭，"我出工去了，还可以算半个工。"说完就走掉了，过了一下，又扛着个锄头跑回来，"找张报纸盖住篮子，别让欢欢都吃了，你别看他人小，他会用门夹核桃吃的。"

静秋看他把鞋塞到门外的柴火堆里，回头嘱咐她："莫告诉我妈，她回头骂我娇气，又不是进城，穿什么鞋。"

长林走了，静秋从柴火堆里翻出那双鞋，想帮他洗洗补补，但发现有一只的底子已经磨穿了，没法补了，只好又塞了回去。

她站在那里发愣，如果受了长林这个情，以后拿什么还？但是她最终还是决定收下这篮核桃，因为能治她妈妈的病。K 市二医院一个姓欧阳的中医总是说静秋妈妈的病主要是生活太差了，身体拖得太虚了，加上思想上负担重，才会这样没病因地尿血。如果把生活过好点，思想上开朗些，病可能就慢慢好了，吃核桃冰糖主要是滋补一下。

她相信欧阳医生的话，因为她妈妈心情好的时候就不怎么发病。每次一为什么事操心着急，或者工作太累了，就出现血尿，吃了核桃冰糖，血尿就停了。

她走回房间，蹲在那一大篮核桃前，一粒一粒地摸，可能有二十多斤吧，如果凭医生证明，可能要十多个证明才能买这么多，而且要不少钱。那些核桃可能因为是新的，比城里买到的要新鲜很多。城里买的那些核桃，常常是砸开之后才发现完全空掉了，里面的仁变得像一张发皱的黑纸。而这些核桃每一粒看上去都那么新鲜，拿在手里重重的，肯定不会是干枯了的。

她恨不得现在就把这篮核桃送回去给妈妈吃，但她想起还要冰糖才行，没有医生证明是买不到冰糖的，而医生只在血尿达到几个加号的时候才肯开冰糖证明，开了证明还不一定有货。

她想：这一篮子够妈妈吃一阵了，妹妹一定开心死了，因为妹妹最喜欢砸核桃。妹妹很会砸核桃，她把核桃竖起来，用个小钉锤在顶上轻轻砸，轻轻砸，核桃壳子就向四面破开了，核桃肉就完整地站在那里。有时也有砸坏了的，妹妹就用个针小心地挑出来，再加上砸碎的冰糖，拿给妈妈吃。但妈妈每次都不肯吃，叫她们两姐妹吃，说妈妈身体不要紧，不会有事的，你们两个人还小，要长身体，你们吃吧。两姐妹就说核桃好涩嘴，不爱吃。

静秋蹲在那里想了一阵，觉得长林对她太好了。曾经听说过旧社会有孝女卖身救母的故事，她觉得很能理解。在那种时候，一个女孩子，除了卖自己，还能有什么别的办法救母亲？其实就算是在新社会，像她这样的女孩子，除了自己，又能拿什么来救母亲？每次她看到妈妈犯病，就在心里想：如果谁能把我妈妈的病治好，我也愿意把我自己卖给他。但现在眼前摆着这一篮子核桃，她不由得惴惴地想：如果这一篮子核桃把我妈妈的病治好了，我是不是就把自己嫁给长林呢？现在是新社会，不能买卖人口，所以说不上“卖”给他，只能是嫁给他。

她想到要用自己来报答长林，又不可避免地想到老三。从内心来讲，她更愿意这一篮子核桃是老三送来的，那就什么问题都解决了，她就兴高采烈地把自己“卖”给老三。

她在心里狠狠批判自己，长林到底是哪点不如老三？不就是个子矮点，人长得没老三那么“小资产阶级”吗？但是我们看一个人，不是应该注重他的心灵方面吗？怎么能只看外表呢？但她马上又反驳自己：你怎么能说老三的心灵方面就不如长林呢？他不也很关心照顾你吗？还有，他总是义务帮别人修笔、修表、修钟，自己花钱买零件，从来不收人家一分钱，这不也是心灵美的表现吗？听说他还是他们勘探总队树的标兵，因为他是自己主动要求到野外作业队来的，他本来是分在省城的总部工作的。人家放着大城市舒适的工作环境不要，到这山沟沟里来勘探，不也是个心灵美的人吗？

她胡思乱想了一阵，又嘲笑自己，这两个人都没说要跟你谈朋友，你自己在那里着个什么急？也许别人就是像雷锋一样帮帮你，结果你却把别人的好心当成别的什么了，真是好心讨不到好报，好泥巴打不出好灶。

她决定先为长林做双鞋，免得他妈骂他，也免得他这么冷的天要打赤脚。她知道大妈的针线篮子里有很多铺垫好了但还没纳的鞋底，还有糊好了没包鞋口的鞋帮，等于是有了半成品的鞋，她花几个晚上，就可以做出一双鞋来。

她跑去找大妈，说要帮长林做双鞋，大妈欢喜得眼睛都眯成一条缝了，立马把鞋帮、鞋底都找出来给她，又把线索、顶针、鞋锥什么的找出来给她，然后站在旁边，爱怜地看她纳鞋底。

看了一会儿，大妈赞赏说：“真看不出来呀，你这个城里姑娘还会做这一手好针线，纳鞋底纳得比我还快，又密实。到底你妈是教书的，养出来的闺女就是能干。”

静秋不好意思告诉大妈，说她会做鞋完全是因为家穷，买不起鞋，她妈妈就自己做鞋。买一尺黑布，可以做两双半鞋面。再找些旧布，糊成鞋衬，可以做鞋帮。鞋底就要自己纳了，最难的是上鞋，就是把鞋帮和鞋底缝在一起,不过静秋也都学会了。她大多数时候都是穿自己做的黑布鞋,只有下雨天、出远门，或者学军什么的，才穿那双旧解放鞋。她的脚很懂事，长到三十五码就没长了，好像怕她那双旧解放鞋不能穿了一样。

大妈说：“你长芬、长芳两姐妹都不做这个了，看她们去了婆家怎么办。”

静秋安慰说：“现在很多人都不穿做的鞋了,她们去了婆家买鞋穿就是了。”

“买的鞋哪有自己做的鞋穿着舒服？我就穿不惯球鞋，上汗，脱出来臭烘烘的。”大妈看看静秋的脚，又惊叹道，“好小的脚，这在过去就是大户人家小姐的脚了，种田人家的女孩哪有这样乖巧的脚？”

静秋听了，羞惭不已，这脚肯定是自己的“地主”爸爸传下来的，她爸爸的脚在男人中也算小的了，静秋妈妈的脚并不算小，可见妈妈那边还是劳动人民，爸爸那边才是靠剥削农民生活的，不用下田，连脚都变小了。她很老实地坦白说：“可能这是我爸爸的遗传，我爸爸家……是地主，我思想上是跟他划清界限的，但是我的脚……”

大妈说：“地主有什么？人家命好，又会当家，才积下那些田。我们这些没田的，租人家田种，交租给人家，也是天经地义的。我就不待见那些眼红人家地主有钱，就找岔子斗人家的人。”

静秋简直觉得自己耳朵有了毛病，大妈这样一个祖祖辈辈贫农的女儿，会说这种反动话？她想这肯定是大妈故意说了，来考验她一下的，自己一定要禁得起考验。她不敢接茬，只埋头纳鞋底。

熬了两个夜，静秋把长林的鞋做好了，他收工回来，静秋就叫他试试。长林打了盆水，仔仔细细把脚洗净了，恭而敬之地把脚放进鞋里，叫欢欢拿几张报纸来垫在地上，才小心翼翼地在上面走了几步。

“紧不紧？小不小？勒不勒脚？”静秋担心地问。

长林只嘿嘿地笑：“比妈做的爽脚。”

大妈笑着，故意嗔他：“人家说‘有了媳妇忘了娘’，你这还在哪呀，就……”

静秋赶快声明：“这鞋是为了感谢长林帮我妈弄那些核桃才做的，没有别的意思。”

隔了两天，老三拿来一大袋冰糖交给静秋，说：“你拿给你妈妈治病。”

静秋愣住了：“你怎么知道我妈妈需要冰糖？”

“你不告诉我，还不许别人告诉我？”他好像有点抱怨一样，“为什么你能告诉他们，不能告诉我？”

“哪个他们？”

“还有哪个他们？当然是你大妈，你大嫂，你二哥他们啰。早知道这样，当初就不该告诉你我不是他们家的。”她愣在那里，搞不清他是在真生气还是在开玩笑。

他见她理屈词穷的样子，就笑了起来：“不是在怪你，是在跟你开玩笑。长林告诉我的，他说他只能弄到核桃，弄不到冰糖，但是没有冰糖这药就没效。”

“这么大一袋冰糖，得要多少钱？”

“这么大一篮核桃，得要多少钱？”

“核桃是树上摘的。”

“冰糖是树上长的。”

她见他又敢跟她斗嘴了，不由得笑了起来：“你瞎说，冰糖也是树上长的？”

他见她笑了，也很高兴：“等你赚钱了，一并还我，我都跟你记着，好不好？”

她想这下糟糕了，如果老二、老三两个联合起来治好了我妈妈的病，难道我能把自己嫁给他们两个？她只好又把自己那套自嘲端出来：别人说了要你以身相许了？你这样的出身，别人要不要你这个报答还是一个大大的问号。

11

人说“好了疮疤忘了痛”，这话一点不假。静秋担了一段时间的心，发现没事，胆子又大起来，又敢跟老三说几句话了。刚好大妈和村长回大妈娘家去几天，大嫂去严家河会丈夫，把欢欢也带去了，白天家里除了静秋，再没别人。

老三下了班，就早早跑过来帮忙做饭，自己也不在食堂吃，到这边来吃。他跟静秋两个一个烧火，一个炒菜，配合得还挺默契。

老三会做油盐锅巴，他煮了饭，先把饭用个盆盛出来，留下锅巴在锅里，撒上盐，抹上油，用文火炕一会儿，铲起来就是又香又脆的锅巴。静秋吃得爱不释口，晚饭干脆就不吃饭，只吃锅巴，吃得其他人莫名其妙：放着白白的饭不吃，去吃锅巴，城里人真怪啊。

长芬见大妈不在家，也把自己谈的男朋友带回家来吃饭。静秋听大妈说过，说那男的“光长了一张脸”，不踏实，不在村里好好务农，总想跑外面做小生意，大妈和村长都不喜欢他，不让长芬跟他来往。长芬平时都是偷偷跑出去跟他约会的，现在爹妈不在家了，长芬就大摇大摆地把那张“脸”带回来了。

静秋觉得那张“脸”还不错，人高高大大的，说话也像见过世面的，对长芬也挺好的。“脸”还带给静秋几根花花的橡皮筋扎辫子，说他就是走村串户卖这些玩意的。长芬把手上的一块表给静秋看，得意地问：“好不好看？他给我买的，一百二十块钱呢。”

静秋吓一跳，一百二十块钱！差不多是她妈妈三个月的工资了。长芬戴了表，菜也不肯洗了，碗也不肯洗了，说怕把水搞到表里去。

吃饭的时候，老三总给静秋夹菜，“脸”就给长芬夹菜，只有长林一个人掉了单。长林总是盛一碗饭，夹些菜，就不见了。吃完了，碗一丢，就不知去向，到了睡觉的时候才回来。

晚上的时候，长芬跟“脸”关在隔壁她自己房里，也不知道在干什么。长芬和长芳的屋只隔一堵一人多高的墙，顶上是通的，一点儿也不隔音。静秋在自己房间写东西，总是听见长芬唧唧地笑，像有人在胳肢她一样。

老三就大大方方地坐在静秋房间，帮她写村史。有时她织毛衣，他就坐在对面，拿着线团帮她放线。但他放着放着就走神了，只盯着她看，忘了放线，她只好在毛线的另一端扯扯，提醒他。

他像是被她扯醒了一样，回过神来，赶快抱个歉，放出长长的线，让她织。

静秋小声问：“你那天不是争嘴，说要我给你也织一件毛衣的吗？怎么没见你买毛线来？”

他笑了笑：“线买了，不敢拿过来。”

她想他大概见她这几天手里有活，不好再给她添麻烦，她心里有点感动。她的毛病就是感动不得，一感动就乱许诺。她豪爽地说：“你把线拿过来吧，等我织完了这件，就织你的。”

第二天，他把毛线拿过来了，装在一个大包里，看上去不少。静秋从包里拿出毛线，见是红色的，不是朱红，不是玫瑰红，也不是粉红，是像映山红花一样的颜色。在红色中，她最喜欢这一种红，她就叫它“映山红”。

但男的还很少有人穿这种颜色的毛衣，她吃惊地问：“你——穿这种颜色？”

“山上那棵山楂树开的花就是这个颜色。你不是说想看那树开花的吗？”

她笑他：“我想看那棵树开花，你就穿了红色的毛衣，让我把你当山楂树？”

他不回答，只望着她棉衣领那里露出来的毛衣领。她有点明白了，他一定是为她买的，所以是红色的。果然，她听他说：“说了你不要生气，是……给你买的……”

她刚好就很生气，心想他一定是那天走山路的时候，偷偷看过她毛衣的真实面目了，不然他怎么会想起买毛线给她？

那天在山上走得很热，他早就脱了外衣，只穿了件毛衣，但她一直捂着件棉衣不肯脱。他问：“你热不热？热就把棉衣脱了吧。”

“我……不习惯穿毛衣走路，想把里面的毛衣脱了，只穿棉衣。”

他很自觉地说：“那我到那边去站一会儿，你换好了叫我。”

她不愿穿毛衣走路，是因为她的毛衣又小又短，箍在身上。她的胸有点大，虽然用小背心一样的胸罩狠狠勒住了，还是会从毛衣下面鼓一团出来，毛衣又遮不住屁股，真是前突后翘的，丑死了。

那时女孩中间有个说法，说一个女孩的身材好不好，就是看她贴在墙上时，身体能不能跟墙严丝合缝，如果能，就是身材好，生得端正笔直。静秋从来就不能跟墙严丝合缝，面对墙贴，前边有东西顶住墙；背靠墙贴，后面有东西顶住墙，所以一直是女伴们嘲笑的对象，叫她“三里弯”。

静秋知道自己身材不好，很少在外人面前穿毛衣，免得露丑。现在她见老三避到一边去了，就赶快脱了棉衣和毛衣，再把棉衣穿了回去。她小心地把毛衣翻到正面，拿在手里。开始她还怕他看见了毛衣的反面，不肯给他拿，后来跟他讲话讲糊涂了，就完全忘了这事，他要帮她拿毛衣，她就给他了，可能他就是在那时偷看了她毛衣的秘密。

她织毛衣的线还是她三四岁的时候妈妈买的。她妈妈不会织毛衣，买了毛线请人织，结果付了工钱，还被别人落了很多线，只给她和哥哥织了两件很小的毛衣。

后来她会织毛衣了，就把那两件小毛衣拆了，合成一件。穿了几年，再拆，加一股棉线进去再织。过两年，再拆，再加一股棉线进去，再织。最后就变得五颜六色了，不过她织得很巧妙，别人看了以为是故意弄成那种错综复杂的花色的。但因为时间太久了，毛线已经很容易脆断，变成一小段一小段的。刚开始她还用心地把两段线搓在一起，这样就看不出接头。后来见接头实在是太多了，搓不胜搓，也就挽个疙瘩算了。所以她的毛衣，从正面看很抽象，很高深莫测。但如果翻过来看里面，就布满了线疙瘩，就像伟大领袖毛主席在井冈山的时候穿的那种羊皮袄，还一定是绵羊的皮，因为那些毛都是曲里拐弯的。

她想他一定是看见她毛衣的那些线疙瘩了，所以才同情她，买了山楂红的毛线，让她给她自己织件毛衣的。不知怎么的，她一下想到了鲁迅的小说《肥皂》，那里面心地肮脏的男人，看见一个贫穷而身体肮脏的女人，就在心里想，买块肥皂，给她“咯吱咯吱”地一洗。

她恼羞成怒，责怪老三：“你这人怎么这样？你拿着毛衣就拿着毛衣，你……你看我毛衣反面干什么？”

他诧异地问：“你毛衣反面？你毛衣反面怎么啦？”

她看他的表情很无辜，心想可能是冤枉他了，也许他没看见。她那一路上都跟他在一起，他应该没机会去看她毛衣反面。可能他只是觉得那毛线颜色好，跟山楂花一个颜色，所以就买了。

她连忙解释说："没什么，跟你开个玩笑。"

他如释重负："噢，是开玩笑，我还以为你生气了呢。"

她这样怕她生气，使她有一种自豪的感觉，好像她能操纵他的情绪一样。他是干部子弟，又那么聪明能干，人也长得很"小资产阶级"，但他在她面前那么老老实实，胆小如鼠，唯恐她生气，让她有一种飘飘然的感觉，自觉不自觉的就有点想逗弄他一下，看他诚惶诚恐，好证实她对他的支配能力。她知道这不好，很虚荣，所以尽力避免这样做。

她把毛线包好，还给他："我不会要你的毛线的，如果让我妈妈看见，我怎么交代？说我偷来的？"

他又那样讪讪地站在那里，手里抱着毛线包，小声说："我没想到你要过你妈妈那一关，你就说是你自己买的不行吗？"

"我一分钱都没有，怎么会一下买这么多毛线回来？"她带点挑战性地把自家经济上的窘境说了一下，那神情仿佛在说：我家就是这么穷，怎么啦？你瞧不起？瞧不起趁早拉倒。

他站在那里，脸上是一种痛苦的表情，喃喃地说："我没想到……我没想到……"

她觉得他在后悔上了当一样，于是嘲弄地说："没想到吧？你没想到的事还多着呢，只怪你眼光不敏锐。不过你放心，我说话算数的，冰糖钱、钢笔钱我都会还你的。我暑假出去做零工，如果一个月一天也不休息，每个月能挣三十六块钱，我一个月就把你的钱还清了。"

他茫然地问："做……做什么零工？"

"做零工都不懂？就是在建筑工地做小工啊，在码头上拖煤啊，在教具厂刷油漆啊，在瓦楞厂糊纸盒啊，反正有什么做什么，不然怎么叫零工呢？"她有点吹嘘地说，"不是每个人都找得到零工做的，我找得到工，是因为我妈妈的一个学生家长是居委会主任，专门管这个的。"

她跟他讲有关那个居委会主任的儿子的笑话，因为那个儿子是她的同学，长得瘦瘦小小，班上同学给他起个诨名叫"弟媳妇"，班上还有个男生叫"田姑娘"，另一个男生叫"杜嫂子"，反正几个男生把女性名称全占光了。她讲到好笑之处，兀自笑了起来。

笑了一阵儿，才发现他没笑，直愣愣地望着她。她赶快解释说："你不要觉得我这个人无聊，不是我给他们起的这些诨名，我在班上从来没这样叫过他们，我只是讲给你听听。"

他声音有点沙哑地说："在瓦楞厂糊糊纸盒可以，但是你不要到建筑工地去做小工了，更不要到码头上去拖煤，那很危险的。你一个女孩子，力气不够，搞不好被砸伤了，被车压了怎么办？"

原来他刚才根本没听她讲那些笑话，还迂在做零工的事情上，她安慰他说："你没做过零工，所以把做零工想象得很可怕，但实际上……"

"我没做过零工，但我看见过货运码头上人家怎么拖煤，很陡的坡，掌不住车把，就会连人带车冲到江里去。我也看见过建筑工地上人家怎么修房盖瓦，从脚手架上摔下来……那都是很重很危险的活，不重不危险也不会交给零工干了，正式工人就可以干了。你去干这么危险的活，我怎么放心呢？你妈妈也肯定不放心吧？"

她妈妈的确不放心，总是担心她在外面做零工受伤，说做零工的受了伤，连劳保都没有的，那你一生就算完了。几个钱事小，一条命事大。但她知道几个钱的事不小，你没那几个钱，就买不回米来，你就饿肚子。再说她家也不仅仅是缺“几个钱”，是缺很多钱。她妈妈经常问别的老师借钱，常常是一发工资就全还账了，发工资的第二天就要开始借钱。她家经常是把肉票、鸡蛋票给人家了，因为没钱买。她哥哥下乡的那个队，收成不好，知青们都要问父母拿钱去买谷打米才有饭吃，因为分值太低，一年做的工分还不够口粮钱。

这些年，多亏她每年夏天出去做零工，很能帮贴家里一下。她总是安慰她妈妈：“我做了这么久零工，不还是好好的吗？这么多做零工的，你看见几个伤残了？人要出事，坐在家里也可以出事。”

现在她见老三也这样婆婆妈妈，就把这套理论拿出来对付他。

但他听不进去，只急切地说：“你不要出去做零工了吧，真的，很危险的，把自己弄伤了，累坏了，是一辈子的事。你需要钱，我这里有，我们搞野外的，工资比较高，还有野外津贴。我有存款，你先拿去还账，以后我每个月都可以给你三十到五十块钱，应该够了吧？”

她很不喜欢他这个样子，好像他工资高就很了不起一样，就居高临下地看她，要救济她。她高傲地说：“你工资高是你的事，我不会要你的钱的。”

“你……就算我借给你的，不行吗？以后你工作了再还？”

“我以后哪里会有什么工作？”她讥讽地说，“我爸爸又不是高干，还能给我找个野外的工作不成？我下了农村就不准备招回来了。到时候，不用我妈给我口粮钱就不错了，哪还有钱还你？”

“没还的，就不还，反正我也用不着这几个钱，你别固执了，你为了几个钱，把自己弄伤了，一辈子躺在床上，不是更糟糕吗？”

她听他说“为了几个钱”，觉得他很瞧不起她，把她当个爱钱如命的人。

她没好气地说："我就是为了几个钱，我就是个庸俗的人。我宁可在外面做零工受伤、累死，也不会要你的钱的。"

他好像被她一刀刺中了心脏一样，再说不出什么，只低声说："你……我……"

他"你我"了半天，也没说出什么来，只可怜巴巴地望着她，使她想起以前养过的一只小狗，被打狗队的人抓住，绑了嘴，叫不出来，也是这样可怜巴巴地望着她，好像知道被抓走就是死路一条，在祈求她救命一样。

12

过了两天，大嫂回来了，家里又安静了。长芬的"脸"也不来了，老三队上那天也要开会，没时间过来。晚上，大嫂带了个同事叶老师来请教静秋，问男人的毛裤怎么织前面那个开口。

静秋知道那个开口怎么织，但叶老师不仅问静秋怎么织出一个口，还问她那个口要织多高才方便她丈夫解手。静秋是从别人那里学织那个开口的，织的时候从来不去细想那开口是干什么的。现在叶老师一说"解手"，把她闹个大红脸，慌忙说："干脆我帮你把这点织了吧。"说完就快手快脚地帮忙织起来。

叶老师一边等她织那个口子，一边跟大嫂聊天："余敏，秋丫头实在是太能干了，人又长得漂亮，难怪你婆婆这么上心地要把她说给你家老二。秋丫头，就嫁给老二吧，你嫁这里来了，我们织毛衣就方便了，随时可以来问你。"

大嫂说："你别乱说了，人家秋丫头脸嫩。"大嫂试探说，"秋丫头是城里人，吃商品粮的，哪里瞧得起山沟沟里的人？像秋丫头这样的，肯定要嫁个城里人，你说是不是？秋丫头？”

静秋红了脸，只说：“我还小，根本没想这些事……”

叶老师说：“要嫁城里人？那我有个主意，在勘探队找一个，他们里面有城里人。到时候秋丫头嫁的是城里人，我们又有人帮忙织毛衣，两全其美。”叶老师想了想说：“我看那个小孙就不错，会拉手风琴，跟秋丫头蛮般配的。余敏，小孙老往你家跑，一定是在打秋丫头的主意。”

大嫂呵呵笑：“你眼睛还蛮尖呢。以前因为我跟他提过长芬的事，他就躲着不上我家来了。可现在跑得好勤，差不多天天来。”

静秋听得大气都不敢出一口，只希望她们是开玩笑。

叶老师说：“那你妈不是急得要命？这么好的一个丫头，本来是要说给自己儿子的，搞不好却被一个外人夺去了。”

大嫂笑笑说：“不会的，秋丫头铁定是我们家人，人家小孙家里有未婚妻的。”

静秋只觉得脑子嗡的一响，以为自己要晕倒了，哪知不仅没晕倒，反而像飞到了半空，看戏不怕台高一样地望着自己，幸灾乐祸地想：“静秋，你一天到晚说‘要乐观地对待一切’，现在考验你的时候到了。”

大嫂跟叶老师两个人唧唧咕咕地讲，时而笑一阵，静秋也适时地跟着她们笑，但她脑子里只有一句话：“小孙在家里有未婚妻的。”

她就一边飞针织着毛裤，一边听大嫂和叶老师说话，最后的结果是那裤子的开口织了不知道有多长，而她们说的话却一句没听懂。一直到叶老师想起要回去了，才拿过毛裤来看，发现那口子已经织了一尺来长了。

叶老师忍俊不禁：“呵呵，这下我丈夫解手方便了，跟开裆裤差不多！”

静秋难堪得要命，当即要拆掉重织。大嫂对叶老师说："我看不用拆了，你回去用针线把多出来的口子缝上就行了。"

叶老师说："就是，织了这么长了，拆了怪可惜的。"

等叶老师走了，静秋赶快回到自己房间，好像再也扛不住了一样。她爬上床，用被子蒙住头装睡。虽然盖着很厚的被子，她仍然哆哆嗦嗦，不知道是冷还是怕,或者是什么别的。她躲在被子里,恨恨地骂老三："骗子！骗子！你在家有未婚妻，为什么要对我那样？你做的那些，难道是一个有未婚妻的人对另一个女孩能做的事吗？"

她痛心地认识到，骂骗子是没有什么用的，这世界上到处是骗子，骂也骂不死他们，骂也骂不疼他们。要怪只能怪自己，怪自己没眼睛，不能识别骗子。

那天在山上发生的事又一幕幕出现在脑海里。当时经过的时候，就像是看电影一样，不能叫停，一大串镜头一下就闪过去了，大脑完全是糊涂的，不知道自己在想什么，也不知道应该说什么，做什么。现在回想起来，却好像是在看一堆照片，每一张都固定了一个瞬间，可能有很多镜头省掉了，但重点镜头都在，可以一张一张地看，边看边评价边反省。老三抱住她之前的那些镜头，好像都没拍成照片，即使拍了，她也一翻而过。反反复复出现在记忆里的，就是老三吓唬她，说有个长得像他的冤魂站在树下，然后不知道怎么的，他就抱住她了，他吻了她，还差点把舌头伸她嘴里去了。

现在知道他在家里有个未婚妻，静秋突然觉得像翻出了很多旧照片一样，那上面清晰地记录着一切，但当时就是看不见。她跟老三在一起的时候，总有一种晕晕乎乎的感觉，好像自己一向引以为骄傲的判断力、自持力都不存在了一样。他就像一阵强劲的风，刮得她脚不点地跟他走，思维变缓慢了，听觉变迟钝了，但笑神经却特别发达——当然都是傻笑神经。

她又回想起回去的那天，走在山上的时候，他讲过那个故事，还拿罗密欧朱丽叶做例子，替那个甩了前一个女友的青年辩护，其实那就是在说他自己。回来的那天晚上，走在山上的时候，他又变相地承认了他牵过别人的手。

想到这点，她就悔之莫及。怎么当时就没听懂呢？如果听懂了，那他来抱她的时候，她就会对他大发脾气。如果发了脾气，就是表明了立场，说明她是讨厌他那样做的。

可惜她那时不仅没发脾气，还此地无银三百两地承认自己喜欢他牵着手。她真不知道自己为什么会做这么傻的事，那时见他不再牵她的手了，好像话也不多了，觉得他生气了，不知怎么一下，心里就惶恐起来了，怕他再不理她了。

现在她让他抱了她，亲了她，结果他却有未婚妻，这不是被他骗了吗？静秋从小就听妈妈说女孩子“一失足成千古恨”，刚开始她连这句话怎么断句都搞不清楚，以为是“一时足成千古恨”，但居然把基本意思给撞对了，就是说一旦失足，就会悔恨一辈子，她不知道的是什么叫“失足”。

在她看来，让一个男的知道自己爱他了，就是失足了，因为他就可以拿去对人吹嘘，败坏女孩的名声。静秋知道不少这样的故事，也亲眼见过认识的女孩遭到这种不幸，所以她一直很注意，不要“失足”，最保险的办法就是不爱上什么人，那就绝对不会“失足”。

她想到这里，觉得哆嗦得不那么厉害了。还好，她跟他的事没人知道，她也没留给他什么黑字落在白纸上的把柄。迄今为止，最糟糕的就是她承认了她喜欢他牵她的手。但那天去叫他来吃饭的时候，她已经拒绝过他牵手的要求了，应该把局面挽回来了吧？

她决定再也不理他了，就当这事从来没发生一样。既然他有未婚妻，想必也不会对人说这事，希望这样就能把这事从她生活中一笔勾销。她想起不知道在哪里看见过的一句话："不为人知的丑事就不成其为丑事。"她希望这句话阐述的是一个真理。

现在就是他那袋冰糖怎么处理的问题了，她妈妈的确需要这些冰糖，她回了K市也没本事买到冰糖，所以她决定收下，但她一定要付他钱，尽快付。她可以先问教改小组的人借一点钱，以后回去再还他们。

她爬起来，正想到教改组李师傅那里去借钱，大嫂找来了，说想跟她说几句话。

大嫂说："我婆婆早就叫我来跟你说说长林的事，但是我都没对你提起，主要是觉得没什么可能，你是城里人，又是高中生，长林一个乡下人，连初中都没读完，肯定是配不上你的。"

静秋难受地说："我真的没有瞧不起他的意思，只是……"

大嫂说："后来我听说了你家里的事，我又觉得应该跟你提提长林的事，还应该把我自己的经历跟你讲讲，说不定对你有好处。"大嫂叹口气，"其实我看见你，就像看见了当年的我自己。我以前也是城市户口，但我父母被打成右派之后，就丢了公职，成了无业人员，靠做零工为生。后来城市搞清理，把无业人员都赶到乡下去，我们一家才去了那个穷山沟。"

"原来你也有这么坎坷的经历？"静秋同情地说，"我一来就觉得你不像这里的人，连你的名字都跟这里的人不同。"

"现在还不是成了这里人了？你以后也要下农村的，还不知道下哪个老山里去了。其实这里靠县城，离K市也不远，算是比较富庶的地区。你在这里住了这几个月，肯定也看出来了，我婆婆一家待人很好的。如果你嫁了长林，他家里人肯定把你当仙女供着。"

静秋尽力把话扯到别处去："你从城里到乡下，一定也……憋屈得很……"

“这就是命，人强强不过命。”大嫂叹口气说，“不过我还算运气好的了，嫁给长森，他爸大小是个官，把他弄出去吃商品粮了，也把我弄到小学教书。虽然我不是吃的商品粮，但教书比下田劳动好多了。你以后来了西村坪，只要长林他爸还在位，肯定能让你去小学教书。”

静秋从来没想过通过嫁人来改变自己的命运，她知道自己是下农村的命，而且下去了就招不回来，就像她知道自己家穷，也很想改变穷的面貌，但她决不会靠嫁人去改变，她宁可抢银行。对她来说，一切的一切都是自己不能掌握的，升学，找工作，入团等等，都不是自己说了算的。唯有自己的感情，可以自己掌握，这是她唯一可以自由支配的东西，所以她一定要按自己的意志去支配自己的感情。她可以因为感恩拿自己报答别人，可以因为同情去拯救一个人，但她绝不会用自己的感情去换金钱或地位。

大嫂说：“我知道你不肯跟长林一起，是因为你喜欢老三。说实话，老三这个人挺不错的。”

“谁说我喜欢老三了？”静秋立即把老三从自己身上扯开，“你说跟他提长芬的事——到底是什么事？”

“噢，以前老三他们队刚进村来的时候，工棚还没修起来，就住在各家各户，老三刚好住在我们家。长芬爱唱歌，老三会拉琴，长芬总是让老三给她伴奏，一来二去的，就喜欢上他了。但她自己又不好意思去说，一直等到老三搬到工棚那边去了，才叫我去帮她过个话。我跟老三提了，但他说他在家乡有未婚妻。”

“那他是不是在找借口呢？”

“不是，他还给了我一张他跟未婚妻的合影。人家那真叫长得漂亮，到底是干部子弟，两个人真般配。”大嫂说着，就走到桌子跟前，“那照片就压在这块玻璃板下，我来指给你看。”

大嫂找了一阵，诧异地说：“咦？找不到了，到哪儿去了？莫非是长芬收起来了？还是长芳收起来了？”

静秋马上就想到是老三自己藏起来了，免得她看见，这越发说明他是个骗子了。鬼鬼祟祟，偷偷摸摸，可耻！

大嫂说：“他打那以后就不怎么上我家来了。大妈还是对他很好的，事没成，人情在，有了什么好吃的还是叫他过来吃。后来长芬自己对上象了，就没事了。”

“你见过他——未婚妻吗？”

“没有，人家省城里的姑娘，爹又是高官，哪会到这个山沟里来。”

静秋不好意思再问什么，也不知道该说什么，只呆呆地坐在那里。

大嫂说：“我劝你别打老三的主意了，趁早忘了他。你听听我的教训，就知道当官的人家不是我们这些人高攀得上的了。我家被赶到农村之前，我也有个男朋友的，爹也是个官，不过没老三的爹官大，听说老三的爹是军区司令，我那男朋友的爹只是军分区的一个官。但是干部家子弟都是一样的，他们见多识广，接触的人多，也不愁找不到对象。

我那男朋友家里一开始就不同意他跟我来往，干部家庭是很讲门当户对的，但我男朋友那时坚持要跟我好，只不敢把我带家里去。后来听说我家要下农村了，他就慌了，想开个后门把我一个人留下，但没那么大的身手，最后也就吹了。幸好我那时把握得住自己，一直没让他上身，所以后来还能嫁个好人家，如果那时依了他，跟他搞出事来了，那他甩我的那天，就是我的忌日。”

静秋听得一震：“为什么就是你的——忌日？”

“一个女孩子，被人弄得失了身，又被人甩了，以后谁还敢要你？就算要了你，到了新婚之夜，发现你不是姑娘身了，也会下作你，不把你当人看。秋丫头，我看你比我那时候还犯桃花，你生得漂亮，一生都注定会有人纠缠你的，你不拿稳的话，就有你罪受了。”

静秋听得心乱如麻，以前只知道跟男的“同房”、“睡觉”是危险的，现在又弄出一个“上身”，不知道被老三抱过是不是就算让他“上身”了？

她冒死问道：“你说你那时没……让他上身，是什么意思？”问完了，就很后悔，怕大嫂问她为什么关心这个。

“没让他上身还不懂？就是没跟他同房呀，没跟他睡觉，没跟他做夫妻的事。”

静秋觉得自己三颗心放下两颗了，因为她没跟老三同房，没跟他睡觉，就是不知道做过夫妻的事没有。但她不敢再问了，再问，大嫂肯定要怀疑她了，一个女孩子，怎么这么关心这些事？

13

第二天，静秋就厚着脸皮向教改组的几个人借钱，说是为妈妈买冰糖急需的。已经到了快回去的时候了，大家身上都没剩下什么钱，李师傅和陈校长两人凑了十八块钱，借给静秋了。

大妈他们那天也回来了，晚上的时候，静秋听见老三在堂屋跟欢欢玩耍，就赶紧拿了钱，走到堂屋去，见他坐在一个很矮的板凳上，欢欢趴在他背上跟他亲热。老三看见她，仰起脸跟她打招呼，但她板着脸不说话，把钱丢在他腿上，说：“谢谢你帮我买冰糖，你看看这些钱够不够。”

他的表情使她想起鲁迅的《祥林嫂》里面的一句话“像遭炮烙一样”，她看见他那样望着他腿上的钱，像那钱在烫他的腿，而他不敢伸出手去碰一样。他无助地抬起头望她，仿佛在询问究竟发生了什么。

她不知道为什么，好像觉得自己有权生他气似的，气呼呼地说：“够不够？不够就告诉我，我补齐你。”其实她已经把借来的钱全给他了，并没有钱来“补齐”他，如果真的差的话，她只好再去借。

他问：“不是说好——以后再还的吗？”

“说好了又变的事情多着呢，你能指望别人说好的话句句都兑现？”

他把这句话揣摩了一会儿，大概没揣摩出什么来，只说：“你不是说你身上没钱的吗？怎么一下出来这么多钱？”

“问组里人借的。”

他似乎很受伤：“你横竖是借钱，为什么你偏要去问别人借呢？”

“我高兴问谁借就问谁借。我代替我妈谢谢你了。”说完，她就走到自己房间去了，拿出写村史的本子，想来写东西。但她的手直发抖，也不知道是气的还是冷的。

他跟了进来，站在她身后：“出了什么事？你告诉我，你不要这样，一定是出了什么事，前天还好好的，怎么一下就……”

“前天怎么啦？我一直就说不要你的钱。”

他疑惑地问：“就因为我那天说了要给你钱，你就生这么大气？你那天说了不要，我就没再勉强你了。我知道你自尊心强，不愿接受别人的帮助，可是你……你不用把我当……别人的呀。”

她想：到底是骗子，说起话来嘴上像抹了蜜糖一样，如果不是我知道你的底细，肯定又被你骗了。你那时是不是就这样把你未婚妻骗到手的呀？

她知道不知道你又在外面骗别人呀？难怪别人说嘴巴皮子会嚼的人让人信不过，他哄得住你，也就哄得住别人，像长林这样的闷葫芦就肯定不会骗人。

她头也不回地说："你别站这里了，去忙吧，我要写东西了。"

她感觉他还站在那里，但她不回头望他，只抖抖索索地在本子上写字。过了一会儿，她觉得他不在那里了，就转过头，他果然不在那里了。她又很失落，满以为他会在她身后多站一会儿，甚至一直站着的。

她不知道自己是怎么回事，本来想得好好的，要忘记他，忘记他，再不把他当回事了。事前也觉得这事做起来不难，碰见他了，她也真的能恶狠狠地跟他说话。他可怜巴巴地望着她的时候，她的心也很坚定，似乎不为所动。但等到他真的走了，她就慌了，只会怨恨地想：他怎么能这样，怎么能这样，我才说了这么几句，他就跑掉了？

她觉得自己这种行为简直算得上丑恶，别人讨好你，怕你生气的时候，你就大大咧咧的，专门说些伤害别人的话；等到别人跑掉了，你又后悔。你这不是逼着人家冷淡你，下作你吗？她把自己骂了一通，就装作到后面去，看看他是不是真的走了。她穿过堂屋和厨房，往后面走，发现他不在堂屋，也不在厨房，她张着耳朵听了一会儿，也没听见他说话的声音。他真的走了，他生气了，因为她对他那样没礼貌，那样冷淡。她失魂落魄地到处找他，也不知道找到他了，她又能怎么样，但她什么也顾不上了，一心希望他没走。

最后她在磨房看见了他，他在推磨，大妈在喂磨。静秋一看见他，知道他没走，心里又不慌张了，对他的恨意也上来了，在心里恶狠狠地骂了一句"骗子"，转身就走回自己房间去了。

连着几天，她都不理他。他找机会跟她说话，问她到底出了什么事，她都不说。有时问急了，就狠狠丢下一句："你自己做的好事，你自己心里明白。"

他恳求说："我不明白，你告诉我，我到底做了什么好事？"

她不理他，进自己房间去装模作样写东西。她见他不会生气走掉，就放肆起来，越发冷淡他，但又不给他解释，让他去冥思苦想。她搞不清她为什么觉得自己有权折磨他，就因为她能让他苦恼吗？还是觉得他那天在山上占了她便宜，所以要用折磨他的方式来惩罚他？

教改小组就要回K市去了，静秋还没想到一个好办法把那些核桃拿回去，她坚决不要长林去送，更不会要老三去送。但她也不能指望教改小组的人帮她背回去，因为组里每个人都是背着行李的，能把自己的行李对付回去就不错了，谁还能帮她提那一篮子核桃？

她想把核桃砸开，只带里面的仁回去，那会轻很多，但大嫂说你砸开了，就不好保存了，你总不能让你妈妈一下都吃了吧？总要留一些防止下次犯病吧？她想想也是，只好不砸开。

大嫂建议说："就让长林去送你吧，他很少去K市，也算是去那里玩玩。你要觉得不方便，就让我公公派长林一个差，算是送你们教改组回去的，队里还可以给他记工分。"

静秋觉得那样更糟糕，连张村长都扯出来了，不更像是他家儿媳了？

一直到临走的前一天了，长芳从严家河回来了，才算解了个围，说她可以去送，但她提不动那样一大篮核桃，可以叫她二哥一起去，两兄妹主要是去K市玩，顺便帮忙把核桃送去。长芳说她老早就想去趟K市了，就是没伴，现在正好借这个机会去趟K市。大妈和大嫂都说她们也有好些东西要叫长芳在K市买，静秋也想不出更好的办法了，潜意识里觉得这样可以惩罚一下老三，就答应了。

长林激动得不得了，大妈也激动得不得了，为长林张罗出客的衣服鞋袜，又教他出门的礼貌，嘱咐他见了静秋的妈妈要叫“老师”，不要像根木头；吃饭的时候要细嚼慢咽，不要像饿牢里放出来的一样；走路要轻手轻脚，不要像打夯似的。总而言之，事无巨细，都交代了无数遍，看那样子，恨不得自己替他去算了。

晚上，老三过来了。他来的时候，大妈一家正在热烈而紧张地为长林的K市之行做最后的润饰。大妈和大嫂忙着把核桃用袋子装起来，又找些豆角干、白菜干、咸菜干什么的包上，说送给静秋家做菜吃的。

静秋很惶恐，觉得这事已经超出预算了，说好只是长林两兄妹去K市玩，顺便把核桃带过去的，现在却好像搞成长林初次登门拜访丈母娘一样了。她想阻止，但又说不出口，盛情难却，伸手不打笑脸人，别人这么欢天喜地的，自己怎么好兜头泼一盆冷水？再说，大妈也没叫长林去了她家就叫她妈“丈母娘”，只说叫“老师”。难道在大妈家住了这么久，别人的儿女要去你那里玩一下，你都不肯？

老三站在一帮忙忙碌碌的人中间，显得很迷茫，搞不清发生了什么，等到他问出是在打点长林去静秋家的行装时，他的脸色明显变了，愣愣地站在那里，跟那群忙碌的人形成鲜明的对比。

静秋看着他，有点幸灾乐祸，心想：谁让你有未婚妻的？兴你有未婚妻，就不兴我有人帮个忙？她刚才还在为自己让长林带核桃去K市后悔，怕惹出麻烦来，现在又觉得这个决定很好，可以狠狠地报复一下老三。

大嫂见老三寂寥地站在那里，就问他：“你有没有旅行袋？拿得出手的包就行，长林进城不背个包不像样子。”

老三愣了一会儿，才说：“噢，我有个出门用的包，我去拿过来。”说完，他就走了。过了好一会儿，他才拿来几个包，给了长林一个，问：“你一个人拿不拿得动？拿不动我明天可以去帮忙，我明天休息。”

长林连连说：“我拿得动，拿得动，那一篮子不都是我从大嫂娘家提回来的吗？我不光提得动核桃，我还可以帮他们背包。你明天不用去了。”

老三望了静秋一眼，好像在指望她邀请他明天去帮忙一样，她连忙躲开他的眼神，回到房间去收拾自己的东西。老三跟了进来，问：“有没有什么需要我帮忙的？”

“没有。”

“怎么叫长林去送呢？他去要耽误出工的。我明天不上班，不如……”

“算了，不麻烦你了。”

他很尴尬地站在那里，看她东收西收，想把很多东西塞进一个军用挂包里去，就问：“我还拿了几个包过来，你看需要不需要……”

“不需要。我背什么包来，还背什么包回去。”

他茫然地看着她愤愤地把东西往包里硬塞，说：“你回去了，代我问你妈妈好，祝她早日康复。”

“嗯。我代我妈妈谢谢你为她买的冰糖了。”

他沉默了一下，补充说：“冰糖吃完了，就告诉我，我再买。”

“不用了。”

“把妈妈的病治好要紧……”

“我知道。”

他又沉默了一阵：“以后有空了过来玩，五六月份的时候，来看山楂花……”

她一下想起第一次见他的情景，他也是邀请她来看山楂花。那时她觉得一定会来看的，但现在她不知道说什么了，好像山楂花对她来说已经没有什么意义了。

她怅然若失地站在那里，想到马上就要走了，真的很舍不得这个地方，连眼前这个骗子都让她那么留恋。她看了看他，见他脸上也是怅然若失的神情，就别过脸，不去看他。

两个人呆呆地站了一会儿，她说："你站这里，长芳都不敢进来睡觉了，快回去吧。"

"我就走，"说了走，他又没动，还站在那里，"你……就快走了，还不肯告诉我你到底在生我什么气？"

她不回答，觉得喉头哽咽。他见她不肯说，换个问题："你……答应大妈了？"

"答应什么？"

"你跟长林的事？"

"这不干你的事。"

他被她抢白这一下，很长时间没缓过气来，好一阵，才说："刚才我回去拿包的时候，写了这封信，希望把我的意思说清楚了。我走了，你好好休息。明天一路顺风。"他放下一封信在她桌上，看了她一会儿，就出去了。

静秋看看那封信，折叠得像只鸽子。她想这一定是绝交信，因为他说了，是他回去拿包的时候写的，也就是在知道长林要去送她的时候写的，他还能说什么？

她不敢打开，只盯着那封信，恨他，在心里骂他：你倒是手脚利索啊，这么快就把绝交信写好了，好占个主动，说明是你甩了我的？你逞什么能？我根本没答应过你，有什么甩不甩的？都是你这个骗子，自己有未婚妻，还在外面骗别人。

她也想写封信给他，把他狠狠骂一顿，但她觉得那也挽不回脸面，因为毕竟是他骗了她。骗人的人，品质不好；被骗的人，脑筋不好。从来人们笑话的，都是被骗的人。想到这里，她拿起那封信，要看看他到底说了些什么，好针对他的信写封批判信。她慢慢展开信，不长，只有几段：

你明天就要走了，有长林送你，我就不送了。你做什么决定，我都是赞成的，我只希望你的决定都是出自你的内心。

你很有才华，很有天分，但生不逢时，不能得到施展。你自己不能看低自己，要相信“天生我材必有用”，总有一天，你的才华会得到社会承认的。

你父母蒙受了一些不白之冤，那不是他们的过错，你不要觉得自己出身在这样的家庭就低人一等，他们没做什么见不得人的事。三十年河东，四十年河西，今天被人瞧不起的人，说不定明天就是最受欢迎的人，所以不必因为这些社会强加的东西自卑。

我知道你不喜欢我过问你做工的事，但是我还是想说，那些太重太危险的事，就不要去做了。万一出了事，妈妈该多难过。体力劳动不要逞强，搬不动的东西，不要勉强去搬；拖不动的车，不要勉强去拖。身体是革命的本钱，把身体累坏了，就什么也干不成了。

你不理我，我也不怪你。你是个聪明有智慧的人，如果你不愿意理我，肯定有你的道理。如果你不愿意告诉我原因，也肯定有你的道理。我就不逼你告诉我了，什么时候你愿意告诉我，再告诉我。

认识你的这几个月，我过得很愉快，很充实。你给我带来很多我从未体验过的快乐，我很珍惜。这几个月里，如果我有什么做得

不对的地方，或者你不喜欢的地方，希望你多包涵。

14

静秋走的那天是个星期天，教改组的人七点半就出发了。静秋开始还怕教改组的人会批评她带着长芳和长林，结果几个带队的都把静秋好一通表扬，说你这次是真的跟贫下中农打成一片，结下了深厚的无产阶级感情了。

长林背着一大袋核桃，还帮静秋拿东西，长芳也帮那两个女生拿东西。大家有说有笑，十分热闹。奇怪的是，来的时候，好像这段山路很长很长，望不到尽头。回去的时候，不知道是路熟悉些了，还是快回家了，好像一下就走到那棵山楂树了。已经是四月底了，那树还没开花。

静秋走热了，趁大家都在山楂树下休息的时候，躲到一边去脱毛衣。脱着脱着，就想起那天跟老三一起走这段路的情景了，她也是躲在一边脱毛衣，而他就老老实实地站在不远的地方，背对着她，一直到她说“好了”，才转过身来。她朝他上次站过的地方望了半天，心里不知道是什么滋味。

回到家，静秋发现妈妈又犯病了，躺在床上，脸色白得可怕。妹妹在学校食堂门前的一块大石头上劈柴，想把一根弯头弯脑的树棍劈开，截短了做生火柴。

静秋心疼不已，忙跑过去，从妹妹手里拿过斧头，自己来劈，叫妹妹去把核桃砸了给妈妈吃。

长芳对长林说：“老二，还不去帮着劈柴？”长林仿佛如梦初醒，从静秋手里夺过斧头，劈了起来。

那时大家都是烧煤，生火的柴是计划供应的，一个月十五斤，用完了就没有了，所以很多人家的煤炉都不熄火，只用调得稀稀的煤封火，第二天打开接着烧。昨天可能是火没封好，熄掉了，而静秋上次回来劈好的柴又用完了，所以妹妹正在狼狈不堪地想办法生火，幸好姐姐回来了，不然今天可能连饭都吃不上。

长林一口气把静秋家仅存的生火柴都劈了，截短了，放在那里备用。长芳笑静秋家烧的柴这么短，只有三寸左右，如果是在她家，一整根棍子就塞进灶里去了。

长林听静秋说每个月就只有这么三五根棍子，要用一个月，就许诺说下次来的时候，把家里的劈柴背些过来。

煤炉生好了，火一时上不来，静秋只好拿个扇子猛扇，想快点把饭做好，长林他们吃了还可以到市里逛逛，不然等吃完饭，他们也该坐车回去了。长芳想帮忙做饭，找来找去找不到静秋家的碗柜、砧板什么的，好奇地问："你们家没碗柜呀？"

静秋说："我们家什么都没有。"

静秋家真的是什么都没有，家徒四壁，桌子是学校的旧课桌，凳子是学生用过的旧凳子，床是学校的长板凳上架着几块木板。床上的床单被子倒是洗得干干净净，但也都补过了。吃饭的碗就放在一个旧脸盆里，砧板是一块课桌面改的。

长林吭哧了半天，说："你家怎么比我们山里人家还穷？"长芳瞪了长林一眼，长林不敢多言语了。

好不容易把一顿饭弄熟了，几个人坐下来吃饭。静秋家就一个套间，里外两间房，总共十四平米，是一间教室隔出来的。以前她哥哥住外间，她跟妈妈、妹妹三人住里间。现在她哥哥下乡了，就她住外间，她妈妈和妹妹住里间，吃饭就在她住的那间。

正吃着饭，一阵风刮来，静秋家里像下黑雪一样落下一些脏东西来，静秋说声“糟糕”，连忙找报纸来遮桌上的饭菜，并叫大家把自己的碗遮住。大家发现自己碗里已经落了一些黑灰，长芳问这些黑片片是什么东西，静秋告诉她说这是从对面学校食堂飘来的谷壳灰。

K市八中食堂烧谷壳，烟囱里总往外冒那些烧过的谷壳，像黑色的雪片。静秋家住的房子没天花板，一起风，谷壳灰就从瓦缝飘进来了。以前她隔壁还住着两家，因为这个原因都要求学校重新分房，搬到别处去了。但静秋的妈妈因为有那些家庭问题，学校有点另眼相待，所以就没分到别的房子，只好住在这里。

静秋狼狈不堪，没想到家里的窘境全都让长芳两兄妹看见了。但她又有点庆幸，幸好今天来的不是老三。不然的话，老三见到这种状况，他这个在干部家庭过惯了的人，还不掉头就跑？那还不如叫她死。

吃过饭，静秋送长芳两兄妹到市里去，还来不及逛商店就快到下午四点了，三个人急急忙忙赶到长途车站，买了最后一班车的票，长芳两兄妹就回家去了。静秋很惭愧，人家两兄妹花了车票钱，等于就是帮她把核桃送回来了。

回到家，静秋来整理自己的东西，吃惊地发现她还给老三的钱不知被谁塞在那个军用挂包里。她努力回想她还钱之后的一切，想不出他怎么有机会把钱放在那里。难道他今天实际上是跟在她后面的？如果是，那他有可能是在她脱毛衣的时候把钱塞在挂包里了，因为她当时把挂包挂在离她不远的树上。但他怎么可以一直跟在后面而不弄出一点声响呢？

现在长芳他们已经回去了，不然可以请她把钱带给老三。她决定明天先把钱还给李师傅和陈校长，以后再想办法还钱给老三。不知道为什么，想到以后要还钱给老三，心里又有点高兴，好像这样就埋下了一个重见老三的火种一样。

她又想起老三的那封信，还有他写在她本子里的那首诗，这些都得作些处理，不然的话，让妈妈看见又要担心，让别的人看见就更不得了，惹出杀身之祸都有可能。她把老三的信又看了几遍，还是搞不太懂老三的信到底算个什么信。有点像个总结，但又没像一般总结那样，“回顾过去，展望未来”，说以后我们俩要“再接再厉”，或者说“我们的友谊万古长青”之类的话。这就有点像是对那几个月划了句号，中心思想就是“那几个月是美好的，但已经成为过去了”。

静秋的阅读理解力是公认很强的，她是班上的笔杆子，老师总让她做“宣传委员”，就是专门负责办刊的干部。那时每个班要轮流办那种用毛笔写在很大的纸上的壁报，有时是批判一个什么人或者思想，有时是报道班上学工、学农、学军的情况。静秋能写能画，毛笔、排笔、大字、小字都能写，常常可以一个人就弄出一整墙的壁报来。

语文老师很欣赏静秋的文笔，特别是那个罗老师，说静秋“才华横溢”，每次都把她的作文拿到班上念，还把她的作文推荐到市教育局，编进《K市中小学生优秀作文选》。学校搞过两次作文竞赛，静秋都是拿第一名，在K市八中很有名气。罗老师教两个班的作文，几乎有一个半班的作文都是静秋批阅的，因为罗老师懒得看那些“狗屁不通”的作文。每次学生把作文交上来了，罗老师就挑出十多本他看得来的，剩下的就给静秋拿去改错别字，疏通句子，叫她随便给个分就行。

静秋的同学，包括男同学，拿到看不大明白的东西了，哪怕是情信、拒绝信，都叫静秋帮忙看看，一是因为他们知道静秋嘴紧，不会说出去，另外也因为老师都说静秋“理解能力强”，抓文章的中心思想一抓一个准，再曲里拐弯的句子也能理解。静秋搞不太懂为什么那些人都把“情书”叫“情信”，可能是因为薄薄的几张纸算不上“书”吧。

但静秋这样“阅读能力强”的人，也没看明白老三这篇“作文”的中心思想是什么，有点拿不准到底是“情信”还是绝交信。她看过的绝交信，差不多都是以“风雨送春归，飞雪迎春到”起头的，也不知道是谁兴出来的，反正写绝交信的都爱用，大概是以季节的变换来隐喻情感的变换吧。

静秋也看过一些“情信”。调皮捣蛋没文化的男生写的呢，差不多都是直统统地问：“你愿意不愿意跟我玩朋友？”“你肯不肯做我的马子？”有一次因为班上要处分一个同学，把静秋叫去整理材料，静秋看到了一封据说很黄的“情信”，里面有句“毛非女子千八日”，是暗语，听说把这几个字组合起来，就是一句很黄的话，意思是说女人的什么什么“好香”。不过静秋组合了半天，又查字典，也没弄懂“毛”跟“非”能组合成什么很黄的字。

她见过的比较高水平的“情信”多半是引用毛主席语录或诗词的。那时最流行的就是“待到山花烂漫时，她在丛中笑”。据说男生喜欢这一句，是因为里面有个“她”。静秋记得有个男生没搞清楚，写情信的时候写成了“她在虫中叫”，幸好那男生写好之后，请静秋过个目，把个关。静秋一看，肚子都笑痛了，帮他把这句改对了，又给他解释了半天。那个男生恍然大悟，说：“我也是在想怎么会写一个女的在虫子堆里叫呢。”

静秋看过的最高水平、最朦胧的“情信”，是一个已经下了乡的女伴左红拿给她看的，作者是左红仰慕的一位同班男生，那男生送了个本子给左红，扉页上就写着一句话：“美丽的鲜花为勇士而开放。”这个还真把静秋难住了，拿不准到底算不算“情信”，好像有点放之四海而皆准的感觉，而不是特指左红和那男生的。不过左红很快发现那个男生有了一个女朋友，所以对这句话的诠释也就没必要继续下去，这差不多是静秋“破译”史上唯一一个污点。

老三这封信显然不能算作“情信”，因为通篇没有“她在丛中笑”，也没问一句“愿意不愿意跟我玩朋友”，更没有问“我俩的关系能不能比同志关系更进一步”。对她的称呼就是“静秋”，没有省掉姓氏，也没有加“亲爱的”。落款倒是省掉了“孙”，只剩下“建新”，读着有点肉麻麻的，但还不算太肉麻麻，因为三个字的名字省掉一个姓还是比较普遍的，大家平时也能这么叫，但如果再省掉一个字，那就是“狼子野心，昭然若揭”了。

所以静秋认为这封信多半是一个总结报告，有点像每次开会结束时唱的那首《大海航行靠舵手》，只要听到这歌声响起，就知道会议接近尾声了。

静秋想起很小的时候，跟爸爸去一个茶馆听人说书，说书人最喜欢的就是把惊堂木一拍，琅琅吟道：“花开两朵，各表一枝。”可能老三也是用的这种叙述法，他跟她的那段只是分出来的一枝，他现在已经把这一枝表完了，所以就收个尾，然后回去表另一枝去了。

静秋决定不回信，写了回信，就让黑字落在白纸上了，即便是批判他的信，他也可以拿去斩头去尾，断章取义，招摇撞骗。那个年代的人，谁都知道“文字狱”的可怕。

老三的信要是被别人看见，可能不会当作“情信”来追查，但完全可以当反动言论来批判。什么“三十年河东，四十年河西”，这完全是阶级敌人妄想变天的口气。还有什么“生不逢时”、“你父母蒙受了不白之冤”等等，都是不满现实社会，反动之极的。如果被人看见，老三就完蛋了，她作为窝藏和传播反动言论的帮凶肯定也跟着完蛋了。

这些年，抓“现行反革命”抓得很紧，对不满现实的反动言论都是坚决打击的。八中有时也会出现“反标”（反动标语），只要一出现，学校就笼罩在一片恐慌气氛之中，人人自危。记得有一次，静秋正在操场上打球，突然学校的高音喇叭响了起来，叫大家都到大操场集合，不许迟到。等大家都到了大操场，几个穿公安制服的人出现在操场前的高台上，从扩音器里向大家宣布刚才在学校发现了“反标”，然后把事情的严重性强调了一遍，把写“反标”的严重后果宣讲了一遍，就叫大家回到教室对笔迹。

这是静秋最怕的事情，她总是拿着笔，呆呆地望着眼前刚发的一张白纸，胆战心惊，不敢下笔。如果自己的笔迹刚好跟“反标”的笔迹一样怎么办？像自己这样的出身，那还讲得清楚吗？但你怎么能担保你的笔迹跟“反标”的笔迹不一样呢？天下笔迹相同的人多的是。那么换一种字体来写？但是如果换的这种字体刚好跟“反标”的字体一样呢？那不是弄巧成拙？

静秋不知道“反标”的具体内容，但从公安局的人叫他们写的东西可以推测出一些来。那时多半是叫他们写“毛主席万岁”、“打倒×××”等等，所以她推测“反标”内容就是这里面的字组合成的。有一次，一个学生不小心把“打倒”后面的人名搞错了，于是被公安抓了一个“现行”。真是太“现行”了，一边在查“反标”，一边就出现了一条“反标”。那个学生当场就被带走了，只记得他脸色煞白，连冤枉都不会喊了。

静秋打心眼里恨那些写“反标”的人，这样写一下到底起什么作用？你写得痛快，别人跟着你遭殃。每查一次“反标”，核对一次笔迹，静秋就觉得自己的脑细胞肯定吓死了不少。有一次，“反标”竟然就出在静秋那个班的教室里，而且她那天正好在教室外的小黑板上出班级的黑板报，还没写完，就听到学校高音喇叭叫大家去大操场，然后就听见宣布出现了“反标”，还点明了出事地点，说是高一一班的黑板上。

静秋一听，差点吓晕过去，难道自己刚才办黑板报的时候不小心写错了什么？后来他们班的人都被赶到另一间教室去了，又是每个人在一张白纸上写规定的几个句子。

那次很快就抓获了那个“现行反革命”，是静秋班上一个傻乎乎的男生，叫涂建设。他放学了没事干，拿着个粉笔在教室里的黑板上写写画画，随手写了一条毛主席语录：“千万不要忘记阶级斗争。”哪知他不够仔细，把“忘记”两字给忘记了，语录就成了“千万不要阶级斗争”。更倒霉的是，他家庭成分不好，他爸爸是个富农，这一下，事情就复杂了。不管他怎么声明，说自己是写掉了这两个字，也没人相信了。这句话不止两个字，为什么你没忘记别的字，偏偏忘记了这关键性的两个字？涂建设当场就被抓走了，后来怎么样了，静秋就不知道了。

静秋想了又想，还是舍不得撕掉老三的信。她只把信纸上印着的勘探队抬头撕掉，把自己的名字和老三的名字撕掉，扔进厕所里了。然后，她找了一块布，贴在棉衣里面做成一个口袋样的东西，把老三的信和诗放了进去，用线缝住口。她的针线活极好，用的是暗针，不仔细看，很难看出那里贴了一块布。

15

静秋回到K市的第二天，就开始跟班上课了。不过那时候的学生，大多数时间是走出课堂，到社会上去，学工、学农、学军、学医，反正什么都学，只不学书本知识就是了，所以静秋回来后不久，她那个班就轮到学医了。

班上大多数同学都在班主任带领下到D县的关林镇去了，那里有个军医院的分院，学生们就住在附近农民家里，在军医院学医。静秋因为家里没钱，付不出路费和伙食费，就跟几个家庭有特殊困难的同学留在K市，被塞到K市的几个医院里去学医。可学校觉得静秋她们几个留在K市的学生，没有达到下农村去的那种艰苦程度，对她们的成长不利，于是派K市八中附小的教导主任郑主任带领他们几个学中医。

郑主任的家在严加河下面的一个叫付家冲的小山村里。郑主任的父亲是生产队的“赤脚医生”，郑主任也学了一些扎针灸、拔火罐之类的技术，教静秋他们是绰绰有余了。

这下静秋他们几个就很忙了，那时的周末只有星期天一天。周一到周六，静秋要到医院学医，跟医院的护士们一样上下班，星期天跟郑主任学扎针灸、拔火罐。时不时的还要到附近郊县去挖草药，为贫下中农治病，忙得不亦乐乎。

到乡下挖草药的时候，走在那些乡间小道上，特别是当暮色苍茫、炊烟袅袅的时候，静秋就会想起在西村坪度过的那些日子，想起第一次见到老三的情景，心里就会涌起一种莫名其妙的感伤，常常会有一种想流泪的感觉。往往在这样的日子，她就会趁晚上的时候，躲在被子里，拆开棉衣里子上的那个暗口袋，把缝在里面的那封信拿出来读一读。大多数时候，只是为了看看老三的字，因为那信的内容她早就背熟了。她从一开始就很喜欢看他的字，他的字有他独特的体，他的签名尤其可爱，那个“新”字，只两笔就写成了，上面那一点是一笔，剩下的那么多笔画都是一笔写成。她暗暗模仿他的字，把他帮她写的村史抄来抄去，居然可以达到以假乱真的地步了。

那时有支歌，叫做《读毛主席的书》，歌中唱道：“毛主席的书，我最爱读，千遍那个万遍呀下工夫；深刻的道理，我细心领会，只觉得心（儿）里头热乎乎。嗨，好像那，旱地里下了一场及时雨呀，小苗儿挂满了露水珠啊（6i6i 2̇2̇）。毛主席——的思想武装了我呀哈，干起了革命劲头（儿）足。”

“6i6i 2̇2̇”是个过门，但平时唱歌没人伴奏，大家都是用口唱，久而久之，就一定要唱成“拉多拉多来来”，才能唱出那种感觉。

静秋以前唱这歌，可以说是“小和尚念经——有口无心”，但现在读老三的信，才真正体会到歌中描绘的那种感觉，当然她知道这等于是把老三比作领袖，自然是反动之极，但老三的信，她的确是越读越爱读。她慢慢地体会其中深刻的道理，觉得心里热乎乎的。

比如说他要她相信“天生我材必有用”，好像她很有才似的，而且好像有才是件好事似的。她以前听到别人说她“有才”就很紧张，因为说你“有才”，很可能就是说你“走白专道路”，只专不红。众所周知，卫星上天，红旗就要落地，所以“白专”的人是要打倒的。

但这话从老三嘴里说出来，静秋听着就很受用，也许有才不是坏事吧？也许真有一天，又兴考大学了，而她一下子考上了，成了一个大学生，那该多好！

那封信里，她最喜欢的一句话就是“等你愿意告诉我的时候，再告诉我”，当时读的时候没怎么在意，现在再读，就觉得好像他还在等她一样，因为他想她告诉他，他在等着她告诉他。

想到这些，她就好想去西村坪看山楂花，说不定就能在大妈家碰见他，说不定他会陪她去看山楂花，她就告诉他生气的原因，他就向她解释，说他没有未婚妻，是大嫂搞错了。但那是个学徒工一个月工资才十八块钱的年代，花五六块钱的路费去看山楂花，对她这样的穷人来说，简直是大逆不道。再说，也没有时间。再说，他自己也说过他答应娶他爸爸上司的女儿为妻。再说，他还牵过那个女孩的手。

五月底的一个星期天，天气很好，静秋起得比较早，想把家里的床单洗洗，下午还要跟郑主任学扎针灸。她刚打开门，就发现几个小男孩嗖地一下从她家门前跑掉了。她懒得去追，因为她家门前也没什么东西可偷可拿可破坏的，最多把她门前一张旧课桌里放的几双旧鞋偷跑。如果那些鞋不是旧到了极点，她也舍不得放在门外。

她溜了一眼那张旧课桌，不由得大吃一惊，那桌上放着一个玻璃瓶子，里面插着一束花，红红的，还有绿叶。瓶子已经倒在了课桌上，里面的水正滴滴答答地往外流，有一枝花已经被人从瓶子里抽了出来，扔在地上，估计就是刚才那几个小孩干的。可能他们看见了这束花，就想偷一枝，刚抽出来，她就出来了，所以他们扔了花跑掉了。

她愣了片刻，意识到这可能就是山楂花，她见过桃花、梅花、映山红，但这都不是，那花的颜色跟老三买的毛线的颜色很相近，只能是山楂花了。那就是说老三今天来过了，给她送山楂花来了。

也许这些天，老三等她去西村坪看山楂花，但她没去，所以他自己摘了一些山楂花，送到她家来了。但是他怎么会知道她家住哪里呢？她想起她第一次见到他时，他说过的一句话："想告诉你，总归是有办法的。"看来他以前是干侦察兵的。

她的心怦怦乱跳，不知道是激动还是什么。她把那玻璃瓶装满了水，把花插好，放到她床边的小课桌上，盯着那花看了好一阵，觉得心里甜甜的：他还记得我，还记得我想看山楂花，他跑这么远的路，就为了把山楂花给我送来。

她甜蜜了一小会儿，就想到了一个很严重的问题：他会不会同时还留了一封信在花旁边？按说他应该放一点什么表明他身份的东西吧？不会这样不声不响地放束花就走了。如果他是放了一封信的，那么信到哪里去了呢？

她家门前就像市里的解放路一样，是学校最热闹的地方。全校只有两个自来水龙头，都在静秋那栋房子旁边，她对面又是学校食堂的后门，到食堂打水打饭的人要从那里过，到水管来洗衣服、洗菜、提冷水的人也一眼就能看见她家门口那张桌子。

她不寒而栗，想起了曾经发生过的一件事。那时她家隔壁住的就是她初中的班主任，叫严昶，L师大毕业的，听说“文革”初期在L师大是个非常活跃的造反派，很会整人。后来造反派失宠，他就被分到比较边远的K市八中来了。但他造反的劲头丝毫没减，总是很积极地参与整人。

严昶是教数学的，对静秋的数学才能很赞赏，但是他也很爱管闲事，尤其是男女关系方面的闲事，经常把班上的学生搞几个出来，整了材料，送到学校，让那几个学生受处分。那个写“毛非女子千八日”情信的学生，就是他查出来送交学校处分的。

他的好管闲事差点把静秋害惨。静秋小学时有个同学，叫张克树，人生得黑黑瘦瘦，但成绩倒还不错。张克树的父母都是K市造船厂的，母亲还是个小官。那时造船厂自己建了子弟小学，就把所有的船厂子弟转到船厂学校去了。张克树从初一起，就跟静秋不在一个学校了。

不知从什么时候开始，这位张克树就开始给静秋写情信，他写得一手好字，文字上也很通顺，但静秋就是很讨厌他，也不知为什么。她警告了他几次，他仍然不听，照写不误。

有一天，张克树把信放在静秋家门前的一只旧鞋里，因为他要赶在船厂中学上课前到这来，所以来得很早，静秋家还没人起来。隔壁的那位严老师起得早，看见了那封信，就擅自拿走了，而且当仁不让地拆开来看了。

那封信首先就谈当前国际国内形势一片大好，然后谈到我省我市形势也是一片大好，再谈到我校我班形势还是一片大好。这样好了一通，就用掉了两三页纸。不过那就是当时的写法，没谁能够免俗。那封信只在最后写了一下很敬佩静秋的才华，有点惺惺相惜，英雄识英雄的意味。当然最后没忘记问静秋愿意不愿意跟他玩朋友。

大约连严老师这样的人也看出这事静秋没责任，所以严老师把信交给了静秋的妈妈，叫静秋的妈妈找静秋好好谈谈，一定要教育静秋好好学习，思想上不要开小差。严老师还表了一通功，说幸好是我看见了，如果是别人看见了，还不知传成什么样呢。

静秋后来看见了那封信，谢天谢地，张克树还没胡编乱造一点两人的恋爱史,不然肯定要闹出轩然大波。但静秋的妈妈吓了个半死,少不得又把“一失足成千古恨”的古训搬出来，把静秋狠狠叮嘱了几遍。

对张克树那样的人，静秋讨厌归讨厌，但还不是特别怕，因为他们说不出她什么来，她问心无愧，从来没有跟他们说过话，更谈不上做下什么事了。

但对老三，静秋就没有这个把握了。她越想越怕，老三肯定是写了信的。他那样“文妥妥”的人，回去拿个包那么一点时间，他都要写一封信，他这次会不写信？可能他连信带花都放在这桌子上,某个路过的人看见了信和花,就阴险地把信拿走了，把花留在了这里。

静秋心急如焚地跑去找那几个小孩，但他们都说没看见什么信，他们就是想拿枝花玩玩，别的什么都不知道。问他们看见是谁把花放在哪里的，他们也说不知道；问他们去的时候有没有看见别的人，他们说没看见。

静秋方才的甜蜜心情一下子烟消云散，开始发疯一样地思考这事：如果老三写了信，他会写什么呢？如果他只说他在追她，她还不那么害怕，被人追应该不是什么罪过。但是她敢肯定老三不会那样写，他一定会把他们之间的事写出来，比如说："你还记得不记得那天我们在山上，你让我牵你的手，我把你抱在怀里……"

如果这样一封信让严昶那样的人拿到，她这辈子就算完蛋了，肯定要把她当作风不正派的人批判了，那就不仅葬送了自己的一生，连妈妈和妹妹也连累了。如果老三又写了上次那样的反动言论，那就更糟糕了。

这样一想，她连那束花也不敢留了，好像有了那束花，别人就能顺藤摸瓜找到她头上一样。她赶快把那花剪碎了，扔到厕所里去了，连玻璃瓶也扔到很远的一个垃圾堆里去了。那天晚上，她紧张得一夜没睡好，接下来的几天，还连续做噩梦，梦见严昶把她叫去了，手里拿着一封信，叫她自己老实坦白交代，是不是在西村坪编教材期间犯下了作风问题。她辩解，声明，但没人相信她。最后他们把老三叫来了，让他们两人当面对证。

老三说："你就承认了吧，你当时不是说了愿意我拉你的手吗？"

她没想到老三这么快就交代了，而且把责任推在她身上，她想骂他，却发不出声。然后老三把那天的事全写出来了，学校对他从轻处理，而她则被拉到台上去，让大家批判她。不知道怎么搞的，就成了她在游街了，她颈子上挂着一串破鞋，左手拿着一面锣，右手拿着一个锣槌，走一下，就要敲一下，自己大声喊："我是破鞋！大家都来批斗我！""我是个不要脸的臭婆娘！我跟人通奸！"

她吓得惊醒过来，满身是汗，好半天才相信这只是一个噩梦。但梦中的那一幕却是真实发生过的，是她上小学的时候看见过的游街情景。记得别人说那个女的以前是个妓女，解放后改造好了，还结了婚，领养了一个男孩，那个男孩就跟静秋一个班。游街之后没几天，那个女的跳进附近的堰塘淹死了，肚子里装满了水，浮在那个脏乎乎的堰塘里，几天都没人愿意去把她的尸首捞上来,怕脏了自己的手。静秋不知道为什么别人要叫那个女的“破鞋”，也不知道什么是“通奸”，但自那以后，她再也不敢穿破了的鞋，宁可打赤脚，听到一个“通”字，都觉得恶心，“奸”字就更不用说了。

她惶惶不可终日，看到那些住在学校的老师，就觉得他们的眼光有些异样，好像他们已经传阅了老三写给她的信件一样。她想给他们解释一下，但不知道怎样解释，心里是虚的。她也不知道究竟是谁拿走了那封信，但是她觉得那些人正在商量着怎么样拿到更多的证据，正在商量应该给她一个什么样的处分。

一个星期过去了，她觉得自己的神经已经快崩溃了。她决定写一封信给老三，警告他悬崖勒马。她把字体变了又变，也不敢写自己的名字，因为她怕学校已经在监视她和老三了，那么这封信又会成为一个把柄。她恳求他忘了她，再不要送花送信的了，不然两个人的前途就葬送在他手里了。

可这样写了，她又觉得不妥，如果这信被别人看见，别人很容易就能推理出她一定是跟老三做下什么了，不然怎么谈得上忘记她，又怎么谈得上葬送前途呢？

于是她又改写，恶狠狠地说：我不认识你，不知道你为什么要这样纠缠我，请你自重一些。

但这样写，她还是觉得不妥。写得这么冷冰冰、凶巴巴的，如果把老三搞得恼羞成怒了，他把一切都揭发出来，甚至添油加醋地写一些，交给她学校，那不是更惨吗？一个是军区司令的儿子，一个是地主的女儿，学校相信谁，还用问吗？

她就这样写写改改，改改写写，花了一整天，才写了一封短短的信。她尽可能写得冷淡、礼貌、陌生，想既不得罪他，又能起到威慑的作用，最后她决定就写十六个字：

苦海无边，回头是岸，既往不咎，下不为例。

16

虽然静秋连老三的确切通信地址都不知道，只在西村坪的地址后加了个“勘探队”，但她估计老三收到了那封信，因为他没再送什么东西来。

令人振奋的是暑假快到了，静秋又可以去做零工了。她准备把一个暑假做满，一天也不休息，乐观地估计，可以挣到八九十块钱。

钱还没拿到手，她已经在制订预算了。首先要还掉老三的钱，然后给妈妈买个热水袋。妈妈犯病的时候，常常会腰疼，需要一个热水袋焐在那里。现在都是用个玻璃瓶子装了热水当热水袋用，但瓶子有时会漏水，而且焐的面积有限。

她计划开了工钱就去买半个猪头回来吃，因为一斤肉票可以买两斤猪头。猪耳朵、猪舌头卤了吃，猪脸肉做回锅肉，剩下的七七八八的可以做汤。一想到蒜苗炒出来的回锅肉，她就觉得口中生津，恨不得现在就去买来做了吃。她家里经常是几个月不知肉味，她在西村坪吃老三拿来的那些肉的时候，总有一种问心有愧的感觉，因为不能拿回去给妈妈和妹妹吃。

这个暑假打了工，一定要给妹妹买布做件春装。她自己老穿哥哥的旧衣服，被人笑话，所以她决心不让妹妹尝那种滋味。她还要给妹妹买双半高统的胶鞋，这有点奢侈，但妹妹想那种胶鞋想了很久了，她从妹妹看人家胶鞋的眼光里可以读出妹妹的心思。

她哥哥还欠队里口粮钱，她希望用暑假做工的钱还上一部分。知青在农村没吃的，有时就会出去偷鸡摸狗，把贫下中农田里的菜、笼里的鸡偷来做了吃。很多地方的知青已经跟当地的农民结下了仇，经常打起来。有时几个村的农民联合起来打知青，几个队的知青联合起来打农民，搞得血雨腥风，人人自危。

前不久，她哥哥被农民打伤了，脸上身上都是一道道伤。她哥哥说自己真是命大福大造化大，因为那次一同被打的人差不多个个都伤筋动骨了，有几个甚至被打得瘫在床上，是别人抬回来的，只有他那个小队的几个知青，因为跑得快，只受了皮肉伤。

那次一同被打的知青和他们的家长在K市碰了个头，商量怎么办。被打的知青都说这次完全是当地农民不对；他们什么都没偷，是农民认错了人，问也不问，就围住他们，用扁担、铁锹什么的把他们痛打一顿。那些农民就是恨知青，觉得知青来了，把他们本来就不多的工分夺走了一部分，还闹得鸡犬不宁，所以他们只要有机会就打知青。知青告到大队和公社，但大队和公社根本不处理。那次讨论的结果是决定到地委去告那些农民。被打的知青和他们的家长找了无数路子，地委才答应派人接见他们一下，听听事情经过。

那天晚上，静秋也跟去了，因为妈妈身体不太好，哥哥又受了伤。一行人到了地委大院，见大院门口是荷枪实弹站岗的卫兵，有些人先自胆怯起来，几个伤得不重的就打退堂鼓了。静秋一家跟着那些坚定不移分子进了地委大院，地委派个人出来接待他们，叫他们在一个会议室等候，说地委书记还在开会。

等了好几个钟头，还没见到地委书记。不知道是谁探听到了消息，说地委书记正在陪什么人吃饭喝酒，有点喝醉了，不知道今天能不能来接见咱们。

静秋听到这个消息，无缘无故地想起老三的爸爸，听说也是个大官。她心里涌起一股恨意，原来当官的真的是这么高高在上，草菅人命。会议室里躺着几个打得不能动的知青，还坐着一群被打得鼻青脸肿、断胳膊断腿的知青，加上他们心急如焚的父母，而这个地委书记居然还有心思喝酒吃饭。

她知道K地区只有一个军分区，而老三的爸爸据说是军区司令，那他爸爸管的地盘肯定比地区更大。她想象老三就是住在一个有背枪的卫兵站岗的大院内，他的未婚妻肯定也是那个大院的，他的父亲肯定也是那种说话官腔官调的人，一开口就像作报告一样："啊，这个这个……"

她想起大嫂说过，当官的我们高攀不上。她懂大嫂的话，但只有亲眼看到过地委大院了，才有了切身的体会。老三跟她根本就是一个天上，一个地下，两个世界的人。现在她坐在那里等地委书记，感觉就像是在等老三的爸爸一样，满心是愤懑和不平。为人不做官，做官是一般，老三的爸爸肯定也是这样对待平民百姓的。又等了一会儿，好几个家长害怕起来了，说这会不会是一个圈套？让我们在这里坐着，他们去搬兵，待会儿把我们全部都抓起来了，不用别的罪名，就加个"冲击革命政权机构"，就可以把你扔进监狱了。

这一说，在场的人都紧张起来了，静秋的妈妈也说："我们回去吧，别人可能还当得起这个帽子，我们这种人家，是再也禁不起这顶帽子了。打了就打了，自认倒霉了，我们还能指望地委书记把那些农民抓起来？怎么说知青也是到农村去接受农民再教育的，农民要用扁担再教育你，怕是也没办法了。"

静秋最恨妈妈的胆小怕事，她坚持要等下去，说如果你害怕，就让我在这里等。静秋的妈妈无法，只好陪着等。最后终于等来了一个干部，并不是地委书记，不知道是个什么干部，反正说是代表地委的。知青和家长把情况说了说，那人唰唰地记了一通，就叫大家回去了。

后来就再没听到任何消息。静秋的妈妈自我安慰说："算了，就这样了吧，至少没把挨打的知青抓去，没受处罚。"然后含着眼泪把伤还没好的哥哥送回乡下去。可能哥哥队上的人听说了告状的事，有点害怕，就照顾哥哥，让他看谷场，比下田轻松，但一天只能挣半个劳动力的工分，估计年终需要更多的钱去还口粮钱了。

想到这种种必需的花销，所以，暑假的第一天，静秋就叫妈妈带她去找"弟媳妇"那当居委会主任的妈，想找零工做。母女俩一大早就去了"弟媳妇"家，等在那里。"弟媳妇"叫李坤明，大家叫他妈李主任。静秋实在有点愧见"弟媳妇"，因为两人虽然是一个班的，可平时见了面，话都不说，现在却要求上门来，请他妈妈帮忙。

静秋的妈妈教过李主任的大儿子，所以李主任对她妈妈很客气，让静秋的妈妈先回去，说我会给你女儿找工的。静秋也只是每年让妈妈引见一下，所以也叫妈妈回去，妈妈回去后，静秋就等在那里。

当时，那些需要零工的工厂企业会派他们那边管事的人到李主任家来要工，大家都把工厂那边派来的专管零工的人叫"甲方"。

"甲方"一般在早上九点以前就来要人了，找零工的人，如果过了九点还没找到工，那天就算废了。大多数情况下，如果找到一个工，就可以做好几天，等到那个工程告一段落了，零工们就又到李主任家来，等着找新的零工做。

那天跟静秋一起等在那里的还有一个老婆婆，不知道多大年纪，反正牙都掉光了。静秋认识她，以前在一起打过零工，别人都叫她"铜婆婆"，大概是姓"童"，但因为她这么大年纪了还在外面做零工，静秋就觉得她应该是叫“铜婆婆”。听说“铜婆婆”的儿子挨斗的时候被打死了，媳妇跑了，留下一个刚上学的孙子，让“铜婆婆”照看。静秋想都不敢想，如果“铜婆婆”哪天死了，她那个孙子该怎么活下去。

就这样坐了好一会儿，才看见一个“甲方”来要人，说是需要壮劳力，因为是从停在江边的货船上把沙卸下来，挑到岸上去。静秋自告奋勇地要去，但“甲方”看不上她，说他不要女的，女的挑不动沙。李主任叫静秋莫慌，说等有了比较轻松的工再让你去。

又坐了一阵儿，来了另一个“甲方”，这回是要打夯的，静秋又自告奋勇，但那个“甲方”也不要她，说她太年轻，脸皮薄，打夯是要大声唱歌的。静秋说，我不怕，我敢唱。“甲方”就说你唱个我听听。静秋觉得那人有点流里流气的，又碍着“弟媳妇”在旁边，就不肯唱。

“甲方”说：“我说了吧？你根本不敢唱，这活只能找中年妇女干，人家那嘴，什么都唱得出来。”

“铜婆婆”说：“我敢唱，我也会唱。”当即就瘪着嘴唱起来，“尼姑和尚翻了身，嗨，吆呀霍呀，日里夜里想爱人，也呀吗也吆霍呀——”

静秋一听，那唱的什么玩意啊，都是男男女女的事，虽听不太懂，但是也知道是有关半夜里女想男、男想女的事的。她想自己肯定干不了这活，只好看着“铜婆婆”金榜高中，欣欣然地跟“甲方”去了。

那天一直等到十点都没等到工，静秋只好依依不舍地回去了。呆在家里一天没工做，真是如坐针毡，就像有人把一块二毛钱从她口袋里掏走了一样，只盼望第二天快快到来，好再到李主任家去等工。

一直等到了第三天，静秋才找到一份工，还是那个挑沙的工。“甲方”说前几天找的人，好些人都挑不下来，逃掉了，所以他只好又到李主任家来招工。静秋央求了半天，“甲方”才答应让她试试，说如果你没干到一天就跑掉，我是不会付你半天工钱的。静秋连忙答应了。

找到了工，她感到心里无比快乐，好像已经有一只脚踏进了共产主义一样。她跟着“甲方”来到上工的地方，刚好赶上零工们在休息，全都是男的，没一个女的。那些人见她也来挑沙，都很惊奇。有一个很不友好地说：“你挑得少，我们就吃了亏，等于要帮你挑，你还是找个计件的工去干吧，干多得多，干少得少。”

另一个好心点的提醒说：“我们都是两人一组，一个跳下船，一个挑上坡的，一个人又挑下船又挑上坡还不累瘫了？谁愿意跟你一组？跟你一组不是得多挑几步路？”

静秋淡淡地说：“你莫担心，我自己跟自己一组，我不会挑得比你们少的。”

“甲方”说：“那你就在这干着再说吧，不行就莫硬撑着，压坏了没劳保的。”

有个认识她的说：“你妈是老师，你还贪这点小钱？”

还有一个见“甲方”走了，就流里流气地开玩笑说：“大夏天的，有你一个女的在这里真不方便。待会儿干得热起来了，我们都兴把衣服脱了干的，你到时不要怕丑啊。”

静秋不理他们，心想：你脱的不怕丑，我看的还怕丑了？她只埋头整理自己的箩筐、扁担。开工时间到了，她跟着一群男人下河去。货船跟河岸之间搭着长长的跳板，只有一尺来宽，踩上去晃晃悠悠的。下面就是滔滔的江水，正是夏天涨水季节，江水带着泥沙，黄中带红，看上去尤其可怕，胆子小的人可能空手都不敢走那跳板，更莫说挑一担沙了。

很久没挑担子了，刚一挑，觉得肩膀痛。幸好她的扁担跟随她多年，是根很好用的扁担，不太长，而且很有韧劲，挑起担子来忽闪忽闪的。会挑担子的人都知道，如果一根扁担不能忽闪，直杠杠的，挑着就很累，如果一根扁担能忽闪忽闪的，就可以和着你走路的节奏，晃晃悠悠，使你觉得担子轻了不少。

那一担沙，少说也有一百来斤，静秋挑着沙，从窄窄的跳板上走过，觉得跳板晃荡得可怕，生怕一脚踩空掉到江里去。她会游泳，但江边的水下都是乱石头，掉下去不会淹死，但肯定会被石头撞伤撞死。她不敢望脚下，只平视前方，屏住呼吸，总算平安走下了跳板。

下了船就是上坡，接近河岸的一段还比较平坦，但再往上，坡就很陡了，空手爬都会气喘吁吁，挑着担子就可想而知了。现在她比较明白为什么其他人要结成两人一组了，因为刚经过了跳板那一吓，现在已经手脚发软，如果有人接手挑上坡去，那挑下船的人就可以空手往货船那边走，暂时歇息一下。但如果是一个人挑这全段路程，就只能一口气挑到目的地。

静秋没人搭伙，只好一个人挑。挑了两趟下来，身上已经全汗湿了，太阳又大，又没水喝，简直觉得要中暑晕倒了。但一想到这一天挑下来就有一块二毛钱，尤其是想到这两天找不到工时的惶恐，就咬紧牙关坚持挑。

那一天不知道是怎么熬过去的，等到收工的时候，静秋已经是累瘫了。但回到家里，还要装出一副很轻松的样子，不然妈妈又要担心。她那天实在是太累了，吃了晚饭洗个澡就睡了。

第二天，她一大早就起来了，那时才感到昨天的疼痛真不算什么，现在才真的感到浑身酸痛了，两个肩膀都磨破皮了，痛得不能碰衣服。后颈那块，因为要不断地换肩，也磨破皮了。两条腿更是无比沉重，脸和手臂晒破了皮，洗脸的时候，沾了水就痛。

静秋的妈妈见女儿起来了，连忙走过来劝她别去了，说："你太累了，昨晚睡觉哼了一夜，今天就别去了吧。"

静秋说："我睡觉本来就哼哼。"

妈妈抓住静秋手里的扁担，恳求说："秋儿，别去了吧，女孩子，挑担压狠了不好，会得很多病的，我知道你的习惯，你不生病，睡觉是不会哼哼的，你昨天一定是太累了。"

静秋安慰妈妈说："你放心，我心里有数，太重的活我不会去干的。"

挑了两天沙，那些一同挑沙的男的对静秋态度好点了，因为静秋虽然是个女孩，也并没有比他们少挑一担。有个叫王长生的就自告奋勇地来跟静秋一组，说挑上坡累，我来挑上坡，你挑下船吧。

王长生每次都争取走快点，好多挑几步路，这样静秋就可以少挑几步路。有时静秋刚挑下船，王长生就迎上来了，搞得静秋很不好意思，别的人也开始笑他们是两口子。

几天挑下来，静秋觉得肩膀比以前疼得好一点了，人也不像刚开始那样喘不过气来了，令她担心的是这个活干不了几天了，那就又得到李主任那里去等工，还不知道能不能等到工。现在对她来说，世界上最幸福的事就是有挑不完的沙，打不完的零工，放不完的暑假。

挑沙工就快结束的前一天，静秋刚把一担沙挑下船，王长生就迎了上来，说："我来挑吧，有人找你，等在岸上，你快去吧。"

17

静秋很纳闷，不知道谁会找到工地来。她问王长生："你知不知道是谁找我？"

“有一个像是你妹妹，还有一个我不认识。”

静秋一听说是她妹妹，就觉得手脚发软，一定是妈妈出什么事了，不然妹妹不会在大热天中午跑到工地来找她。她本来想顺便把一担沙挑上岸去的，但听了这话也挑不动了，只好让王长生去挑。她抱歉地说：“那只好辛苦你了，我上去看一下就来。”

她慌忙爬上河坡，一眼就看见她妹妹站在树阴下等她，身边还站着一个女孩，她看了一下，是长芳，她暗自松了口气。“长芳，怎么是你？我还以为……”

长芳拿着个手绢扇风：“好热呀，这么热的天，你怎么还在这里干活？”

静秋也走到树阴下：“你是今天来的？今天还回去吗？”她见长芳点点头，就说，“那我请个假回去陪陪你吧。”

其实她有点为难，现在请了假回去，王长生就要一个人挑沙了，那不是把他害了吗？可不请假，又不能老站在这里说话，别人会有意见的。正在为难，她看见王长生挑着沙上岸来了，于是跑过去跟他商量。

王长生很好说话：“你就请假了回去吧，我一个人挑没事。”

静秋于是请了假，跟妹妹和长芳一起回家。回到家，听说长芳还没吃饭，静秋便忙忙碌碌地做饭招待长芳，没什么菜，就把上次长芳送她的咸菜干、白菜干什么的用热水泡了，炒了两碗，再加上一点泡菜，配着绿豆稀饭，也很爽口。

长芳吃了饭，就说不早了，要到市里赶车去了，静秋想留长芳多玩几天，但长芳不肯。静秋看看的确是不早了，不好再挽留，就送长芳到市里去坐车。

两个人来到渡口，乘船过门前那条小河。静秋抱歉说：“你每次来，都是匆匆忙忙，没玩好。”

“今天怪我自己，我坐早上八点的车，九点就到了 K 市了，结果忘记路了，就一路问人，问来问去的，被人指到相反的方向去了，走了很多冤枉路。我这个人，记路太不行。”

静秋连忙把长途车站到 K 市八中的线路给长芳讲了一下，邀请她下次再来玩。

渡船划到河当中，长芳从衣袋里拿出一个小纸包，递给静秋：“我是把你当姐看待的，你如果也把我当个妹的话，就把这收下，不然我生气了。”

静秋打开那个小纸包，发现是一百块钱。她大吃一惊：“你……你怎么想起给我钱来了？”

“免得你去外面打工。”

“你哪来这么多钱？”

长芳说：“是我姐的钱，她把赵金海给她的表卖了。”

静秋知道赵金海就是长芬的那个“脸”，但她不明白长芬为什么要把表卖了把钱借给她，长芬爱那块表像爱她的命一样，怎么说卖就卖了？静秋想把钱塞回长芳手中：“你代替我谢谢你姐了，但我不会收她的钱的。我能打工，能挣钱，我不喜欢欠别人的账。”

长芳坚决不肯把钱拿回去：“刚才还说了你是我姐了，怎么拿我当外人呢？”

两个人推来推去，划船的人大喝一声：“你们想把船搞沉呀？”两个人吓得不敢动了。静秋捏着钱，盘算等上岸了再找机会塞到长芳的包里去。

长芳真心实意地说：“你看你这么大热的天，还要在外面打工，这挑沙的活，叫我干都干不下来，你怎么干得下来？更不要说拖车呀，搞建筑呀，那都不是我们女的干的活。”

静秋觉得很奇怪，她从来没跟长芳说过她打工的事，长芳怎么会知道什么“拖车”、“搞建筑”之类的细节？她问长芳：“这钱真是你姐的吗？你不告诉我实话，我肯定不会收的。”

“我告诉你实话了，你就肯收了？”

静秋哄她：“你告诉我你这钱是怎么来的了，我就收你的钱。”

长芳犹豫了一下，说：“你不要说话不算数啊，别等我告诉了你实话，你又不肯收了。”

静秋听她这样说，益发相信这钱不是她姐的了。她想了一下，说：“你先告诉我是谁的钱，你说你当我是你姐，你连你姐都不信？”

长芳又犹豫了一会儿，终于说：“这钱是老三叫我拿来给你的，不过他不让我说出来，他说他不知道怎么就把你得罪下了，如果你知道是他的钱，就肯定不会收的。”

长芳见静秋拿着钱，以为她把钱收下了，很高兴，吹嘘说：“我说这事我一定办得成吧？老三还不相信，怕我说服不了你。”长芳从口袋里摸出几块零钱，清了清，得意地说，“我来去的路费也是老三给的，他叫我一下长途车就坐市内一路公共汽车，一直坐到终点站，就到了河边，再坐船过河，沿着河边走就可以走到你家了。我没坐过公共汽车，怕坐错了车，不敢坐，所以走迷路了，但是我省下了公共汽车钱。”

静秋原以为老三收到她的信了，真的会“下不为例”了，哪知他一点都没收手，难道他根本没收到她的信？她不敢对长芳提那封信，只问：“老三……他还好吗？”

“他一个大活人，有什么不好的？不过他说一到暑假，他就很担心，估摸着你要出去打零工了，他怕你从脚手架上摔下来了，又怕你拖车的时候掉江里去了，跟我念叨好多次了，像催命一样催着我把这钱送过来，说送晚了怕你已经出事了。不是我不想早点来，实在是因为我们比你们放假晚，这不，我刚一放假就跑来了，再不来，耳朵都要被他说起茧来了。”

静秋又觉得喉头发哽，沉默了一会儿，装作若无其事的样子说：“他这人怎么尽说这些不吉利的话？这么多人打零工，有几个摔死了，淹死了？”

船靠岸了，两个人下了船，静秋说：“我带你坐回公共汽车吧，你坐熟了，下回来的时候好坐，免得又走迷路了。”

长芳第一次坐公共汽车，新奇得很，一路上都在望窗外，没心思跟静秋说话。但一会儿就该下车了，长芳跟着静秋挤下车，连声说：“这么短？还没坐够呢。走路的时候觉得好远，怎么坐车一下就到了？”

两个人来到长途车站，买了下午三点的票，静秋很担心，问：“你待会儿一个人走山路怕不怕？”

“我不走山路，走山下那条路，那条路人多。”

静秋放了点儿心。离开车还有一会儿，两个人就找个地方坐下说话。静秋看看没机会偷偷把钱塞到长芳包里去，只好来硬的了。她抓过长芳的手，把钱放在她手里，再把她的手握住了，说：“你帮我谢谢老三，但他的钱我不会收的。麻烦你跟他说，叫他再不要搞这些了。”

长芳被她握住手，没法把钱塞回她手中，只好等待时机：“你怎么就不肯收他的钱呢？他想帮你，你就让他帮你嘛，难道你要他天天担心才舒服？”

“我不是要他担心，他其实根本不用担心我什么，”静秋想了想说，“他有……未婚妻，好好担心他未婚妻就行了。”

静秋满心希望听到长芳说“他哪有什么未婚妻”，但她听到长芳说：“这跟他未婚妻有什么关系？”

静秋胆怯地问："他真的有……未婚妻？"

"听说是两家父母定下的，好些年的事了。"

静秋觉得心里很难受，虽然知道这事也不是一天两天了，但潜意识里还总是希望这不是事实。她呆呆地问："你怎么知道他有……未婚妻？"

"他自己说的，还给了大嫂一张他们俩的合影。"

"听大嫂说那照片就放在你屋里的玻璃板下面，但我怎么没看见？肯定是他拿走藏起来了。"

"那你就冤枉他了，是我拿了，因为我听人说如果你能把照片上的两个人毛发无损地剪开，就可以把他们两人拆散，我就用剪子把他们两个剪开了。"

静秋觉得这好像很幼稚，很迷信，但又很迷人，如果真能这样就好了。她很感兴趣地问："那你……有没有毛发无损地把他们剪开呢？"

"呃，差不多吧，但是他们俩的肩膀有一点重合了，老三的肩膀叠在那女的肩膀后面，所以……所以剪开之后，老三就少了一个肩膀。你不要告诉他呀，这不吉利的。"长芳看上去并不是很相信这些，仍旧笑嘻嘻地说，"要是哪天老三肩膀疼，那就是因为我剪了他一剪子。"

"他肩膀疼活该。他这人怎么这样？家里有未婚妻，又在外面给别人钱……"

长芳惊讶地说："家里有了未婚妻就不能在外面给人钱了？他一片好心帮忙嘛，又没什么别的意思。你不要误会他，以为他在打你主意，他不是这样的人。他这人心软，见不得别人受苦。我们村的那个曹大秀，还不是受过他的帮助？"

"哪个曹大秀？"

"就是那个……那个她爹是个酒鬼的，别人都叫他'曹三顿'的，你忘了？

有一天老三在我们家吃饭的时候，‘曹三顿’找来了，问老三要钱的那个……”

静秋想起来了，是有那么一个人。她当时以为是什么人问老三借钱，就没在意。她问：“老三帮过‘曹三顿’的女儿？帮她什么忙？”

“大秀她爹爱喝酒，她妈很早就死了，可能就是被她爹打死的。她爹是喝多了也打她妈，喝少了也打她妈，没喝的更要打她妈。她爹是一日三顿都要喝酒，一日三顿都要打她妈，不然怎么叫‘曹三顿’呢？

“大秀她妈死了有些年了，她爹又不好好下田干活，队里派他养牛，他也是经常喝醉了，让牛跑出圈吃了庄稼，被队里扣工分。他最要不得的就是有几个钱就要买酒喝掉。从大秀十四五岁起，她爹就在寻思把她嫁了好换几个酒钱。

“大秀什么陪嫁都没有，又摊上这么个爹，村里人真的有点不敢要她。后来她爹就把她许给老孟家老二了，那男的有羊角风，发作起来吓死人，口吐白沫，人事不省，见哪儿倒哪儿，迟早是个短命鬼。大秀不肯嫁，她爹就打她，往死里打，说白养了她这么多年，人家都说女儿是爹的酒葫芦，我怎么生下你这么个屎葫芦、尿葫芦……”

静秋猜测说：“那……老三就答应把她娶了，好救她一命？”

“哪里是那样，老三就给她爹钱买酒，叫他不要把女儿往火坑里逼。大秀她爹只要有酒喝，女儿嫁谁他其实也不操心，后来就没逼着大秀嫁那个羊角风了。但是老三就脱不了干系了，大秀她爹一没酒钱了，就跑去找老三，说这都怪你，要是你那时不从中作梗，我家大秀早就嫁了好人家，给我把酒钱挣回来了。老三怕他又打大秀，每次就给他一点酒钱。后来大秀的爹就得寸进尺，逼着老三把大秀娶了算了，说你杀人杀到喉，帮人帮到头，你娶了我家大秀了，我就不愁酒钱了。

“其实大秀对老三倒是有那个心思，谁不想嫁个吃商品粮、爹又是大官的？再说老三人又长得好，脾气也好。大秀经常跑工棚去找老三，要帮他洗被子什么的，但老三不肯，我姐也不让，都是我姐抢着拿回来洗了。”

“你姐……喜欢老三哪？”

“嗯，我姐叫大嫂去给老三过过话，但老三不肯，说他在家里有未婚妻，我姐哭了几回，还发誓说一辈子不嫁人了。不过后来她跟赵金海对上象了，就不守她的誓言，成天慌着嫁人了。”

“那你剪那张照片是想帮你姐的忙？”

长芳不好意思地笑了一下：“我姐那是什么时候的事？照片我是前不久才剪的。”

静秋的心怦怦跳，心想可能长芳看出她的心思，帮她剪了那张照片。她问：“那你……帮谁剪？”

“帮人剪是没用的，一定要自己剪的。”长芳坦率地说，“不过我剪他们的照片也没用，只能把他们剪开，不能把我跟他剪拢。老三瞧不起我们这些人的，听说他跟他未婚妻从小就认识，两个人的爸爸都是大官，我们算老几？所以说呀，他给你钱，只是帮你，不是在打你主意。我劝你有钱就拿着，因为你不拿他的钱，别人也会拿他的钱，何必让‘曹三顿’那样的人拿去喝酒呢？”

18

静秋觉得好难受，长芳越是替老三撇清，她就越难受。以前她还觉得老三帮她是因为喜欢她，虽然她碍于自尊心不愿接受，但她心里还是很感动的。

现在听了曹大秀的故事，心全都凉了。

她想老三一定抱过曹大秀了，既然他跟她认识这么短时间就敢抱她，那他跟曹大秀认识的时间长多了，不是更会抱大秀吗？看来老三就是书里面说的那种“纨绔”公子，虽然她没查字典，不知道这个“绔”读什么，但那意思她已经从上下文里揣摩出来了，不就是仗着自己有几个臭钱，就占女孩便宜的那种人吗？

想到这些，她感到自己像被老三玷污了一样，特别是嘴里。被他隔着衣服抱过，洗了这么多次衣服这么多次澡，应该洗掉了吧？但他的舌头还伸到她牙齿和嘴唇间去过，想想就恶心。她狠狠吐口唾沫，铁青着脸，一言不发地坐在那里。

长芳想把钱塞回静秋手中，说：“你拿着吧，你答应了的，不能说话不算数。”

静秋像被火烫了一样，一下跳开，那些钱全都掉地上了。她也不去捡，只站得远远地说：“我答应的是收你的钱，我没答应收他的脏钱，你把他的钱带回去吧，不要害得我明天专门为了这钱跑一趟西村坪，耽误我出工。”

她说这话的口气和脸色一定都是很不好的，她看见长芳有点害怕一样地望着她，胆怯地问：“这钱怎么就是……脏钱呢？”

静秋不敢把老三抱她的事说出来，只说：“你搞不清楚就别问了。”

长芳一边蹲在地上捡钱，一边嗫嚅地说：“这怎么办呢？我把他给的路费也用了，现在又没办成，你叫我怎么向他交代？你就做个好人，把钱收了，算是帮我吧。”

静秋不想让长芳为难，就安慰说：“不要紧的，你回去就跟他说我在瓦楞厂糊纸盒，工钱高，工作很轻松，用不着他的钱，也用不着他操那些瞎心。

你这样说，他就不会怪你了。”

长芳想了想，答应了：“我帮你撒这个谎可以，但你要帮我把谎话编圆了，教给我，我才会说。我这个人不会撒谎，一撒谎就心慌，被你们七问八问的，就问出来了。这次老三教了我好多遍，结果被你一哄，我还是说出来了。”

静秋就帮忙编了个谎，连瓦楞厂的地址、大门朝哪边开都告诉长芳了，要她回去就说今天是在瓦楞厂见到静秋的，静秋这个暑假就是在瓦楞厂做工，再不用到别处去做了。

长芳嘱咐说：“那你真的不要去做那些危险的事啊，你要是出了事，老三就知道我在撒谎了。”

送走长芳，静秋舍不得再花钱坐公共汽车，就自己往回走，一路上脑筋里都是那个曹大秀。她没见过曹大秀，但眼前却清晰地浮现出一个穿得破破烂烂，但长得眉清目秀的女孩形象，然后是老三的形象，再然后是他在山上抱大秀的画面。大秀得了老三的恩惠，肯定是老三要怎么样就怎么样，估计就是老三要把舌头伸大秀嘴里去，大秀也不会有意见。

回到家，她觉得头很疼，饭也没吃就躺床上去了。妈妈吓得要命，怕是天太热中暑了。问了几句，她很不耐烦，妈妈也不敢问了。

睡了一会儿，王长生找来了，说“甲方”说了，今晚要加班，因为货船在江边多停一天厂里就要多出一天的钱。今天从六点到九点加班，做三个小时，算半天工钱。

静秋一听，头也顾不上疼了，气也懒得生了，怎么说老三也只能算个上层建筑，还是先抓经济基础吧。她谢了王长生，就赶紧吃了两碗饭，抓起箩筐扁担上工去了。到了江边一看，零工们都在那里，有些还把家属都叫来了。

做三小时可以拿半天的钱，谁不愿意干？

那天晚上干了不止三小时，一直把船上剩下的沙全部挑完了才收工。“甲方”说大家辛苦了，今晚算一整个工。不过这份工也就算干完了，明天你们就不用来了，以后有了这种机会再找你们来干。

赚了大钱的欣喜一下子就被失业的痛苦冲淡了，静秋懊丧地想：明天又要去求“弟媳妇”的妈了，还不知道能不能找到工。她正拖着沉重的步伐往家走，“甲方”追了上来，问她愿意不愿意做油漆，说他手里还有点油漆工的活，如果她愿意干的话，他可以让她从明天起到厂维修队上班。

静秋简直不敢相信自己的耳朵。“甲方”又问了一遍，静秋才说：“你是在说真的？我还以为你在开玩笑呢。”

“甲方”说：“我开什么玩笑？我是真的叫你去做油漆。我看你干活不偷懒，相信你。而且做油漆是个细心活，女的干比较好。”

静秋真是欣喜若狂，这就叫“运气来了门板都挡不住”，她第二天就去维修队做油漆，虽然听人说油漆有毒性，但工作轻松，每天还有一毛钱补助，她也就不管什么毒性不毒性了。

那个暑假，真是走运，后来竟然让她一谎撒中，还到瓦楞厂去工作了两个星期，连她自己都搞糊涂了，都说撒了谎要遭雷打，结果她不仅没遭雷打，还真的到瓦楞厂去了，也许那是因为她撒的那个谎是个“好谎”？

瓦楞厂的工不是李主任介绍的，瓦愣厂在河的对岸，已经不属于李主任的管区了。那个工是K市八中一个姓王的教导主任介绍的，他儿子在瓦楞厂，是个小官，每年暑假都能介绍几个人到厂里做几天工。

王主任很欣赏静秋的巧手，经常买了胶丝请静秋织个茶杯套，买了毛线请静秋织个毛衣、毛裤什么的。王主任家客厅里的圆桌、茶几、方桌上，铺的都是静秋用钩针钩出来的桌布，用的就是一般的缝衣线，但静秋的图案设计总是与众不同，钩出来都像工艺品一样，看见过的人都以为是王主任花大价钱在外地买的，赞不绝口。

有了做工的机会，王主任第一个就会通知静秋。这回在瓦楞厂不是糊纸盒，而是像正式工人一样上机操作，还发了一个白帽子，说车间有些皮带机什么的，怕女工的长头发绞进机器里去了。正式工人们还发一个白围裙，穿上像纺织工人一样。不过零工没有，所以一看就知道谁是正式工人，谁是零工。

静秋好想混上一个白围裙穿穿，当工人的感觉实在是太好了。工作也很简单，就是把两张平板纸和一张有楞子的纸塞进一个机器就行了，那个机器会给这几张纸刷上胶水，几张纸从机器里通过，就被压在一起，成了瓦楞纸，可以用来做盒子什么的。唯一的技术就是塞纸的时候角度要对好，不然做出来的瓦楞纸就是歪歪斜斜的，成了废品。

静秋做什么事都很上心，都力求做好，所以很快就成了熟手。同一个机器上的工人都很喜欢她，因为她手快，干活又踏实，不偷懒，几个工人就让她在那里顶着，她们自己从后门溜出去，到旁边的百货公司逛逛再回来。每天她们那台机器都提前完成工作量，等验收的人检查了，就可以坐在车间休息等下班。

厂里还分了一次梨子，正式工人一个人三斤，零工一个人两斤，零工分到的梨子也小很多，但静秋非常激动，那是分的呀，是不花钱的呀，平时哪里有这么好的事？

静秋拿了梨子，开心之极，别的工人都在吃，她舍不得，还跑到机器上工作了一会儿，免得别人好奇，问她为什么不吃。下班之后，她把梨子拿回家，像变魔术一样变出来，叫妹妹吃。妹妹高兴得不得了，连忙拿了三个到水龙头那里洗干净了，一人一个。静秋不肯吃，说在厂里一分就吃了好几个了，其实梨子也就那么回事，吃多了就不想吃了。

静秋看妹妹一边看书，一边小口小口地吃梨子，吃了半个钟头还没舍得把一个梨子吃掉，她心疼万分，暗暗立个誓：等我发财了，一定要买一大筐梨子，让我妹妹随便吃，一直吃到她吃不下为止。

可惜瓦楞厂的工只打了两个星期就没了，被人通知她明天不用来上班了的那一刻，才明白自己只是个零工，不知怎么的，就想起老三借给她看过的那本诗词里面的一句话“梦里不知身是客，一晌贪欢”。

然后又是到“弟媳妇”家等工，又是等不到工的惶恐，又是等到了工的劳累。“纨绔”公子和他的一切，都在心的焦急和身体的劳累之中慢慢遥远了。

开学之后的日子，她也是很忙碌的，读书倒不忙，忙的都是杂七杂八的事。那学期，她除了继续在校女排队打排球以外，还在乒乓球队训练，准备打比赛。

本来学校运动队之间有约定，一个学生只能参加一个队，免得分散精力，一个也搞不好。但静秋的情况有点特殊，乒乓球队的教练汪老师就跟排球队的教练万老师两个人商量了，让她两边都参加。

汪老师这么重视静秋，除了八中实在找不出比静秋乒乓球打得好的女生以外，还有一个很重要的原因，可以说是历史的原因。

读初中的时候，静秋是校乒乓球队的。有一年在全市中学生乒乓球赛上，静秋打进了前四名。在半决赛的时候，遇上了本校的另一名队员，叫刘十巧。刘十巧写自己名字的时候，经常是把“巧”字的两部分写得开开的，看上去像“23”，有个爱开玩笑的体育老师点名的时候叫她“6+23”，结果就叫开了。

静秋平常在学校练球的时候也经常跟“6+23”比赛。静秋是直握拍进攻型打法,“6+23”是横握拍防守型打法。教练知道“6+23”接球稳,但攻球不狠,没有置人于死地的绝招，不像静秋，抽球可以抽死人，发球可以发死人。所以教练给“6+23”制订的战术就是拖死对方，叫她慢慢削，慢慢削，不指望一板子打死对方，就等着对手失去耐心，自己失误打死自己。

静秋跟“6+23”是一个队的，自然知道她的长处和短处，也知道教练给她出的这个恶招，所以摸出了一套对付她的办法。平时在队里练球，都是静秋获胜。

那次单打比赛是单淘汰制，输给一个人就被淘汰了。静秋第二轮就轮到跟一个市体校乒乓球队的队员比赛，草台班子遇到了科班，汪老师对她已经没做任何指望了，叫她“放开了打”，不输“光头”就行了，意思就是说不要让别人连下三局就很光荣了。汪老师甚至都没坐旁边看，因为看了也白搭，还跟着死几个细胞。

哪知道静秋因为没做指望，所以真个是放开了打，左右开攻胡打一通，连台子旁边的记分牌都懒得去看一眼。可能她这种不怕死的打法吓坏了对手，也可能她的打法不科班，那个女孩不适应，三打两打的，竟然把那个体校的女孩打下去了。

这一下，喜坏了汪老师，吓坏了一路人，后面跟她打的女孩先自在气势上输了，静秋就一路打上来了。刚好“6+23”那一路上也还比较顺利，两个同校的人就在半决赛的时候遭遇了。

刚“要边要球”完了，决定了谁在台子哪边，汪老师就走到静秋身边，压低嗓子对她说：“让她赢，听见了没有？”

静秋不知道为什么要让“6+23”赢，但觉得可能是教练的一种战术，是为学校整个荣誉着想。那时打乒乓球的人都知道中国乒乓球有这个传统，就是为了国家能得第一，有时是要让自己的同伴赢的，比如徐寅生就让庄则栋赢过。静秋就忍痛让“6+23”赢了一局。教练可能还不放心，打完一局又嘱咐一遍，静秋也就不多想了，胡乱打了几下，就让“6+23”赢了。

下来之后，她才追问汪老师，今天是个什么战术，为什么要让“6+23”赢。汪老师解释说：“打进半决赛的人，省体校要招去培训的，你家庭出身不好，到时候因为这个把你刷下来了，那多难堪？”

静秋气得眼泪都快掉下来了，心想，就算省体校把我刷下来了，我还可以拿个市里的第一、第二名嘛，凭什么叫我让？这不比刷下来更糟糕？

后来这事让静秋的妈妈知道了，也很不愉快，找那个汪老师谈了一次，把“出身不由己，道路可选择”的最高指示搬出来说明他这样做不对。

汪老师一再声明，说他是一番好意，怕静秋到时候被刷了心里难过，还说他也很后悔，因为如果不叫静秋让，可能这回的 K 市冠军就在八中了，“6+23”只拿了个亚军。

静秋叫妈妈算了，事情已经过去了，说也没用了。后来她就退出了乒乓球队，打排球去了。

但汪老师大概是想将功补过，弥补一下上次给静秋造成的损失，而且也实在是找不出比静秋打得好的人了，所以就跟排球队教练商量，让静秋继续打乒乓球，参加下半年的全市比赛。刚好排球队下半年也有一个全市比赛，这下静秋就忙了，除了上课，其他时间都在打球。

有个星期四下午，静秋正在练球，汪老师走进乒乓室，对她说：“我看见食堂附近有个人背着个大包在找‘静老师’，可能是找你妈，我把他带到你家去，但你妈不在，你家没人，今天下午是家访时间，你妈可能走家访去了。我让他在食堂门口等着，你去看看吧。”

静秋赶快跑到食堂附近，看见是长林像尊石头狮子一样蹲在食堂门口，进出食堂的人都好奇地望他几眼。静秋赶快上去叫了一声。

长林看见了她，立即站起身，指指身边的一个大包，说："这是给你妈弄的核桃。"又指指不远处的一个篮子，"这是给你弄的生火柴。我走了。"

19

静秋见长林拔脚就走，心里很急，想留住他，又不敢拉他，只好叫道："哎，哎，你别走呀，至少帮我把这些东西拿到我屋里去吧？"

长林像被人点醒了一样，转回来："噢，你拿不动呀？那我帮你拿。"说着就背起包，提起篮子，跟静秋来到她家。

静秋想掏炉子做饭，问长林："你吃饭了没有？"

"吃了，"长林骄傲地说，"在餐馆吃的。"

静秋觉得很奇怪，长林居然知道在K市下餐馆，真看不出呢。她给他倒了杯开水，叫他歇一会儿，她好找个东西把核桃装起来，让他把包拿回去。她问："你又跑大嫂娘家去了？她们家人还好吗？"

"她们家人？"长林看上去很迷茫，给静秋的感觉是他走到大嫂娘家的核桃树前，摘了就跑，根本没跟大嫂娘家人打照面一样。

静秋记得大妈说过，长林自小就有个毛病，一说谎就不停地眨眼皮，所以回回撒谎都被大妈戳穿了。静秋看了他一眼，见他眼皮有点眨巴，不知道他是不是在说谎。她看见包里还有一个小包，里面装着冰糖，就问："这——冰糖是你买的？"

“是大哥买的。”

连大哥也调动了，静秋感动得不知道说什么好，问他：“冰糖要医生证明才能买到，大哥他在哪里——搞到证明的？”她一边说，一边把暑假打工之后专门留出来的二十块钱放进长林的包里，再把包卷起来，找根绳子扎了，估计长林在路上不会发现里面的钱。就怕他回家了还没发现，如果大妈大嫂哪个洗了这个包，那就糟蹋这二十块钱了。她准备等会儿送他到车站，等他车开动了再告诉他包里有钱。

长林说：“大哥认识一个医生，是那个医生开的证明。”

静秋觉得长林答得太天衣无缝了，简直不像是长林在说话，而他的眼皮又一直在眨巴。她想了想，又问：“你今天一个人来的？你知道路？”

“鼻子下面就是路。”

静秋诈他：“K县到这里的车票涨了百分之十，票价很贵了吧？”

长林好像傻了眼，掰着指头算了半天，憋红了脸问：“涨……涨到十二块八了？狗日的，这不是剥人的皮吗？”

静秋现在完全可以肯定长林不是一个人来的了，他根本不知道车票多少钱，把“百分之十”当成了十块。她想最大的可能就是长林是跟老三一起来的，不过老三躲着没进来。她也不去拆穿长林的谎，只留他多坐一会儿，心想如果老三等久了，老不见长林，他会以为长林迷路了，就会跑来找长林。

但长林打死也不肯坐，一定要回去，说怕赶不上车了，静秋只好送他去车站。刚送到学校门口，长林就不让她多送了，态度非常坚决，看样子马上就要用手来推她回去了。

静秋只好不送了，嘱咐了几句，就返回校内。但她没走开，而是站在学校传达室的窗子后面看长林。她看见长林在河边望了一下，就向河坡下面走去。过了一会儿，跟另一个人一起上来了。她认出那人是老三，穿了套洗褪了色的军衣军裤，很精干的样子。他们两个站在河沿说话，长林不时指指校门方向，两个人你杵我一拳、我杵你一拳地讲笑，大概长林在讲他的冒险记。

然后老三朝校门方向望过来，吓得静秋一躲，以为他看见了她。但他没有，只站那里看了一会儿，就跟长林往渡口方向走去了。

她也跟了出去，远远看他们两个。她看见老三像小孩一样，放着大路不走，走在河岸边水泥砌出来挡水的“埂”上。那“埂”只有四寸来宽，老三走着走着，就失去了平衡，吓得她几乎叫出声来，怕他顺着河坡滚到水里去了。但他伸开手，身体摇晃几下，又找回平衡，继续在“埂”上走，像在走平衡木一样，而且走得飞快。

她很想把他们俩叫住说几句话，但既然老三躲着不见她，她就不好意思那样做了。看来他真的跟长芳说的那样，是个心肠很软的人，见不得别人受苦，所以他帮大秀，帮她，现在又帮长林。今天的车票肯定是他买的，他肯定知道长林找不到路，所以一直陪着长林到校门口。

她想老三肯定是把她让给长林了，或者他本来就没打她主意。但她不愿意相信这一点，他那时不是很“争嘴”的吗？总在跟长林比来比去，怎么一下就变成长林的“导演＋向导”了呢？书里写的“纨绔”公子都是要“占有”了他的猎物才会收手的，难道他已经把她“占有”了？她恨死了那些写得模模糊糊的书，只说个“兽性大发，占有了她”，但又不说到底怎么样才算“占有”了。

但是她隐隐地觉得“占有”之后，女的是会怀孕的，《白毛女》里面的喜儿不就是那样的吗？样板戏《白毛女》把这点删掉了，但她看过娃娃书，知道是有这一段的。老三抱她还是上半年的事，她的“老朋友”已经来过好多回了，应该是没怀孕吧？那就不算被他“占有”了吧？

她想起放在长林包里的钱，怕他傻乎乎地弄丢了，或者让他妈洗掉了，就一直跟在他们后面走到渡口。当他们坐的渡船离了岸的时候，她才从岸上大声喊长林："长林，我放了二十块钱在你包里，别让你妈洗掉了。"

她喊了两遍，估计长林听见了，因为长林在解捆包的绳子。她看见老三扭头对划船的人说话，然后突然从座位上站起来，从长林手里拿过包，就往船头走，把船搞得乱晃。

她怕老三要还钱给她，吓得转身就跑。跑了一会儿，她才想起他是在船上，能把她怎么样？她放慢脚步，想看个究竟，刚一转身，就看见老三向她跑过来。他的军裤一直到大腿那里，全都湿漉漉的，贴在身上。她惊呆了，已经十月底了，他不冷吗？

他几步跑上来，把那二十块钱塞到她手里，说："你把这钱拿着吧，冰糖是别人送的，不要钱的。你用这钱买运动服吧，不是要打比赛吗？"

她完全僵住了，不知道他怎么知道她需要运动服打比赛。他匆匆说："长林还在船上，现在肯定慌了神了，他不知道路——我走了，晚了赶不上车了。"说完，他就返身向渡口跑去了。

她想叫住他，但叫不出口，就像她每次在梦里梦见他时一样，说不出话，也不会动，就知道望着他，看他越走越远。

那天回到学校，她根本没心思打球了，老想着他穿着湿漉漉的裤子，要好几个小时才能回到家换掉，他会不会冻病？他怎么这么傻，就从船上跳到水里去了呢？他不会等船划到对岸，再坐船过来？

后来有好多天，她都忘不了他穿着湿裤子向她跑来的情景，她觉得他不应该叫"纨绔"公子，应该叫"湿裤"公子。她百思不得其解的是，他怎么知道她打比赛需要运动服?

去年打比赛她们排球队没穿运动服，因为K市八中地处小河南面，相当于郊区，很多学生都是菜农的孩子，经济上不宽裕。比赛前，教练竭力鼓吹过，说每个人都要买运动服，但队员们都很抵制，就没买成。她们那次就是穿平时的衣服去赛球。第一场比赛的时候，一上场，刚喊完了“友谊第一，比赛第二”，裁判就叫两边队员背对裁判，记录每个人的球衣号码和站位。她们上场的六个队员全都傻了眼，因为她们衣服上没号码。裁判把教育局主管比赛的人找来了，说：“这群丫头既不穿球衣，又没号码，怎么比赛？”

教育局的人把教练万老师叫到一边，语重心长地教导说：“你身为教练，难道不知道排球比赛站位很重要？六个队员的位置是轮流转的，后排不能在前排起跳扣球。有的队只有一个主攻，如果都像你们这样不穿带号码的球衣，那她们的主攻从后排跑到前排去起跳扣球，裁判怎么看得出来？看不出来，怎么判人家犯规？”

第一场还没打，裁判就判她们输了。万老师低三下四地恳求，又做声泪俱下状，把队员们的贫穷落后描述了一通，教育局的人才同意她们继续比赛，但勒令她们用粉笔把号码大大地写在衣服上，不然不让她们参加比赛。

后来的几场比赛，都是一上场就被对方球队和观众猛笑一通，说她们是“杂牌军”、“乡下妹子”。八中球队被这样奚落，士气一蹶不振，打了个倒数第三回来了。

但万老师死也不服输，说如果不是因为球衣闹这么个不愉快，八中女队肯定能进入前六名。所以万老师就逼着队员们买球衣，叫大家把钱交了，把尺码说了，他统一去买，免得每个人自己去买又买得花花绿绿的不一致，还是被人笑话为“杂牌军”。这回万老师很强硬：“你们不买衣服，就不要打球了。”

队员们一听就慌了，都把钱带来交了。可静秋实在是没这笔闲钱，而且乒乓球队那边也要买运动衣，她想把两边的教练说服了，让他们决定买同一种颜色同一个式样的，那她就可以只买一件。

但两个队要求是不一样的。排球比赛是在室外，下次比赛时间比较冷，教练说要买长袖的，保暖，而且有长袖护着，接球的时候手臂不疼。乒乓球比赛是在室内，所以教练要买短袖的，说你们穿得“长落落”的，怎么打比赛？不光要买短袖，还要配一条运动短裤。

排球队万老师催了一阵，钱收得差不多了，就拿去买了运动服，印了号码。平时跟兄弟学校排球队打友谊赛的时候就叫队员们把运动衣穿上，气壮如牛，先声夺人。静秋没买运动服，万老师知道她家比较困难，就安慰说：“不要紧，不要紧，上场的时候我叫替补队员把衣服借给你穿。”

可替补队员不能上场已经是憋了一肚子火了，现在还要把球衣借给别人穿，更是一百个不耐烦。静秋也不好意思穿别人的衣服去赛球，就竭力推托，说我就坐旁边看。但她是球队的二传，是主心骨，哪能不上场呢？所以教练每次都逼着一个替补队员把衣服借给静秋，搞得那人不舒服，静秋也很难堪，有时碰到打比赛就干脆请假不去。

她不知道老三怎么知道这些事的，难道他认识球队的教练或者球队的某个队员？或者他经常在什么地方看她打比赛？但她从来没在比赛时看见过他，难道他真是侦察兵出身？可以暗中观察她而不被她发现？

她决定从这二十块钱中抽出一些去买运动服，因为老三冒着寒冷跳到水里把钱送给她，不就是为了她能买运动服吗？她买了，就遂了他的意，如果他能在什么地方看见她穿运动服打球，那他一定很高兴。

万幸万幸，两个队的队服除了袖子长度不一样，颜色和式样都是一样的，可能那年月也就那么几个样子。她买了一件长袖的运动服和一条短的运动裤，准备赛排球的时候就穿长袖的，赛乒乓球的时候就把袖子剪下来变成个短袖，等到赛排球的时候再缝上去变成长袖，反正她针线活好，缝上去也没多少人看得出来，只要没人扯她的衣袖，想必不会露馅。

球衣号码可以自己选，只要是别人没选的都行，她看了一下，三号还没被人选掉，她马上选了三号。印号码要好几毛钱，她舍不得，就自己用白布剪了个号码缝在球衣上了，还照别人球衣剪了“K市八中”字样，缝在球衣胸前，看上去跟别的队员的球衣没有两样。

十二月份打比赛的时候，静秋老指望老三会出其不意地出现在赛场，那样他就能看见她穿着运动服了。但她没看见老三，后来她也很庆幸老三没去，因为那次K市八中女排只打进了前六名。大家都说我们输球完全是因为我们穷，平时用橡皮球练习，可到了比赛的时候用的是规范球，是皮子做的，重多了，大家不习惯，连球都发不过，教练你要逼着学校去买些规范球给我们练。

万老师说：“我保证让学校去买规范球，不过你们也要好好练习，不然有了规范球也是白搭。”

于是球队加了很多练球时间。静秋很喜欢打球，但她也很担心，因为每次打完球就很饿，就要吃很多饭，高中生每月只有三十一斤粮，她妹妹也在吃长饭，哥哥有时从乡下回来也要吃饭，家里的粮越来越不够了。

转眼到了1975年，一个春寒料峭的早晨，静秋跟排球队的人在操场上练球。排球场离学校后门很近，不远处就是学校的院墙，只一人多高，排球经常会被打出去。院墙外面就是农业社的蔬菜田，球一打出去就要赶快去捡回来，因为现在球队用的是规范球，皮子做的，要是被田里的水打湿了就会断线裂缝，搞不好还被路过的人捡跑了。

但是校门离排球场还有一点路程，如果从校门跑出去就太远太慢了。排球队怕丢球，所以每次球被打出去，队里就会有人翻墙出去捡球。不过不是每个人都能徒手翻墙的，只有静秋和另外两个女孩可以不要人顶就爬上墙头，跳到院墙外，捡了球又翻回来。所以一有球打出去，就有人叫这几个人的名字，催她们快去翻墙捡球。

这天早上，静秋正在练球，不知是谁把一个排球打到院墙外去了，刚好她离院墙近，就听好几个人在叫："静秋，静秋，球打出去了！"

静秋就"噌噌噌"跑到院墙边，单脚一蹬、两手一抓就上了墙。她迈过一条腿，骑在院墙上，正要把另一条腿也迈过墙顶跳下去，就见一位活雷锋帮忙把球捡了，拿在手里，准备向院墙内扔去。

那人一抬头看见了她，叫道："小心，别跳！"

20

静秋也看清了那人，是老三，穿着一件军大衣，不是草绿色的，而是带黄色的那种，是她最喜欢的军色，以前只看见地区歌舞团的人穿过。老三黑黑的头发衬在棕色的大衣毛领上，颈子那里是洁白耀眼的衬衣领。静秋觉得头发晕，眼发花，不知道是打球打饿了还是被老三的英俊照昏了，她差点从墙上掉下去。

他手里拿着那个排球，球已经被田里的露水搞湿了一些，他脚上的皮鞋也沾了田里的泥土。他走到她跟前，把球递给她，说："跳下去的时候当心。"

静秋接了球，一扬手扔进校内，自己仍坐在院墙上，问：“你——怎么跑这里来了？”

他仰脸看着她，带点歉意地笑着：“路过这里，我这就走。”

院墙内那些人在急不可耐地叫：“静秋，坐那里乘凉啊？等着你发球呢！”

她急急地对他说声“那我打球去了！”就跳进校园内，跑回自己的位置上去打球。但她越打越心不在焉，老在想他这么早路过这里要到哪里去？她突然想起，去年的今天，是她到西村坪去的日子，也就是说，是她和老三第一次见面的日子。难道他也记得这个日子，今天专门来看她的？她被自己这个离奇的想法缠绕住了，老想证实一下。

她只想现在谁又把球打出去，她就可以翻过墙去，看看他走了没有，或者问问他到哪里去。但这时好像大家都约好了一样，谁也没把球打出去。她又等了一会儿，眼看练球就快结束了，她再不能等了，就借发球的机会把一个排球打到院墙外去，引来队友一阵不满和惊讶。

她不管别人怎么想，飞快地冲到院墙边，“嗖”地爬上去，二话不说就跳到对面去了。她捡了球，但没看见老三。她把球扔进校内，没有翻墙回去，而是顺着院墙往校门那里走，想看看老三有没有躲在哪个墙垛子后面。

但那些墙垛子都很小，肯定藏不住老三。她一路找过去，一直找到校门了，还没看见老三，她知道他真的只是路过这里了。

那一天，她总是心不在焉，下午上体育课的时候她又把球打出去了几次，还帮别人翻了几次墙，但都没看见老三。

放学后，她回家吃了饭，到班上的包干区去看看几堆烧在那里的枯树叶烧完了没有。今天该她们组打扫包干区，地上有太多的落叶，一般遇到这种情况，大家就把落叶扫成堆，点火烧掉，待会儿只把灰烬扔到垃圾堆就行了，不用一大筐一大筐地把落叶运到垃圾堆去。组里的人懒得在那里等着烧落叶，就叫静秋吃完饭了再来做最后打扫。静秋看看火已灭了，就把灰烬装到一个畚箕里，准备拿到垃圾堆去倒掉。她刚直起腰，就认出篮球场上几个打篮球的人当中有一个是老三。他脱了军大衣，只穿着他那著名的白衬衫和一件毛背心，正跟几个学生打得热火朝天。

她一惊，手里的垃圾都差点泼出去了，他没走？还是办完事又回来了？她傻乎乎地站在那里看他打球，觉得他的姿势真是太漂亮了。他跳投的时候，黑黑的头发跟着向上一抛，球落进球网了，头发也乖乖地落回原位了。

她怕他发现她在看他，就连忙拿着垃圾跑掉了。她倒了垃圾，把畚箕放回教室，锁了教室门，也不回家，就坐在操场另一端的高低杠上，远远地看他打球。总共才四个人，在打半场。

老三已经把毛背心也脱了，只穿了件白衬衣，袖子挽得高高的，很精神、很潇洒的样子。她帮他们计数，看谁投进的球多，最后发现老三投进的最多。考虑到他是穿着皮鞋的，她对他的仰慕之情真是犹如滔滔江水再加上滚滚河水了，真恨不得他就住在篮球场，从早到晚打球给她看。

天渐渐黑了，打球的人散了，有人收了球，边拍边往体育组办公室走去，大概是去还球。静秋紧张地看着老三，不知道他要去哪里，她好想叫他一声，跟他说几句话，但她不敢，她想他可能是在附近什么地方出差，下班了没事干，就像学校附近厂矿的那些工人一样，到学校找人打打球混时间。

然后她看见他向她住的那边走去了，她知道他一定是去水管那里洗手去的。她跟在后面，离得远远的。果然，他跟那几个打球的都走到水管那里，他等别人把手洗了，离开了，才把大衣什么的搭在水管旁边的一棵 Y 字型的老桃树上，走到水管边去洗手。她差点叫出了声，那桃树上经常有一些粘粘糊糊的桃胶的，当心弄在他衣服上。

她看见他洗了手，从挂包里摸出一个毛巾，洗了一把脸，甚至拉起衬衣擦了擦上身，看得她直抖，替他冷。

他洗完了，穿回毛背心，走到靠食堂那一面，她知道站在那里可以看见她的家门。他站了一会儿，就拿起大衣披在肩上，提了挂包，向她家后面那个方向走去。

她家后面不远处就是个厕所。说实话，她从来没想过他也上厕所的，刚开始她连他吃饭都不敢看，就觉得他应该是张画，不食人间烟火。后来好了一点，觉得他吃饭是件正常事了，但她也就进步到那个程度，觉得他就应该是只进不出的。现在看到他往厕所走，想到他居然也上厕所，她觉得太尴尬了，不敢再跟踪他，飞快地逃回家去了。

回到家，她又忍不住走到窗口，想看看他从厕所出来后会到哪里去。她家的地势比窗后的路高，差不多要高出一个人那么多。她站在窗子边，悄悄往外望，没看见他从厕所出来。但她往下一望，就一眼看见老三站在不远处，脸对着她家的窗子，她吓得蹲了下去，头碰在窗前的课桌上，撞得“咚”的一响。

她妈妈问：“怎么回事？”

她连连摆手叫妈妈别说话，然后她就那样半蹲着，走到屋子前面她住的那边去了，才敢站起身。她知道他眼力再好也不可能看到隔墙后面的她，自己也不知道自己在怕什么。

过了好一会儿，她才又悄悄走到窗口，往外看了一眼，他已经不在那里了。她不知道他刚才看见她没有，如果看见了，那他就知道她其实在偷偷看他了。她站在窗边看着窗外那条路，看了好一会儿，也没看见他，她想他可能走了。天都黑了，他会去哪里呢？

她回到自己住的那半间房，边织毛衣边胡思乱想。过了一会儿，有人在敲门，她以为是老三，心里紧张地思索该怎么对妈妈撒谎。但等她开了门，却看见是学校钟书记的小儿子，叫钟诚，手里提着个烧水的壶，看样子是到外面水管来打水的。钟诚对她说："我姐姐叫你去一下。"

钟诚的姐姐叫钟萍，静秋平时跟她也有些接触，但不算走得很密的朋友。她不知道钟萍现在叫她去干什么，就问："你姐找我干什么？"

"我不知道，她就叫我来叫你。快去吧。"

静秋跟在钟诚后面往外走，走到水管那里，她正想往右拐，去钟诚家去，但钟诚指着左面说："那边有个人在找你。"

静秋一下子意识到是老三在找她，一定是他看见钟诚来水管打水，就叫钟诚去叫她出来的。她对钟诚说："谢谢你了，你去打水吧，别对人讲。"

"知道。"

静秋走到老三跟前，问："你……你……找我？"

他小声说："想跟你说几句话，方便不方便？不方便就算了。"

她正想说话，就看见有人从厕所那边过来了，她怕人看见她在跟一个男的说话，会传得满城风雨，拔脚就往学校后门方向走。她走了一段，弓下腰，装作系鞋带，往后望了一下，看见老三远远地跟着。她站起身，又往前走，他仍然远远地跟着。

她走出了校门，他也跟出了校门。他俩沿着学校院墙根走了一会儿，来到早上她捡球的地方，他跟了上来，想说话，她截断他，说："这里人都认识我，我们到远点的地方再说吧。"说完，就又走起来。

他远远地跟着她，她一直沿着学校院墙走，从学校后面绕到学校前门，来到那条小河前。他又想跟上来说话，又被她打断了。她就一直走，一直走，走到渡口了，才想起自己没带钱，她等了他一下，他很乖地跟上来，买了两张船票，给了她一张。两人一前一后地上了船。

一直到了对岸下了船，又沿着河岸走了一段，静秋才站下等他。他快步追了上来，笑着说："像是在演电影《跟踪追击》。"

静秋解释说："河那边的人都认识我，过了这道河，就没人认识我了。"

他会心地一笑，跟着她继续往前走，问："我们要走哪里去？别走太远了，当心你妈妈找你。"

静秋说："我知道前面江边有个亭子，亭子里有板凳可以坐一下。你不是说有话说吗？我们去那里说话。"

两个人到了那个亭子，里面空无一人，大概是天太冷了，没有谁会跑出来喝东南西北风。亭子就是几根柱子扛着个顶子，四面穿风，静秋找个柱子边的座位坐了，希望柱子多少可以挡一点风。老三在柱子另一边的凳子上坐下，他问："你吃饭了没有？我还没吃晚饭。"

静秋急了，劝他："那你去那边餐馆吃点东西吧，我坐这里等你。"

他不去。她怕他饿，又劝他，他说："我们一起去吧，你说了这里没人认识你，就当陪我去吃吧。你不去，我也不去。"

静秋只好跟他一起去。他们找了一家僻静的餐馆，是家"小面馆子"，就是不卖饭，只卖面食的那种。老三问她想吃什么，她坚持说她什么也不吃，说你再问我就跑掉了。老三吓得不敢问了，叫她在桌子边坐着等，他自己去排队。

静秋已经不记得自己有多久没上过餐馆了。还是很小的时候，她跟爸爸妈妈一起上过餐馆，多半是吃早餐，无非是包子、油条、豆浆、油饼之类的。但这些在"文革"当中也被拿出来批斗过了，说她们家是资产阶级生活方式。

爸爸在"文革"初期就被揪出来了，减了工资，后来又被赶回乡下去了，所以她应该有七八年没上过餐馆了。平时早饭就是在家炒剩饭吃，或者在学校食堂买馒头。后来因为差粮，就总是买那种尾面馒头吃。尾面是面粉厂打面粉的时候剩下的边角废料，黑糊糊的，很粗很难吃，但因为不要粮票，静秋家早饭多半吃那个。

老三买了不少东西，分几次端到桌子边来。他递给她一双筷子，说："你无论如何随便吃点吧，不然我也不吃了。"

他劝了几遍，她不动筷子，他也不动，她只好拿起筷子吃点。刚好老三买的东西是她小时候最喜欢吃的，就像他钻到她心里去看过了一样。他买了"大油饼"，外面像油饼一样是炸得黄黄的，但里面有糯米的心子，加了葱，香气扑鼻。他买了几个肉包子，蒸得白白的，还在冒热气，让人很有食欲。他还买了两碗面，汤上面有葱花和香油星子，闻着就很好吃。她一样吃了一点，不好意思吃太多。

不知道为什么，静秋每次吃老三买的东西的时候，心里就很不安，好像自己是个自私自利的人，背着家人在外面大吃大喝一样。她想如果她也有很多钱，能把一家人带到餐馆里，大手大脚地用钱，想吃什么就点什么，那就好了。

但她没这些钱，现在家里不仅缺钱，还缺粮。为了填饱肚子，她妈妈请人弄到一种票，可以买碎米，就是小得像沙粒的米，是打米厂打碎掉的米，以前都是卖给农民喂猪的，现在不知怎么拿出来卖给人吃，一斤粮票可以买四斤，差粮的人就买碎米吃。

碎米很难吃，一嚼就满嘴乱跑。最糟糕的是碎米很不干净，夹杂着很多碎石子和谷头子，每次淘米就得花半小时、一小时的，因为要把碎米泡在一个脸盆里，再用一个小碗，每次舀一点米，和着水，慢慢荡，慢慢荡，先把浮在水面的谷头子荡掉，再把米荡进另一个脸盆里，舀一碗水，荡很多下，只能荡一点米出来，然后再舀水，再荡，直到碗里只剩下石子了就倒掉。

静秋总是亲自淘米，因为妈妈很忙，妹妹又太小，淘不干净，如果把那些石子、谷头子吃下去，掉到盲肠里去了，会得盲肠炎的；而且大冬天的，手浸在刺骨的冷水里一淘半小时一小时，妹妹的手也受不了。她很怀念在西村坪的那些日子，吃饭不用交粮票，不管有菜没菜，饭总是可以敞开吃的。

吃得差不多了，老三踌躇片刻，小心翼翼地说："我说个事，你不要生气，行不行？"他见她点头了，就从衣袋里拿出一些粮票，"我——有些粮票，多出来的，我用不着，你要不嫌弃，就——拿去用吧。"

静秋推托说："你自己用不着，寄回去你家里人用吧。"

"这是L省的粮票，我家在A省，寄回去也没用。你拿着吧，如果你用不着，就随便给谁吧。"

"你怎么会剩下这么多粮票？"

"我们队直接从西村坪买粮，根本不用粮票的。"

她听他这样说，就收下了，说："那——就谢谢你了。"她看见他满脸是由衷的感激，好像是她刚给了他很多粮票一样。

吃完饭，静秋跟老三一前一后往亭子那里走。她想：拿了人家的手软，吃了人家的嘴软，今天又拿了他的，又吃了他的，不是到处都软了？

21

两个人又回到亭子那里坐下，可能刚吃过东西，似乎不觉得冷了。老三问："还记得不记得去年的今天？"

她心里一动，他真的是为这个来的。但他不说她也记得，只淡淡地说："你说有话跟我说的呢？有什么话就快说吧，过一会儿渡口要封渡了。"

他好像已经把什么情况都摸清楚了，说："十点封渡，现在才八点。"他看了她一会儿，小声问："你是不是听别人说了——我以前那个女朋友的事？"

她更正说："是你未婚妻。"这个词实在是太正规了，但在当地口语里，没有一个跟"未婚妻"相应的土话。如果用"对象"或者"女朋友"来代替，又觉得没到火候，不能体现出问题的严重性。

他笑了一下："好，未婚妻，不过那都是以前的事了，我们早就……不在一起了。"

"瞎说，你自己对大嫂说的，你有未婚妻，你还给了照片给她。"

"我对她说我们在一起，是因为她要把长芬介绍给我。她们一家都对我那么好，我怎么好……直接说不行呢？"他声明说，"但我们两年前就分手了，她婚都结了。你要不信的话，我可以把她的信给你看。"

"我看她的信干什么？你不会编一封信出来？"她嘴里说着，手却伸出去了，问他要信。

他摸出一封信给她，她跑到路灯下去看。路灯很昏暗，不过她仍然可以看出是封分手的信，说老三故意回避她，在外面漂泊，她等了太久，心已经死了，不想再等了，云云。信写得不错，比静秋看到过的那些绝交信写得好多了，不是靠毛主席诗词或语录撑台子，看得出是有文化的，而且是文化大革命前的文化。

静秋看了一下落款，叫"丹娘"，她脱口问道："丹娘不是个苏联女英雄吗？"

"那时的人都兴起这些名字，"他解释说，"她比我大几岁，是在苏联出生的。"

静秋听说丹娘是在苏联出生的，敬佩得无以言表，而且一下就把她跟那个拿不定主意爱谁、跑去问山楂树的女孩联系起来了。她自卑地问：“她是不是……好漂亮？长芳和大嫂都说她很漂亮。”

他笑了一下：“漂亮不漂亮，要看是在谁的眼睛里了。在我眼睛里，她——没有你漂亮——”

静秋觉得鸡皮疙瘩一冒，这种话也说得出口？一下就把他的形象搞坏了，又从“湿裤”公子变回“纨绔”公子了。试想，一个正派人会当着别人面说人家漂亮吗？而且他这是不是算得上自由主义了？当面不说，背后乱说，开会不说，会后乱说，这不是毛主席批评过的自由主义倾向吗？

静秋知道自己不漂亮，所以知道他在撒谎，肯定是在哄她。问题是他这样哄她的目的是什么？可能转来转去，又回到那个“占有”的问题上来了。她四面一望，方圆几百米之内一个人都没有。刚才还在为这个地方僻静心喜，现在有点害怕自己把自己丢到陷阱里来了。她决心要提高警惕，拿了他的也不能手软，吃了他的也不能嘴软。

她把信还给他，倒打一耙：“你把她的信给我看，说明你不能替人保守秘密，谁还敢给你写信？”

他苦笑了一下：“我这也是没办法了，一般来讲，我还是很能替人保守秘密的，但是……我不给你看，你就不会相信我，你叫我有什么办法？”

不知道为什么，他这样说，令她很舒服，好像他在赞颂她的威力一样。她进一步敲打他：“我早就说了，你这样的人，能对她出尔反尔，就能对……别的人出尔反尔——”

他急了：“怎么能这样看问题呢？毛主席还说不能一棍子把人打死呢，我跟她是家长的意思，不是我自己的意思。”

“现在是新社会，哪里还有什么父母包办的婚姻？”

“我不是说父母包办，我们也没有婚姻，只是两边家长要促成这个事。说了你可能不相信，所谓干部子弟当中，恰好有很多都是父母的意思，即使不是父母一句话说了算的，也是父母从小注意让他们的子女多跟某些人接触，只跟某些人接触，所以到头来，多少都有点父母的因素在其中。”

“你喜欢这样被包办？”

“我当然不喜欢。”

“那你为什么要答应呢？”

他沉默了一阵：“当时的情况比较特殊，关系到我父亲的政治前途——甚至生命，这事三言两语也讲不清，不过请你相信，这事早就过去了，我跟她真的只是——可以说是——政治联姻吧。所以我一直待在勘探队，很少回去。”

静秋摇摇头：“你这个人好狠的心哪，你要么就跟她好说好散，要么就跟她结婚，你怎么可以这样……拖着人家呢？”

“我是要好说好散，但是她不肯，两边家长也不同意，”他低着头，嗫嚅地说，“反正这事已经做了，你要怎么说就怎么说吧，但是你要相信我，我……对你是真心的，我不会对你出尔反尔的——”

她觉得他说这些话，完全不像他借给她的那些小说里的人物的语言，反而像长林这样的人会说的话，她有点失望，怎么不是像书里那样的呢？虽然那些书都是毒草，应该批判，但读起来的感觉还是很好的。她想她肯定是中了那些书的毒了，总觉得爱情就应该是那样的。

她问：“这就是你今天要跟我说的话？好了，你说了，我可以回去了吧？”

他抬头看着她，好像被她这种冷冷的神情惊呆了一样，半天才说：“你……你还是不相信我？”

"我相信你什么？我就知道出尔反尔的人不值得信任。"

他叹口气："现在才知道为什么书里总是写'只想把心掏出来给你看'。以前觉得这样写很庸俗，浮夸，现在才知道这是真实的感觉。不知道怎么才能让你相信，真的想把心掏出来。"

"心掏出来都没人相信。毛主席说不要一棍子把人打死，好，我不打死，但是毛主席好像还说过：从一个人的过去，就可以看到他的现在；从一个人的现在，就可以看到他的未来。"

他好像被她的话打哑了，她看着他，有点得意。

他看着她，说不出话，很久才低声叫道："静秋，静秋，你可能还没有爱过，所以你不相信这世界上有永远的爱情。等你爱上谁了，你就知道世界上有那么一个人，你宁可死，也不会对她出尔反尔的。"

她被他两声"静秋"叫得一颤，浑身发起抖来。她不知道他为什么叫她"静秋"，而不叫她"小秋"或者别的什么，她也不知道他为什么要连叫两声，但他的语调和他的表情使她觉得心头发颤，觉得他好像是一个被冤枉判了死刑的人，在等候青天大老爷救他一命一样。不知道为什么，她就觉得自己相信他了，相信他不是个出尔反尔的人了。她说不出话，但越抖越厉害，深呼吸了几次都不能止住抖。

他脱下军大衣，给她披上，说："你冷吧？那我们往回走吧，不要把你冻坏了。"

她不肯走，躲在他的军大衣下继续发抖，好一会儿，她才抖抖地说："你……也冷吧？你……你把大……衣穿了吧……"

"我不冷。"他就穿着个衬衣和毛背心，坐在离她两三尺远的地方，看她穿着棉衣，还在军大衣下面发抖。

她又抖了一阵，小声说："你如果冷的话，也……躲到大衣下面来吧。"

他迟疑着，好像在揣摩她是不是在考验他一样，他定定地看了她好一会儿，才移到她身边，掀起大衣的一边，盖住自己半边身子。两个人像同披一件雨衣一样披着那件军大衣，等于是什么也没披。

"你还是冷？"他问。

"嗯……嗯……也……不是冷……，还是你……穿大……衣吧，我……我穿了也没用……"

他试探着握住她的手，她没反对，他就加了力，继续握着，好像要把她的抖给捏掉一样。握了一会儿，他见她还在抖，就说："让我来想个办法——我只是试试，你不喜欢就马上告诉我。"说着，他站起身，把军大衣穿上，站在她面前，两手拉开两边的衣襟，把她严严实实地裹在里面。

她坐在那里，头只有他肚子那么高，她想现在他看上去一定是像有了毛毛一样，肚子变大了。她不由得笑了一下，人也不那么抖了。他垂下头，从大衣缝里看她："是不是笑我像个孕妇？"

她被他猜中，而且他又用了"孕妇"这么一个"文妥妥"的词，她笑得更厉害了。他把她拉站起来，两手拉着大衣两边的前襟使劲裹着她，说："这下就不像孕妇了——"但他自己很快抖了起来，说："你……你把……抖传给我了……"

她靠在他胸前，又闻到那种让她头晕的气息了。不知道为什么，她好像很希望他使劲搂她一样，好像她的身体里有些气体，把她的人胀得泡泡的，需要他狠狠挤她一下才能把那些气挤出去，不然就很难受。她不好意思告诉他这些，也不敢用自己的手搂着他的腰，只把两手放在身体两边，像立正一样站着，往他胸前挤了一点。

他问："还……还冷？"于是再抱紧一些，她感觉舒服多了，就闭上眼睛，躲在他胸前的大衣里，好想就这样睡过去，永远也不要醒来。

他抖了一会儿，小声叫道："静秋，静秋，我以为……再也不能这样了，我以为那次把你吓怕了。我现在两手不空，你拧我一下，让我看看是不是在做梦……"

她扬起脸，问："拧哪里？"

他笑："随便拧哪里，不过现在不用拧了，肯定不是做梦，因为在我梦里，你不是这样说话的。"

"在你梦里我是怎样说话的？"她好奇地问。

"我做的梦里，你总是躲我，叫我不要跟着你，叫我把手拿开，说你不喜欢我碰你。你梦见过我没有？"

静秋想了想，说："也梦见过——"她把那个他揭发她的梦讲给他听。

他好像很受伤："你怎么会做这样的梦？我肯定不会那样对你的，我不是那样的人——我知道你很担心，很害怕，但我不会给你带来麻烦的。我只想保护你，照顾你，让你幸福，我只做你愿意我做的事。但是你让我摸不透，所以你要告诉我，你愿意我做什么。不然我可能做了什么你不喜欢的事，而我还不知道。只要你告诉我了，我什么都愿意做到，我什么都可以做到。"

她好喜欢听他这样说，但她又警告自己：这种话你也相信？他骗你的啦，这种话谁不会说？她刁难他："我要你在我毕业之前都不来找我，你也做得到？"

"做得到。"

提到毕业，静秋不可避免地想到毕业后的前景，担心地说："我高中读完了，就要下农村了，我下去了就招不回来了。"

"我相信你一定会招回来的——"他刚说完这句，就解释说，"我不是说如果你招不回来我就不爱你了，我只是有信心你一定会招回来的。万一招不回来的话，也没有关系，我可以到你下乡的地方去。”

其实这个对静秋来说还真不是个问题，因为在她看来，两个人相爱，并不需要在一起的。关键是两个人相爱，离得远近都没什么区别，可能离得越远，越能证明两人是真心相爱。

“我不要你到我下乡的地方去，我就要你等我。”

“好，我等你。”

她又得寸进尺：“我不到二十五岁不会谈朋友的，你等得来？”

“等得来，只要你让我等，只要我等你不会让你不高兴，我等一辈子都行——”

她扑哧一笑：“等一辈子？等到了，人也进棺材了，那你为什么要这么等呢？”

“就为了让你相信我会等你一辈子的，让你相信世界上是有永恒的爱情的——”他又低声叫道，“静秋，静秋，其实你也能一生一世爱一个人的，你只是不相信别人会那样爱你，你以为自己一无是处，其实你……你很聪明，很漂亮，很善良，很可爱……很……我肯定不是第一个爱上你的人，也不是最后一个，不过我相信我是最爱你的那一个。”

22

静秋就像一个滴酒不沾的人突然学喝酒一样，喝第一口的时候，很不习惯，呛得流泪，觉得那味道又辣又热，烧喉咙，不明白那些酒鬼怎么会喝得那么津津有味。但多喝几次，就习惯于那股辣味了。慢慢地，就品出点味道来了。可能再往下，就要上瘾了。

老三刚才那些让她冒鸡皮疙瘩的话现在变得柔和动听了。她仰起脸，痴迷地望着他，听他讲他第一次见到她时的感觉，讲他见不到她时的失魂落魄，讲他怎样坐在学校附近的一个脚手架上看她练球，讲他步行几十里去大嫂娘家拿核桃，讲他用五毛钱“贿赂”那个来水管打水的小男孩去叫她出来。她好像听上了瘾，越听越想听。他讲完一段，她就问：“还有呢？再讲一个。”

他就笑一笑，像他那次在山上讲故事一样，说：“好，再讲一个。”于是他就再讲一段。讲了一会儿，他突然问：“那你呢？你也讲一个我听听。”

她马上避而不谈了。不知道为什么，她仍然觉得不能让他知道她喜欢他，好像一告诉他，她就“失足”了一样。如果他喜欢她，是因为她也喜欢他，那就不稀奇了。只有在不知道她喜欢不喜欢他的情况下，他还是喜欢她，那样的喜欢就是真喜欢了。

她矜持地说：“我哪像你有那么多闲工夫？我又要上课又要打球。”

他垂下头，专注地看着她，她心里一慌，心想他肯定看出来她在撒谎了。她把脸扭到一边，避免跟他视线相对。她听他低声说：“想一个人，爱一个人，并不是件丑事。不用因为爱一个人而感到羞愧，每个人或迟或早都会爱上一个人的，都会得相思病的……”

他的声音有种令人信服的力量，她觉得自己差不多要向他承认什么了。但她突然想起《西游记》里的一个情节，孙悟空跟一个妖怪比武，那个妖怪有个小瓶子，如果妖怪叫你名字你答应了，你就会被那个小瓶子吸进去，化成水。她不知怎么的，就觉得老三手里就拿着那样一个小瓶子，只要她说出她喜欢他了，就会被吸进他那个小瓶子里去，再也出不来了。

她硬着嘴说："我没觉得……是丑事，但是我现在还小，还在读书，我不会考虑这些事的……"

"有时候不是自己要考虑，而是心里头不可避免地会想到。我也不想打搅你学习，我也不想天天睡不好觉，但是好像控制不住一样……"他看了她一会儿，痛下决心，"你安心读书吧，我等你毕业了再来找你，好不好？"

她突然觉得毕业是个多么漫长的事呀，还有好几个月，他这样说是不是意味着她这几个月都见不到他了？她想声明说她不是这个意思，想告诉他"只要不会被人发现，你还是可以来看我的"。但她觉得他看她的眼神好像是早已揣摩出了她的心思，故意这样说了让她发急，让她自己暴露自己一样。

她装作不在乎的样子说："毕业之后的事，还是等到毕业之后再说吧，现在这么早说了也没用，谁知道我们那时是什么情况？"

"不管那时是什么情况，反正你毕业之后我会来找你。不过，在你毕业之前，如果你有什么需要我做的，一定告诉我，好不好？"

她见他下了这么坚定的决心，而且下得这么快，她心里很失落，看来他见不见她都可以，并不像他刚才说的那样对她朝思暮想。她生气地说："我有什么需要你做的？我需要你做的就是不要来找我。"

他很尴尬地笑了一下，没说话。过了好一会儿，才低声说："静秋，静秋，你这样折磨我的时候，心里是不是很高兴？如果是，那我就没什么话说了，只要你高兴就好。但是如果你……你自己心里也很难受，那你为什么要这样折磨我呢？"

她心里一惊，他真是侦察兵啊，连她心里想什么他都可以侦察出来，不知道他那小瓶子有多厉害，会不会把侦察出来的也吸进去了？她克制不住地又抖起来，坚持说："我不知道你在瞎说些什么。"

他搂紧她，小声安慰说："别生气，别生气，我没说什么，都是乱说的。你不喜欢我——就不喜欢我吧，我喜欢你就行了。"说着，就用他的脸在她头顶上轻轻蹭来蹭去。

他那样蹭她，使她觉得头顶发热，而且一直从头顶向她的脸和脖子放射过去，搞得她脸上很发烧，她不知道自己究竟怎么啦，就迁怒于他："你干什么呀？在别人头上蹭来蹭去的，你把别人头发都弄乱了，别人待会儿怎么回去？"

他笑了一下，学她的口气说："我来帮别人把头发弄好吧。"

她嗔他："你会弄什么头发？别把我头发弄得像鸡窝一样。"她挣脱他一些，打散辫子，五爪金龙地梳理起来。

他歪着个头看她，说："你……披着头发……真好看。"

她龇牙咧嘴："你说话太恶心了！"

"我只是实事求是，以前没人说过你很美吗？肯定有很多人说过吧？"

"你乱说，我不听了，你再说我就跑掉了。"

他马上说："好，我不说了。不过长得漂亮不是什么坏事，别人告诉你这一点，也没有什么不好的用心，你不用害羞，更不用发别人脾气——"他见她准备编辫子了，就说，"先别扎辫子，就这样披着，让我看一看——"

他的眼神充满了恳求，她有点被打动了，不自觉地停下了手，让他看。

他看着看着，突然呼吸急促地说："我……可不可以……吻一下你的脸，我保证不碰别的地方。"

她觉得他的表情好像很痛苦一样，有点像他周围的空气不够他呼吸似的，她突然有点害怕，怕如果她不同意，他会死掉。她小心地送过一边的脸，说："你保证了的啊——"

他不答话，只搂紧了她，把他的嘴唇放在她脸上，一点一点地吻，但他没敢超出脸的范围。他的胡子有点锥人，呼吸也热热的，使她觉得又激动又害怕。他的嘴唇几次走到她嘴唇边了，她以为他要像上次那样了，她一阵慌乱，不知道待会儿要不要像上次那样紧咬牙关，但他把嘴唇移走了，一场虚惊。

他就那样在她脸上亲了又亲，她有点担心，怕待会儿半边脸都被他的胡子锥红了，到时候一边唱红脸，一边唱白脸，怎么回家去？她小心地挣脱了，边梳辫子边娇嗔他："你……怎么没完没了的？"

"会有很长时间见不到你嘛——"

她笑起来："那你就多亲一些，存哪里慢慢用？"

"能存着就好了——"他好像有点心神不定、手脚无措一样，胸部起伏着，盯着她看。

她好奇地问："怎么啦？我辫子扎歪了？"

"噢，没有，"他说，"挺好的，不早了，我送你回去吧，说不定你妈妈到处找你。"

一听这话，静秋才想起刚才出来时没跟妈妈打招呼，她慌了，忙问："几点了？"

"快九点半了。"

她急了："那快点走吧，河里封渡了我就回不去了。"两个人急匆匆地往渡口赶，她担心地问，"你待会儿到哪里去睡觉？"

"随便找个地方就行，旅馆啊、招待会儿啊都行。"

她想到河对岸是郊区，没什么旅馆、招待所之类的，就劝他："那你别送我过河了，免得待会儿封渡了，你就回不到这边来了，那边没旅馆的。"

"没事。"

"那你待会儿不要跟我太紧了，我怕河那边的人看见了。"

“我知道，我只远远地跟着，看你进了校门就走——”他从挂包里拿出一本书，递给她，“当心，里面夹着一封信，我怕没机会跟你说话，就写下来了。”

她接过书，拿出夹着的信，塞进衣袋放好。

一回到家，妹妹就埋怨说：“姐，你跑哪里去了？妈妈到处找你，从魏红她们家回来的时候，踩到阴沟里去了……”

静秋见妈妈的腿擦破了一大块，涂了些红药水，红红的一大片，很吓人。妈妈小声问：“这么晚，你跑哪里去了？”

“去……钟萍那里——”

妹妹说：“妈叫我到钟萍那里找过了，钟萍说你根本没去她那里。”

静秋有点生气：“你们这么到处找干什么？我一个朋友从西村坪来看我，我出去一下，你们搞得这么兴师动众，别人还以为我——”

妈妈说：“我没有兴师动众，钟诚跑来叫你的时候，我听见了。后来看你这么晚还没回来，就叫你妹妹去他家看一下。在魏红家我只说是找她们借东西的——妈妈没有这么傻，不会对人说自己的女儿这么晚还没回来的。”妈妈叹口气说，“但你也太大胆了，出去也不跟我说一声，也不告诉我你几点回来。现在外面乱得很，你一个女孩子，如果遇到坏人了，这辈子就完了。”

静秋低着头不吭声，知道今天犯大错误了，幸好妈妈只是擦伤了腿，如果出了大事，她真的要后悔死了。

妈妈问：“你那个——西村坪的朋友是——男的还是女的？”

“女的。”

“你们两个女孩子这么晚跑哪里去了？”

“就在河边站了会儿——”

妹妹说："我跟妈妈去过河边了，你不在那里。"

静秋不敢说话了。

妈妈叹口气说："我一直觉得你是个很聪明很懂事的孩子，你怎么会做这么愚蠢的事呢？有些男的，最爱打你们这种小丫头的主意了，几句好听的话，一两件花衣服就能哄到手。你要是被这样的人骗了，你一生就完了。你现在还在读书，如果跟什么坏人混在一起，学校开除你，你这辈子怎么做人——"妈妈见静秋低着头不说话，就问她，"是那个长林吗？"

"不是。"

"那是谁？"

"是个勘探队的人，我跟他没什么，他今天到这里出差，他说他有些粮票用不了，就叫我拿来用。"静秋说着，就把粮票拿出来，想将功赎罪。

妈妈一看那些粮票，更生气了："这是男人惯用的伎俩，用小恩小惠拉拢你，让你吃了他的嘴软，拿了他的手软——"

"他不是这样的人，他只是想……帮我。"

"他不是这样的人？那他明知你还是个学生，为什么还要把你叫出去，玩到半夜才回来？他要是真的是想帮你，不会光明正大地上我们家来？搞得这么鬼鬼祟祟的，哪个好人会这样做？"妈妈伤心地叹气，"成天就是怕你上当，怕你一失足成千古恨，跟你说了多少回，你怎么就听不进去呢？"

妈妈对妹妹说："你到前面去一下，我跟你姐姐说几句话。"妹妹到前面去了，妈妈小声问："他——对你做过什么没有？"

"做什么？"

妈妈迟疑了一会儿："他——抱过你没有？亲过你没有？他——"

静秋很心慌，完了，抱过亲过肯定是很坏的事，不然妈妈怎么担心这个？

她的心怦怦乱跳，硬着头皮撒谎说："没有。"

妈妈如释重负，交代说："没有就好，以后再不要跟他来往了，他肯定不是个好人，从那么远的地方跑来勾引还在读书的女孩。如果他再来纠缠你，你告诉我，我写信告到他们勘探队去。"

23

那天晚上，静秋很久都睡不着，她不知道老三回去的时候，渡口封渡了没有。如果封渡了，他就过不了河了。

她住的这个地方叫江心岛，四面都是水，一条大江从上游流来，到了江心岛西端就分成两股，一股很宽很大的，从岛的南面流过，当地人叫做"大河"。另一股小点的，从岛的北面流过，当地人叫它"小河"，就是学校门前那条河。这两股水在江心岛东端会合，又还原为一条大江，向东流去。一到夏天，四面的水都涨上来，可以涨得跟地面平齐，但从来没有淹过江心岛。听老人们说江心岛是驮在一只大乌龟背上的，所以永远不会被淹没。

大河的对岸是江南，但却不是诗里面赞美的那个江南，而是比较贫穷的农村。小河的对岸是K市市区，江心岛属于K市，算是市郊，隔河渡水的，不大方便。岛上有几个工厂，有一个农业社的蔬菜队，有几个中小学，有些餐馆、菜场什么的，但没有旅馆。

静秋担心老三今晚过不了小河，只能呆在江心岛上，就会露宿街头。这么冷的天，他会不会冻死？就算他过了河，也不见得能住上旅馆，听说住旅馆要有出差证明才行，不知道他有没有证明。

她满脑子都是老三紧裹大衣、缩着脖子、在街上流浪的画面，后来还变成老三坐在那个亭子里过夜，冻成了冰棍，第二天早上才被几个扫马路的人发现的画面。如果不是怕把妈妈急病了，她现在就要跑出去看看老三到底过了河没有,到底找到旅馆没有。她想如果他今晚冻死了,那他就是为她死的了,她一定要跟随他去。想到死，她并不害怕，因为那样一来，他们俩就永远在一起了，她再也不用担心他出尔反尔了，再也不用担心他爱上别人了，他就永远都是爱她的了。

如果真是那样，她要叫人把他俩埋在那棵山楂树下。不过埋在那树下好像不太可能，因为他俩不是抗日英雄，不是为人民利益而死的，只是一男一女为了相会，一个冻死，一个自杀。按毛主席的说法，他们的死是轻于鸿毛，而不是重于泰山的，怎么够资格埋在那棵树下呢？那些埋在树下的抗日英雄肯定要有意见了。

问题是她还有妈妈和妹妹要照顾，如果她死了，她们怎么办？那只好先把妹妹养大了，把妈妈安顿好了，再去死。但她肯定会跟他去的，因为他是为她死的。

静秋在外间床上辗转反侧，她听见妈妈在里间床上辗转反侧。她知道妈妈一定在为今天的事着急。她相信妈妈不会擅自跑到老三队上去告他，妈妈没有这么傻，这么黑心，因为这完全是损人而不利己的事，这样一来，不光害苦了老三，也把她贴进去了。但她可以想象得到，从今以后，妈妈就要更加为她操心了，几分钟不见她就会以为她又跑去会那个“坏男人”了。

她想告诉妈妈，其实你不用为我担心，他这半年不会来了的，他已经说了，他要等到我毕业了才会来找我。说不定到了那一天，他早就把我忘记了。他有的是女孩喜欢，他嘴巴又这么甜，我都被他哄成这样，如果他要哄别的女孩，那还不是易如反掌？

她忍不住又把今晚的情景回想了很多遍，而且老是围绕着他抱她亲她这两个中心，不知道是怎么回事。到底是她这个人思想很不健康，还是因为她妈妈对这两件事谈虎色变？这两件事把妈妈都吓成那样，一定是罪大恶极了，而她刚好都做了，怎么办呢？到底被他抱了亲了会有什么害处？她有点想不明白。上次他也抱了她，亲了她，好像没怎么样呀。但如果没害处，那妈妈为什么又那么怕呢？妈妈是过来人，难道还不知道什么可怕什么不可怕吗？

老三今晚好像有点激动，他那算不算"兽性大发"？"兽性"到底是个什么性？兽跟人不同的地方不就是野兽是会吃人的吗？他又没吃她，只温情脉脉地吻吻她而已，没觉得有什么跟野兽相同的呀。

一直到了第二天，她才有机会把老三的信拿出来读。那星期该她锁教室门，她就等到别人都走了，才坐在教室的一个角落里，摸出那封信拆开了看。老三的信写得很好，可以说是温情、热情加深情。他写到他自己的那些思念的时候，她看得很感动，很舒服。但他把她也写进去了，而且他写她的那个笔调有点不合她的胃口。

如果他只写他怎么爱她，怎么想她，不把她写得像个同谋，她会很欣赏他的信。但他还写了"我们"怎么怎么样，这就犯了她的忌讳了。她也收到过一些情信，大多数是她同学写的。不管写信人文字水平高低，她最反感的就是写信人自作多情地猜测她是对他有意思的。

记得有一个男生，也算作文写得不错的，但那人真叫厚颜无耻，每次写信都好像她已经把她的心交给他了一样。她不理他，他说那是她喜欢他的表现，因为她对他的态度与众不同；如果她跟他说了一句话，那更不得了，他马上就要夸大其词地写到信里去，当作她喜欢他的证据。估计你就是对他吐口唾沫，他都会认为那是你喜欢他的证据：为什么她只对我吐，不对别人吐呢？这不是说明她跟我关系不一般吗？

通常情况下，她还是很尊重很感激那些给她写情信的人的，一般不会让人家下不来台。但对这个厚颜无耻的同学她真的是烦透了。他不仅写信给她，还对人讲，说他在跟静秋“玩朋友”，搞得别人拿他们两个起哄，连她妈妈都有一半相信了，说：“如果你从来没答应过他什么，他怎么会那样说、那样写呢？”

后来静秋忍无可忍，拿着那个家伙的信跑到他家去告了一状，他才收敛了一些。

她不明白老三这么聪明的人，为什么看不出她不愿意他把她热情的一面写在信里呢？她愿意他把她写成一个冷冰冰的人，而他则苦苦地爱她，最后——注意，是一直到了最后，尽管她不知道这个最后是什么时候——她才给他一个爱的表示。她觉得真正的爱情就是这样的，就是从第一章就开始追，一直追到最后一章女孩才松口。

她本来当时就要把老三的信撕掉扔到厕所里去的，但她想到这封信有可能是老三留给她的最后一封信了，她又不忍毁掉了。她趁妈妈出去家访的机会，把那封信也缝在棉衣里了。

她能感觉到妈妈对她管得比以前紧了，连她去魏红家都要问几遍，好像怕她又跟上次一样，说是去钟萍家，结果却跟一个勘探队的人跑出去了。

她想想就觉得不公平，她哥哥也是很早就有了女朋友，但妈妈从来没有像这样防贼一样防着她哥哥，反而很热心地帮忙招待哥哥的女朋友。每次哥哥的女朋友要来，妈妈都想方设法买点肉，做点好菜招待她，还要提前一天把床上的垫单、被单搜罗一空，大洗特洗，结果有好几次都累得尿血了。

妈妈总是说："我们这种人家，要钱没钱，要权没权，成分又不好，除了一份热情，我们还拿得出什么？"

静秋知道妈妈对哥哥的女朋友是充满了感激的，差不多可以说到了感激涕零的地步，因为哥哥能找到这样一个女朋友，真是不容易。

静秋的哥哥叫静新，比静秋大三岁，女朋友叫王亚民，是静新初中时的同班同学，也是整个年级长得最漂亮的，眼睛大大的，鼻子高高的，头发又黑又长，还带点卷，像个洋娃娃，小时候照片经常挂在照相馆做招牌的。

亚民家里条件也不错，妈妈是护士，爸爸是轮胎厂的厂长。高中毕业后，她爸爸就帮她弄了个"腿部骨节核"的证明，没下农村，进了K市的一家服装厂当工人。亚民可能是佩服静秋的哥哥小提琴拉得好，很早就跟他好上了。不过刚开始都是背着家长的，所以家里人都不知道。

但有一天，亚民眼睛红红地找到静秋家来了，很紧张地问了声"张老师，静新在不在？"就不敢说话了。

妈妈知道静新在哪里，但他关照过，说如果是亚民来找他，就说他出去了。于是妈妈说："静新到一个朋友家去了，你找他有什么事吗？"

亚民说："我知道他在家，他现在躲着不见我——因为我告诉他我父母不同意我们的事，怕他招不回来。他听了就说：'我们散了吧，免得你为难，你父母他们也是为你好，我真的不知道我这辈子招不招得回来，别把你耽误了。'后来他就躲着不见我了。但那些话是我父母说的，又不是我说的，我从来没有嫌他在农村——"

妈妈的眼圈也红了，说："他也是为你好。"

亚民当着她们的面就哭起来，说："我家里人这样对我，他也这样对我，我活着还有什么意思？"

妈妈吓坏了，连忙叫静秋去哥哥住的那间房子把他叫来。亚民说：“我跟你去找他。”

那时正好是寒假期间，妈妈问一个回老家过春节的老师借了间单身教师住房，让回家过春节的哥哥在那里住几天。她哥哥就躲在那间小屋里，不出来见亚民。

静秋把哥哥的门敲开了，看见哥哥跟亚民两个人四目相对，好像眼里都噙着泪花，她赶紧离开了，知道哥哥不会再躲着亚民了。她看得出，哥哥其实是很喜欢亚民的，这段时间躲着不见亚民，哥哥瘦得很厉害。

那天晚上,亚民跟哥哥一起过来吃晚饭。亚民说：“我不管我爹妈说什么，我就是要跟静新在一起，如果他们再骂我，我就搬到你们家来住，跟静秋睡一张床。”

春节期间，亚民差不多每天都过来找静新，两个人在静新住的那个房间玩，亚民常常待到十一点多了才回去，不知道她在爹妈面前是怎么交代的。

有一天晚上，快十一点了，突然有几个护校值班的老师来叫妈妈，说你儿子出事了。静秋和妈妈立刻跟着那几个老师跑到办公室一看，发现哥哥被关在一间小办公室里，亚民被关在另一间。

那几个值班的老师把静秋赶到外面去，说他们只跟她妈妈谈。静秋心急如焚地等在外面，过了很久，一个值班的老师才把亚民带出来了，说你可以走了。但亚民不肯离开，大声跟那个人辩论：“你们为什么不放他？我们什么也没做，你们不放他，我就不走——”

值班的人说：“你还在这里大声叫？你知不知道世界上还有‘羞耻’二字？我们可以现在就送你到医院去检查，看你嘴巴还硬不硬。”

亚民也不示弱：“去就去，不去的不是人。如果检查出来我什么也没做，你小心你的狗头。我哥哥和弟弟不会放过你，我爸爸也不会放过你的。你们真是多管闲事，欺人太甚。”

静秋从来没见过亚民这样强悍，她平时说话都是细声细气的。

值班的人好像被镇住了，对刚走出来的妈妈说：“张老师，你把她送回她家去吧，我们是看在你的份上，这次不把她怎么样，不然的话，要送联防队去的。”

妈妈怕把事闹大了，对静秋说：“你把亚民送回去，我在这里跟他们交涉你哥哥的事。”

静秋要送亚民回去，亚民焦急地说：“你哥还在里面，我回家干什么？我怕他们把你哥交到联防队去了，联防的人会打他的，我愿意跟他们上医院去，只要他们放你哥哥。”

静秋就陪亚民等在外面，她焦急地问：“到底是怎么回事？”

“这些值班的多管闲事。今晚很冷，我就跟你哥哥两人坐在床上，用被子捂着脚，他们来敲门，我们马上就开了，结果他们把我们带到办公室来审问，还说要把我们交到联防队去。”

静秋不知道这事严重到什么地步，她急忙问：“那怎么办呢？”

“应该不会把我们怎么样，我们什么都没干，经得起检查。不过幸好我们没关灯，连棉衣都没脱，不然的话——他们把我们送到联防队去就麻烦了——那些人都是不讲理的人，打了你再问话。”

“他们说送到医院去检查，是什么意思？”

亚民犹豫了一下,说：“就是请医生看看我……还是不是……姑娘家——不过我不怕，我跟你哥什么也没做。”

静秋有点不明白，亚民自己承认是跟哥哥坐在床上，那不是又“同房”

又“上床”了？怎么又说什么也没做呢？是不是因为没关灯没脱棉衣？

后来哥哥也被放回来了，说他们见亚民自己要求去医院检查，知道他们没做什么，就放了他，还给他赔礼道歉，怕亚民家里人来找他们算账。那件事发生后，亚民照常天天晚上来玩，值班的似乎没再去敲他们的门。

妈妈更喜欢亚民了，说从来没想到这么文静的女孩为了救你哥哥出来，会像只母老虎一样发威。

静秋为哥哥高兴，有这么好一个女朋友。但她也忍不住想：如果是她跟老三待在那间小屋里，估计妈妈早就把老三交到联防队去了。

24

因为不知道老三那天晚上究竟找到住的地方没有，静秋一直都在担心老三的死活，生怕突然有一天长芳跑来告诉她，说老三冻死了，请你去开追悼会。

她每天都找机会跑到妈妈办公室去翻翻那些报纸，看有没有关于K市冻死了一个人的报道。不过她觉得报纸多半不会报道这事，因为老三是自己冻死的，又不是救人牺牲的，谁来报道他？

她想跑到西村坪去一趟，看看老三还在不在。但她不敢问妈妈要路费，而且又找不到出去一整天的借口，只好坐在家里干着急。

她想起自己认识一个医生，姓成，在市里最大的一家医院工作，她就跑去找成医生。她问成医生那家医院最近几天有没有收治冻死冻伤的人，成医生说没有。她又问这种天气待在室外会不会冻死，成医生说如果穿得太少恐怕有可能冻死。静秋想：老三穿着军大衣，应该不会冻死吧？

成医生安慰她说，现在一般不会冻死人的，如果外面太冷，可以到候车室、候船室去，就算被公安局当盲流收审，也不会在外面冻死。静秋听他这样说，放心了一些。

静秋认识这位成医生，是因为成医生的岳母跟静秋的妈妈以前是同事，都在 K 市八中附小教书，而且两个人都姓张，江心岛上很多家庭一家几代人都是“张老师”的学生。

成医生的岳母已经退休了，但他们就住在学校旁边。成医生的妻子在 K 大教书，很会拉手风琴，他们夫妻俩经常在家里一拉一唱，引得过路人驻足。

静秋也会拉手风琴，但她完全是自己摸索的，没人教过。她最先是学弹风琴，因为她妈妈学校有风琴，她经常去音乐办公室弹。后来因为学生经常出去宣传毛泽东思想，到很多地方去唱歌跳舞，没人伴奏不行，又不能把那么重的风琴抬到那些地方去，她就开始学拉手风琴。

学校有个很旧的手风琴，但老师当中没有一个会拉。静秋就叫妈妈把学校的手风琴借回来，她学着拉。风琴、手风琴都是键盘乐器，有很多相通的地方，静秋拉了一段时间，就可以为同学们伴奏了，只是左手的和弦部分还不太熟悉。

那时会搞乐器的人不多，女的会拉琴的就更少。静秋经常背着手风琴，跟学校宣传队的人到江心岛各个地方去宣传毛泽东思想，江心岛上的人差不多都认识她，不一定知道她名字，但只要说“八中那个拉手风琴伴奏的女孩”，别人都知道是她。

后来她从江老师家路过的时候，经常听到江老师拉手风琴，佩服得不得了，就叫妈妈带她去拜江老师为师。静秋跟着江老师学琴，很快就跟江老师一家搞熟了。

江老师的爱人成医生长相特殊，高鼻凹眼，人称“外国人”，在江心岛颇有名气，走到哪里都有人跟着看。有的小孩胆子大，常跟在他身后大声喊“外国人”，他脾气好，只回头笑一笑，挥挥手走路。

成医生的身世是江心岛人的热门话题，有很多版本。有的说他是美蒋特务，有的说他是苏联特务；有的说他父亲是美军上将，跟一个中国女人生下了他，解放前夕，那个美军上将就丢下他们母子俩跑回美国去了；还有的人说他母亲是党的干部，在苏联学习时跟一个苏联人好上了，生下了他，怕影响自己的前途，就把他送人了。

成医生对自己那副“外国人”面相的解释是他家有哈萨克血统，但谁也没见过他的哈萨克父亲或者母亲，所以大家宁可相信他是特务或者是混血私生子。这几个版本传来传去，传得有鼻子有眼的，每种说法都令人信服。

静秋比较喜欢“党的干部”这个版本，因为在她心目中美国人没有苏联人好看，美国人鼻子太尖，是鹰钩鼻，而鹰钩鼻是狡猾的象征。苏联人的鼻子没有那么尖，所以英俊、勇敢而又诚实。她其实也没看见过美国人，连电影好像都没看过，都是外面大字报、宣传画上看来的。但她看到过苏联人的插图，苏联男的都爱穿那种套头的、衣领下开个小口、扣两三粒扣子的衣服，腰里系个皮带，很风度翩翩。

不知道为什么，静秋总是觉得成医生跟老三长得很像，虽然老三的鼻子没有那么高，眼睛没有那么凹，走在外面也不会有那么多人跟踪围观当稀奇看，但她就觉得像。她不知道自己是因为喜欢成医生的外貌才会对老三一见钟情的，还是因为喜欢老三才觉得成医生英俊的，反正她时常把他们两人混为一谈。

静秋问了成医生之后，心想老三大概不会冻死了，但她一直到看见了老三的亲笔信才彻底放心。

那天，静秋的妈妈给她拿来一封信，说是西村坪的人写来的。她一听，差点晕了，心想老三大概是冻疯了，居然把信写到K市八中附小来了。她跟他见面的第一天就对他说过，叫他不要往这里写信，因为那时学生是没有什么信件的，如果有，那肯定是什么见不得人的秘密。传达室见到是她家的信，不管收信人是谁，总是给她妈妈的。

妈妈没拆她的信，叫她自己拆。那可能是她一生当中收到的第一封从邮局寄来的信，她一眼看见了信封上的寄件人是“张长芳”，笔迹也像是长芳的，她就当着妈妈的面拆开看了，信写得很简单，只是谈谈最近的学习情况，说家里人都好，请她有空去西村坪玩，然后代问静秋家里人好，云云。

静秋看出信是老三的笔迹，不由得在心里笑骂他：真会装神弄鬼，连我妈妈都敢骗。

她见他没事了，就把缝在棉衣里的那封信拿出来烧掉了，免得放那里鼓鼓囊囊的，妈妈一眼就可以看出来那里藏了东西。不过她把老三的第一封信留下了，因为那封里面没有说“我们”怎么怎么样。

离毕业的日子越来越近了，静秋的心情也越来越矛盾。她盼望日子过快点，她就可以快点见到老三。但她又害怕毕业，因为毕业了她就要下乡了。下乡之后，她的户口就迁到农村去了，她就不是K市人了，也就不能打零工了。到时候，她跟她哥哥两人都欠队里口粮钱，难道叫她十二三岁的妹妹去打零工？

那时K市的知青已经不再是下到某个生产队了，而是按家长单位下到集体知青点去。K市文教系统的知青点在Y县的一个老山里面，人们在那里办了个林场，是个很苦的地方，根本不指望有收入，知青下到那里只是为了在广阔天地里炼一颗红心，都是父母帮他们出口粮钱。说实话，父母也不在乎自己的子女在林场能不能赚到钱，只求他们平平安安在林场熬几年，然后招工回城就行了。

文教系统每年都是七月份送新知青下乡，但半年前就开始对即将下乡的知青进行上山下乡的教育。天天都听说“一颗红心，两种准备”，但静秋一直搞不懂到底是哪两种准备，好像就一种：下乡。教育局组织了几次大会，请已经下乡了的、特别是在农村扎了根的知青给那些即将下乡的人作报告，讲他们是怎么跟当地贫下中农打成一片的。有些榜样和典型都已经跟当地农民结婚了，说要“扎根农村干革命”。

静秋听他们讲他们的光荣事迹，不知道他们究竟爱不爱他们的农民丈夫或媳妇。但有一点她知道，一旦跟当地农民结婚了，你就不要想招回城里来了。

魏玲比静秋大几岁，那时已经下乡了。魏玲回来休息的时候，总是对静秋讲农村多么苦，说干活累得恨不得倒地死去，生活很无聊，只盼望着哪天招工回城就熬出头了。魏玲还唱那些知青的歌给她听：“做了半天工，裤腰带往下松，人家的白米饭煮得个香喷喷，回到我屋里还是一片漆黑，哎呀我的大哥呀……”

静秋跟魏玲的妹妹魏红一个年级，两个人约好了，下乡之后她们俩就住一个屋，两个人还一起准备下乡的用品。魏红家经济条件比较好一些，她爸爸妈妈都是K市八中的老师，双职工，养活三个小孩还是没什么大问题的。所以她跟静秋一起准备东西，能成双成对买的东西并不多，大多数东西都是魏红买得起，但静秋买不起。她们两个唯一相同的东西就是一个枕套。她们买了一点布，自己在上面写了“广阔天地，大有作为”的字样，就自己照着绣了这几个字，准备下乡用。

正在热火朝天地准备下乡的时候，突然有一天，长芳跑到K市来看静秋。等到静秋送她坐车回家的时候，两个人才有单独在一起的机会。长芳拿出一封信给静秋，说是老三叫她送来的。静秋等长芳的车开走了，就坐在车站把那封信打开来看。可能是为了表示对送信人的礼貌，信没有封口，但老三旁若无人地诉说他的思念，把静秋看得脸红心跳，难道他不怕长芳拆开看？

老三在信里告诉她，说现在上面下了一个文件，职工退休的时候，可以由他们的一名子女顶替他们的职位，叫“顶职”。据说这个文件不公开传达，由有关部门自己掌握。老三叫她让她妈妈去学校或者教育局打听一下，看她能不能顶她妈妈的职，这样她就不用下农村了。老三说你很适合教书，如果你顶你妈妈的职，一定会成为一个出色的老师。

静秋看了几遍，不相信真有这样的事。她倒不想顶职，但她非常希望她哥哥能够顶职回城，因为哥哥太可怜了，他初中毕业那会儿，正是父母挨整的时候，就没能上高中，一毕业就下农村去了，在那里一待这么多年，到那个队插队的知青去了几拨又走了几拨了，她哥哥还没招回来。

哥哥在乡下的时候，亚民有时会到静秋家来拿信，因为哥哥不敢把信写到亚民家去，就写到自己家里。每次来，亚民都会跟静秋讲她和静新的故事，讲他们以前在一个班读书的事，讲静新怎么样请人去她家把她叫出来，讲班上还有一个很漂亮的女孩也喜欢静新，但是静新只喜欢她一个人。但讲得最多的，就是怎么样才能让静新招回城里来，只要他招回来了，她父母就不会横加阻拦了。静秋每天都在希望哥哥快点招回来，怕他老待在乡下会毁了他和亚民的爱情。

现在她看到这个顶职的消息，欣喜万分，连忙跑回家去告诉了妈妈。她没敢说是从老三那里听来的，她只说听同学讲的。

妈妈听说是同学讲的，就不太相信，但她觉得去问问也不是什么坏事，不做这个指望就行了。妈妈找学校的钟书记打听了，钟书记说他还没听说这事呢，不过他下次去教育局开会的时候会打听一下。钟书记的女儿钟萍已经高中毕业了，但赖在城里没下去，搞得群众很有意见。现在钟书记听说了顶职的事，也很感兴趣，很快就把消息打听到了。

大概是为了感谢静秋妈妈告诉了他这个消息，钟书记从教育局一回来就来告诉她，说的确是有这样一个文件，但具体怎么执行要由各个单位自行掌握，比如文教单位怎么个顶职法？你不能说父母能当老师的，他们的小孩也就能当老师吧？

钟书记说："张老师呀，感谢你告诉我这个好消息，我现在还不到退休年龄，不过我爱人快到退休年龄了，她身体不大好，可以办病退，我想让她病退了，让我家钟萍顶职。我看你也办个病退，让你家静秋留城里吧。女孩子下乡去，总让人不大放心。"

妈妈没想到自己平时只敢仰视的钟书记居然也担心女儿下农村的事，可怜天下父母心。听钟书记的口气，如果妈妈申请病退，学校是会同意让静秋顶职的。妈妈感激万分，千恩万谢了一番才告辞。

妈妈把这个好消息告诉了静秋，说妈妈这些年担着的心今天总算可以放下一半了。我这就去申请病退，让你顶职，你就不用下农村了。等到你顶职的事办成了，我的另一半心就放下了。

静秋说："应该让哥哥来顶职，他下去这么多年了，受了太多的苦，而且亚民家里也是因为哥哥在农村才反对他们俩的事的。如果能让哥哥回城里来，那就什么事都没有了。"

静秋把这事告诉了亚民，亚民高兴死了，说这下好了，我跟你哥终于可以在一起了，我家里也不会再阻拦我们了。亚民连忙给静新写了一封信，告诉他这个好消息。

但哥哥不同意，说他已经下去这么久了，就干脆等着招工吧，下乡这么多年，又占掉顶职的名额，太不合算了，不如把这个机会给静秋，这样静秋就不用下乡了。

静秋的妈妈是坚决不让静秋下乡的，妈妈经常做噩梦，总是梦见静秋出了事，妈妈到乡下去看她，只见她躺在一堆稻草里，头发蓬乱，眼神呆滞。

妈妈问她："你怎么啦？静秋，你告诉妈妈，到底是怎么啦？"

她不说话，只是嘤嘤地哭，妈妈什么都明白了。

妈妈把这个梦讲给静秋听，静秋虽然不知道梦中的自己究竟发生了什么事，但她猜得出一定是像那些女知青一样，被人"糟蹋"了。

妈妈说："我绝对不会让你下农村的，你还年轻，不知道女孩子在乡下会面临什么样的危险。自古红颜多薄命，你在学校里就有这么些人打你主意，找你麻烦，你下了乡还有好的？"

25

在静秋的一再坚持下，妈妈向学校提了让静新顶职的事，但学校说静新只念过初中，不适合教书，我们同意静秋顶职，因为她是高中生，德智体全面发展，适合做老师。如果你退休是静新顶职，那我们就不一定批准了。

妈妈把学校的意思告诉了静秋，静秋没办法了，只好顶职了，总不能把这么个机会白白浪费吧？但她很为哥哥难过，一心想为哥哥想个别的办法。

她在心里感谢老三及时告诉她这个消息，不然的话，她妈妈肯定不知道这事，说不定就错过了。她很想告诉老三她顶职的事，但不知道怎么才能告诉他，没有电话，她也不敢写信，更不敢亲自去，只有被动地等他来找她。而他竟然像是向党表了决心一样，说等她毕业，就等她毕业，除了让长芳送了那封有关顶职的信以外，就真的没来打搅她。

而她现在却像他说的那样，得了相思病了，很想很想见到他。凡是跟他有一丁点关系的东西，都使她感到亲切。听人说个“三”、“勘探队”、“A 省”、“B 市”、“军区”等等，都使她心跳，好像那就是在说老三一样。

她从来不敢叫他名字，在心里都不敢，但她见到姓“孙”的或者叫“建新”的，就觉得特别亲切。班上有一个叫张建新的，长得又丑，人又调皮，但就因为他的名字里也有个“建新”，她就无缘无故地对他有了好感，有几次还把自己的作业借给他抄。

现在她几乎每天都到江老师家去，去学拉琴，去抱抱江老师不满一岁的小儿子，去借江老师家的缝纫机用。但在这些目的下面，似乎还有一个目的，她自己也不敢细想那个目的是什么。她只知道如果她去的时候成医生不在家，她就会坐立不安，一直等到他回来了，听见他的说话声了，她才仿佛完成了当天的任务一样，安安心心地回家去。

她并不要求能跟成医生说上话，见上面，她只要听见他回来了，听见他的说话声了，她的心就安逸了。她不知道这是为什么，她就是想听成医生说话，因为成医生是说普通话的。K 市人在日常生活当中是不说普通话的，江老师在外面待了那么久，说得一口标准的普通话，但一调回 K 市，就只在课堂上说普通话了，平时都是说 K 市话。

K 市人很挑剔，如果听到你一个本地人说普通话，马上跟你有了隔阂，觉得你装腔作势，有的就不客气地指出来："你 K 市土生土长的，还别别扭扭地说个什么普通话呢？"但对外地人，他们还是很宽容的。所以成医生虽然也学了不少 K 市话，但大多数时间还是讲普通话。

静秋听到成医生说话就觉得亲切。有时他在隔壁房间说话，她会停下手中的活，静静地听他的声音。那时她常常有种错觉，觉得隔壁房间里说话的人就是老三，这就是老三的家，而她就是老三家的人。她不知道自己是老三家的什么人，她觉得是什么都行，只要能天天听到他说话就行。

好在她有许多机会到成医生家去，因为江老师经常请她去做衣服。刚开始江老师是请静秋帮儿子织毛衣，织完了就坚持要给工钱，说织件毛衣不容易，得花很多时间。但静秋不肯收钱，说我帮人织毛衣从来不收钱的。江老师就要送静秋一段布料，说是自己买了，但花色太年轻了，自己穿不合适，你拿去做衣服穿吧，静秋还是不收。

后来江老师就想了个别的办法来报答静秋。江老师家有缝纫机，但她只会缝缝短裤什么的，而静秋会做衣服，可家里没缝纫机，都是手工做。江老师就叫静秋上她家学踩缝纫机，说："我那机器空在那里，灰尘都堆了好厚了，我没时间用，也不会用，你来用吧，不然该生锈了。"

静秋一直想学踩缝纫机，也在同学家踩过几次，但没机会多学，现在江老师叫她去用缝纫机，真是天上掉馅饼了，就经常跑去学，很快就把缝纫机踩得滴溜溜转了。

江老师买了几段布，让静秋帮她和奶奶做罩衣，帮两个儿子做衣服。静秋就裁好了，做出来了，每件都很合身。

那时静秋只敢做女装和童装，而且只敢做上衣，觉得男装的几个衣袋很难做，裤子的腰和口袋也很难做，怕做不好。江老师就买了布，叫静秋拿她两口子做试验品，帮她做棉衣，做呢子衣服，帮成医生做中山装和长裤。江老师说："做吧，我布料都买了，不做浪费了。别怕，裁坏了就裁坏了，大不了拿来给哥哥做衣服，如果给哥哥做不行，就给弟弟做，总不会浪费的。"静秋就大起胆子裁了，做了，结果每次都做得不错。

不知道为什么，静秋给成医生做衣服的时候，常常会弄得脸红心跳。有次要为成医生做长裤，需要量裤长和腰围，还要量直裆横裆。她拿着软尺，来为成医生量腰围，成医生把毛衣拉上去，好让她量裤腰。虽然成医生裤子里还扎着衬衣，绝对看不见皮肉，她还是吓得跳一边去了，说："不用量了，不用量了，找条旧裤子量量就行了。"

还有一次是做呢子的上装，因为料子太好了，静秋不敢光照着旧衣服做，只好叫成医生站在那里，她来量他的肩宽、胸围什么的。她拿着软尺，两手从成医生身后围到胸面，尽力不碰着他的身体。当她把软尺两边合拢，想来看看胸围是多少的时候，却突然觉得呼吸不上来了，她的眼睛正对着成医生的胸部，她觉得又闻到了老三身上那种男人的气息。她头晕眼花，无力地说了声："我还是照你的旧衣服做吧。"就匆匆跑开了。后来她就尽量避免给成医生量尺码，找件旧衣裤量量算了。衣服做好了，也不敢让成医生穿上试给她看。

那时兴穿"的确良"和一些别的化纤布，K 市人叫"料子布"。料子布做出来的东西，用熨斗一烫，就很挺括，不容易打褶，穿在身上很笔挺，而且不用布票，所以 K 市人以穿料子衣裤为时髦。

做料子布的衣裤需要锁边，江老师见静秋每次得跑到外面去请人锁边，就托熟人帮忙买了一台旧锁边机回来，那在当时简直就是惊人之举了。那时的江心岛，有缝纫机的家庭都不多，缝纫机大多是女孩出嫁时对男方提出的要求，属于"三转一响"里的一"转"，其他两"转"是自行车和手表，那一"响"

当然是收音机。现在江老师家不仅有缝纫机，还有锁边机，简直叫人羡慕死了。静秋有了这些“现代化武器”，做衣服就如猛虎添翼，不仅做得好，而且做得快。

江老师就把自己的同事和朋友介绍来请静秋做衣服。那些同事朋友星期天上午到江老师家来，静秋为她们度身定做，现量现裁现缝，几个小时就把衣服做好了，烫好了，扣眼锁好了，扣子也钉好了，江老师的同事就可以穿上回家了，真正的立等可取。

那时缝纫店还很不普及，做衣服的工钱常常比买布料的钱还要得多，而且要等很久才能拿到衣服，拿到了很可能还不合身，所以请静秋做衣服的人越来越多。

江老师叫静秋收一点加工费，少收点，比外面正规裁缝的价格低点就行了。但静秋不肯收，说这是用你家的缝纫机帮你的朋友做衣服，怎么好收别人的钱？再说，收了钱，就成了“地下黑工场”了，让人知道了不得了。

江老师想想也是，别让人知道给静秋惹下麻烦，她就让那些请静秋做衣服的人随便送点什么实物聊表心意。那些人就拿出五花八门的东西送给静秋，几个本子、几支笔、几个鸡蛋、几斤米、几斤水果等等，送什么的都有。江老师不管三七二十一，都替静秋收了，说“伸手不打送礼人”，别人感谢你的，又不是白拿，就收下吧。静秋就收一些，送太多了的，就退还人家。

那个学期，可能因为是毕业前的最后一学期了，学校也没安排静秋他们去外面学工学农，一直待在学校里。静秋就每个星期天都到江老师家接活，有空了就去江老师家做衣服，家里经常有别人送的食物和用品，妈妈总是开玩笑，说：“我们家现在是富得流油啊。”

静秋对江老师感激不尽，江老师说：“我这还不是为了赚你的便宜？你看你帮我做了多少衣服，织了多少毛衣，这些工钱我不都省下了吗？”

五月份的时候,长芳又到K市来了一次,这次带来了一些山楂花,红红的,用一张很大的玻璃纸包着。静秋一看就知道是老三叫长芳送来的,长芳也对她挤眉弄眼,但两个人当着静秋妈妈和妹妹的面不敢说什么。等到静秋送长芳到长途车站去的时候,长芳才说:“是老三叫我给你送来的。”

“他好吗?”

长芳绷着脸说:“不好。”

静秋急了:“他生病了?”

“嗯,生病了——”长芳见静秋很着急的样子,就笑起来,“是生了相思病了。好啊,你们两个早就好上了,还不告诉我——”

“你别瞎说,”静秋赶紧声明,“谁跟他好上了?我还在读书,怎么会做这种事?”

长芳不在乎:“你怕什么?我又不是你们学校的人,你瞒着我干什么?老三什么都不瞒我。他是真喜欢你呀,为了你,把他那未婚妻都甩了。”

静秋正色道:“他不是为了我甩的,他们早就吹了。”

“他为你把未婚妻吹了不好吗?那说明你把他迷住了呀。”

“那有什么好?他为了我可以把未婚妻吹了,那他为了别的人,也可以把我吹了。”

“他不会吹你的,”长芳从包里摸出一封信,嘻嘻笑着说,“你答应让我也看一看,我就给你,不然我就带回去还给他,说你不要他了,不想看他的信,让他急得去跳河。”

静秋装作不在意的样子说:“他没封口,你自己不知道打开看?”

长芳委屈极了:“你把我当什么人呀?人家不封口,就说明人家信任我,我怎么会偷偷拆开看？”她把信扔给静秋，“算了，不给看就不看吧，还说这些小气话——”

“那等我先看一下，如果能给你看……”

长芳笑起来：“算了，跟你开玩笑，我看他的信干什么？总不过就是那一套‘亲爱的小秋，我想你，日夜想你……’”

静秋急不可耐地展开信，匆匆看了一遍，收了起来，微笑着对长芳说：“你说错了，他没写你说的那几个字。”

那天静秋回到家，正在为老三的花和信兴奋，却听到一个坏消息，妈妈刚从钟书记那里听来的，说教育局经过讨论，对顶职的事情做了一些修改。这次教育系统能退的几乎全退了，总共有二十多个，都是为了孩子顶职。这些教工子女参差不齐，不是每个人都能上讲台的。所以教育局决定，这次顶职的教工子女，一律在食堂做炊事员。

26

静秋妈妈退休的手续已经快办好了，结果却被告知静秋要做炊事员，而不是做老师，妈妈气得差点尿血。

静秋听了这消息，反而比妈妈平静，可能是她一贯做最坏的思想准备吧，她遇到这些事情并不怎么惊慌失措，她安慰妈妈说：“做炊事员就做炊事员吧，革命工作，没有高低贵贱之分，做炊事员总比下农村好吧？”

妈妈叹口气说：“事到如今，也只好这样想了。不过一想到我女儿这么聪明能干，却只能一辈子窝在食堂的锅灶边，就觉得气难平。”

静秋把老三的话搬出来宽慰妈妈："别想那么多，别想那么远，这世界每天都在变化，说不定我干几年炊事员，又换到别的工作去了呢！"

妈妈说："还是我女儿豁达，什么事比妈妈还想得开。"

静秋想，命运就是如此，不豁达又能怎么样呢?

放暑假的时候，静秋妈妈的退休已经办好了，但她的顶职却老是没办好，不知道学校在拖什么。那些从她这里听到消息后才办顶职的同学，一个个都办好了手续，而她这个最先得知消息的人却还没办好。她妈妈急得没办法，生怕一等两等的把这事等黄了，就不断跑到钟书记那里去催学校快办。

钟书记说："不是学校没抓紧，我们早就把材料报上去了，是教育局那边没批下来。我猜主要是学校在放暑假，老师都不在学校里了，还要炊事员干什么？难道让他们一参加工作就白白拿几个月工资？"

妈妈沮丧极了，估计不到九月份学校开学，教育局是不会让顶职的人上班的了。

静秋家一下子陷进极度贫困的境地了，因为妈妈已经退休了，工资减到了二十八块一个月，而静秋的顶职又没办下来，不能领工资。以前妈妈一个月有将近四十五块钱的工资，尚且不够养活一家人，现在一下减少了近百分之四十，就更拮据了。

于是，静秋又去打零工。

她顶职的事虽然八字还没一撇，但在外人眼里，好像她已经做了老师、赚了大钱一样。很多以前跟她关系很好的人现在却跟她疏远了。也许人人都能同情不幸的人，但如果这个不幸的人突然走了一点运，有些原先同情她的人就会变得非常不高兴，比看到那些本来就走运的人走更大的运还不高兴。

钟书记跟静秋的妈妈说了好几次："这段时间很关键，叫你静秋千万不要犯什么错误。我们让她顶职，很多人眼红，经常来提意见，你们要特别谨慎，不然我们不好做工作啊。”

连居委会李主任都知道了静秋顶职的事。妈妈带静秋去李主任家找工的那天，李主任说：“张老师呀，不是我说你，这个钱呢，也是赚不尽的，赚了一头就行了，不可能头头都顾上。”

妈妈尴尬地笑着，不知道李主任这是什么意思。

李主任又说：“不是说静秋顶了你的职，当老师了吗？怎么还跑来打零工呢？我们这里是人多工少，我得先照顾那些没工作没钱赚的人。”

静秋赶快声明说：“我妈妈是退休了，但我顶职的事还没办好，所以家里还是很困难，比以前更困难了，因为妈妈工资打折了。”

李主任“噢”了一声，说：“那你也应该先下农村去锻炼，等你顶职的事办好了再回来上班，你这样赖在城里不下去，如果我还给你工作做，那不等于是在支持你这种不正之风了吗？”

妈妈说：“静秋，我们回去吧，不麻烦李主任了。”

静秋不肯走：“妈，你先回去，我再等一下。”她对李主任说，“我不是逃避下农村，只是我家太困难了，如果我不做点工，家里就过不下去了。”

李主任缓和了一下口气，说：“你愿意等就在这里等吧，我不能保证你有工做。”

静秋让妈妈回去了，自己在那里等。一连等了两天，李主任都没有给她安排工作。有两次，来要工的“甲方”都看上静秋了，但李主任硬生生地把另外的人塞到“甲方”手里去了。对此,李主任解释说：“你的困难是暂时的，你可以先借点钱用了再说，等你当了老师了，还愁还不起？”

静秋解释说自己顶职不是做老师，而是做炊事员，李主任不赞成地摇摇头：“你这是何必呢？宁可做炊事员都不下农村？你下去几年，招回来当工人多好。”

第三天早上，静秋又早早地去了李主任家，坐在客厅里等工。正在思考今天如果又等不到工怎么办时，就听有人叫她：“静秋，等工呀？”

静秋抬头一看，惊讶得差点叫出声来，是“弟媳妇”，穿了一身草绿色的军装，上衣还凑合，那条军裤肯定是太大了，名副其实的“向左转”的裤子，估计得左转到背后去了，才能用裤带勒在他细细的腰间。她不知道他这么热的天，穿得这么毕恭毕敬干什么，但她仔细一看，发现他衣服上有红领章，头上的军帽也有帽徽，知道他不是穿着玩的。

“弟媳妇”眉飞色舞地说：“我参军了。”

静秋简直不敢相信，他这么小的个子，看上去身体也不咋的，怎么说参军就参军了？难道是到部队上给首长当警卫员？

“弟媳妇”在学校从来不敢跟静秋讲话，也不大跟别的人讲话，真正的默默无闻，班里人差不多感觉不到他的存在，想不到他居然参军了，大概也是为了不下农村。

“弟媳妇”又问一遍：“你在等工？”见静秋点头，“弟媳妇”就跑到里屋，问他妈妈，“妈，你怎么还不给静秋找工？”

静秋听李主任说：“哪里是我不给她找工？这段时间要工的少，找工的多——”

“弟媳妇”说：“你快给她找一个吧，她等在那里呢。”

李主任说：“等在那里也要我手里有工才行呀。”

静秋听见“弟媳妇”在跟他妈妈小声说什么，但她听不清。她很感激“弟媳妇”，但又觉得很难堪，好像在求他什么事一样。

过了片刻，李主任出来了，说："纸厂的万昌盛昨天来要了工的，比较辛苦，我就没介绍你去。你看你愿意不愿意干，如果愿意的话，你现在就去吧。"

静秋喜出望外，连忙说："我愿意，我不怕辛苦。需不需要您帮我写个条子？"

"不用写条子，你说我叫你去的，他还不相信？"李主任说完，就忙自己的去了。

静秋只知道纸厂在哪里，但万昌盛是谁、在哪儿去找都不知道。她看李主任忙自己的，没有再跟她说话的意思，只好先去纸厂看看。

她谢了李主任，就往纸厂方向走。正走着，听见有人骑着车过来了，在她身边按铃。她扭头一看，是"弟媳妇"，脸儿笑得像一朵灿烂的花，对她说："上车来吧，我带你去纸厂，你走过去要好一会儿呢。"

静秋闹了个大红脸，连声说："不用不用，我一下就走到了，你忙去吧。"

"弟媳妇"骑着车跟在旁边劝："上来吧，现在都毕业了，怕什么？"静秋还是不肯上，"弟媳妇"只好跳下车来，陪着她走。静秋见路上碰见的人都以好奇的眼光看着他俩，觉得浑身不自在，说："你——去忙吧，我自己去就行了。"

"弟媳妇"坚持陪她走："你不知道在哪里找万昌盛，我带你去。我马上就到部队上去了，同学一场，说几句话都不行吗？"

静秋发现自己以前一点都不了解"弟媳妇"，可能她对班上的男生一个都不了解，在她眼里，班上的男生除了贪玩，跟老师调皮，什么也不懂。特别是像"弟媳妇"这样的男生，简直就是小毛孩。但这个小毛孩居然参了军，而且要用自行车带她，又而且要跟她聊聊，看来真的要刮一下眼睛才行了。

她瞟了他一眼，发现他脸上居然有胡子，她惊讶万分，好像以前没看见过他有胡子啊。难道一参军，胡子就都由基层提拔到上面来了？

到了纸厂，“弟媳妇”帮她找到“甲方”万昌盛。静秋一看，所谓万昌盛，是一个身高不足一米六五的中年男人，又瘦又小，背有点驼，脸上弥漫着一股死气，就像大烟鬼一样，眼角似乎还挂着眼屎，这名字起得真是讽刺与幽默。

“弟媳妇”对万昌盛说：“万师傅，这是静秋，是我同学，我妈叫她到你这里上工的，你多关照啊。”

静秋正在惊异于“弟媳妇”的社交辞令，就听万昌盛对“弟媳妇”说：“什么静秋？这不是张老师的大丫头吗？”然后转过脸，对静秋说，“我认识你，你妈教过我。她那时候总是叫我好好读书，说你不好好读书以后没出息。怎么张老师说人前，落人后，自己的姑娘也不好好读书，搞得现在要打零工？”

“弟媳妇”说：“你别乱说，人家静秋书读得好得很，她这是在等着顶职当老师呢，待家里没事干，出来打打工。”

万昌盛说：“噢，一家子都当老师呀？那好啊，不过我这个书读得不好的人，也还混得不错嘛。”

静秋笑笑说：“就是呀，读书有什么用？还是你出息，以后就请你多关照了。”

“弟媳妇”又对万昌盛嘱咐了几句，然后对静秋说：“我走了，你自己小心，如果这活太累，就叫我妈再给你换一个。”

静秋说个“谢谢”，就不知道说什么好了。

等“弟媳妇”走远了，万昌盛问：“他是你对象？”

“不是。”

“我也说不像嘛，如果他是你对象，他妈还舍得让你来打零工？”万昌盛打量了静秋一会儿，说，“你放心，你妈教过我，我不会亏待你的。你今天就跟着我去办货，我要到河那边去买些东西。”

那天静秋就拖着一辆板车，跟着万昌盛到河那边去办货。万昌盛一路夸自己爱看书，叫静秋借些书给他看，还说要给静秋派轻松的活路干。静秋哼哼哈哈地答应着，不知道这个万昌盛葫芦里卖的什么药。

下午四点两人就把事办完了，万昌盛把静秋夸了一通，说以后要办货就叫上静秋，然后说：“我们这里星期天是不上工的，因为我星期天休息，我不在这里，零工都会偷懒的，干脆叫他们星期天不干，就不用支钱给他们。不过我看你不偷懒，给点活你干，你干不干？”

静秋以前打工从来不休息星期天的，马上说：“当然干。”

万昌盛说：“那好，明天你就拖着这辆车，到八码头那里的市酒厂去把我定的几袋酒糟拖回来，厂里用来喂猪的。我这是照顾你，你不要让别的零工知道了，免得他们说我对你偏心。”

静秋立即作感激涕零状，万昌盛的自尊心似乎得到了极大满足，赞许地说：“一看就知道你是个明白人，谁对你好，谁对你坏，你心里有杆秤。”说着，就从口袋里摸出两个条子，“这张是取货的条子，你明天就凭这个去取货。这张是食堂的餐票，你明天可以在那里领两个大馒头，算你的午餐。下午五点之前把货拖回来交给食堂就行了。”

第二天早晨，静秋一早就起来了，到纸厂拿了板车和馒头，就向着八码头出发。八码头在河那边，大约有十几里地。河的上游有个货运渡口，可以过板车，现在是夏天，河里的水涨得快齐岸了，就不用拖上拖下河坡，只是上船的时候要小心点，免得连人带车掉河里去了。

她像每次出去打工一样，一出门就把鞋脱了，怕费鞋，穿着鞋出门只是给她妈妈看的。今天她从上到下都是哥哥的旧衣裤，上面是件“海魂衫”，下面是条打了补丁的长裤，被她截短了，只到膝盖下，半长不短的，当地人叫这种裤子“二马驹”。那时女的不兴穿前面开口的裤子，她就把前面的口封了，自己在旁边开了个口。

夏天太阳大，她戴了顶旧草帽，压得低低的，免得被人认出，心里一直转悠着鲁迅那句话——“破帽遮颜过闹市”，下面一句她就懒得念了，因为她没“小楼”，没法躲到那里“成一统”。

她刚上了对面的河岸，就觉得要上厕所了。她找到一个公共厕所，但没法去上，因为她怕别人把她的板车拖跑了，那就赔不起了。

正在焦急，就听有人在身后说：“你去吧，我帮你看着车。”

27

静秋不用回头，就知道说话的是谁。她“腾”的一下红了脸，他怎么早不来，晚不来，刚好在她最狼狈的时候跑来了。

老三走到静秋跟前，握住车把，又说了一遍：“你去吧，我看着板车。”

静秋红着脸说：“我去哪里？”

“你不是要去上厕所吗？快去吧，有我看着车，没问题的。”

她难堪得要命，这个人怎么说话直统统的？就是看出来别人要上厕所，也不要直接说出来嘛。她说：“谁说我要上厕所？”就呆站在那里看他。

他穿了件短袖的白衬衣，没扣扣子，露出里面一件镶蓝边的白背心，扎在军裤里。这好像还是她第一次见他穿短袖，觉得很新奇，突然发现他身上的皮肤好白，小臂上的肌肉鼓鼓的，好像小臂反而比大臂粗壮，使她感到男人的手臂真奇怪啊。

他笑嘻嘻地说："从昨天起就跟着你，看见你有军哥哥护驾，没敢上来打招呼。破坏军婚，一律从重从严处理，闹不好，可以判死刑的。"

她连忙声明："哪里有什么军哥哥？是个同学，就是我跟你讲过的'弟媳妇'。"

"噢，那就是大名鼎鼎的'弟媳妇'？穿了军装，很飒爽英姿的呢。"他问，"你不上厕所了？不上我们就走吧。"

"到哪里去？"她说，"我现在没时间，我在打工。"

"我跟你一起打工。"

她笑起来："你想跟我一起打工？你打扮得像个公子哥儿，还跟我一起拖板车，不怕人笑话？"

"谁笑话？笑话谁？"他马上把白衬衣脱了，只穿着背心，再把裤脚也卷起来，问，"这样行不行？"他见她还在摇头，就恳求说，"你现在毕业了，河这边又没人认识你，就让我跟你去吧，你一个人拖得动吗？"

静秋一下就被他说动了，想见到他想了这么久，真的不舍得就这样让他走，今天就豁出去了吧。她飞红了脸，说声"那你等我一下"，就跑去上个厕所，然后跑回来，说："走吧，待会儿累了别哭就是。"

他吹嘘说："笑话，拖个车就把我累哭了？若干年都没哭过了。"他见她没穿鞋，也把自己脚上的鞋脱了，放到板车上，"你坐在车上，我拖你。"

她推辞了一阵，他一定要她坐着，她就坐车上了。他把她的旧草帽拿过来自己戴上，再把他的白衬衣披在她头上，说这不仅可以遮住头脸，还可以遮住肩膀手臂。然后他就拖上车出发了。

她坐在车上指挥他往哪走，他拖一阵，就回过头来看看她，说："可惜我这衣服不是红色的，不然的话，我这就像是接新娘的车了，头上是红盖头——”

“好啊，你占我便宜——”她像赶牛车一样，吆喝道，“驾！驾！”

他呵呵一笑：“做新娘，当然要‘嫁’嘛。”说着，脚下跑得更快了。

到了酒厂，静秋才知道今天幸亏老三来帮忙，不然她一个人根本没法把酒糟弄回去。酒糟还在一个很深的大池子里，既热且湿，要自己捞上来，用大麻袋装上，每袋少说有一百多斤，而且酒厂在一个小山上，坡还挺陡的，空车上坡都很吃力，满载下坡更难把握，搞不好真的可以车翻人亡。老三把车把扬得老高，车还一个劲往山下冲，把两个人累出一身汗。

不过下了山，路就比较好走了，一路都是沿着江边走。老三掌把，静秋拉边绳，两个人边走边聊，不知不觉就走到了上次他们约会过的那个亭子了。老三建议说：“歇会儿，你不是说只要下午五点之前拖到就行了吗？现在才十点多钟，我们坐会儿吧。”

两个人就把车停在亭子旁边，跑到亭子里休息。天气很热，静秋拿着草帽呼呼地扇，老三就跑去买了几根冰棍。两个人吃着冰棍，老三问：“昨天那个跟你逛街的男人是谁？”

静秋说：“哪里是逛街，你没看见我拖着板车？那是我的‘甲方’，就是工头，叫万昌盛。”

老三警告说：“我看那个人很不地道，你最好别在他手下干活了。”

“不在他手下干在哪儿干？这个工还是千辛万苦才弄来的。”她好奇地问，“为什么你说他不地道？你又不认识他。”

老三笑笑：“不地道的人一眼就可以看出来。你要当心他，别跟他单独在一起，也别到他家去。”

她安慰他：“我不会到他家去的，打工都是大白天的，他能——把我怎么样？”

他摇摇头：“大白天的，他就不能把你怎么样了？你真是太天真了。你找个机会告诉他，说你男朋友是部队的，军婚，动不动就玩刀子的。如果他对你有什么不检点的地方，你告诉我。”

“我告诉你了，你就怎么样？”

“我好好收拾收拾他。”说着，他从挂包里摸出一把军用匕首，拿在手里玩。

她开玩笑说：“看不出来你这么凶。”

他连忙说：“你别怕，我不会对你凶的。我是看不来你那个‘甲方’，眼神就不对头。我昨天跟了你们一天，好几次都恨不得上去警告他一下，但又怕你不愿意我这样做。”

“最好不要让人看见我们在一起，我虽然毕业了，但我顶职的事还没办好，学校已经有不少人眼红，在钟书记面前说我坏话，如果让他们知道我们的事，肯定会去打小报告，把我顶职的事搞黄——”

他点点头：“我知道，所以我只在你一个人的时候才会上来跟你说话。”坐了一会儿，老三说，“我们找个地方吃午饭吧。”

静秋不肯：“我带了一个馒头，你去餐馆吃吧，我就在这里看着车。这酒糟味道太大，逗蚊子，拖到别人餐馆门前去停着不好。”

他想了想，说：“好，那我去买些东西过来吃，你在这等我，别偷偷跑了啊。你一个人拖车，过河的时候很危险的。”他见她点头答应了，就跑去买东西。

过了一会儿，他抱了一堆吃的东西回来，还买了一件红色的游泳衣：“我们吃了饭，休息一会儿，到江里去游泳吧。天气太热了，浑身都是汗，这江里的水也太诱人了——”

静秋问：“你怎么知道我会游泳？”

“江心岛四面都是水，你还能不会游泳？岛上可能个个都会游吧？”

“那倒也是。”静秋顾不上吃东西，打开那件游泳衣，是那种连体的，上面像小背心，下面像三角裤的那种。那是最古老、最保守的样式，但静秋从来没穿过，她认识的人也没谁穿过，大家都是穿件短袖运动衣和平脚短裤游泳。她红着脸问：“这怎么穿呀？”

他放下手里的食物，把游泳衣拿起来，教她怎么穿，说你这样套进去，然后拉上来。

静秋说：“我知道怎么套进去，可是这多丑啊。”她平时穿的内裤都是平脚裤，胸罩都是背心式的，从来不穿三角内裤或者“武装带”一样的胸罩，现在要她穿这种袒胸露背的游泳衣，真是要她的命，她觉得她的大腿很粗，胸太大，总是能藏就藏，能遮就遮。

她说：“你问都不问我一下，就买了这样的游泳衣，能退吗？”

他问：“退了干吗？以前女孩游泳都是穿这个的，现在大城市的女孩也是穿这个，K 市的女孩应该也是穿这个的，不然怎么会有卖的呢？”

吃过饭，休息了一下，老三就不断鼓动静秋到附近厕所去把游泳衣换上。静秋不敢穿游泳衣，但又很想游泳，被老三鼓动了半天，终于决定换上游泳衣试试。她想，待会儿把衬衣长裤罩在外面，到了江边叫老三转过脸去，自已很快地脱了外衣，躲到水里去。江水很浑，他应该看不见她穿游泳衣的样子。她想好了，就跑到厕所去换上了，罩上自己的衣服，从里面走出来。

他们把车拖到离江水很近的河岸旁，这样边游泳就能边盯着点，免得被人偷跑了。静秋命令老三先下水去，老三笑着从命，脱掉了背心和长裤，只穿一条平脚短裤就走下河坡，到水里去了。走了两步，他转过身叫她：“快下来吧，水里好凉快。”

“你转过身去。”

他老老实实地转过身，静秋连忙脱了外衣，使劲用手扯胸前和屁股那里的游泳衣,觉得这些地方都遮不住一样。她扯了一阵,发现没效果,只好算了。她正要往河坡下走，却发现他不知什么时候已经转过身来，正在看她。她一愣，呆立在那里，指责他：“你——怎么不讲信用？”

她见他很快转过身去，倏地一下蹲到水里去了。她也飞快地走进水里，向江心方向游去，游了一会儿，回头望望，他并没跟来，还蹲在水里。她不知道他在搞什么鬼，就游了回去，游到离他不远的地方，站在齐胸的水里，问他：“你怎么不游？”

他支吾着：“你先游出去，我来追你。”

她返身向江心游了一阵，回头看他，他还是没游过来。她想他是不是不会游泳？只敢在江边扑腾？她觉得他真好玩，不会游，还这么积极地鼓动她游。她又游回去，大声问他：“你是旱鸭子？”

他坐在水里，不答话，光笑。她也不游了，站在深水里跟他说话。好一会儿了，他才说：“我们比赛吧。”说罢，就带头向江心游去。她吃惊地发现他很会游，自由式两臂打得漂亮极了，一点水花都不带起来，刷刷地就游很远了。她想追上去，但游得没他快，只好跟在后面游。

她觉得游得太远了，刚才又已经游了两趟，很有点累了，就叫他：“游回去吧，我没劲了。”

他很快就游回来了，到了她跟前，他问：“我是不是旱鸭子？”

“你不是旱鸭子，刚才怎么老坐在水里不游？”

他笑了笑：“想看看你水平如何。”

她想他好坏啊，等看到她游不过他了，他才开始游，害她丢人现眼。她跟在他后面，来个突然袭击，两手抓住他的肩，让他背她回去。她借着水的浮力，只轻轻搭在他肩上，自己弹动两脚，觉得应该没给他增加多少负担。但他突然停止划动，身体直了起来，开始踩水。她觉得自己整个人都贴在他背上了，连忙松了手。

两个人游回岸边，他坐在水里，有点发抖一样。

“你累坏了？”她担心地问。

“没……没有。你先上去换衣服，我马上就上来——”

她见他好像神色不对，就问：“你腿抽筋？”

他点点头，催促她：“你快上去吧，要不你再往江心游一次？”

她摇摇头：“我不游了，留点力气待会儿好拖车。你腿抽筋，也别游了吧。你哪条腿抽筋？要不要我帮你扳一下？”她给他做个示范动作，想上去帮他。

他叫道：“别管我，别管我——”

她觉得他态度很奇怪，就站在那里问：“你到底怎么啦？是胃抽筋？”

她看见他盯着她，才想起自己穿着游泳衣站在那里，连忙蹲到水里，心想他刚才一定看见她的大腿了，她怕他觉得她腿太粗，就自己先打自己五十大板：“我的腿很难看，是吧？”

他连忙说：“挺好的，挺好的，你别乱想。你先上去吧。”

她不肯先上去，因为她先上去就会让他从后面看见她游泳衣没遮住的屁股。她坚持说：“你先上去。”

他苦笑了一下：“那好吧，你转过身去。”

她忍不住笑起来：“你又不是女的，你要我转身干什么？你怕我看见你腿——长得难看？”

他边笑边摇头：“真拿你没办法。”

28

那天僵持到最后，还是静秋转过身，老三先上了岸。等他叫声“好了”，她才转过身。她看见他已经把军裤笼在湿淋淋的短裤上了，说反正天热，一下就干了。静秋把他赶上岸去，见他走得看不见人影了，才从水里跑出来，也把衣服直接穿在游泳衣上，再跑到厕所去脱游泳衣。结果外衣打湿了，贴在身上，搞得她很尴尬。

她叫老三把游泳衣带上，下次来的时候再带来，因为她不敢拿回家去。

老三帮忙把车拖过了河，静秋就不敢让他跟她一起走了，她自己拖车，他远远地跟在后面，一直跟到纸厂附近了，才按事先讲好的，她去交货还车，而他就到客运渡口去乘船过河，坐最后一班车回西村坪。

事过之后，静秋才觉得有点后怕，怕有人看见了她跟老三在一起，告到学校去。担了几天心，好像没惹出什么事，她高兴了，也许以后就可以这样偷偷摸摸跟老三见面。她知道他要跟别人换休才能有两天时间到 K 市来，最少要两个星期才能来一次。来的时候如果她不是单独一人的话，她也不敢让他上来跟她说话。所以两个人见不见得成面，完全是“望天收”。

不知道是不是因为老三说了万昌盛不地道，静秋越来越觉得万昌盛是不地道，有时说着说着话，人就蹭到跟前来了，有时还帮她拍拍身上的灰尘，借递东西的时候捏一下她的手，搞得她非常难堪，想发个脾气，又怕把他得罪了，没工做了，而且这些好像也只是些拈不上筷子的事，唯一的办法是尽力躲避。

不过万昌盛确实很照顾她，总给她派轻松的活干，而且每次都像怕静秋不知道一样，要点明了卖个人情，说：“我这是特别照顾你呀，如果是别的人，我才不会派她做这么轻松的活呢。”

静秋总是说：“谢谢你了，不过我愿意跟别的零工一起干，有人说说话，热闹些。”

说归说，派工的是万昌盛，他派她干什么，她就不得不干什么。

有一天，万昌盛叫静秋打扫纸厂单身宿舍那几栋楼，说过几天有领导来检查工作，你这几天就负责把这几栋楼打扫干净。寝室内不用你打扫，你只负责内走廊和外面的墙壁。内走廊主要是那些住在里面的青工扫出来的垃圾，你把垃圾收集起来，运到垃圾堆去。室外主要是墙上那些旧标语，你泡上水，把标语撕干净，撕不掉的用刀刮。

静秋就到那几栋楼去打扫，女工楼还没什么，很快就扫完了内走廊。但到了男青工们住的那栋楼，就搞得她很不自在了。正是大夏天的，男工人都穿得很随便。比较注意的人，就在门上挂了帘子，遮住门的中间那部分，上下都空着，好让风吹进房间。不在乎的，就大开着门，个个打着赤膊，只穿短裤。

静秋低着头，一个门前一个门前去收垃圾，不敢抬头，怕看到光膀子。那些男青工看见她，有的就“呼”的把门关上了。但有的不光不关门，还穿着短裤出来跟她说话，问她是那个学校的，多大了等等。她红着脸支吾两句，就不再搭腔了。

有几个青工叫她进他们寝室去打扫一下，她不肯进去，说“甲方”说了，我只打扫内走廊。那几个人就嘻嘻哈哈地把室内的垃圾扫到走廊上。静秋刚把他们扫出来的垃圾收到畚箕里，他们又扫出一些到走廊上，让她不能从他们门前离开。她就先到别处去收拾，等他们疯够了再回来收拾他们门前。

有一个寝室门上挂着帘子，静秋正在把门口的垃圾往畚箕里扫，里面有个人从门帘子下面泼出一杯喝剩下的茶，连水带茶叶全泼在她脚上了。茶水还挺烫的，她的脚背一下就红了。她想那人可能没看见她，就不跟他计较，想自己去水管冲一下冷水。

但这一幕刚好被一个过路的青工看见了，那人对着寝室里大声嚷嚷："嘿，泼水的看着点，外面有清洁工在干活——"那人喊了一半就停下了，转而对静秋说，"是你？你怎么在干——这个？"

静秋抬头一看，是她以前的同学张一，班上乃至全校最调皮的一个。小学时班主任老是让静秋跟他同桌，上课就把张一交给静秋，说你们两个是"一帮一"，他上课调皮，你要管着他，不然你们就当不上"一对红"了。所以静秋上课时总在拘束张一，怕他调皮。班上出去看电影，老师总叫静秋牵着张一，怕他乱跑。而张一就像一匹野马，总是到处跑，害得静秋跟着他追。

进了初中，张一仍然是静秋的"责任田"。那时兴办"学习班"，因为毛主席说了"办学习班是个好办法，很多问题可以在学习班得到解决"。所以班上只要有人调皮，老师就叫班干部把那个同学带到外面去办学习班。张一的调皮到了初中就变本加厉，几乎每节课静秋都在外面为他办学习班，其实就是跟在他后面到处跑，抓住他了就办一下学习班，过一会儿他又跑掉了。

那时静秋对张一真是又恨又怕，天天盼望他请病假。张一初中毕业就没再读了，她总算摆脱了这个包袱，想不到今天在这里狼狈地见了面。

她结结巴巴地问："你在——这里干什么？"

"我在这里上班，"他好奇地打量她，"你怎么在这里？你也进纸厂了？"

"没有，我在……打零工。"

张一豪爽地说："我来帮你。"说着，就要来抢她手中的工具，"你的脚不要紧吧？"

静秋看了看，似乎没起泡，就说："没事，你去忙吧，我自己来。"

张一见她不愿把工具给他，就挨家挨户去叫："嗨，你们把地扫扫，把垃圾一次扫到外面，别一下扫一点出来，一下又扫一点出来，茶水不要乱往外泼啊，我同学在外面打扫卫生，别把人家脚烫了。"

他这一"广而告知"，每个寝室的人都跑到门边来看"张一的同学"，有的问："张一，这是你的马子？"有的说："我见过她，那次八中宣传队到我们厂来宣传，不是她在拉手风琴吗？"还有的说："这是张老师的女儿，我认识的，怎么在干这个？"

静秋恨不得把这些人全赶到寝室去，把他们的门关了，锁上，免得他们站在门前盯着她干活，还评头品足。她想：这个张一干嘛这么多事？喊个什么呢？这是什么值得吹嘘的事吗？

她低着头扫地，听见有人在叫她把这里再扫一下，把那里的垃圾扫走，还有的在叫她"进来聊聊"、"进来喝杯水"、"进来教我们拉手风琴"。她一概不答理，匆匆扫完就逃掉了。

等到她搭着梯子，用小刀刮外面墙上的标语时，张一又跟了过来要帮忙，她客气地叫他去忙自己的，但心里一直求他：你别管我吧，你快走开吧，在一个没人认识的地方，受什么样的气，吃什么样的苦，我都不怕。但在自己认识的人面前，真的是太难堪了。

第二天，万昌盛又派她去打扫那几栋楼，说一直要搞到领导检查完。她请求万昌盛派别的活给她干，她宁愿干重活。万昌盛想了想，说："那好吧，你今天跟屈师傅打小工吧。"

万昌盛把她带到上工的地方，是在纸厂南边的院墙附近，院墙外就是河坡，不远处是大河，傍着院墙的只有一栋孤零零的房子，是纸厂的，住着个姓张的工人一家，那房子有扇墙破了一个洞，需要补起来。

万昌盛叫静秋待会儿去拖一些砖来，再拖一些水泥、石灰和沙来，用桶子挑了水，在院墙内把砌墙用的泥灰和好，再用小木桶一桶一桶地提到院墙外面去，院墙两面都靠着一个梯子，方便上下。

砌墙的师傅姓屈，是个五十多岁的男人，腿有点瘸。他见万昌盛派了工准备离去，就说："你再派一个小工吧，她一个人怎么把那些砖从墙里弄到墙外来？又不是一块两块。你多派一个小工，一个站在墙上，一个在里面把砖扔上墙，我在墙外接。"

万昌盛寻思了一会儿，说："你叫我到哪里去再找一个人？再说也就是扔砖需要两个人，把砖扔完了有一个就没事干了，站这里看你砌墙？不如我来帮她把砖扔了吧。"

静秋就去拖了一车砖来，然后站在墙上，屈师傅和万昌盛一人站在墙的一边，三个人把砖扔完了，万昌盛拍拍手上的灰，说："我说了吧？这不节约了一个工？"然后他对静秋说，"剩下的就很轻松了，你慢慢干吧。"说罢，就离开了。

这活的确不累，静秋挑来水，和好了砌墙用的泥灰，就用小木桶装着，爬梯子运到墙外去，然后帮屈师傅递砖，打下手。泥灰用得差不多了，就爬到院墙内再提一桶过来。屈师傅没什么话说，只埋头干活，静秋也就站在旁边，边打下手边胡思乱想老三的事。

到吃午饭的时候，活已经干完了，屈师傅去吃午饭了，静秋还不能走，要收拾工具，打扫工地。剩下一些砖没用完，屈师傅说就丢这里吧，但静秋不敢，怕万昌盛这个小气鬼知道了骂人，只好又把砖运回到院墙内去。现在没人帮了，静秋就用个箩筐一筐筐提。

正提着，万昌盛来了，见静秋正在往院墙内提砖，就说："还是你站墙上，我扔给你，你把砖一块块丢到墙那边，分散了丢，只要不砸在砖上，不会破掉的。地上丢满了，你就下去把砖捡到车上，再上来接砖。”静秋想这倒是个办法，总比自己一个人用筐子提来得快，心里对万昌盛生出几分感激，连忙爬到院墙上去。扔了一会儿砖，大概差不多了，静秋正低着头，想找个空地方把手里的一块砖扔到院墙内去，就觉得墙上有人。她抬头一看，是万昌盛，离她只有两三尺远，她有点吃惊，退后几步，把手里的砖扔了，问：“外面的砖都扔完了？”

“扔完了。”

“扔完了，我们还站这里干什么？快下去吃午饭吧，我饿死了。”

万昌盛站在院墙上，把墙外的梯子抽上来，扔到墙内去了，拍拍手，也不下去，站在那里看着静秋。

静秋不解地问：“你怎么还不下去？你不饿？”

万昌盛说：“慌什么？站这里说说话。”

“说什么？快下去吧，你下去了我好下去，我早就饿了。”

“你要下去你下去，我想站这里说话。”

静秋有点生气，心想：大概他早上吃得多，现在不饿。她有点不耐烦了：“你站在梯子那头，挡住了路，你不下去我怎么下去？”

“你走过来，我抱着你一转，你就可以下梯子了。”

“别开玩笑了，你快下去吧，你下去了我好下去。”

万昌盛嬉皮笑脸地说：“那不是脱了裤子放屁，多一道手续？我一抱就可以把你抱到梯子那边去。”说着，就伸出双手，“来吧，这有什么不好意思的？”

静秋四下张望，看有没有什么地方可以跳下去。院墙跟学校的院墙差不多高，这么高的墙也不是没跳过，但院墙外除了房子就是河坡，院墙内的地上要么是砖头、瓦砾、玻璃碴子，要么就是带刺的灌木丛，跳下去不会摔死，但可能会弄伤什么地方。她转过身，在院墙上走，想看看有没有什么地方可以跳下去。

万昌盛跟了过来，嘴里叫道："你到哪里去？跳不得的，跳了会摔伤的。"

静秋站住，转过身，没好气地说："你知道跳不得，你还挡着我干什么，你快把梯子让出来，我要下去！"

"我把梯子让出来，你是不是就让我抱抱呢？不让我抱也行，就摸摸吧。天天见你两个大奶在面前晃，真是要人的命。你今天是让我摸我也要摸，不让我摸我还是要摸——"

静秋气昏了："你怎么这么下流？我要去你领导那里告你！"

万昌盛涎着脸说："你告我什么？我把你怎么样了吗？这里有人看见我把你怎么样了吗？"他一边说，一边向静秋走过来。

29

静秋吓得转身就走，在院墙上趔趔趄趄地走了一段，看看万昌盛快追上她了，她也顾不得地上是什么了，纵身一跳，落到院墙内，然后爬起身，飞快地向厂内有人的地方跑去。

她跑了一阵，回头看看，见万昌盛没追来，她才敢放慢脚步，有心思看看自己摔伤没有。她到处检查了一下，似乎只让地上的玻璃碴子把左手的手心割破了，其他还好。

她跑到厂里一个水管边去洗手，刚好在男青工的宿舍外面。等她把手冲干净了，才看见掌心还插着一块碎玻璃片，她把玻璃拔出来，但伤口还在出血，她用右手大拇指去按伤口，想止住血，但一按就很痛，她想可能是里面残留着玻璃碴，这只有回家去，找个针挑出来了。

她掏出手绢，正在嘴手并用地包伤口，就见张一跑到水管边，问："我听别人说你手在流血，怎么回事？"

"摔了一跤。"

张一抓起她的手来看了一下，大惊失色地叫道："还在流血，到我们厂医务室去包一下吧。"

静秋想推托，但张一不由分说上来拉起她的右胳膊就往厂医务室走，静秋没办法，只好说："好，我去，我去，你别拉着我——"

张一不放："这怕什么？小时候你不知道拉了我多少次了——"

厂医务室的人帮静秋把手里的玻璃弄出来，止了血，包扎了，听说是在厂南面的院墙那里摔伤的，还给她打了防破伤风的针，说那里脏得很，怎么跑那个地方去摔一跤？

出了医务室，张一问："你现在还去打工？回家休息算了吧，我帮你跟万驼子说一声。你等我一下，我用自行车带你回去。"

静秋也不知道现在该怎么办，她不想再见到万昌盛，手这个样子也没法打工，就说："我现在回去吧，你不用送了，你上班去吧。"

张一说："我上中班，现在还早呢。你在这里等我一下，我去骑车来。"

静秋等他去拿车了，就偷偷跑回去了。

回到家，只有妹妹一个人在家，妈妈最近托人帮忙找了一份工，在河那边一个居委会糊信封，计件的，糊多得多。静秋叫妈妈不要去，当心累病了，但妈妈执意要去，说："我多做一点，你就可以少做一点。我只不过是坐那里糊信封，只要自己不贪心，别把自己弄得太累，应该没什么问题。”

但妈妈每天早上七点就走了，糊到晚上八点多才收工，等回到家，就九点多了。估计这样糊，一个月可以糊到十五块钱左右。妈妈说自己手太慢，糊不过那些长年累月糊信封的老婆婆们，有的老婆婆一个月可以糊四十多块钱。妈妈说那里也是人多事少，不然可以让静秋去做，静秋干什么都是快手，肯定糊得多。

静秋回到家，吃了点东西，就躺在床上想心思。不知道万昌盛会不会恶人先告状，跑到李主任那里说她怕苦怕累，不服从分配，自己跑掉不做工了。那样的话，李主任就不会再给她派工了。而且她这些天打的工还没领工钱，零工都是一个月领一次工钱，要由“甲方”跟居委会之间结账，把零工的工时报到居委会去，然后居委会才在每个月月底把钱发给零工们。

如果万昌盛使个阴坏，不报她的工，那她连钱都领不到了。她越想越气，他姓万的凭什么那么猖狂？不就是因为他是“甲方”吗？他自己也是打零工出身，厂里看他肯当狗腿子，肯欺压零工，就叫他来管零工。那么猥琐不堪的人，还动不动就占她便宜，今天更可恶，完全是耍流氓手段。如果她跳下来摔死了，恐怕连抚恤金都没有。她真想去告他一状，问题是她没证人，说了谁信？

她想把这事告诉老三，让老三来收拾姓万的。但是她又怕老三打死打伤了姓万的要坐牢，为了那么一个恶心死了的人让老三去坐牢真是不值得。别看老三平时文质彬彬，他那天玩匕首的样子，还真像是敢白刀子进、红刀子出一样。她决定还是别把这事告诉老三。

一想到明天又要去求李主任派工，静秋就很烦闷，她不怕苦，不怕累，最怕求人，最怕别人瞧不起她、冷落她。如果“弟媳妇”在家就好了，肯定会帮她忙，但她知道“弟媳妇”已经跟接新兵的人走了。

她叫妹妹不要跟妈妈说她今天下午就回来了，免得妈妈刨根问底，问出来了又着急。

晚上六点多钟的时候，“铜婆婆”上静秋家来了。“铜婆婆”说：“‘甲方’叫我来告诉你，说今天是跟你开玩笑的，哪知道你这么爱当真。他听说你手摔伤了，叫你不用慌着去上工，今天给你记全工，明天也给你记全工。你还可以休息两天，没工钱，但位置给你留着。”

静秋本来是不想把这事告诉别人的，但听“铜婆婆”的口气，姓万的已经给“铜婆婆”洗过脑了。她也就不客气了，说：“他哪里是开玩笑，根本就是当真的。”说完，就把今天发生的事讲给“铜婆婆”听了，万昌盛那些脏话，她讲不出口，但“铜婆婆”似乎都明白。

“铜婆婆”说：“哎呀，这是好大个事呢？站在院墙上，他能干个什么？就算他真的摸你一下，又不会摸掉一块肉，抱你一下，又不会抱断一根骨头，你何必认那个真呢？在这种人手下混饭吃，你把自己看得那么金贵，搞不成的。”

静秋没想到“铜婆婆”会把这事说得这么无关紧要，好像是她小题大做了一样，她很生气，就说：“你怎么能这么说呢？如果他要这样对你，你也不当一回事？”

“铜婆婆”说：“我一把老骨头了，给他摸他都懒得摸。我是怕你吃亏，如果你跳下去的时候摔断了腿，哪个给你劳保？听我一句劝，明天休息一天，后天还是去上工吧。你扭着不去上工，他知道你在恨他，他会报复你的，搞得你在哪里都做不成工。”

“我真的不想再见到姓万的了。”

“你打你的工，管他干什么？工又不是他的。他欺负你，你反倒把自己的工停了，那不是两头倒霉？”

第二天，静秋在家休息了一天。到第三天，她还是回到纸厂上工去了。她觉得“铜婆婆”说得有道理，工又不是他万昌盛的，凭什么我要停自己的工？下次再碰到他那样，先拿砖头砸死他。

万昌盛见到静秋，有点心虚，不怎么敢望她，只说：“你手不方便，今天就帮厂政宣科的人办黑板报吧。”然后小声说，“那天真的是跟你开玩笑的，你不要当真，更不要对其他人乱说。我要是知道你在外面乱讲，我这个人也是吃软不吃硬的。”

静秋不理他这些，只说：“我到政宣科去了。”

那几天，静秋就帮政宣科的人办黑板报，还帮他们出厂刊，政宣科的刘科长对静秋非常赏识，说她黑板字写得好，刻钢板也刻得漂亮，还会画插图，给了她几篇稿子叫她帮忙看看，她也能提出很中肯很管用的建议来，刘科长就干脆叫她帮忙写了几篇。

刘科长说：“唉，可惜最近我们厂没招工，不然一定把你招到我们厂里来搞宣传。”

静秋连忙说：“我已经快顶我妈妈的职了，不过我哥哥还在乡下，他的字比我写得好，还会拉提琴，你们厂要是招工的话，你能不能把他招回来？他什么都会干，你一定不会后悔招了他的。”

刘科长拿出个小本子，把静秋哥哥的名字和下乡地点都记下来了，说如果厂里下去招工，他一定跟招工的人打招呼，推荐静秋的哥哥。

那天下班的时候，刘科长还在跟静秋谈招工的事，两个人住的地方是同一个方向的，就一起往厂外走。刚走出厂门，万昌盛就从后面赶上来，阴阳怪气地打个招呼：“呵，讲得好亲热啊，你们这是要到哪里去？”

刘科长说：“我们回家去，顺路，一起走一段。”

万昌盛没再说什么，向另一个方向走了。静秋有点不自在，怕别的人也像万昌盛这样阴阳怪气，就跟刘科长告辞，说突然想起要去找一个同学，不能跟他一起走了。

跟刘科长分了手，她就走了另一条路，从学校后门那边回去。刚走到学校院墙附近，就听后面有人叫她。她听出是老三，赶快转过身，警觉地四下张望，看有没有别人。

老三走上前来，笑着说："不用看，肯定没别人，不然我不会叫你。"

静秋脸红红地问："你——什么时候来的？"

"上午就过来了，不敢进厂去找你。"

"今天不是周末，你怎么来了？"

他开玩笑说："怎么，不欢迎？不欢迎我只好回去了，反正有的是人陪你。"

静秋知道他刚才看见刘科长了，就解释说："那是厂里的刘科长，我在请他帮忙把我哥哥招回来，跟他一起走了几步——"她警惕地看看周围，总怕有人看见，匆匆忙忙地说，"你在那个亭子等我吧，我吃了饭就来。"

他担心地问："你不怕你妈妈找你？"

"我妈要到晚上九点左右才回来。"

"那我们现在就走，到外面吃吧——"

"我妹妹还在家，我要回去跟她说一声。"

他说："好，那你快去吧，我在亭子那里等你。"

静秋就一路乐颠颠地飘了回去。进了门，也顾不得吃饭，第一件事就是洗澡。那天刚好她老朋友来了，她怕待会儿出丑，特意穿了一条深色的裙子，是她用一种很便宜的减票布做的，有点坠性，做裙子很合适。那布本来是白色的，她自己用染料把布染成红色，做成裙子。穿了一段时间，洗掉了色，她又把它染成了深蓝色，又成了一条新裙子。她穿了裙子，又找了一件短袖衬衫穿上，是亚民送她的，虽然是穿过的，但还有八成新。她带了个包，装了些卫生纸。

她打扮好了，心不在焉地吃了一点饭，就对妹妹说："我到同学那里去问一下顶职的事，你一个人在家怕不怕？"

"不怕，钟琴一会儿过来玩的。"妹妹好奇地问，"你要到哪个同学家去呀？"

静秋心想可能今天穿得太不一般了，连妹妹都看出苗头来了。她说："说了你也不认识。我走了，马上就回来。"她把妹妹一个人丢在家，有点内疚，但她听说钟琴会过来，就安慰自己说：我就去一下，天不黑我就回来了。

她一路往渡口走，觉得好激动，这次可以算是她第一次去赴约会，以前几次都是突如其来地碰上的，根本没时间打扮一下。今天穿的这一套，不知道他喜欢不喜欢。她想他是见过大世面的人，肯定看见过很多长得好穿得好的人，像她这样长得又不好穿得又不好的人，不知道怎么才能抓住他的心。

她觉得路上的人都在看她，好像知道她是去见一个男的一样，她紧张万分，只想一步就跨过河去，过了河就没人知道她是谁了。

她刚在对岸下了船，就看见老三站在河岸上，两个人对上了眼光，但不说话，又像上次那样，走了好远了，静秋才站住等他。老三追了上来，说："今天穿这么漂亮，真不敢认了。又要叫你拧我一下了，看我是不是在做梦，这么漂亮的女孩是站在这里等我？"

她笑着说："现在听你这些肉麻的话听惯了，不起鸡皮疙瘩了。入鲍鱼之肆，久而不闻其臭。"她建议说，"我们靠江边走吧，免得我妈妈提前收工碰见我们了，她回家要走这条路的。"

两个人沿着江边慢慢走，她问："吃饭了没有？"他说他没吃，等她来了一起吃的。她吸取了上次的教训，不再客套，知道他总有办法逼她吃的，套来套去，把时间都浪费了。她也不知道她节约了时间是要干什么的，她就觉得在餐馆吃饭有点浪费时间。

吃了饭，两个人也不到那亭子里去了，因为现在是夏天，又还比较早，亭子里有一些人。他们就躲到一个没什么人的江边，在河坡上坐下。

她问："今天不是星期天，你怎么有空过来？"

"我到这边联系工作，想调到 K 市来。"

她又惊又喜，故意问："你在勘探队干得好好的，调 K 市来干什么？"

他笑着看她："你不知道我调 K 市来干什么？那我辛辛苦苦地搞调动，岂不是白搞了？"

30

静秋问："你想调到哪个单位？"

"还在联系，进文工团也可以，进其他单位也行，哪里要我就到哪里去，只要是在 K 市，扫大街都行，最好是在江心岛上扫大街，最好是扫你门前那条街。"

"我门前哪里有街？一米多宽的走道，你连扫帚都舞不开。"她建议说，"就进文工团吧，你在那里拉手风琴，肯定行。不过你进了文工团，就不记得以前的朋友了——"

"为什么？"

"因为文工团的女孩漂亮呀。"

“我以前是部队文工团的，但我没觉得文工团的女孩有多么漂亮。”

她崇拜地看着他：“你以前是部队文工团的？那你走路怎么一点也不外八字？”

他呵呵笑了：“文工团的走路就要外八字？我又不是跳舞的，我是拉手风琴的。我看你走路倒是有点外八字，是不是跳过样板戏《白毛女》？”

她点点头：“还是读小学的时候跳过的，刚开始我跳‘窗花舞’里面的那个领舞，后来就跳喜儿。再后来我就不喜欢跳舞了，只拉手风琴，给别人伴奏。等你调到K市文工团来了，你教我拉手风琴，好不好？”

“等我调到K市来了，我还把时间用来教你拉手风琴？”

她不解：“不把时间用来教我拉手风琴，你要把时间用来干什么？”

他不回答，只热切地说：“如果我能调到K市来，我就可以经常见到你了。等你顶职的事搞好了，我们就可以天天见面，光明正大地见面，两个人在街上大摇大摆地走，你喜欢不喜欢那样？”

她觉得他描绘的前景像共产主义一样诱人而又遥远，她看到的是更现实的东西：“等我顶职了，我成了炊事员，你成了文工团员，你——还会想跟我天天见面？”

“不要说你是当了炊事员，你就是当了你们食堂喂的猪，我还是想天天跟你见面。”

她笑骂他：“狗东西，你骂我是猪？”说着，就在他手臂上拧了一把。他一愣，她自己也一愣，心想我怎么会这样？这好像有点像书里写的那些坏女人一样，在卖弄风骚。她怕他觉得她不正经，连忙解释说：“我不是故意的，我——”

他笑她：“你道什么歉？我喜欢你拧，来，再拧一下——”他拉住她的手，放到他手臂上，叫她拧他。

她挣脱了："你要拧你自己拧吧。"

他见她很窘的样子,不再逗她,转而问起她哥哥的事:"你哥哥下在哪里？"

静秋把哥哥下乡的地方告诉了他，开玩笑问："怎么，你要把我哥哥招回来？"

"我哪有那么大本事？不过多一个朋友多一条路，说不定我认识的人当中有帮得上忙的呢？可惜这不是A省，不然我认识的人可能多一点。"

她把哥哥和亚民的故事讲给他听，但她没讲坐在床上那段，好像有点讲不出口一样。他听了，赞赏说："你哥哥很幸运，遇到这么好的女孩。不过我比你哥哥更幸运，因为我遇到了你——"

虽然她说她已经习惯于他的肉麻了，但她还是有点不好意思："我……有什么好的？又没有像亚民那样保护你……"

"你会的，如果需要，你会的，只不过现在还没遇到需要那样做的场合罢了。我也会那样保护你的，我为了你，什么都敢做，什么都肯做，你相信不相信？"他突然问，"你手上的伤是怎么回事？"

她下意识地把左手放到身后："什么伤？"

"我早看见了，你告诉我，是怎么回事，是不是那个姓万的欺负你？"

"没有，他能怎么欺负我？拿刀砍我的手？是我……用小刀刮墙上的旧标语的时候划伤的。"

"真的跟他没关？"

"真的没关。"

"你右手拿着小刀刮墙上的标语，怎么会把左手的手心割了？"

她张口结舌，答不上来。

他没再追问，叹了口气说："总想叫你不要去打工了，让我来照顾你，但我总是不敢说，怕说了你会生气。"他盯着她，"我这样怕你生气，你怕不怕我生气？"

她老实说："我也怕你生气，怕你一生气就不理我了。"

"傻瓜，我怎么会不理你？不管你做什么说什么，不管你怎么冷落我，我都不会生你的气、不理你的，因为我相信不管你做什么，都是有你的苦衷，有你的道理的。你说的话，我是理解的要执行，不理解的也要执行。所以你千万不要说言不由衷的话，因为我都当真的。"

他拿起她受伤的那只手，轻轻摸摸伤口："还疼不疼？"

她摇摇头。

他问："如果我把我的手搞伤了，把我的人累瘦了，你心疼不心疼？"

她说不出"心疼"两个字，只点点头。他好像得到了真理一样，理直气壮地说："那你为什么老要去打工，要把自己搞伤、搞瘦呢？你不知道我会……心疼的吗？我是说心里真的会痛的，像有人用刀扎我的心一样。你痛过没有？"

他的表情很严肃，她不知道怎么回答。他说："你肯定是没有痛过，所以你不知道那是什么滋味。算了，我也不想让你知道那滋味。"

她不知道他今天为什么老没来抱她，只在那里讲讲讲，而她今天好像特别希望他来抱抱她，她自己也不知道是为什么。她看见不远处总有一些人，有的在游泳，有的从那里过。她想肯定是这地方不够隐蔽，所以他不敢抱她，就说："这地方好多的人，我们换个地方吧。"

两个人站起来，沿江边走着找地方。静秋边走边瞄他，看他是不是看出了她的心思，在暗中笑她，但他看上去很严肃，可能还在想刚才的话题。走了很长一段路，才看到一个没人的地方，可能是哪个化工厂倾倒废水的地方，一股褐色的水从一个地下水管向河里流，有一股浓浓的酸味，可能就是因为这个，那段江边才没人。

他们两个人不怕酸，只怕人，就选中了这个地方，找块干净点的石头坐了下来，他仍然跟她并肩而坐。她问："几点了？"

他看了一下表："七点多了。"

她想，再坐一会儿就要回去了，他好像还没有抱她的意思，是不是因为天气太热？好像他抱她的几次都是在很冷的天气里。

她问："你是不是很怕热？"

"不怕呀，"他看着她，好像在揣摩她这话的意思，她的脸一下子红了起来，觉得他看穿了她的心思，她越想掩盖，就越觉得脸发烧。他看了她一会儿，把她拉站起来，搂住她，小声说，"我不怕热，但是我——不敢这样——"

"为什么？我上次没有怪你呀。"

他笑了一下："我知道你上次没怪我，我是怕——"他不把话说完，反而附在她耳边问，"你……想我……这样吗？"

她不敢回答，只觉得她的老朋友闹腾得欢，好像体内的血液循环加快了一样，有什么东西奔涌而出，她想：糟了，要到厕所去换纸了。

他仍然紧搂着她，坚持不懈地问："喜欢不喜欢我这样？说给我听，不怕，喜欢就说喜欢……"

他在她耳边说话，呼吸好像发烫一样，她把头向后仰，躲避他的嘴。他把头低下去，让他的头在她胸前擦来擦去，她觉得她的老朋友闹腾得更欢了，好像她的胸上有一根筋连在下面什么地方一样，他的头擦一擦，她下面就奔涌一阵。她觉得实在不能再等了，低声说："我要去厕所一下。"

他牵着她的手，跟她一起去找厕所，只找到一个很旧的厕所，看样子很肮脏，但她没办法了，就硬着头皮走了进去。果然很脏，而且没灯，幸好外面天还不太黑。她赶紧换了厚厚一叠卫生纸，尽快跑了出来。

这次不等她提示他就搂住她，没再松开。她觉得很奇怪，她以前来老朋友的时候，刚开始的那一两天量很少，但总是有点不舒服，腰酸背胀，小腹那里像装着一个铅球一样，往下坠得难受，到了后面几天，才开始奔涌而出，等到血流得差不多了，人就轻松了。她知道她这还不算什么，因为魏红每次来老朋友都会疼得脸色发青，痛哭流涕，常常要请假不能上课。最糟糕的是有时大家约好了出去玩，结果魏红痛起来了，大家只好送她回家或者上医院，搞得扫兴而归。

静秋从来没有这么严重过，但不适的感觉总是有的。今天不知道是怎么了，他抱着她，她那种酸胀的感觉就没有了，铅球也不见了，好像身体里面该流出来的东西一下就流出来了。

她想起以前魏红肚子痛的时候，有人安慰魏红，说等到结了婚，跟丈夫睡过觉就会好的。那时她们几个人都不相信，说难道男的是一味药，能治痛经？现在她有点相信了，可能男的真的是一味药，他抱她一下就可以减轻她的不适之感，那睡在一起当然可以治痛经了。

她从家里出来的时候没想到老朋友会这么呼之欲出，带的纸不够，很快就全用光了，她支支吾吾地说："我……要去买点东西。"

他什么也不问，跟她一起到街上去买东西。她找到一家买日用品的小店子，看见货架上有卫生纸卖，但卖东西的是个年轻的男的，她就不好意思去买了。她在店子门前折进折出了几次，想不买了，又怕等会儿弄到衣服上去了，想进去买，又有点说不出口。

老三说：“你等在这里，我去买。”

她还没来得及问他“你去买什么”，他已经走进店子里去了。她赶快躲到一边去，免得看见他丢人现眼。过了一会儿，他提着两包卫生纸大摇大摆地出来了。她抢上去，抓过来，塞进她的包里，包不够大，有一包塞不进去，她就一下塞到他衬衣下面，让他用衣襟遮住。等到离店子远一点了，她责怪他：“你不知道把纸藏在衣服下面？怎么这么不怕丑？”

“这有什么丑的？自然现象，又不是谁不知道的几件事。”

她想起以前在一个地方学医的时候，医院给全班讲过一次生理卫生课，讲到女性的生理周期的时候，女生都不好意思听了，但男生听得很带劲。有个男生还用线索系了个圆圈，上面有一个结，那个男生把线圈转一圈，让那个结跑到上头来，嘴里念叨着：“一个周期。”再转一圈，说：“又一个周期。”她不知道老三是不是也是这么学来的。

既然他都知道了，她也不怕了。她附在他耳边告诉他，说因为他“这样”，她那个“铅球”一下就不见了，所以她觉得没平时那么难受。

他惊喜地说：“是吗？我总算对你有点用处了。那以后你每次‘这样’的时候，我都帮你‘扔铅球’，好不好？”

31

第二天，静秋到纸厂去上工，虽然知道刘科长那边的活还没干完，但按照打零工的规矩，她得先去见万昌盛，等他派工。她去了万昌盛那间工具室兼办公室，但万昌盛只当没看见她的，忙碌着跟别的零工派工。等他全派完了，才对静秋说：“今天没活给你干了，你回去休息吧，以后也不用来了。”

静秋一听就愣了，问：“你这是什么意思？停了我的工？人家政宣科刘科长还说今天要继续办刊呢——”

万昌盛说：“刘科长说继续办刊，你怎么不去找刘科长派工？找我干什么？”

静秋觉得他胡搅蛮缠，就生气地说：“你是‘甲方’，是管我们零工的，我才来找你派工。我帮刘科长办刊，不也是你自己派我去的吗？”

“我派你去办黑板报，我叫你去跟他逛街去了？”

“我什么时候跟他逛街了？”

万昌盛好像比她还生气：“我以为你是什么正经女人呢，弄半天也就是在我面前装正经。你想跟谁干跟谁干吧，我这里是不要你干了。”他见静秋站在那里，对他怒目相向，就说，“你不走？你不走我走了，我还饿着肚子，我要吃早饭去了。”说完，就往食堂方向走了。

静秋被撂在那里，觉得这简直是奇耻大辱，只恨那天走了又跑回来上工，太没骨气了。如果那天走了就走了，不被“铜婆婆”劝回来上工，就不会有今天这番被人中途辞掉的羞辱。她知道万昌盛肯定要到李主任那里去七说八说，诬蔑她跟刘科长什么什么，搞得她名誉扫地。

她气得浑身发抖，只想找个什么人告姓万的一状，但事情过去好些天了，现在去告，更没证据了，万昌盛只要一句话就可以洗刷他自己：“如果我那天对她做了什么，她怎么还会回来上工？”

她想：站在这里也不是个事，让姓万的看见，以为我没他这份工打就活不下去一样。她赌气往厂外走，想先回去，慢慢想办法。走到厂里的黑板报前，她看见刘科长已经在那里忙上了，她也不打招呼，偷偷地就从旁边溜过去了。

刚出厂门，就看见张一手里拿着根油条，边吃边往厂里走。看见她，就好奇地问："静秋？你今天不上工？"

静秋委屈地说："被'甲方'辞掉了。"

张一站住了，问："为什么辞你？"

静秋说："算了，不关你的事，你去忙吧。"

"我不忙,刚下了夜班,不想吃食堂那些东西,出去吃个早点,回寝室睡觉。你说说是怎么回事，怎么说辞就把你辞掉了呢？"

静秋有点忍无可忍，就把万昌盛的事说了一下，不过那些她认为很丑的话，都含含糊糊地带过去了。

张一听了，火冒三丈，把手里没吃完的油条随手一扔，从墙上撕张标语纸擦擦嘴和手，就拉起静秋的手往厂里走："走，老子找万驼子算账去，他这两天肯定是筋骨疼，要老子给他活动活动——"

静秋见他骂骂咧咧的，好像要打架一样，吓坏了，又像小时候一样，拽着他的手，不让他去打架。张一挣脱了她的手，说："你怕他？我不怕他，这种人，是吃硬不吃软的，你越怕他，他越凶。"说罢，就怒气冲冲地往厂里走去。

静秋不知道怎么办，小时候就拉不住他，现在还是拉不住他，只好跟着他跑进厂去，心想：要是今天打出什么事来，那就害了张一了。她见张一在跟碰见的人说话，大概是在问看没看见万昌盛，然后张一就径直向食堂走去了。静秋吓得跟着跑过去，跑到食堂门口，听见里面已经吵起来了。

她跟进食堂，看见张一正在气势汹汹地推搡万昌盛，嘴里大声嚷嚷着："万驼子，你凭什么把老子的同学辞了？你找死呀？是不是这两天猪皮发痒？"

万昌盛一副可怜相，只反反复复说着一句话："有话好说，有话好说……"

张一一把薅住万昌盛的前胸衣服，把他往食堂外拉扯："走，到你犯罪的地方慢慢说——"他把万昌盛薅到厂南面的院墙那里，一路上引来无数惊讶的目光，但大家好像都懒得管闲事，有几个人咋咋呼呼地叫"打架了，打架了，快叫保卫科"，但都是只喊不动，没人去叫保卫科，也没人出来劝架，只有静秋惊惊慌慌地跟在后头叫张一住手。

到了院墙那里，张一松开手，指着万昌盛骂："你个王八蛋的流氓，你欺负老子的同学，你还想不想活了？"

万昌盛还在抵赖："我——我哪敢欺负你的同学，你莫听她乱说，她自己不正经——"

张一上去就是一脚，踢在万昌盛的小腿上，万昌盛"哎哟"一下，就蹲地上去了，顺手捞起一块砖，就要往张一头上砸，静秋急得大叫："小心，他手里有砖！"

张一上去扭住了万昌盛的两手，用脚和膝盖一阵乱蹬乱踢，嘴里骂个不停，吓得静秋大叫："别打了，当心打出人命来——"

张一停了手，威胁说："老子要去告你，你个流氓，欺负老子的同学，你知道不知道老子是谁？"

万昌盛硬着嘴说："我真的没欺负你的同学，你不信，你问她自己，看我碰她一指头没有。"

"老子还用问？老子亲眼看见的，你他妈的猪头煮熟了，嘴巴还是硬的，真的是讨打！"说着就抡圆了拳头要打。

万昌盛用手护住头，叫道："你到底要把我怎么样？你不就是不让我辞掉她吗？我让她回来上工就是了，你打了我，你脱得了身？"

"老子打人只图痛快，从来不管什么脱得了身脱不了身。"张一松开万昌盛,“你他妈的知道转弯,算你命大,不然今天打死了你,老子再去投案。快说,今天派什么工，说了老子好回去睡觉。”

万昌盛低声对静秋说：“那你今天还是帮刘科长办刊吧。”

等万昌盛走了，静秋对张一说：“谢谢你，不过我真怕你为这事惹出麻烦来。”

张一说：“你放心，他不敢怎么样的，他这种人，都是贱种，你不打，他不知道你的厉害。你去跟刘科长帮忙去吧，如果万驼子以后找你麻烦，你告诉我就行了。”

后来那几天，静秋一直提心吊胆，怕万驼子到厂里去告张一，但过了几天，好像一直都没事，她想可能万驼子真的是个贱种。

她觉得好像欠了张一人情一样，不知道怎么报答，怕张一要她做女朋友。但张一似乎没什么异样，不过就是碰见了打个招呼，有时端着午饭来找她聊两句，或者看看她办黑板报什么的，听见别人说静秋字写得好，画画得好，就出来介绍一下说静秋是他同学，小时候坐一排的，两个人是“一帮一,一对红”。但张一并没有来要她做他女朋友，她才放了心。

万昌盛老实多了，除了派工，不敢跟她多说一句话。派给她的活是累一些了，但她宁愿这样。

后来她跟老三在江边约会的时候，他第一次见她把衣服扎在裙子里，就在她耳边说：“你这样穿真好看，腰好细，胸好大——”

她一向是以胸大为耻的，好像她认识的女孩都是这样，每个人都穿背心式的胸罩，把胸前勒得平平的，谁跑步的时候胸前乱颤，就要被人笑话。所以她听他这样说，有点不高兴，辩解说：“我哪里算大？你怎么跟万驼子一样，也这样说我？”

他立即追问："万驼子怎样说你了？"

静秋只好把那件事告诉了他，也把张一打万驼子的事告诉了他。她见他脸色铁青，牙关咬得紧紧的，眼睛里也是张一那种好斗的神色，就担心地问："你怎么为这事生这么大气？"

他闷闷地说："你是个女孩，你不能体会一个男人听说他爱的女孩被别的男人欺负时的感觉……"

"但是他没欺负到我呀。"

"他逼得你跳墙，你还说他没欺负到你？要是你摔伤了，摔——死了，怎么办？"

他的样子让她很害怕，她宽解说："你放心，下次他再这样，我不跳墙，我把他推下去。"

他咬牙切齿地说："还有下次？那他是不想活了。"

她怕他去找万昌盛的麻烦，就一再叮嘱："这事已经过去了，你千万别去找万驼子麻烦，免得把自己贴进去了，为姓万的这种人受处分坐牢划不来。"

他声音有点沙哑地说："你放心，我不会惹麻烦的，但是我真的很担心，怕他或者别的人又来欺负你。我又不在你身边，不能保护你，我觉得自己好没用……"

"这怎么是你没用呢？你离得远——"

"我只想快快调到K市来，天天守着你。现在离这么远，每天都在担心别人欺负你，担心你累病了，受伤了，没有哪一夜是睡安心了的，上班的时候总是想睡觉，睡觉的时候又总是想你……"

她很感动，第一次主动抱住他。他坐着，而她站在他面前，他把头靠在她胸前，说："好想就这样睡一觉——"

她想他一定是晚上睡不好，白天又慌着赶过来，太累了。她就在他旁边坐下，让他把头放在她腿上睡一会儿。他乖乖地躺下，枕着她的腿，居然一下就睡着了。她看他累成这样，好心疼，就一动不动地坐在那里，看他睡觉，怕把他惊醒了。

快八点半的时候，她不得不叫醒他，说要回去了，不然她妈妈回家见她不在，又要着急了。他看看表，问："我刚才睡着了？你怎么不叫醒我呢？这——你马上又要回去了，对不起。"

她笑他："有什么对不起？两个人在一起就行了，难道你有什么任务没完成吗？"

他不好意思地笑笑："不是什么任务，但是好不容易见次面，都让我睡过去了。"说完，连打几个喷嚏，好像鼻子也堵了，嗓子也哑了。

静秋吓坏了，连声抱歉："刚才应该用什么东西帮你盖一下的，一定是你睡着了，受了凉，这江边有风，青石板凉性大——"

他搂着她："我睡着了，还要你来道歉？你该打我才对。"说完又打起喷嚏来，他连忙把头扭到一边，自嘲说："现在没怎么锻炼，把体质搞差了，简直成了'布得儿'，吹吹就破。"

静秋知道"布得儿"是一种用薄得像纸一样的玻璃做成的玩具，看上去像个大荸荠，但中间是空的，用两手或者嘴轻轻向里面灌风，"布得儿"就会发出清脆的响声。因为玻璃很薄很薄，一不小心就会弄破，所以如果说一个人像"布得儿"，就是说这个人体质很弱，碰碰就碎，动不动就生病。

她说："可能刚才受凉了。回去记得吃点药。"

他说："没事，我很少生病，生病也不用吃药。"

他送她回家，她叫他不要跟过河，因为她妈妈有可能也正在赶回家，怕碰上了。他不放心，说："天已经黑了，我怎么放心你一个人走河那边一段呢？"

她告诉他："你要是不放心，可以隔着河送我。"

于是他们俩就分走在河的两岸，她尽可能靠河边走，这样就能让对岸的他看见她。他穿着件白色的背心，手里提着白色短袖衬衣。走一段，她就站下，望望河的对岸，看见他也站下了，正在跟她平齐的地方。他把手里的白衬衫举起来，一圈一圈地摇晃。

她笑笑，想说：你投降啊？怎么摇白旗？但她知道他离得太远，听不见。她又往前走一段，再站下望他，看见他又站下了，又举起他的白衬衫摇晃。他们就这样走走停停，一直走到了她学校门口。她最后一次站下望他，想等他走了再进学校去，但他一直站在那里。她对他挥手，意思是叫他去找旅馆住下。他也在对她挥手，可能是叫她先进学校去。

然后她看见他向她伸出双手，这次不是在挥手，而是伸着双手，好像要拥抱她一样。她看看周围没人，也向他伸出双手。两个人就这样伸着双手站在河的两岸，中间是浑浊的河水，隔开了他跟她。她突然觉得很想哭一场，连忙转过身，飞快地跑进校内，躲在校门后面看他。

她看见他还站在那里，伸着两手，他身后是长长的河岸线，头上是昏黄的路灯，穿着白衣服的他，显得那么小，那么孤寂，那么苍凉……

32

那一夜，静秋睡得很不安稳，做了很多梦，都是跟老三相关的，一会儿梦见他不停咳嗽，最后还咳出血来了；一会儿又梦见他跟万驼子打架，一刀把万驼子捅死了。她在梦里不停地想，这要是个梦就好了，这要是个梦就好了。

后来她醒了，发现真的是梦，舒了口气。天还没亮，但她再也睡不着了。她不知道老三昨晚有没有找个地方住下，他说他有时因为没有出差证明，找不到住的地方，就在那个亭子里待一晚上。上半夜，那个亭子里还有几个人乘凉下棋；到了下半夜，就剩下他一个人坐在那里，想她。

她不知道什么时候才能见到他，他们没法事先约定时间，但她相信只要他能找到机会，他一定会来看她的。以前她总是怕他知道她也想见他之后就会卖关子不来见她，但现在她知道他不是这样的人。当他知道她也想见他的时候，他就更加勇敢，就会克服种种困难，跑来见她。

早上她去纸厂上工，照例先到万昌盛的办公室去等他派工，但他的门关着。她坐在门外地上等了一会儿，好几个零工都来了，都跟她一样坐在门外地上等。

有的开玩笑：“‘甲方’肯定是昨晚跟他家属挑灯夜战，累瘫了，起不来了。只要他算我们的工，他什么时候来派工无所谓，越晚越好。”

还有的说：“万驼子是不是死在屋里了？听说他家没别人，就他一个人。他死在屋里，也没人知道。他怎么不找个女人？”

有个诨名叫“小眼睛”的中年女人说：“我想帮他在大河那边找个对象，万驼子还不要，说大河那边的是农村户口。真是不知道自己几斤几两，别人不是农村户口会嫁给他？长得死眉死眼的，一看就活不长。”

一直等到八点半了，还没见万驼子来。大家有点慌了神了，怕再耽搁下去，今天的工打不成了。几个人就商量着去找厂里的人，看看有没有人知道是怎么回事。

过了一阵，厂里派了一个什么科长之类的人来了，说：“小万昨天晚上被人打伤了，今天来不成了。我不知道他准备派什么工给你们做的，没法安排你们今天的工作，你们回家休息吧，明天再来。”

零工们都骂骂咧咧地往厂外走，说今天不上工就早点通知嘛，拖这么半天才想起说一声，把我们的时间都耽搁了。

静秋一听到万驼子昨晚被人打了，心就悬了起来，她想一定是老三干的。但昨晚他把她送到校门之后，还在那里站了半天，那时应该封渡了吧？难道他游水到江心岛来，把万驼子打了一顿？

她想他如果要游过来，也完全游得过来，因为她都能游过那条小河，他游起来不是更容易？那他昨晚在对岸向她伸出双手，又站那么半天，是不是在跟她诀别？也许他知道自己干了这事会去坐牢，所以恋恋不舍地在河对岸站着，看她最后一眼？

她觉得自己的心都急肿了，只想找个知道情况的人问清楚，到底万驼子被打成什么样了，打他的人抓住没有，公安局知道不知道是谁打的。她不知道去找谁打听，病急乱投医，就跑去问刘科长知道不知道这事。

刘科长说：“我也是刚知道，只听说他被人打了，其他的不知道。”刘科长见静秋很担心很紧张的样子，好奇地问，“小万这个人很招人恨的，没想到你还这么担心他——”

静秋没心思跟刘科长解释，支吾了几句，就跑去找张一。

张一还在睡觉，被同寝室的人叫醒了，揉着眼睛跑到走廊上来。她问能不能找个地方说几句话。张一马上跟她出来了，两个人找了个僻静地方站下。静秋问：“你听说没有，万驼子昨晚被人打了一顿，今天没办法上班了。”

张一很兴奋：“真的？活该，是谁呀？下手比我还狠。”

静秋有点失望地说：“我还以为是你呢。”

“你怎么会想到是我？我昨晚上夜班。”

静秋彻底失望了，说：“我怕你是为了上次那事在教训他，我担心你会为这事——惹麻烦——”

张一很感动：“你别为我担心，真不是我干的。我进厂之后从来没打过架，那次是因为他欺负你，我太气了，才动手的。你——对我真好——从小学起你就总是帮我。”

静秋想起以前恨不得他生病，感到惭愧万分：“哪里谈得上帮你，还不都是老师交代的任务。”

“你看不看得出来，我那时只听你一个人的话，所以老师总把我交给你管。”

静秋哭笑不得，心想：那时候我拉都拉不住你，你还说只听我一个人的话。听话就是那样，不听话就可想而知了。

张一问：“你今天不上工？那我们去外面看电影？”

静秋赶快推辞：“你刚下夜班，去睡会儿吧，免得今晚上班没精神。”

张一说：“我现在就回去睡觉。你看，我到现在还是很听你的话。”说完，就回寝室睡觉去了，静秋也回家去了。

待在家里，静秋也是坐立不安，眼前不断浮现老三被公安局抓住、绑赴刑场的画面。她急得要命，在心里怪他：你怎么这么头脑发热？你用你这一条命去换万驼子的那一条命，值得吗？你连这个账都算不过来？

但她马上加倍责怪自己：为什么你要多嘴多舌地把这事告诉他呢？你要是不说，他不就什么都不知道了？现在好了，惹出了这么大的麻烦，如果老三被抓去了，也是你害的。

她想跑去公安局投案，就说是自己干的，因为万驼子想欺负她，她不得已才打他的。但她想公安局肯定不会相信她，只要问问昨天在哪里打的，她就答不上来了，再说万驼子肯定知道打他的是男是女。

她在心里希望是张一干的，但张一昨晚上夜班，而且今天那神色也不像是他干的，那就只能是老三了。但事情都过去了，张一也打过万驼子了，不就行了吗？老三为什么又去打呢？

然后她想起他说过："还有下次？那他是不想活了。"他说那话的时候那种咬牙切齿的样子，给她的感觉是如果万驼子就在旁边，老三肯定要拳头上前了。也许他怕有"下次"，所以昨晚特意游水过来，把万驼子教训一通，防患于未然？

想到这些，她再也没法在家待着了，就又跑回厂里去，看看有没有什么消息。厂里知道这事的人似乎越来越多了，万驼子也似乎真的很招人恨，大家听说他被打了，没什么表示同情的，也没什么打抱不平的，即使没幸灾乐祸，也是在津津有味地当故事讲。

有的说："肯定是哪个恨他的人干的，听说那人专门拣要害部位下手，小万的腰被踢了好多脚，腿空里怕也遭了殃。我看他这次够戗，卵子肯定被打破了，要断子绝孙了。"

还有的说："万驼子哪是那个人的对手？别人最少有一米八,万驼子才多少？一米六五看有没有，别人不用出手，倒下来就可以压死他。"

静秋听到这些议论，知道万驼子没死，只要他没死就好办，老三就不会判死刑。但她又想如果他没死，他就能说出打他的人长什么样，那还不如死了的好。不过老三这么聪明的人，难道会让万驼子看见他什么样子？但如果没人看见，别人怎么会知道打人的人有多高呢？

她听到"一米八"几个字，就知道绝不可能是张一了。潜意识里，她一直希望打人的是张一。虽然张一自己说不是他，而且他昨晚上夜班，但夜班是半夜十二点才上班的，张一完全可以打万驼子一顿再去上班。

她知道自己这样想很卑鄙，很无耻，但她心里真的这么希望，可能知道这样一来，就把老三洗刷了，老三就不会坐牢了，就不会被判刑了。但她想：如果真是张一干的，那他也是为她干的呀，难道她就能眼睁睁地看张一去坐牢判刑而不难过？

她知道她也会很难过的，她甚至会为了报答张一而放弃老三，永远等着张一。她觉得她的神经似乎能禁得起张一坐牢的打击，但她的神经肯定禁不起老三坐牢的打击。她一边痛骂自己卑劣，一边又那样希望着，甚至异想天开地想劝说张一去顶罪。她可以把自己许给张一，只要张一肯把责任一肩挑了。问题是她到现在都不知道到底是怎么回事，连顶罪都不知道该怎么去顶。

第二天，她很早就跑到厂里去了，坐在万驼子的办公室外等，也不知道是在等什么。打不打工对她来说已经无关紧要了，重要的是打听到这事的最新进展情况，一句话：老三被抓住了没有，公安局知道不知道打人的是谁。

过了一会儿，零工们陆陆续续地来了，热门话题自然是万驼子被打的事。

"小眼睛"一向是以消息灵通人士面目出现的，这回也不例外，言之凿凿地说："就在万驼子门前打的，万驼子从外面乘凉回来，那人就从黑地里跳出来，用个什么袋子蒙了万驼子的头，拳打脚踢一顿。听说那人一句话都没说，肯定是个熟人，不然怎么要蒙住万驼子的头呢，而且不敢让万驼子听见他声音呢？"

另一个人称"秦疯子"的中年女人说："人家是军哥哥呢，不晓得多好的身手。""秦疯子"对军哥哥情有独钟，因为她曾经把一个军宣队队长"拉下了水"，弄出了一个私生子。

有人逗她："是不是你那个军宣队长干的呀？肯定是'甲方'占了你的便宜，你那个军哥哥回来报复他了。"

"秦疯子"也不辩解，只吃吃地笑，好像怕别人不怀疑到她的军哥哥头上一样："男人打死打活，都是为了女人的×。'甲方'挨打，肯定是为了我们当中哪个×。"说着，就把在场的女人瞟了个遍。

"秦疯子"的眼睛永远都是斜着瞟的，即使要看的人就在正面，她也要转过身，再斜着瞟过来，大家私下里都说她是"淫疯"、"花痴"。

静秋听"秦疯子"这样说，心里害怕极了，怕"铜婆婆"说出上次那件事，如果别人知道万驼子曾经想欺负她，就有可能怀疑到她的男朋友或者哥哥身上去。虽然别人不一定知道她有男朋友，但如果公安局要查，还能查不出来吗？

她一直是相信"要想人不知，除非已莫为"的，犯了法的人，是逃不出我公安人员的手心的。从来没听说谁打伤了人，一辈子没人发现、一辈子没受惩罚的。平时听到的都是谁谁作案手段多么狡猾,最后还是被公安人员抓住了。

那天一直等到快九点了，厂里才派了个人来，说这几天就由屈师傅帮忙派工，等小万伤好了再来派。屈师傅给大家派了工，叫静秋还是给他打小工，修整一个已经很久没有用过了的、很破烂的车间。

干活的时候，静秋问屈师傅"甲方"什么时候回来上班，屈师傅说："我也不知道，不过厂里叫我先代一个星期再说。"

静秋想：那就是说万驼子至少一个星期来不了了。她又问："您今天到万师傅家去了，万师傅的伤怎么样？重不重？"

"总有个十天半月上不了班吧。"

"您听没听说是谁打的？为什么打万师傅？"

“现在反正都是乱传，有的说是他克扣了别人的工钱，有的说是他欺负了别人家属，谁知道？也可能是打错了。”

“那个打人的抓住了没有？”

“好像还没有吧，不过你不用着急，肯定会抓住的，只不过是迟早的事。”

她愣愣地站在那里，屈师傅这么有把握会抓住打人的人，说明公安局已经有了线索了，那老三是难逃法网了。她心如刀割，呆呆地站在那里，不敢哭，也不敢再问什么。她想如果老三被抓去了，判了刑，她就永远等着他，天天去看他，只求他们不要判他死刑，那他就总有出来的一天，她会等他一辈子，等他出来了，她照顾他一辈子。

她安慰自己说：他们不会判他死刑的，因为万驼子没死，为什么要他偿命呢？但她又想，如果撞在什么“从重从严”的风头上，还是有可能的。她有个同学的哥哥，抢了别人一百五十块钱，但因为正是“严打”的时候，就被判了死刑。

33

静秋鼓足勇气问屈师傅：“是不是——公安局有了什么线索？不然您怎么知道迟早会抓住？”

“我又不是公安局的，我哪里知道抓得住还是抓不住？我是看你担心‘甲方’，说了让你安心的。抓不到的多得很，我的脚是被人打残的，我还知道凶手是谁，报告公安局了，抓住没有？到现在都没抓住，早就不知道跑哪里去了。你一个平头百姓，谁给你淘神费力去抓凶手？”

这个消息真是令人欢欣鼓舞，虽然这对屈师傅来说很不公平，但静秋现在很想听到这类逃脱法网的故事，好像听到的越多，老三逃脱的可能性就越大一样。

那些天，她成天是魂不守舍，时刻担心老三会被抓去。后来听人说万驼子没报案，可能是他自己做了亏心事，怕报了案，被公安局七追八追，追出他的那些丑事来了，只好吃了这个哑巴亏。听到这个消息，静秋放心多了。但她怕这是万驼子放的烟幕弹，所以还是百倍警惕，心想只有等万驼子死了，老三才真正安全了。

屈师傅代理的那段时间，静秋觉得日子比较好过，因为屈师傅不会像万驼子那样，把派工当作给你的恩惠，动不动就拿出来表功，而且还巴不得你给他报答。屈师傅都是公事公办，重活轻活大家都轮流干。这样干，静秋心里舒畅，人累不要紧，只要心不累就好办。

不过这种共产主义美好生活没过多久，万驼子就回来上班了。万驼子脸上没留下伤疤，看不出他挨过打。但仔细观察，还是可以看出那一顿打得不轻，他的背似乎更驼了，脸上的死气更重了，不知道的人肯定以为他有五十岁了。

万驼子的话好像也被打飞了，没像以前那样动不动就声色俱厉地把大家训一顿，只简单地说："今天每个人都去篮球场那里挑地坪料，挑完了开始做地坪。你们不愁没活干了，厂里好几个篮球场等着你们做，做得好，还可以帮别的厂做。"

他这话一说，下面的零工就开始怨声载道，说做地坪最累了，你叫我们做纸厂的篮球场不说，还想叫我们做别人厂里的？你把我们当苦力啊？

万驼子不耐烦地喝道："吵什么吵？不愿意做的现在就可以走。"

这一句话，似乎把所有的人都镇住了。大家默默地到篮球场那里去干活。

那天每个人都是挑地坪料，就是将水泥、石灰还有一种煤渣，按比例混合在一起。

挑了几天地坪料，就开始做地坪。早上，静秋到工具房去拿工具的时候，“铜婆婆”提醒她：“丫头，没人告诉你要穿高统胶鞋？”

静秋看了一下其他人的脚，大多数穿着高统胶鞋，有一两个大概是没高统胶鞋，就用破布包着脚。静秋没做过地坪，不知道要穿高统胶鞋，而且她也没有高统胶鞋，一时又找不到破布，就赤脚上阵了。

到了篮球场一看，才知道什么是做地坪，就是把这两天挑来铺在球场的地坪料加上水，搅拌均匀以后铺在篮球场上，等干了再用水泥糊一层，就成了简易的水泥篮球场了。听说这是省钱的办法，所以请的都是零工。

万驼子亲自拎着个橡皮水管在浇水，零工的工作就是站在他两边，用铁锹翻动地上铺着的煤渣、石灰和水泥，搅拌均匀，铺在地上。万驼子的水管浇到哪里，零工们就要搅拌到哪里，不然的话，过一会儿水泥凝固了就翻不动了，那一块就作废了，就要搬走重新下料。所以万驼子声嘶力竭地叫喊着，让大家干快一点。

大家都不愿跟“铜婆婆”站一起，因为她爱偷懒。“铜婆婆”就挤在静秋旁边。静秋干了一会儿，就佩服“铜婆婆”会偷懒，看上去铁锹动得飞快，但铲下去却是浅浅的，没有翻深翻透。

静秋怕待会儿被万驼子发现要返工，又想到“铜婆婆”偷懒也是不得已，这么大一把年纪了，哪里干得动？又被生活所迫，不得不出来卖苦力，只好在那里“磨命”，也是一个苦人，她只好自己多干一点。

万驼子把人分成两组，轮换着干。每组干到万驼子喊“换人”的时候，就可以走到一边休息一下，另一组就上来接着干。静秋觉得万驼子有点在暗中整她，故意让她这组干长一点。结果“秦疯子”还觉得万驼子对静秋太照顾了，让她那组干得太短了。

“秦疯子”眼睛一斜，浪声浪气地说：“‘甲方’，你不能看那组有人年轻，× 嫩，就偏心。你雇的是她的力气，不是她的 ×。你要是雇她的 ×，而不如现在就把她领到你家去——”

静秋那组就她一个人是年轻的，她气得火冒三丈，但不敢还嘴，知道这样的人惹不起，“秦疯子”什么都敢说，你什么都不敢说。你说一句，她可以说一百句。而且她没提名道姓，你自己“认惶”（承认），说明你做贼心虚，唯一的办法就是不理她。

静秋曾经跟“秦疯子”在一起打过一段时间工，知道没人敢惹“秦疯子”。听说“秦疯子”年轻时长得很不错，丈夫是船厂的厂长。但不知道为什么，“秦疯子”却跟她丈夫离了婚。有的说是她要离的，有的说是她丈夫要离的。她四个小孩一个没要，全给了她丈夫。她没有正式工作，靠打零工为生，家里一贫如洗，就在地上铺几张报纸，上面放几块捡来的烂棉絮当床。

后来她跟 K 市八中军宣队的负责人李同志闹出风流韵事来了。李同志是有家室的，只不过不在 K 市。德高望重的李同志怎么会看上“秦疯子”，就没人搞得懂了，反正“秦疯子”说她怀了李同志的小孩，李同志不承认，说：“没那回事，秦凤英本来就是个不正派的女人，现在想往革命干部脸上抹黑。”

最后也没人确切知道那孩子是不是李同志的，但“秦疯子”生下了那个孩子，逢人就说：“我儿子的爸爸是军宣队的李同志，你们看长得像不像？”

有些人觉得那孩子很像李同志，有些人觉得“秦疯子”是在撒谎。后来李同志就调离了，不知道调哪里去了。这一下，大家终于彻底相信“秦疯子”的儿子是李同志的种了，不然怎么要把李同志调走？

不知道为什么，“秦疯子”从一开始就不喜欢静秋，老是拿她当眼中钉，不时地用脏话敲打她。有“秦疯子”在场，静秋觉得打工真是度日如年。

静秋干活不怕苦，最怕一起干活的人不团结，互相攻击，互相折磨，那样干的话，心情不愉快，时间就特别难熬。她宁愿跟男的一起干活，因为男的都不怎么欺负她，即使刚开始有点看她不顺眼的，过几天也就好了。但女的不同，你根本不知道是怎么回事，就可能已经把她得罪下了，她就会处处跟你为难。

好不容易熬到休息时间了，静秋到水管洗了一下脚，发现脚底的皮都被石灰水烧掉一层了，刚才只顾干活不觉得，现在走路都钻心地痛。下午收工回到家，她赶快用清水把脚洗干净了，涂了一点冬天润肤用的“蚌壳油”，似乎疼得好了一些。夜晚睡觉的时候，她也不敢睡太死，怕睡梦里哼哼起来让妈妈发现了。

做了几天地坪，她基本上能适应那种劳动强度了，但有两件事使她很烦恼，一个就是那个“秦疯子”老是跟她过不去，再就是脚底烂了一些小洞，不大，但很深，而且曲里拐弯的，每天回家都要花很长时间用针把掉进去的煤渣掏出来，脚也肿得很厉害，什么鞋都穿不进去。幸好妈妈早去晚归，而且白天太累了，夜晚睡得沉，没有发现她脚上的问题。

有天早上，静秋正准备去上工，就听到一种奇怪的敲门声。她打开门一看，差点叫出声来，是老三，两手拿着几个纸袋，大概刚才是用脚在轻轻敲门。他不等她邀请就闪了进来，把手里的几个纸袋放下，说：“别怕，没人看见我，我看到你妈妈走了才进学校来。”

她呆呆地看着他，好一会儿才相信这不是梦，她小声问：“你——没被抓去？”

老三不解地问：“我被抓哪里去？”

她不好意思地说：“抓公安局去。”她把万驼子挨打的事讲了一下，问他，“你没打万驼子？”

“没有啊，”他脸上的表情很无辜，“你不是叫我不要惹麻烦吗？”

她想想也是，他这么聪明的人，就算要打，也肯定不会选那么个时间去打。她诧异地说：“那还会是谁？张一也说他没打。”

“可能万驼子得罪的人太多，想打他的人肯定不止一个两个。别管万驼子了吧。”他打开一个纸袋，问，“吃早饭没有？我买了一些早点。”

“我吃过了。”

“再吃点，我买了你跟妹妹两个人的。”

静秋拿了一根油条送到里间给妹妹吃，嘱咐妹妹说：“这是我一个朋友，别告诉妈妈他来过。”

“我知道。”

静秋回到外间，也吃了一根油条。老三见她不肯再吃了，就把一个纸包递给她，低声说：“不要生气，算我求你了。”

静秋打开纸包一看，是一双高统的胶鞋，而且是她最喜欢的米黄色。她为了给妹妹买半高统的胶鞋，曾经到市里各个百货公司去看过，只有红星百货有这种颜色的胶鞋卖，其他的地方只有黑色的和红色的。她不解地看着他：“这是——”

“穿着打工吧，我昨天看见你了，在篮球场——那样的地方，不穿鞋怎么行？”他看着她的脚，肿得像个包子，脚趾头又肿又红，像些小红萝卜。他眼圈红了，不再说话，好像再说就要流下泪来一样。

静秋问：“你昨天跑厂里头去了？”

“你放心,我不会让别人看见的。”他有点沙哑地说,“你把这鞋穿上吧。”

静秋抚摸着手里的新胶鞋，上面的光泽像是照得见人一样。她很舍不得穿,担心地说:“穿双新胶鞋去打工？别人不说我‘烧包’？”她本来想说“秦疯子”肯定会骂她，但她吞了回去，怕老三去找“秦疯子”麻烦。

她没听到他答话，抬头一看，见他站在那里，盯着她的脚，满脸都是泪。她慌忙说：“你——这是干什么呀，男的哪兴流泪的？”

他抹一把泪，说：“男人不为自己流泪，男人也不兴为别人流泪？我知道我劝你不打工，你不会听；我给你钱，你也不会要。但是如果你还有一点同情心如果还——有一点——心疼我的话，就把这鞋穿上吧——”

“要我穿，我穿就是了，你何必这样？”她连忙脱了脚上的拖鞋，很快把脚放进胶鞋，怕他看见她脚底的那些小洞。他只看见她的脚背就已经在流泪了，要是看见脚底，还不把眼睛哭瞎了？

可能鞋买得有点大，连她肿胀的脚也能放进去。她把两只都穿上了，讨好地走给他看，说：“你看，正好——”

但他仍然在流泪，她不知道怎么安慰他，想走上去抱住他，又怕妹妹出来看见。她指指里间，小声地说：“别这样，我妹妹看见了会告诉我妈的……”

他擦擦泪，叮嘱说：“一定记得穿上，我会躲在附近监督你的，你要是把鞋脱了……”

“你就怎么样呢？打我一顿？”

“我不打你，我也赤脚跑到石灰水里去踩，一直到把我的脚也烧坏为止——”

她怕自己也流起泪来，连忙说：“我要上工去了，你今天晚上在那个亭子等我。”

“你别过来了吧，在家好好休息，你的脚不能走那么远的路。”

她不听他的，说声“你记得等我”就跑掉了。

那天她被一起打工的人骂为“烧包”，说她“显摆”，穿双新胶鞋来打工，脚已经烧坏了，还穿个什么鞋？脚上的皮烧掉了还可以长起来，新鞋穿坏了，就没用了。还说是高中生，这么简单的账都算不过来？

“秦疯子”含沙射影地说：“人家年轻哪，×能卖到钱哪，人家想穿什么穿什么。你眼红？你眼红也去卖 ×——”

静秋不管别人说什么，也不管“秦疯子”怎么骂，她坚持穿着，担心老三在什么地方监督她，如果她不穿，让他看见了，他真的去把他的脚用石灰水烧坏，那就糟了。已经烧坏一双脚了，何必无缘无故地又烧坏一双呢？

34

下午下了班回到家，妹妹已经把饭做好了，静秋吃了饭，洗个澡，又穿上她的裙子和短袖衬衣，然后对妹妹说：“我到同学家去一下。”

妹妹见她又打扮过了，问她：“又是去问顶职的事？”

她“嗯”了一声，心想这个小丫头好精啊，可别在妈妈面前打小报告。她对妹妹说：“姐姐有事，很重要的事，等你长大了就知道了。别在妈妈面前乱说。”

“我知道。是早上那个人吗？他好喜欢你噢。”

静秋脸一红，问：“你个小丫头，知道什么喜欢不喜欢？”

“我怎么不知道？”妹妹用两个食指在脸上比划流泪的样子，来了一段快板书，“好哭佬，卖灯草，一卖卖到王家堡，王家堡的狗来咬，吓得好哭佬飞飞跑……”

“你看见他哭了？别告诉妈妈。”

“我知道。姐，男的为你哭了，就是真喜欢你了。”

静秋吓一跳，看来妹妹不仅什么都看见了，而且看懂了。她又叮嘱了几遍，逼着妹妹发誓不告诉妈妈，才出门去见老三。

她穿不进别的鞋，就穿了双哥哥的旧拖鞋，所谓“人字拖”，夹在趾间的那种，她平时最不喜欢穿了，觉得夹在那里不舒服，但今天没办法了，总不能打赤脚去见老三吧？穿高统胶鞋也不像样。

脚肿了，就像个平脚板一样，趾头夹着拖鞋很辛苦，她仍然尽快走着，想早点见到老三。她刚坐渡船过了小河，就看见老三推着个自行车等在那里。这次他不跟她搞远距离跟踪了，直接走上前来，叫她上车。她很快坐上他自行车的后架，他脚一蹬，就上了江边那条路。他边骑边说：“你不是说你妈妈在这附近上班吗？我们今天有车，可以走远点。”

她好奇地问：“你怎么有自行车？”

“租的。”

“现在还有租车的？”

“嗯，渡口旁边就有个修车行，也租车。”

她很久没听说过租自行车的事了，还是很小的时候，她跟爸爸一起上街，爸爸也是在渡口旁边的车行租了一辆自行车，把她放在横杆上坐着，爸爸骑车，她摇铃铛，两个人春风得意去逛街。

结果不知道怎么的，车铃铛掉到地上去了，等爸爸发现，车已经骑出一段了。爸爸就把车停在街边，把站架支起来，让她坐在车上，他自己去捡铃铛。她吓得大哭起来，害怕车会倒下去。

她哭得惊天动地，不一会儿就吸引了大批观众。后来她爸爸讲给她妈妈听，以为妈妈会笑话静秋"好哭佬，卖灯草"，结果妈妈把爸爸批评一通，说你把秋儿一个人放在车上，如果车被别人骑走了呢？你不是连人带车都丢了？爸爸尴尬之极，反被静秋笑了一通。

她想到这里，就笑了起来。老三问："笑什么？不讲给我听听，让我也笑一笑吗？"

她就把那件事讲给他听了，他问："你想不想你爸爸？"

她不回答，只讲她爸爸的故事给他听，不过都是她小时候发生的，很多是听她妈妈讲的。听说有一次，不知道为什么，爸爸批评她几句，她就一顿呜呜，把她爸爸哭怕了，反过来安慰她。后来她在里间睡着了，她爸爸就在外间压低嗓子发牢骚，把她批评一通。妈妈听见了，就笑爸爸，说秋儿在另一间屋子里，又睡着了，你在这里这么小声说她，她能听见吗？爸爸嘟囔说："就是因为她听不见才说说的嘛——"

老三听她一件件讲，感叹说："你爸爸很爱你们呀。我们什么时候去看他吧，他一个人在乡下，一定很孤独，很想念你们。"

她觉得他的想法太大胆了，担心地说："我爸爸是地主，现在是戴着帽子在受管制，我们到那里去，让学校知道，肯定要说我们划不清界线……"

他叹了口气："现在这样搞，搞得人伦亲情都不敢讲了。你把他地址告诉我，我去看他，别人问我，我说是来搞外调的，不会有问题。"

静秋犹豫了一会儿，交代说："你要是真的去看我爸爸，一定叫他不要在给我妈妈的信里写出来，不然我妈就知道我们的事了。你去的时候告诉我，我买点花生糖带给他，他最喜欢吃甜食了，尤其是那种花生糖。”然后她把爸爸在乡下的地址告诉了他。

他听了一遍，就说记住了，她不信，他就把地址背出来给她听。

她很惊讶：“你记性真好。”

“也不是对所有的事都记性好，但只要是跟你有关的，不知怎么的，我一下就记住了。”

他们差不多骑到十三码头附近了，市里的公共汽车也只走这么远了，静秋说：“别再往前骑了，再骑就骑出 K 市了。”

他们在江边找了个没什么人的地方坐下。她的脚到了傍晚特别肿，脚趾有点夹不住拖鞋，坐下的时候一伸腿，一只拖鞋就掉了，顺着河坡向江里滑。他紧赶几步，把拖鞋抓住了，走回她身边，要给她穿上。她连声说：“不用，不用，坐在这里穿鞋干什么？”说着就把脚缩到裙子下面。

他狐疑地看着她，问：“为什么你不让我碰你的脚？”

她用裙子把脚罩着，跟他讲东讲西。他蹲在她面前，出其不意地掀起裙子，抓住她一只脚踝。她挣扎了两下，但没挣脱。他用手轻轻按她的脚背，一按就有个小窝。然后他看见了她脚底的那些洞，他捧着她的脚，低声叫：“静秋，静秋，你不做这个工了吧，你让我帮你吧，你再这样我怕我真的要——疯了——”

“不要紧的，我现在有胶鞋了，就不会有事了。”

他把拖鞋套到她脚上，拉她起来，说：“走，我们到医院去。”

她不肯去：“到医院去干什么？现在别人还没下班？”

“总可以看急诊吧？你脚这么肿，肯定是中毒了，搞不好会把腿烂掉的。”

“不会的，又不是我一个，好几个人都是这样的。”

他固执地拉她："别人是不是这样我不管，我只管你一个。你跟我到医院去吧。"

"到了医院就要问名字、单位什么的，我又没带看病用的三联单，我不去——"

他突然放了她，从挂包里拿出那把匕首，她一惊，不知道他要干什么。还没等她弄明白，他已经在自己的左手背上划了一刀，血一下流了出来。静秋吓得跳起来，慌忙拿出手绢来帮他包扎，结结巴巴地说："你……你……疯了？"

她把手绢扎得紧紧的，但血还是在往外渗。她吓得手脚发软，叫道："我们快去医院吧！你还在流血——"

他一直没吭声，听到她说去医院才说："肯去医院了？我们走吧。"

她说："我骑车带你吧，你手不方便。"

"你不能骑车，你脚不方便，你坐前面掌笼头，我来骑。"他让她坐在自行车横杆上扶着车头，自己一只手握着车把，带着她很快来到一家医院里。

他对值班的医生提了一个什么人的名字，就有一个医生来给静秋看脚，而另一个白大褂把老三带到另一间诊室去了。静秋看见医生的白大褂衣领那里露出红领章，心想这可能是个军医院，她从来没来过这里。

医生口口声声叫她小刘，大概是老三见她不愿别人问她姓名、单位，帮忙编出来的假名。医生检查了一下她的两只脚，开了一些外用药和酒精药棉之类的东西，说："小孙说你们急着赶回家，我们就不在这里给你处理了，你回家后把脚洗干净，把小洞里的煤渣挑出来，搽那些药膏，这段时间不要让脚沾生水，更不要再让煤渣钻进脚上的小洞里去了。"

医生见她穿着拖鞋，脚底也搞脏了，就又开了个条子，叫她到对面去，让那里的护士帮她把脚洗干净，先包一下，免得走回家不方便。护士帮静秋包好了脚，还帮她把拖鞋绑在脚底。包完了，护士就叫她坐在走廊的长椅子上等小孙。

等了一会儿，老三也出来了，左手用绷带吊在胸前，静秋担心地问："严重不严重？"

"不严重，你怎么样？"

"我没事。医生开了些药。"

他拿过医生处方，叫她坐那里等，过了一会儿，他走回来，拍拍挂包："药拿了，都弄好了，我们赶快回去，好洗了脚把药抹上。"

一出医院门，老三就把绷带取了，塞进挂包里，说："吊着个手臂，不知道的人还以为我在演《沙家浜》呢。"

静秋说："你手上的伤没事吧？医生怎么说？"

"医生说我凝血机制不好，缝了我两针。我怎么会凝血机制不好呢？我身体好得很，以前还验上过空军的，我爸怕打起仗来把我打死了，才没去成。"

静秋听说"空军"二字，羡慕之极，问他："那你不是遗憾得要命？"

"遗憾什么？"他看她一眼，"当了空军我还能认识你？"

那天老三怎么也不肯再在河边坐着玩了，一定要尽快把静秋送回去洗脚抹药。静秋拗不过他，只好让他用车带着往家里赶。到了渡口，他也不肯在那里分手，说现在才八点过一点，你妈妈还没回来，让我用车把你带到校门那里吧，你脚这么肿，怎么走路？他把短袖衬衣脱了，让她把头蒙着，说这样就没人认得出你了。

过了河，她真的把他的衬衣顶在头上，遮住自己的脸，只留一对眼睛在外面。他把她抱上车前面的横杆上，还是叫她用两手扶着车头，他只用一只手轻轻带一下。到了学校门口，他说："让我把你推进去吧，别把你的脚搞脏了——

静秋拿下披在头上的衬衣，向校门那边望望，发现校门那里没人，正在想是不是就满足他的要求，让他推进去，一回头，却看见她妈妈正从渡口方向向他们走过来，可能刚才他们在路上超了她妈妈还不知道。静秋大失其悔，早知道这样，就在外面多待一会儿，反而不会碰见妈妈了。

她低声说："糟了，我妈来了，你快骑车跑吧。"

他没动，她想起自己还坐在他车上，急忙往车下跳，好让他逃跑。他堵住她，小声说："现在跑也来不及了。"

静秋的妈妈走到跟前，问："你们到哪里去了？"

静秋说："我……我们去医院看脚了，这是……这就是我说过的那个……勘探队的……"

老三自我介绍说："我叫孙建新，您——刚回来？"

妈妈说："静秋，你先回去，我跟小孙说几句话。"

老三连忙说："那您先让我把她推回去一下，她脚都肿了烂了，走路不方便。"

静秋要跳下地自己走，但老三不让。

妈妈看见静秋脚上的绷带，对静秋说："你让他推你进去吧，我好跟他说几句话。我先进去了，你们别老在这里站着了，让人看见影响不好。"妈妈说完，就先进学校里去了。

35

静秋对老三说："你让我下来，我自己走回去，你快跑吧，我妈会把你送联防队去的。"

"别怕，我推你进去，妈妈叫我进去说话的。"

静秋急了："你怎么这么傻？她早就叫我不跟你来往的，说你是坏人，骗小女孩的。现在她亲自抓住我们了，还不把你交到联防队去？你让我下来，你快跑吧。"

他推着她往学校走："你把我放跑了，妈妈不骂你？还是让我去吧，像亚民说的一样，我们什么都没做，谁能把我们怎么样？"

静秋只好让老三把她推进学校去，到了家门前，老三把车的站架支起来，扶着她下了车，她先走进家门，他锁了车，也跟进来。

妈妈叫静秋把门关上，叫老三进里屋去，让他在一把椅子上坐下。屋子里又热又闷，老三不知什么时候已经把衬衫穿上了，还扣上了扣子，结果捂得浑身是汗。妈妈递了把扇子给他，他也不敢使劲扇，只在胸口轻轻摇动，做扇风状，根本止不住满头大汗。

妹妹很乖觉地跑出去，打了一盆冷水回来，见老三左手上包着纱布，便绞了一条毛巾让他洗把脸。老三不敢接，望着妈妈，好像在等圣旨一样。

妈妈说："太热了，你洗把脸，可能会凉快一点。"

老三感激不尽，奉旨洗脸，用一只手浇着水洗了一下，接过妹妹递来的毛巾擦了一把，似乎稍稍凉快了一点。他坐回那把钦定的椅子，无比虔诚地看着妈妈，等她开审。

静秋紧张得只知道站在那里，看其他三位表演。她只有一个念头，她没跟老三上过床，没跟老三同过房，肯定禁得起验身。她准备像亚民一样，一看势头不对，就请妈妈带自己上医院去验身，好洗刷老三，把他拯救出来。

她不知道妈妈刚才有没有在传达室给联防队打电话，应该是没有的，因为他们紧跟着妈妈进校门的，没有看见妈妈在那里打电话。但她还是张着耳朵听着门外，如果一有响动，就马上叫老三骑车逃跑。

老三见静秋站在那里，连忙把自己的椅子让出来："你坐吧，你脚疼，站了不好。我站站不要紧。"

妈妈说："静秋，你到你屋里去，让我跟小孙谈谈。"

静秋回到自己住的那半间，不知道妈妈把她支走是什么意思，两间房其实就是一间，总共才十四多平米，中间有个一人多高的墙，又不隔音，如果有什么她听不得的，应该把她赶到屋外去才行。她坐在自己床上靠门的那一边，可以看见老三，但看不见坐在老三对面的妈妈。

妹妹也被赶了出来，对着静秋做鬼脸，静秋顾不上理她，只尖起耳朵听隔壁的"庭审"。妹妹站在靠门的墙边，像看大戏一样望着里间。

静秋听妈妈说："小孙哪，我看得出来，你是个很过细的人，对我们家静秋也很耐心。你今天带她去看医生，我很感谢，听说你还给过她很多帮助，我都很感谢。"

静秋听老三小声说："应该的，应该的。"她觉得他那样子好像有点卑躬屈膝一样。

妈妈又说："可以这么说，你我在静秋的事情上，目标是一致的，心情是一样的，至少我是这样认为的，因为我从今天的事情看出你对静秋还是很——真心的。"

静秋见老三朝她这边瞟了一眼，似乎在看她听见这句没有，她对他笑了一下。妈妈的开场白似乎不是向联防队那个方向发展的，就怕妈妈这是虚晃一枪，这段开场白一完，马上来个“但是”。

她听老三表白说：“我对静秋是真心的，这个请妈妈相信——”

妈妈说：“别人都叫我张老师，你也叫我张老师吧。”

老三赶快更正：“这个请张老师相信。”

妹妹看见老三胆战心惊、唯唯诺诺的样子，想笑又不敢笑，脸都憋红了，终于忍不住跑出门去，不知道跑哪里笑去了。

静秋不敢笑，只紧张地听妈妈的下文。妈妈说：“我是相信这一点的，所以我才觉得有必要跟你谈谈，不然的话，我们根本没什么可谈的。”

老三连连点头，说：“那是，那是。”似乎很感激妈妈把他当作同一个战壕的战友。

妈妈说：“我们关心静秋，爱护静秋，就要从长远的观点着想，不能只顾眼前。人无远虑，必有近忧。静秋顶职，很多人都眼红，在背后戳是捣非。现在她顶职的事还没搞好，如果这些人看见你们两个人在一起，对静秋顶职的事是非常不利的——”

老三又连连点头：“那是，那是。”

沉默了一阵，老三大概觉出妈妈是在等他主动表态，于是清清喉咙，说：“张老师，您放心，我这次回去了，就不再来找她了，一直等到她顶职的事搞好了再来找她。”

静秋见老三踌躇满志的样子，望着妈妈那边，大概在等妈妈夸奖他几句。但她听妈妈说：“顶职的事搞好了，事情也没完，在转正之前，学校随时可以不要静秋——”

老三沉默了一阵，豪迈地说：“那我就等到她转正之后再来找她。试用期是一年吧？那我就一年之后再来找她——”然后他做了一下算数，订正说，“一年零一个月左右吧，因为她现在还没顶职。”

不知道妈妈是被他的主动配合还是被他的计算精确感动了，很温和地说：“你知道这么一句话吧？‘两情若是久长时，又岂在朝朝暮暮’。如果你对静秋真是有这份情的话，也不会在乎这一年多不见面，对不对？”

老三满脸是悲壮的神色，连声说：“对，对，您说得对。”然后还加以自我发挥，不知道是在说服谁，“也就一年多嘛，我们还年轻，还有很多……一年……多。”

妈妈嘉许说：“我看得出来，你是个懂道理的人，响鼓不用重槌敲，别的我也就不用多说了。我并不是那种死封建的母亲，对你们年轻人的心情还是很理解的，但是现实就是这样，人言可畏，我们不得不谨慎一些。”

老三说：“我懂，我懂，您这也是为了我们好。”

大概妈妈已经站起身，下了无声的逐客令了，静秋见老三也站了起来，央求说：“我去打点水，帮静秋把脚洗一下，她脚底烂了好些小洞，里面都是煤渣，她自己看不见脚底，不方便，我帮她把煤渣掏干净了，上了药，就马上走，以后这一年零一个月，就拜托您照顾她了——”

妈妈说：“你在这附近晃来晃去不好，我去打盆水来吧。”

妹妹不知什么时候又折回来了，听了这话，一跳而起，说：“我去，我去。”妹妹一会儿就打回一盆水来，放在姐姐床边，静秋觉得自己像那些坐月子的人一样，躺在床上让人伺候。她想下床，三个人都不让她下。

老三把静秋脚上的纱布打开，妈妈捧着静秋的脚看了一会儿，快要流泪了，走到一边，对老三说：“那就麻烦你了，我跟静思出去乘凉去了。”

妈妈把妹妹带走了，屋子里只剩下静秋和老三。她不让他帮她洗脚，怕把他左手的绷带打湿了。她自己洗了脚，他帮她擦干，把灯绳打开，把灯泡放低了，问她要了根针，用针屁股那头掏那些小洞里的煤渣：“疼不疼？我掏得太深了就告诉我。”

静秋想起刚才那一幕，笑他：“你刚才怎么像叛徒甫志高一样？卑躬屈膝的，一路点头，说‘那是，那是’。”

他也跟着她笑：“吓糊涂了，只知道说那几个字。”

“你怕我妈把你交给联防队了？”

“那个我倒不怕，我是怕她不让我等你了，又怕她骂你。”他开玩笑说，“幸好没生在甫志高那个年代，不然我肯定是个叛徒。如果敌人拿你做人质来威胁我，我肯定一下就叛变了。甫志高那时还不是因为害怕跟他妻子分离才叛变的吗？其实也很可怜的——”

静秋问：“你——恨不恨我妈妈？”

他惊讶地说：“我恨你妈妈干什么？”然后吹嘘说，“她都说了，我跟她的目标是一致的。你觉得不觉得，她其实很喜欢我的，她答应一年零一个月之后我来找你，还说了我跟你是‘两情若是久长时’。”

“你还蛮革命乐观主义的呢。”

“毛主席说了嘛，‘我们的同志在困难的时候，要看到成绩，要看到光明，要提高我们的勇气’。”

他聚精会神地掏那些小洞，她就一眼不眨地看他，想到要一年零一个月之后才能见到他，觉得很沮丧，不知道这一年多怎么熬得过。她问：“你真的要等到一年零一个月之后才来看我？”

他点点头：“我向你妈妈保证过了，如果说了话不算数，她以后就不相信我了。”

他见她没吭声，就停下手中的活，看她一眼，只见她正眼巴巴地望着他。他看了她一会儿，猜测说：“你……要我来看你？你不想等那么久？”

她点点头。

“那我就不等那么久，我偷偷来看你，好不好？反正我是个当叛徒的料，向党表的决心，敌不过你一句话。”

她高兴了，说：“叛徒就叛徒，我们只要不被人发现就行。”

他把那些洞都掏干净了，给她的脚搽了药，把脸盆的水端到外面倒掉，走回来坐在她床边，说：“把你的照片给一张给我吧，我想你的时候，就拿出来看看。”

她觉得她的照片都照得不好，她也很少照相，找了好一会儿，才找出一张六岁时的照片。照片上的她，剪着个妹妹头，额前是一排整齐的刘海，穿着一条水绿色的连衣裙。照片本来是黑白的，她爸爸自己用颜色染成彩色，有些地方涂得不好，绿色都涂到裙子外面去了。她把那张照片送给他，许诺说以后照了相再送他一张。

他曾经送过她两张他的头像，是夹在书里、信里给她的。现在他又从包里拿出一张，是张风景照，他穿着白衬衣和一条颜色很浅的裤子，手里拿着一个纸卷一样的东西，站在一棵树下。她认出就是那棵山楂树。照片上的他显得很年轻，很英俊，笑微微的。她很喜欢那张照片，现在她妈妈已经知道他们的事了，她也不怕把照片放家里了。

他问：“喜欢不喜欢这张？”他见她点头，表功说，“专门跑到那树下照的。”然后又许诺，“等你顶职了，转正了，我带你去那里看山楂花，我们在那棵树下照相。我有照相机，我还会自己洗相，我给你照很多像，各种姿势的，各个角度的，洗很多张，放大，把我寝室挂满——”

他掏出一些钱，放到她床边的桌上，说："我把这点钱留这里，你如果不想我再割我的手，你就收下。再不要到万驼子手下去打工了，如果瓦楞厂有工打，打打可以。如果你不听我的话，又跑回万驼子那里打工，或者打那些危险的工，我知道了会生气的，我不会不理你，但是我会一刀一刀割我的手。你相信不相信？"

她点点头，保证说："我不会再回万驼子那里打工的。"

"那就好，现在你妈妈已经知道我们的事了，基本上也算是同意了，只是个暂时不见面的问题，所以你告诉她这些钱是我留下的，她肯定不会骂你。"

他看看表，说："不早了，我要走了，免得把你妈妈和妹妹赶在外面不能回来。"他在她床边蹲下来，搂住坐在床上的她，交代说，"你自己记得每天搽药，如果药搽完了还没好，自己记得去医院看医生。"

两个人缠绵了一会儿，他毅然决然地站起身，说："我走了，你就坐那里，别起来，你的脚刚搽了药，别搞脏了。"

她就呆呆地坐在那里，听他走出去，开车锁，推车，上车，然后一切复归寂静。

36

老三刚走了一会儿，妈妈和妹妹就回家来了。妈妈说她们就在外面乘凉，看见小孙走了，就回来了。妈妈看了一下钟，已经快十一点了，有点担心地说："小孙说没说他今天住哪里？"

静秋怏怏地说："他每次没地方住就在江边一个亭子里坐一晚上，今天肯定已经封渡了，可能就在河坡上坐一晚上吧——"她觉得喉头哽咽，不愿再说什么。

妈妈在她床边坐下，说："我知道你舍不得他，他看上去也还不是个坏人，但是有什么办法呢？你年纪还这么小，人家二十多岁的人谈朋友还有人议论来议论去，你这么早——工作的事又还没搞好——我叫你们暂时不见面，也可以考验一下他这个人，他要是真有这个心，不会因为一年不见面就跑掉，如果是个禁不起考验的——"

静秋说："妈，你不用解释了，我知道你是为我好，你早点休息吧，明天还要上班。"

妈妈说："你明天还去上班？你的脚烂成这样，也不告诉我一声。"

"我告诉你，你又着急，有什么用呢？你放心，我答应他了，我明天不去上工了的。"

妹妹说："你明天不上工了，那你的胶鞋不就没用了？"

静秋知道妹妹喜欢很高统的胶鞋，上次给她买的那双只是半高统的，没这双高，她马上说："怎么没用？你下雨的时候可以穿呀。"

还没等妹妹欢欣鼓舞一下，妈妈就问："什么胶鞋？"

妹妹抢着说："是那个小孙给姐姐买的胶鞋，他早上送鞋来的时候，看到姐姐脚肿了，他还哭了呢。"

妈妈叹口气："跟你爸爸一样，也是个好哭的人。男人流泪，有的是因为富于同情心，有的是因为软弱无能。小孙大概还是个很有同情心的人——他家还有些什么人？"

静秋说："我也不太清楚，只知道有弟弟和爸爸，他妈妈自杀了——"

妈妈问了一下老三妈妈的情况，同情的同时又很担心："听说自杀这种事是可以遗传的，心胸不开朗的人生下来的孩子也容易心胸不开朗。不知道这个小孙性格怎么样？平时有没有容易迂在什么事上的表现？”

“没觉得。”

“我倒觉得他有点迂，你看他算你顶职和转正的时间的时候，就有点像个迂夫子，”妈妈笑了一下，“可能多等一天对他来说都是很难受的，所以要算得清清楚楚。也可能是个说话算数的人，所以先算清楚了，做得到才发誓。只要迂得不狠，还是很可爱的。就怕迂在一件事上出不来，那就危险了。”

静秋想起老三算时间的样子，也觉得他迂得很可爱。

妈妈又问了一些有关老三的情况，多大了，抽不抽烟，喝不喝酒，骂不骂人，打不打架，哪里毕业的，有些什么爱好，老家在哪里等等。静秋好奇地问：“他刚才在这里，你怎么不问他？”

妈妈说：“我问他这些，他还以为我在相女婿呢，我不能轻易给他这样一个印象。我今天跟他谈话的目的只是叫他不要来找你。”

静秋想起老三还沾沾自喜地说妈妈已经同意他们的事了，心里有点替老三难过。

“他爸爸是干什么的？”妈妈问。

“听说他爸爸是军区司令。”

妈妈沉默了一会儿，说：“我就觉得他不像一般人家的孩子。像他这种家庭出身的人，很难理解我们这种家庭出身的人。解放军是解放什么的？就是解放被地主、资本家欺压的工人、农民的，他的爸爸跟你的爸爸，是势不两立的两个阶级。他家里大概还不知道你们的事——”

静秋还没想那么远，但经妈妈一提，也觉得很严重，她满怀希望地说：“可是他妈妈就是个资本家的小姐呢，他爸爸也没嫌弃她嘛。”

“说实话，共产党对资本家和对地主的态度又有很大不同，资本家在当时的情况下，还是代表着新兴的、进步的生产力的，而地主是没落势力的代表。共产党革命，第一要革的就是地主阶级的命。反正你们这个事，你别做太大指望就是了，他家里这关就过不了。可能也用不着操那么多心，因为他这一年等下来，早等得没兴趣了。”

静秋不服，辩解说：“他说他等一辈子都行的……”

“这种话谁不会说？谁又没说过？像他这么不假思索地开口就是‘一辈子’，本身就是不切实际的表现。‘一辈子’这种话是不能轻易说的，谁能这么早就把自己的一辈子预料到了？”妈妈看静秋满脸不服气的样子，又说：“你还小，没接触过什么人，听他这样一说就信了。等你长大了，接触的人多了，你就会发现，每个男的在追求你的时候都是这么说的，都是说可以等你一辈子。但如果你一年不理他，你看他还等不等你？早就跑了。”

静秋想：妈妈既然知道男的等不到一年，为什么又叫老三等呢？肯定是要借这个机会考验一下老三。她很想把妈妈的意图告诉老三，好让他禁得起考验，但她又想，告诉了还考验个什么？

男的真的都是这么夸夸其谈、说话不算数的吗？也许是应该考验一下老三，看他到底能等多久。问题是“等”又不是毕业考试，不能说考过了，就发毕业证，后面就高枕无忧了。就算他等了一年，那也不能证明他就能等两年；他等了两年，也不能证明他就能等一辈子。这样说来，恐怕只有让他等一辈子才能证明他能等一辈子。

她不知道这个“等”究竟是什么意思，她叫他“等”她，意思是叫他“爱”她。她想问他：“你能等我一辈子吗？”她的意思是“你能爱我一辈子吗？”只不过她不习惯于说出这个“爱”字，她就用了当地人经常用的“等”字。但是好像“等”跟“爱”又还是有点不同的，用了这个“等”，就有点两人不在一起的感觉。所以“等”应该是“见不到面还爱”的意思。老三见不到她的面了，他还会不会爱她?

她想着自己的心思，不知道妈妈还说了什么没有，她只听妹妹说：“姐，我在问你呢，他的手怎么啦？早上来的时候还好好的。”

“他叫我去医院，我不肯去，他就把他自己割了一刀，流了很多血，我才跟他去了医院——”

妈妈皱起眉头：“他这个人看上去还挺稳重的，怎么会做这么狂热的事?狂热是不成熟的表现，狂热的人是很危险的，做事容易走极端。喜欢你的时候，可以喜欢到极点，恨你的时候，也可以恨到极点，什么都做得出来。所以对这样的人，最好是敬而远之，这都是些只能顺着毛摸的人，你反着他的毛摸了，就把他搞烦了，他恨之极的时候，可以无所不用其极。”

静秋原以为妈妈会为这事感动的，哪知妈妈却说得这么危险。她听妈妈讲过，说她爸爸年轻时，也有一些极端的表现，有时妈妈不理他或者不相信他的时候，他就急得扯自己的头发，大把大把地扯。但静秋觉得爸爸后来并没有对谁恨之极，也没有做过什么伤害妈妈的事。

她知道爸爸跟妈妈的爱情道路也是很曲折的，爸爸以前在乡下老家有父母包办的婚姻，而且不止一个，因为他是“一子兼祧两门”，既是爷爷的儿子，又过继给爷爷的弟弟做儿子，因为爷爷的弟弟没儿子。这样两边都给爸爸包办了一门婚姻。为逃婚爸爸逃到外面去读书，但爷爷临终的时候，他又被揪回去跟两个媳妇成了亲。

后来爸爸认识了妈妈，经过了千辛万苦才把乡下的两个媳妇离掉了，跟妈妈结了婚。妈妈等了他很久，等到快三十了才结婚，这在那个年代，可以说已经快到做婆婆的年纪了。

爸爸和妈妈一直在不同的城市工作，爸爸隔一两个星期就回来一次，即便是经常回来，他跟妈妈还要写信。“文革”当中妈妈在八中被批斗的时候，写信的事还被拿出来批判过，说她父母是资产阶级生活方式。

父母经常写信的事是她奶奶讲出去的，奶奶一直跟妈妈和几个小孩住在一起，只爸爸一人在外地。奶奶是那种老思想，总觉得是她妈妈把她爸爸的魂勾走了，才搞得爸爸跟两个乡下媳妇离婚的。在奶奶心目当中，只有原配才是合理合法的夫妻，离婚再娶的都是不正当的。所以奶奶最见不得儿子跟媳妇缠绵，总是对人说静秋的爹妈浪费，几个钱都喂了铁路和邮局了，买车票、邮票的钱就有多厚一叠。

爸爸被赶回家乡管制劳动之后，也曾提出过离婚，主要是怕影响了孩子。但妈妈想到爸爸现在穷愁潦倒，孤苦伶仃，如果离了婚，可能真的是活不下去了，就来征求几个孩子的意见，说离婚不离婚主要是对你们有没有影响，如果你们怕有影响，我就跟你爸爸离婚，如果你们不怕，我就不离。

几个孩子都说不离吧，反正就是这个样子了，离了婚，还是他的孩子，别人也未必就当你清白无辜了。妈妈就没跟爸爸离婚，但平时不敢公开来往，怕别人说界线划得不清，会影响几个孩子的前途。

但父母的书信照旧是写得很频繁的，爸爸的信都是寄到静秋一个叔伯姑姑那里，那个姑姑在卫校工作，嫁的一个丈夫成分很好，所以在“文革”中没受什么冲击。妈妈隔一段时间就到那个姑姑那里去拿爸爸的信，不过妈妈不让几个孩子去拿信，怕别人知道了说他们划不清界线。

她正在想七想八，就听妈妈问：“小孙以前有没有过女朋友？”

这一下就把静秋砸哑了，她知道如果说了老三以前有个未婚妻，她妈妈肯定对老三印象更不好了，于是含糊地说：“没听说有。”

妈妈说：“男人对这些事都是能瞒就瞒的，你不问，他肯定不会自己说出来。但是以他这个年纪，又是干部子弟，要说他这是第一次，我是不太相信的。你看我问他问题的时候，他对答如流，说明他以前也有过见女朋友父母的经验。”

妈妈犹豫了片刻，问：“他有没有叫你单独到他寝室去？”

“没有，他寝室住好几个人。”

“他平时跟你在一起还——规矩吧？没有——到处——摸摸捏捏的吧？”

一个“摸摸捏捏”差点让静秋吐出来了，妈妈怎么把这么难听的话用到老三头上？不过她也认真回想了一下，看老三算不算得上妈妈说的“规矩”，她觉得他除了那次在山上胆子太大以外，其他时间还是很规矩的，也没有什么称得上“摸摸捏捏”的举动。他抱过她，用头在她胸前蹭过，但他从来没用手去摸她胸前或是别的什么地方。

她很肯定地说：“没有。”

妈妈松口气，交代说：“一个女孩子，要有主心骨，有些事情，只有等到结婚后才能做，结婚前就坚决不要做，不管他对你有多好，也不管他许什么诺，都不能做。男的就是这样，他哄着你做那些的时候，他什么好听的话都说得出来，他什么愿都可以许，但等你做了，他就瞧不起你了，认为你贱。那时候，主动权就在他手里了，他想要你就要你，不想要你就甩你，你要想再找一个男朋友，就很难了。”

静秋很想让妈妈讲个明白，到底哪些事是结婚之后才能做的，但她问不出口，只有装作一个不感兴趣的样子。

妈妈叹口气：“唉，总以为你是个很懂事的孩子，没想到你这么早就考虑这些问题。现在提倡晚婚晚恋，但你才十八岁，就算二十三岁结婚也还有四五年。他缠得这么紧，你们两个人很容易——搞出事来的。如果出了事，那你就身败名裂了。”

妈妈跟着就讲了好几个“身败名裂”的例子，说八中校办工厂的小王，原是市文工团的，谈的一个女朋友也是一个团里的，两个人还没结婚就弄得怀孕了，结果被团里知道，男的被贬到八中校办工厂来了，女的被贬到三中校办工厂去了，现在大家都知道他们有作风问题，搞得在人前抬不起头来。

还有八中附小的赵老师，结婚七个月就生下一个小孩，虽说没受处分，也是很被人瞧不起的。还有……

妈妈讲的这些个“身败名裂”的例子都是静秋认识的人，全都因为未婚先孕或者其他生活作风问题受了不同的处分，人们讲起这些人，都是把嘴一撇，很瞧不起。

妈妈说：“幸好我发现得早，不然还不知道会出什么事，你以后不要跟他来往了。他这种公子哥儿，都是玩弄女孩子感情的高手，他现在是还没得手，所以他拼命追，真的等他得手了，过一阵就厌倦了。就算他不厌倦，他家里也不会同意。就算他家同意了，你还这么小，而他已经——这么成熟了，我看他很难熬过这四五年，迟早会搞出事来。”

37

静秋第二天到纸厂去了一下，把工辞了。万驼子很客气，说：“我马上就把你的工时开出来，你自己送到李主任那里去，免得你不放心。”

这也正是静秋关心的东西，如果不是怕万驼子不给她报工时，她就懒得亲自跑来辞工了。她拿着万驼子为她开的工时表，说声“谢谢”，就离开了他的办公室。

静秋本来还想跟张一说声谢谢的，但他那天上白班，正在车间里，她就跟他同寝室的人讲了一下。路上碰到刘科长，静秋也谢谢了他，又特别提了一下哥哥招工的事，刘科长许诺说不会忘记的。

回到家，静秋就接手做饭的活，让妹妹去跟钟琴她们玩一玩。她把绿豆稀饭煮上了，就躺在床上想心思。她很担心老三手上的伤，肯定是割得很深，不然怎么要缝两针？至于那个凝血机制不好的问题，她倒不是特别担心，因为医生一直说她妈妈凝血机制不好，说是什么“血小板减少”，随便碰碰就会皮下出血，所以妈妈身上经常是青一块紫一块的，她自已也有这种现象，但好像也不是什么大事。

她回想起老三割他手的情景，还心有余悸，不知道老三哪来那么快的手脚，只看到他拿出了刀，还没来得及问怎么回事，他就手起刀落，把自已割了一刀。她觉得他这个举动是有点狂热，但她愿意把那理解为他一时情急，想不出别的办法来说服她去医院，才会出此下策。

她昨晚没敢把老三留钱的事告诉妈妈，因为她已经感觉到了，妈妈知道老三的事越多，分析出来的坏东西就越多。如果妈妈知道老三留钱的事，肯定要说他在搞“糖衣炮弹”，小恩小惠。

静秋只在家待了一天，从第二天开始就跟妈妈到河那边去糊信封。妈妈开始不同意她去，说她的脚应该多休息。但不知怎么的，妈妈一下又想通了，带她去了糊信封的地方。妈妈教了她一下，她很快就学会了，糊得很快。但居委会发货是有规定的，像她妈妈这样有退休金的只能拿补差，就是你的工资打多少折，你就只能做那么多，所以她妈妈每个月只能做十七块钱左右。

静秋知道怎么糊信封、到哪里领货交货了，就叫妈妈在家里歇着，不用跟去居委会了。她暗中打着一个如意算盘，如果她妈妈不跟去，那她就自由了。等老三来了，她就可以跟老三跑到江里去游泳，到时候就说在居委会糊信封。

但妈妈好像摸透了她的心思一样，一定要跟去，还把妹妹也带上。每天，母女三个人都是早早就起来了，趁着太阳还不太大就过河那边去糊信封，当天领的料糊完了，三个人又一起回家。

妈妈没再跟静秋讲什么大道理，但看得很严，完全是人盯人战术。就连静秋跟妹妹去河里游泳，妈妈都要跟着去，坐在河岸上看两姐妹游泳。晚上乘凉更是亦步亦趋，三个人坐在河坡上，妈妈坐中间，手拿一把扇子，给两个女儿扇风赶蚊子。静秋有时候会有一种奇怪的感觉，好像老三像孙悟空一样，变成了一个蚊子，想飞到她耳边来说几句话，但被她妈妈这样一扇一扇的，就给扇跑了。

静秋走在路上仍爱东张西望，想看看老三来了没有。她知道现在是没有机会偷跑出去会老三了，但她仍然希望他到 K 市来，一来说明他没忘记她，二来也可以让她看他一眼，至少知道他没事。

有两次在路上，她觉得看到老三了，他好像是跟在她们后面。但等她找了个机会，转过身去仔细看看的时候，又找不到他了，不知道是刚才看花了眼，还是他怕妈妈看见，躲了起来。

后来，学校王主任来叫静秋去瓦楞厂做工，说他儿子一提到招零工的事，他就马上推荐了静秋。静秋听到这个消息，激动不已，以为机会来了，可以摆脱妈妈的监督了。哪知妈妈是不再如影随形地跟了，但静秋还是不能独来独往，因为一起去打工的还有八中李老师的女儿李红，比静秋小一岁，这是第一次出去做工，李老师就叫静秋天天带着她上下班，静秋的妈妈如获至宝，一口就替静秋答应下来了。

静秋受李老师之托，天天带李红一起上下班，两人走路有个伴，说说讲讲也挺热闹。但她心里总在担心，怕老三到K市来了，看见她跟李红在一起，就不敢上来叫她。她几次都想摆脱李红，但又找不到理由。而且妈妈现在糊信封糊出经验来了，每天都是在静秋下班之前就糊完了，常常会站在渡口或者校门那里等她。

慢慢地，静秋也绝望了，知道暑假当中是不用指望天马行空了，就一心盼望开学，也许顶了职了，就有机会单独出去了。九月份，学校开学了，教育局又拖了大半个月才把静秋顶职的事批下来，静秋就走马上任，当上了K市八中的炊事员，就在她家对面的食堂里上班，抬脚就到。

静秋白天在食堂上班，哪里也去不成。晚上她下班，妈妈也下班了。现在妈妈星期天也不去上班了，因为信封定额连平时都不够糊，用不着星期天上班。静秋的同学朋友大多下了农村，想溜出去连借口都找不着一个。

除了不能跟老三见面，静秋的生活可以说是芝麻开花——节节高。第一件开心的事就是她开始领工资了。那天，总务处的赵主任亲自来叫她去领工资，笑眯眯地说："静秋啊，你是十五号以后上的班，九月份只能领半个月的工资。"

静秋听赵主任的口气，好像很抱歉一样，但她已经喜出望外了，差不多月底才上班，学校还给她半个月工资，这不是白赚了好些天的钱吗？

以前静秋帮妈妈领过工资，每次去都跟赵主任开玩笑，问："赵主任，还没把我的工资关系转过来？"赵主任脾气很好，总是笑着说："就去转，就去转。"

这次赵主任说："你总在问你的工资关系转过来没有，现在终于转过来了。"说着就给了她一个信封，里面放着她的工资，有将近十五块钱，还有一张半寸宽、七八寸长的小纸条，是她的工资单。她拿出来看了又看，上面真的写着她的名字。她想到自己从此以后每个月都可以领到这样一个小纸条了，兴奋得觉都睡不着了。

她把工资都交给了妈妈，让妈妈做家用，也帮哥哥存点钱结婚，至少让他逢年过节有钱买礼物送给亚民家。现在每次都是亚民把礼物买好了，让哥哥提着到她家去，但亚民的爸爸每次都把礼物扔到门外去了。亚民安慰哥哥说不要紧，很多女孩家都是这样的，刚开始都是不同意自己的女儿找的对象，但水滴石穿，最终都还是同意了。

亚民的预言很快就实现了，因为哥哥被招工回到K市了。静秋的妈妈说哥哥招工的事多亏了八中附小陈老师的女儿易钢帮忙。易钢比静秋的哥哥大几岁，算是“新三届”的，下乡时下在D县下面的一个生产队里，后来被招到D县一个厂里当工人。

当时K市的知青都不愿被招到D县去工作，一旦招去，就回不了K市了。D县只是个小县城，怎么能跟K市相比呢？但易钢那个生产队的队长对她说：“你这次不去，下次就轮不到你了。”易钢只好去了D县那个厂。干了一段时间，不知道她怎么七调八调的，调到了D县物质局工作，然后从D县物质局临时抽调到D县招工办工作。

易钢的妈妈陈老师跟静秋的妈妈是好朋友，这次易钢到了D县招办，自然要帮静秋的哥哥一个忙。但县招办只能发招工表到他的大队去，能不能被推荐上，还要看他所在的生产队。招工表到了县招办，易钢可以帮忙把他推荐给来招工的厂家，但也不能勉强别人。所以招工这个事，至少关系着三头：生产队，县招办，招工的厂家。

不知道这次怎么一下就把这三头都搞顺了，哥哥被招回了K市，进了一家中央直属企业。这下亚民高兴死了，哥哥还没去上班，又不是逢年过节，但亚民买了礼物，让哥哥提着上门拜见未来的丈人丈母。

亚民的父母见静新不但招回来了，而且进了这么大的厂，也没什么反对意见了，那次不光没把礼物扔出家门，还留他吃了顿饭。哥哥终于通过了审女婿的初试，荣幸地成了亚民家的“苦力”，买煤、买米、买柴之类的重活就包给哥哥了。

哥哥是好不容易才得到这个苦差事的，所以干得很欢。有时吃着饭，亚民就叫来了：“新儿，我妈叫你去买煤。”

哥哥听了，二话不说，撂下筷子就走。妈妈总是开哥哥玩笑：“我叫你做个事，你拖拖拉拉的；亚民的爹妈一叫你做什么，你跑得飞快。”

哥哥就笑着说：“那有什么办法？现在就是这个风气。小秋，你赶快找个人帮我们家拖煤吧。”

妈妈就赶快说：“莫乱开玩笑，静秋现在还没转正，莫为了找个拖煤的人把她工作的事搞垮了。”

哥哥在亚民家成功过关，搞得静秋心里痒痒的，也开始绘制老三成功的蓝图。也许等她转正了，她妈妈就不会再担什么心了，到那时，她跟老三就可以像亚民跟哥哥一样公开来往了，那时就该老三来给她家拖煤了。她一想到那个情景就觉得很好玩，她哥哥去帮亚民家拖煤，而老三又来给她家拖煤，那谁给老三家拖煤呢？

那段时间真是运气来了门板都挡不住，王主任给静秋的妈妈透露了一点内部消息，说他给学校提过了，请学校在适当的时候让静秋出来教书。八中这种地方，隔河渡水的，很少有人愿意从市内调来，一向是文教局用来发放那些犯了错误的老师的地方，有时从师范学校分几个不懂行情的新人来，也是刚一搞熟就想法调走了，所以八中很缺老师。学校可以用这个理由，向教育局申请让静秋出来教书。

王主任说："叫你家静秋好好干，你也找学校其他领导活动活动。"

静秋虽然顶了职，但学校还是拿她当小孩，有什么事都是跟她妈妈商量通气。她妈妈也说这样更好，有些向党要名誉、要地位、要照顾的事，就让妈妈去做，免得静秋在学校领导那里留下一个不好的印象。妈妈反正退休了，为自己的女儿谋点利益，别人也不能把她怎么样。妈妈就找这个领导那个领导去谈，恳请他们在适当的时候让静秋出来教书。

几个领导都打了保票，说我们都知道静秋成绩好，是个教书的料子，我们迟早会让她出来教书的，你不用担心。不过现在她刚工作，文教单位顶职的又不止她一人，我们现在就让她出来教书，怕别的人有意见，总要等到不会惹出麻烦了，才能让她教书。

静秋听到这个消息，高兴得要命，恨不得马上让老三知道，分享一下。但他从那次走后，就一直没消息。她一天比一天着急，不知道他为什么不来看她。

她能想到的原因主要是三种：一种就是他得了破伤风。可她不敢沿着这个路子往下想，就安慰自己说，如果老三真的得了破伤风死了，长芳一定会来告诉我一声，既然长芳没来告诉我这个坏消息，说明老三没得破伤风。

另一种可能就是他在死守他许给妈妈的诺言，要等到她转正后再来看她。但她那时已经厚着脸皮央求过他，叫他不要等那么久了，他自己当时也答应会来看她的，还说他"反正是个当叛徒的料"。难道他后来又决定不当叛徒了？

还有一种可能，就是老三那次被妈妈审问一通，生妈妈的气了，所以他不再来了。她知道好些这样的故事，都是女孩的父母对未来的女婿太挑剔，结果把女婿气跑了，搞到最后还得这个女儿或者女儿的父母出面去讲和，讲不讲得成就很难说了。

静秋不知道老三是不是生气逃跑了。当她想到老三是生气逃跑了的时候，她就开始生老三的气：我妈妈说了你什么呢？都是很温和很有道理的话，你为这几句话就逃跑，那也只能说你太禁不起考验了。

但当她想到老三还在苦苦地等她，经常到 K 市来，只是没机会跟她见面的时候，她又生妈妈的气：哥哥也是这么个年纪开始谈朋友的，为什么你只把我盯这么紧呢？

38

静秋在食堂干了一段时间，学校通知她到校办农场去锻炼半年，说你没下过农村，以后让你出来教书怕别人有意见，你去农场锻炼半年，别人就没话说了。

学校刚在严家河下面一个叫付家冲的山村里办了个农场，准备让学生轮流到那里去锻炼。选在付家冲办农场，是因为学校郑主任的家在付家冲，凭这点关系，付家冲才拨给学校一点土地，并且出人出力帮校办农场盖了几间房子。

从 K 市到严家河大概有四十里地，有长途班车，从 K 市直达严家河的每天只有两班，如果从 K 县坐车到严家河，每天就有四班。从严家河到付家冲还有八里多地，都是山沟沟路，有很多地段连自行车都骑不成，只能是靠脚走。

学校选派了几个老师到农场，女的负责管学生的伙食，男的负责带学生劳动。第一批到农场的还负有打前站的任务，要做好准备工作，迎接学生到来。

静秋是第一批被派到农场去的，她听到这个消息，兴奋莫名，因为这就意味着她可以摆脱妈妈的监控了，而且西村坪离严家河只有几里地，去了农场，就意味着隔老三近了。

妈妈虽然有些担心，但没像下农村那样担心，现在静秋是有工作的人了，下去半年就能回来教书，同去的都是学校的老师，妈妈还比较信得过。最重要的是，妈妈不知道严家河跟西村坪之间在地理位置上是个什么关系，如果妈妈知道，恐怕还是要担心的。

这次去农场的几个人由郑主任带队，同去的还有一位二十多岁的女老师，就是那个结婚七个月就生了儿子的赵老师。另一个是个四十多岁的男老师，姓简，教过静秋物理，以前还经常跟静秋她们一起练球。简老师人不高，但以前是搞体操的，胳膊头子有劲，经常借救球的机会来一个前滚翻，博得一片喝彩声。

学校把农场场址选在一座山上，因为山后不远处就有一条路，可以走手扶拖拉机，一直通到一个叫黄花场的小镇，从那里有汽车路通到严家河。学校有台手扶拖拉机，就是人称“小拖”的那种，可以为农场购物运货。

开小拖的是个二十出头的年轻人，叫周建新，爸爸是K市十二中的校长。小周高中毕业后，因为心脏病没下农村，不知道跟谁学了开小拖，可能也借了他爸爸一点面子，就到八中来做临时工，还没转正。

静秋以前就见过小周，因为她读书的时候在校办工厂劳动时经常见他在那里拖货。后来做炊事员的时候，也时常见他满脸机油地在食堂前面鼓捣那台手扶拖拉机，旁边围一群小孩，看他用个摇柄狠命地发动小拖。发不起来的时候，就全体失望，唉声叹气；发动起来了，则群情沸腾，山欢海笑，一个个像小猴子一样爬上他的车，跟他到学校操场去试车。

小周不光名字里有个“建新”，长得也有点像老三，跟老三的个子差不多高，比老三单薄一些，皮肤也比老三黑一些，背没有老三那么直。但他们两个有个共同特点，就是笑起来的时候，整张面孔都积极投入进去。眼睛一眯缝，就显得眼睫毛特别浓特别黑。鼻翼旁有两道笑纹，使笑容格外有感染力。

静秋他们四个老师先坐汽车经过K县县城到严家河下车，然后就走路进付家冲。小周开着小拖进山，从K市八中到K县县城，再到严家河，然后到黄花场，最后到农场，大约有六七十里地。当两队在山后会合时，几个人还唱起了《长征组歌》里的曲子，反正山上没人，平时敢唱不敢唱的现在都可以放开嗓子大喊几声。

因为还有段路没修通，小拖只能停在队上的窑场那里，几个人来来回回跑了好几趟，才把车上的东西运到农场。

农场的几间房子还才粗具规模，屋子里是泥土地，还没整平，都是土疙瘩。窗子上没玻璃，也没遮挡的东西，只好用个斗笠遮住。床就是一个土堆，上面放了几块木板。门闩也没有，静秋和赵老师住一间，两人晚上就用一根大树棍斜顶住门。

几个人做的第一件事就是造个厕所，也就是挖个坑，上面搭两块板子，然后用一些高粱杆子扎成排挡在四周。传说这一带山上有一种动物，当地人称“巴郎子”，专爱夜间出来袭击出恭的人，上来就用长满了刺的舌头舔人的屁股，然后就把肠子挖出来吃掉。因为害怕“巴郎子”，大家上厕所的时候都提把斧头。到了晚上，大家都尽量不上厕所，实在要上，男的就跑到屋后解决一下。静秋晚上总要上一两趟厕所，又不大好意思在屋后上，只好提着斧头到一两百米外的厕所去。

小周就住在房子同一边靠前门的地方，如果不关门的话，静秋出去他就能看见。静秋很快就发现她每次从厕所出来往回走的时候，总能看见小周站在路边抽烟，站的位置恰好在一个既不会使她尴尬、遇到情况又能及时跑上来救命的地方。她从他身边走过，两人打个招呼，一前一后回各自的房间去。

刚去的那些天，山上也没什么菜吃，大家就把自己带去的私菜拿出来一起吃。天晴的时候，大家出去挖野葱、野蒜回来吃。下了雨，就到山上去捡“地间皮”，洗干净了炒着吃，有点像黑木耳。每次出去挖葱捡“地间皮”，走着走着，赵老师跟简老师就走到一起去了，静秋就掉了单，但过一会儿，小周就会找来了，跟她一起捡“地间皮”。

郑主任虽然家就在山下，但也坚持跟大家一样住在山上，每星期才回去一次，有时就从家里带些蔬菜来给大家吃。静秋管伙食，想付他钱，就问他多少钱一斤，郑主任说是“两角一分八一斤的菜”，说着就把两脚分开，做个拔菜的姿势。

农场的生活很苦，但是几个老师都很风趣活跃，所以静秋觉得日子一点也不难过。白天干一天活了，晚上睡觉前就聚在一起讲故事。静秋发现简老师特别会讲历史故事，郑主任和赵老师会讲民间故事，而小周则特别会讲福尔摩斯探案的故事。

准备得差不多了，农场就迎来了第一批学生。学生来后的第一件事就是把山后的路修通了，这样小拖就可以一直开到农场那栋L形的房子前面。于是小周和他的小拖就成了农场一大景观。

小周爱穿一件旧军衣，好像每晚都记得塞进了腌菜坛子一样，皱得跟腌菜有一比。戴的那顶旧军帽也是帽舌软皮皮的那种，像国民党的残兵败将。但他开起小拖来则很有拼命三郎的架势，风驰电掣，上下腾跃，势不可挡，每次都要冲到厨房跟前才戛然而止。

学生们听到小拖的“笃笃”声，就像夹皮沟的乡亲们听到小火车声一样，都要从寝室里涌出来，看看这个农场跟外部世界唯一的活动桥梁。

小周的脸上照例是有一些机油的，几乎成了他的职业道德和技术指标。有时静秋告诉他，说他脸上哪里哪里有机油，他就扯起袖子擦一擦，大多数时候是越擦越多。静秋笑弯了腰，他就伸过脸来，让静秋帮他擦擦，吓得静秋转身就跑，而他也就一脸“你不擦该你负责”的神情，怡然自得地忙他的去了。

静秋跟赵老师两个人负责挑水洗菜做饭，简老师和郑主任就负责带学生劳动，小周跑运输，五个人是既分工又合作。隔三差五地，静秋或赵老师就跟随小周的小拖出去买菜买米。赵老师去了两次就不大愿意去了，说闻不来那个柴油味，而且坐在小拖上“笃笃笃”地跑几十里，屁股都“笃”起泡来了。

静秋不怕柴油味，她从小就很喜欢闻汽油味，所以总是她跟小周一起出去采买。每次都是先把早饭开了才出去，争取下午就赶回来，好做学生的晚饭，怕赵老师一个人忙不过来。

跟小周混得比较熟了，静秋就想请他帮个忙，载她去趟西村坪。她想看看老三到底在干什么，为什么老没来看她。

于是下次出去采买的时候，静秋就问小周可不可以从严家河弯到西村坪去一下，她说她有个朋友在那里，她去还本书。

小周问：“男朋友女朋友？”

静秋反问：“男朋友怎么样，女朋友又怎么样？”

小周说话一向是嬉皮笑脸，油嘴滑舌的：“是女朋友就载你去，是男朋友就不载你去。”

静秋说：“你要是觉得不方便就算了吧。”

小周没说方便还是不方便，但买完了米往回开的时候，静秋见他停了好几次车，去跟路上碰见的人说话，她不知道他在干什么。开了一阵，他对她说："到了西村坪了，你要到哪里去？"

静秋没从这条路到西村坪来过，一下子有点摸头不是脑了，站了好半天，才理清了方向，指着勘探队工棚的方向说："应该是在那边。"

小周把小拖一直开到工棚跟前，停了机，说："我在这里等你，不过要是时间太长了不出来，我就要冲进去救你了。"

静秋说声"不会的，我马上就回来"，就向那排工棚走去，觉得自己的心快要跳出喉咙来了，平时从来感觉不到自己的心在跳动，但现在是真真切切地感到心在猛跳，而且在离喉咙很近的地方跳。她现在有点相信书上那些说法了：激动的时候心就会跑上来，在喉咙附近跳；安心的时候，心就会跑下去，所谓"把心放回肚子里去了"。

她拿着一本书做幌子，准备如果待会儿老三不在，或者老三态度不热情，她就说是来还书的。她深深吸了一口气，才去敲老三的门，但敲了好一会儿都没人应。她想起这是下午，也许老三在上班。她很失望，但又不甘心，就顺着那些房间一间一间地走，看看能不能逮住一个人问问老三的情况。走了一圈，也没看见一个人，可能都在上班。

她又转回老三那间房前，几乎是不存任何指望地敲了几下，没想到却把门敲开了。开门的是个男人，静秋认出就是上次她来叫老三去大妈家吃饭时见过的那个中年半截的人。她瞄了一眼房间里面，看见有个女的，正在梳理头发，好像才从床上爬起来的一样。

那个中年半截的人也认出了她，说："嗨，这不是'绿豆汤'吗？"

那个女的跟到门前，问："是你的'绿豆汤'？"

中年半截的人笑着说："我哪里会有'绿豆汤'？是人家小孙的。想起来了，'绿豆汤'这个词儿，还是她创造发明的呢。我们说吃了鹿肉火大，她就说喝点‘绿豆汤’清火。”说完就意味深长地笑。

静秋一心想问老三的消息，也不管他们在说什么，只问：“您知道不知道他什么时候下班？”

“他？谁呀？”中年半截的人开玩笑问。

那个女的指着中年半截的男人，问静秋：“你认不认识老蔡？是我爱人。我过来探亲，今天刚到，你肯定在这里很久了，你知道不知道我们老蔡在这村里有没有‘绿豆汤’？他们搞野外的，没有一个好东西，哪个村都有‘绿豆汤’。”

老蔡不理他媳妇，对静秋说：“小孙调走了，你不知道？”

静秋一惊，问：“他调哪里去了？”

“他调二队去了。”

静秋愣在那里，不知道老三调到那里去干什么，而且又不告诉她。她手足无措地站了一会儿，鼓足勇气问：“您——知道不知道——二队在哪里？”

老蔡正要告诉她，被他媳妇扯扯衣袖，说：“你别在里面惹麻烦，别人小孙如果想让她知道，还会不告诉她？你当心搞得别人打起来。”

静秋不知道这个“绿豆汤”究竟是什么意思，但那个女的说的话她还是能悟出几分的，她尴尬地说了声“你们误会了，我只是来还他一本书的，打搅你们了——”就转身跑掉了。

小周看她神色不对，担心地问了几次，她也不答话。回到农场的时候，正在开晚饭，她连忙跑去帮忙。但开完了学生的饭，几个老师坐下来吃饭的时候，她觉得头很疼，一点胃口也没有，就推说头疼，跑回房间睡下了。

几个老师都关心地跑来问她今天是怎么回事，她说没事，就是头疼，想睡会。睡了一阵，小周端了一碗煮得很稀的菜饭来给她吃，还用一个小碟子装了一点他自己带的榨菜。她一看见这两样东西就觉得饿了，说声“谢谢”，就一口气吃了。

第二天，她到堰塘去挑水的时候，小周跟来了，说要帮她挑。她不肯：“算了吧，你有心脏病，哪能挑水？”

小周说：“我的心脏病是怕下农村怕出来的，我帮你挑吧，我看每次都是你在挑水，怎么赵老师不挑水呢？”

静秋从来没想过这事，反正没水用了就来挑。她怕别人看见小周帮她挑水不好，就推托说：“还是我挑吧。”

小周笑笑说：“你怕别人说闲话？你要真的怕，昨天就不该晚饭都不吃就躺床上了。现在再说什么闲话也抵不过昨天那闲话——”

静秋不解地问：“昨天什么闲话？”

“还不是说我昨天在路上把你怎么样了——”

39

静秋不解地问：“到底别人在说什么？”

小周嬉皮笑脸地说：“当然是说我把你害了——”

静秋气晕了，她知道这个“害”字，就是当地土话里“强奸”的意思。她没想到大天白日的，别人还会往这上面想。她抖抖地问：“谁——谁说的？我要去找他问个清楚。”

小周赶快说：“别去别去，告诉你一点事，你就要去问别人，那我以后有话不敢跟你说了。”

“为什么他们要这样乱说？”

“我们昨天回来得晚，你一回来又神色不对，而且饭也不吃就躺床上去了，再加上我又是个土匪名声，谁都会往这上面乱猜。不过我已经解释过了，你不用去问这个问那个了。这种事，你越闹，别人说得越欢。”

静秋担心地问：“那你……有没有说……我们昨天是到……什么地方去了？”

小周说：“我肯定不会说的啦，你放心好了，我土匪是土匪，但我是个正直的土匪，很讲江湖义气的。”然后又嬉皮笑脸地说，“再说——你这么漂亮，我背个黑锅也值得——”

静秋有点怀疑就是小周自己在议论，因为他一直有点爱把两个人往一起扯，总说别人在议论他们两个，但静秋自己并没听见谁议论他们两个。她不再问他什么了，想挑上水走路，但他扯着扁担不让她挑，问她：“昨天到底是怎么回事？你是去找你的男朋友吗？他不在，还是躲着不见你？”

她赶快声明：“你别瞎猜啊，不是什么男朋友——”她想了想，问，“你知道不知道‘绿豆汤’是什么意思？”然后她把上次说起“绿豆汤”的前因后果，以及这次她跟老蔡夫妇的对话拣能说的说了一下。

小周嘿嘿笑：“这你还不懂？说你是哪个的‘绿豆汤’，意思就是说你是哪个的马子。马子懂不懂？就是——女朋友，相好的。”

静秋说：“但他们为什么说‘绿豆汤’是我发明创造的呢？”

“你怎么什么都不懂？”小周看她一眼，像老子教儿子一样地说，“他们说男的上火，意思就是说男的想——害女的。结果你又不懂，叫别人喝绿豆汤清火。男人那个火，是喝绿豆汤清得了的吗？他们看你傻，拿你当笑话呢。”

静秋本来还想问男的为什么会想“害”他的女朋友，但小周一开口就是

“你怎么什么都不懂”，她不敢再问了，免得又搞成个笑话。她淡淡地说：“算了，跟你说不清楚，你说的这些我都懂，但我问的问题你不懂。”

本来她那天从西村坪怄回来的一包气就一直没消，现在听了小周对“绿豆汤”的解释，那包气更大了。原来老三是这样一个两面三刀的人，当着她的面，好像把他们俩的事看得很神圣，但背着她，却在跟他那些队友们这样议论她，太无聊了。

难怪他突然调二队去，肯定是那边有一碗“绿豆汤”等着他，也许是上次到二队去就找好了的，也许他前一段一直是两边扯着。现在她这边扯不出什么来了，就一心一意扯那边去了。去了不说，又不想个办法告诉她，害她白跑一趟，还惹出这么大麻烦，搞得闲话满天飞。

如果她确切地知道老三是这样一个跳梁小丑，她也就不为这事烦恼了，只当被疯狗咬了一口的，上回当，学回乖。问题是她拿不准老三究竟是不是这样的人，也许只是一个误会。她最怕的就是悬而未决，让她东猜西猜，担惊受怕。不管是多可怕的事，只要是弄得水落石出、铜铜铁铁了，也就不可怕了。

她决定下次跟小周出去买东西的时候就到严家河中学去找长芳，问到老三的地址了，就叫小周开车带她去那里，要老三当她的面说个一清二楚。

但郑主任不再派她跟小周出去了，要么就叫赵老师去，要么就叫小周一个人去，要么就郑主任自己跟去了。不仅如此，郑主任回学校汇报工作的时候还把小周的事告诉了妈妈。

郑老师说：“我真替你静秋担心哪，她年轻，不懂事，很容易上当。这个周建新，自己有女朋友，而且还为他女朋友跟人动刀子打过架，现在又来纠缠你家静秋。这也怪我，以前没想到周建新会这么无聊，没注意把他们两个分开。”

妈妈听了，又气又急，恨不得马上就飞到农场跟静秋好好谈一谈，但又怕郑主任不愿暴露出他是信息来源。

郑主任觉得自己做得光明正大："我不怕做这个恶人，因为我是看着静秋长大的，现在我又是带队的，我不管谁管？"

妈妈对郑主任感恩戴德一通，又保证说等静秋回来一定好好教育她。但妈妈还是有点等不及了，马上就写了一封信，叫郑主任带到农场来。

静秋一看妈妈的信，真是气晕了，怎么这些人这么爱无事生非呢？不就是两个人出去买米，回来晚了一点吗？就要做成这么大的文章？但她不好发火，这里的人以前都是她的老师，她对他们都是很尊重的。

她想来想去，咽不下这口气，就跑去找郑主任："郑主任，如果你觉得我有什么做得不对的，你可以当面给我指出来，不要去告诉我妈妈。她是个爱着急的人，她听了这些谣言，肯定又急得不行——"

郑主任说："我这也是为你好，小周这个人，脾气很暴躁，又不学无术，到底有哪点好呢？"

静秋委屈地说："我又没说他好，我跟他又没——谈朋友，只是因为工作关系有点接触，怎么就扯那上头去了呢？"

郑主任没答她的话，反而说："其实我们学校还是有很多好同志的，比如你们排球队的小万就很不错，这几年进步很快，入了党，提了干，为人诚实可靠……"

静秋简直不相信这是郑主任说的话，总觉得每个人都在批评她年纪小，不该考虑这些问题，怎么郑主任的话听上去不是那么回事呢？好像是说只要是好同志，还是可以考虑的，我跑你妈妈那里告状，不是说你不该谈朋友，而是说你不该谈"那样"一个朋友。

她没敢多说，只把自己的清白强调了几遍，就回到自己房间去了。

她觉得有点滑稽，以前她读初中的时候，还曾经对那个万老师很有一点好感，主要是那时候他刚到八中来工作，没经验，又年轻，学生都不怕他，经常闹点事让他下不来台。他显得那么孤独无助，静秋对他充满了同情。

但后来他就慢慢开始“打起发”（走上坡路），可能主要是跟当时的党支部雷书记关系比较好。雷书记是个女的，二十多岁就死了丈夫，自己带一个小孩过，很可怜，工作又很努力，家里成分又好，很快就被提拔到书记的位置上了。后来就经常见到万老师跟雷书记两人过河去上党校，虽然雷书记比万老师大不少，而且当时也再婚了，还是有很多人说他们两个人的闲话。好在雷书记的丈夫没说什么，万老师也没女朋友，所以也就没闹成什么大事。

不知道为什么，自从万老师开始“打起发”，静秋就不喜欢他了，可能她只喜欢那些不走运的人。现在听郑主任这样一说，越发对万老师生出几分厌恶，似乎是他在依仗权势排挤小周、成全他自己一样。

她本来是要对小周敬而远之、避免闲话的，但见到郑主任这样贬低他来抬高万老师，心里就对小周生出几分同情，因为他是个零时工，使她想起自己打零工的岁月，而且他宁可背个骂名也没把那天晚回来的真实原因说出来，使她有点敬重他的这种“正直土匪”的德性。

后来下了场大雨，把农场的房子和山后的路冲坏了，郑主任还借机把万老师从学校要到农场来帮了一个星期的忙。但静秋对万老师一点感觉都没有了，连话都懒得跟他说，碰见了，打个招呼就算了。

一直到了十一月下旬，静秋才又一次有了跟小周一起外出的机会，这次是因为学生们交的伙食费不够，眼看就没米吃了，又不能让学生们都跑回去拿钱票来交，郑主任只好派一个老师回去挨家挨户收钱收粮票。赵老师知道这是个挨骂的活，吃力了还不讨好，就推托不去，这事就落到静秋头上了。

郑主任把静秋单独叫到一边，叮嘱了半天，才让她跟小周的车回 K 市去“催租逼债”，拿到钱就在 K 市买米买面，让小周运到农场，她自己可以休息两天。

小周也知道郑主任是在有意分开他跟静秋两个人，所以一路上发了不少牢骚。静秋听他说着话，心里却在打一个小算盘。到了严家河，她就叫小周停一下，说她要去看一个朋友，几分钟就行。

小周又问：“男朋友女朋友？”

“女朋友。”她肯定地说。

小周开玩笑说：“这回要是又是个男的，我可要上去开打了。上次害我背个空名，这次我可不干了。”

到了严家河，静秋就打听严家河中学在哪里。还好，严家河镇子不大，中学就在离公路不远的地方。小周把小拖开到学校附近，就关了机，说这次车上没东西，我不用在车跟前守着，我跟你一起进去。

静秋不让他一起进去，他奇怪地问：“你不是说是女朋友吗？怎么不让我一起去？怕你女朋友看上我了？”

她知道小周一向就是这样油嘴滑舌的，她说不过他，越说他越油嘴滑舌，反正待会儿还要让他开车到二队去的，瞒也瞒不了什么，她就让他一起进学校去了。

两个人在学校的一棵树下站了一会儿，就听到下课铃声了。静秋找一个学生问了一下，找到了长芳的教室，然后请一个人把长芳叫了出来。

长芳看看静秋，又看看小周，黯然说：“我哥在县医院住院，你可不可以去看看他？虽然你不要他了，但是——看在朋友一场的份儿上，去看看他吧，听说是——绝症。”

静秋惊呆了，长林得了绝症？她想声明说不是我不要他，只是我不爱他，但她被“绝症”两个字吓呆了，说不出这样的话。她低声说：“你知道不知道他的病房号码？”

长芳把医院地址和病房号码都写在一个纸条上给了她，然后站在那里，不肯再说话，眼里都是泪。静秋也默默地站了一会儿，小心地问：“知道不知道是什么病？”

“白血病。”

静秋觉得如果现在打听老三的新地址，就显得有点不合时宜，即使问到了，也没时间去了，还是先去看了长林再说吧。

上课铃响了，长芳低声说：“我回教室去了。你一个人去看他吧——别带你朋友去。”

静秋说：“我知道。”长芳进教室去了，她还愣在那里。

小周问：“谁病了？看你脸色白得像鬼一样——”

“是她哥哥，我以前在他们家住过，我要去看看他，他帮了我很多忙。”她问小周，“你知道不知道白血病是怎么得的？”

小周说：“听别人说是被原子弹炸了才得的病，但是我们学校以前有个人也得了白血病，后来死了，听说治不好的——”

“那我们快走吧。”

他们赶到K县城，买了点水果，就按照长芳给的地址找到了县医院。静秋想起长芳嘱咐过叫她一个人进去的，就跟小周打商量：“你可不可以就在外面等我？”

“又不让我进去？都得了绝症了，还怕什么？”

静秋也不太明白长芳的用意，因为她听老三说过，长林已经说下了一房媳妇，今年春节就结婚。如果真的得了绝症，那婚是结不成了，但为什么不让她带小周一起去看长林，就让她丈二和尚摸不着头脑了。她只知道应该尽量满足绝症病人的要求，如果长芳说不要带小周进去，肯定是有她的道理的。

她对小周说："我也不知道他们怕什么，但我朋友刚才就是这么说的，你还是在外面等我吧。"

小周无奈，只好在外面等，叮嘱说："快点出来啊，我们还得赶回去，你今天要挨家挨户去收钱的，回去晚了，收不齐钱，明天就买不成米——"

"我知道。"静秋匆匆答了一句，就跑进医院去了。

40

县医院不大，就那么几栋楼，静秋很快就找到了长林的病房。病房里有四张床，她看见了第一张床上的号码，就以此类推，断定靠墙角的那张床就是长林的病床。

她向那张床望去，惊异地看见老三坐在床边，正在一个本子里写什么。虽然他穿着一件她从未见他穿过的黑呢子衣服，但她一眼就认出他了。她想：他在这里干什么？在照顾长林？他不上班？是不是二队就在附近，所以他调到这里来好照顾长林？

有个病人家属模样的人问："你找谁？"

她目不转睛地盯着老三，回答说："找张长林。"

老三抬起头，向她这边望过来，神情似乎有些错愕，好一会儿，才放下手中的本子和笔，向她走过来。他没叫她进病房去，而是站在走廊上跟她说话："真的是——你？"

她问："长林呢？"

他一愣："长林？不是在西村坪吗？"

"长芳说她哥在住院——"

他笑了一下："噢，我也是她哥嘛——"

静秋急了，辩驳说："你怎么是她哥呢？她说的是她哥病了，她没说是你病了，你是在这里照顾长林的吧？是不是？你别跟我开玩笑了——长林在哪里？"

他好像有点失望："你……是来看长林的？不是长林……你就不来看了？"

"你知道我不是这个意思——"她不解地问，"长芳说的'我哥'就是你？但她为什么说我不要你了？她那样说我才以为是长林。"

"噢，我……写过几封信到你们农场，都被……退回来了。我用的是她的地址，信就退她那里去了，所以她说你不要我了。"

她很诧异："你写信到我们农场了？我怎么一封也没收到？你用的什么地址？"

"我就用的'K县严家河公社付家冲大队K市八中农场'，再加你的名字，不对吗？"

"我没往那里写过信，但我想只能是这样子写。"

"每封上都写着'查无此人，原址退回'。"

静秋想了想，觉得一定是郑主任搞的，因为他想把她跟万老师凑拢，所以就来这一手，太卑鄙了。但是信封上用的是长芳的名字和地址，郑主任怎么会怀疑呢？难道他看出那是男人的字？或者他拆开看过了？

她紧张地问：“你信里写了些什么？没写要紧的东西吧？肯定是我们那里的郑主任搞的，我怕他——拆开看过了——”

他说：“应该没拆开吧？拆开过我应该能看得出来。”

她很有点生郑主任的气：“他私自把别人的信退回，算不算犯法？我回去了要找他说说，看他还敢不敢这样。”

他怀疑地问：“你们那个郑主任怎么会对你的信这么感兴趣？是不是——对你有那么一点意思？”

她安慰他说：“不会的，他一把年纪了，又已经结了婚，他是在帮别人的忙。”

“帮那个开小拖的？”

她诧异地看看他：“你怎么知道开小拖的？”

他笑了一下：“看见过你们，在严家河，下雨，他把雨衣让给你。”

“不是他，郑主任最讨厌他了，是帮另一个老师，排球队那个。不过你放心，我对他没兴趣。你在严家河干什么？”

“二队就在严家河附近，中午休息时经常去那里逛逛，想碰见你。”

“你到我们农场去过没有？”

他点点头：“有次看见你赤着脚，在厨房做饭。”

“那房子漏雨，一下雨，地上就有个把星期是泥浆子汤，只好打赤脚。”她怕他担心，马上补充一句，“不过天冷了，我就没打赤脚了，穿着那双胶鞋，你没看见？”

他有点黯然：“我这一段没去——”

她不敢看他：“你……生了什么病？”她提心吊胆，怕他说出那几个可怕的字。

“没什么，感冒了。”

她松了口气，但不太相信：“感冒了要住院？”

“感冒重了，也要住院的。”他轻声笑了一下，“我是个‘布得儿’嘛，老在感冒。你回家还是回农场去？能在这儿待多久？”

“我回家去，现在就得走，我有个同事等在下面，我要回去收钱买米。”她看见他很失望的样子，就许诺说，“我后天来看你，我有两天假，我可以提前一天离开 K 市——”

他欣喜地睁大眼睛，然后又担心地问：“你不怕你妈妈发现？如果不方便的话——”

“她不会发现的，”其实她自己也没有把握，但她顾不了那么多了，“你这几天不会——出院吧？”

“我会在这里等你的。”他很快跑到病房里，拿了一个纸包出来，塞到她手里，“好巧啊，昨天刚买的，看看喜欢不喜欢。”

她打开一看，是一段山楂红的灯芯绒布料，上面有小小的黑色暗花。她告诉他：“我最喜欢这种颜色和这种布料，你好像钻到我心里去看过一样。”

他很得意的样子：“我就知道你喜欢这样的，我昨天一看到就买下了，没想到刚好你今天就来了，我先知先觉吧？你回去就做了，来的时候穿给我看，好不好？”

她把布料卷了起来，说：“好，我回去就做，后天来的时候穿给你看。不过我现在得走了，要赶回去收钱。”

他送她往医院大门那里走，远远地，就看见了小周和他的小拖，他说：“你同事在那边等你，我不过去了，免得他看见。他叫什么名字？”

她说：“他跟你同名，不过姓周。”

“同名不要紧，只要不同命——”

她一愣，问：“你这是——什么意思？”

他解释说：“没什么，有点……吃醋，怕他跟我一样……也在……追求你。”

回家的路上，静秋的耳边一直响着老三那句话：“同名不要紧，只要不同命”，虽然他解释过去了，但她觉得他那话不是吃醋的意思，而是别的意思。

长芳说老三得了绝症，老三的脸色也的确不大好，有点苍白，但那也许是因为他穿着黑呢子上装的关系。老三自己说他得的是感冒，好像也有可能，如果得了绝症，他还会这么镇定，像没事人一样？最最重要的一点，如果是绝症，医生怎么会告诉他呢？

只能是长芳搞错了，或者故意这样说了，好让她来看老三的，因为长芳那时以为她不要老三了，于是编出“绝症”的故事诳她到医院来看他。

现在她就抓住这两根救命稻草，一是医生不会告诉病人得了绝症，二是老三自己说了他只是感冒。说老三得绝症的只有长芳一个人，一票对两票，老三应该没有得绝症。

但是他那句话怎么解释？

回到K市，小周把小拖开到一家餐馆前，说先吃点东西，等别人下班了，好去学生家里去收钱。她点点头，茫然地看着小周去买东西，几次都把小周当老三了，很想问他：先别慌着吃饭，你先告诉我，你到底是得的什么病？

吃过饭，小周就把小拖开回江心岛，带着她到学生家去收钱。他叫她把写着学生地址的条子给他，他一家一家找。她就像个梦游的人一样，糊里糊涂地跟着小周这里走，那里走，小周叫她记账就记账，叫她找钱就找钱，见了学生家长都是小周在说话，她只站在一边，像个傻子一样。后来小周干脆把她手里的单子和钱袋都拿去了，自己收钱，自己找钱。

一直搞到九点多了，才大致收齐了，小周把她送到她家附近，说：“我明天早上来叫你去买米。你莫想太多了，一个县医院，懂什么白血病黑血病？”

她一惊，小周看得出她在为老三的病担心？她警告自己，不要哭丧着脸，当心妈妈看出来。

妈妈见她回来了，很惊讶也很高兴，赶快来弄东西给她吃。她说不饿，在路上吃了的。然后她就忙忙碌碌地把那段布拿出来缩水，用冷水搓一遍，又用热水搓一遍，使劲拧干了，晾在通风的地方，让布快快干了好做衣服。

第二天一早，小周就来叫她去买米。妈妈很不放心地看着她坐上小拖去，可能恨不得自己也跳上车去监督他们两个。静秋特别跟小周热火朝天地讲几句，因为她现在不怕妈妈怀疑她跟小周有什么事，越怀疑越好，既然妈妈一心防着小周，那她明天去看老三的时候妈妈就不会起疑心了。

买了米，小周把她送回家，把发票交给她，叫她收好，就开车送米面到农场去了。妈妈见这个祸害走了，总算放了心，又交代静秋千万不要跟小周来往。

下午静秋到学校去汇报农场工作情况，又到简老师、赵老师家里去拿他们家属给他们带的私菜。都弄好了，就到江老师家去借缝纫机做衣服。做到吃晚饭的时候，她跑回家吃了晚饭，又跑回江老师家接着做。江老师过来问她农场的情况，她哼哼哈哈地应付了一下。

衣服做好了，她还舍不得走，总觉得有点什么事没办，是她想办又不敢办的事。想了好久，才想起是要问成医生有关白血病的事。她磨磨蹭蹭地走到他的卧室门口，门没关，她看见江老师坐在被子里看书，成医生在床上跟他的小儿子玩耍。

江老师看见了她，问："小秋，衣服做好了？"

静秋怔怔地点点头，鼓足勇气问："成医生，你听说过白血病没有？"

成医生把儿子交给江老师，自己坐在床边，一边穿鞋一边问："谁得了白血病？"

"一个熟人。"

"在哪里诊断出来的？"

"K县医院。"

"K县医院很小的，未必能检查得对，"成医生让她在一把椅子上坐下，安慰说，"先别着急，说说看是怎么回事。"

静秋也讲不出是怎么回事，她只是听长芳那样说了一下，她说："我也不知道具体是怎么回事，我只想知道，一个很年轻的人会得——这种病吗？"

"得这种病的人多半是很年轻的，青少年居多，可能男的更多一些。"

"那……是不是得了……就……一定会……死？"

成医生字斟句酌地说："死的可能性……比较大，但是……你不是说只在县医院检查了一下吗？县医院设备什么的……很有限，应该尽快到市里或者省里去检查。还没确诊的事，不要先就把自己急坏了。"

江老师也说："我们学校不是有一个吗？医院说人家是癌症，把人家吓得要死，结果根本不是癌症。这些事，没有三四家医院拿出同样的诊断，是信不得的。"

静秋默默地坐了一会儿，江老师和成医生还在列举误诊的例子，但她不知道那些例子跟她有什么关系。她问："如果真是得了这种病，还能活多久？"

她见成医生紧闭着嘴，好像怕嘴边的答案自己飞出去了一样，她又问了一遍，成医生说："你不是说只在县医院——"

她急得要哭出来了，有点生气地说："我是问'如果是的话'，我说如果——是的话——"

"这个……依人而定，我……也说不准到底能活多久，有的半年，有的长一些……"

41

静秋回到家，就忙着收拾东西，把要带的东西收拾好了，才想起现在是晚上，没有车到K县去，只能等明天。

她躺在床上，开始使用自己的绝招：做最坏的思想准备。当她不知道是不是县医院误诊的时候，她就左想右想，忽而飞到希望的巅峰，忽而降到绝望的谷底，那样飞上落下是最痛苦的了。

现在她不这样想了，她就当县医院没有误诊，那就怎样呢？那就是说老三是得了白血病。既然他是得了白血病，那就意味着他活不长了。到底能活多长呢？再一次做最坏的思想准备，就当他只能活半年左右了。现在可能已经把这半年用掉一些了，那就算他还可以活三个月左右。

她想起她妈妈因子宫肌瘤住院动手术的时候，是她在医院照顾妈妈，那时她才十四岁。同病房住着一个晚期卵巢癌病人，大家叫她曹婆婆，瘦得像个鬼，经常痛得半夜半夜地哼，搞得同病房的人都睡不好。

结果有一天，曹婆婆家里人来接她出院，曹婆婆喜笑颜开地跟家里人回去了。静秋好羡慕曹婆婆，以为她被治好了，成了全病房第一个出院的人。后来才听同病房的人讲，说曹婆婆是回家“等死”去了。

医生对曹婆婆的女儿说：“你妈治不好了，你们没有公费医疗，就别把家里搞得倾家荡产了吧。你把你妈领回家去，让她想吃什么吃什么，想穿什么穿什么，想去哪里玩就带她去哪里玩。”

后来有谁为自己的病发愁，大家就拿曹婆婆出来安慰她：“你的病哪里严重？你不还住在医院里吗？如果真的严重的话，医院还不早就像对曹婆婆那样，叫你回去等死吗？”所以住在医院就是幸福，就算是在“等活”，只有被医院劝走的那种，才是黑天无路，“等死”去了。

现在老三还在医院住着，说明他还在“等活”。如果哪天医院叫老三出院，她就跟妈妈说了，把老三接到家里来。妈妈还是喜欢老三的，只是怕别人说，怕他家里不同意，怕两个人搞出事来。但如果知道老三只能活三个月了，别人就不会说什么了，他家同意不同意就无所谓了，也应该不会搞出事来了，妈妈肯定就不怕了。

她要陪着他，让他想吃什么就吃什么，想穿什么就穿什么，他想到哪里去玩，她就陪他到哪里去玩。老三上次留给她的那些钱，有近四百块，那就相当于她一年的工资，她一分都没用，那些钱用来满足老三想吃什么穿什么的愿望应该够了。

等到老三去了，她就跟着他去。她知道如果她死了，妈妈一定会很伤心，但是如果她不死，她一定活得比死了还难受，那她妈妈会更伤心。她想她到时候一定有办法把这一点给她妈妈讲明白，让妈妈知道死对于她是更好的出路，那妈妈就不会太难过了。反正现在哥哥已经招工回城了，可以照顾妈妈和妹妹了。爸爸虽然还戴着地主分子的帽子，但也被抽到大队小学教书去了。

妈妈这段时间心情开朗，生活也过得比以前好，尿血的毛病已经不治而愈了。没有她，家里人也可以过得很好了。

这样她就可以跟老三一起在这个世界上待三个月，然后她就跟他到另一个世界去，永远待在一起。只要是跟他在一起，在哪个世界其实也无所谓，都一样，在一起就行。

她想：不管事情怎么发展，也只能坏到这个地步了，无非就是老三只能活三个月了。说不定最后还活了六个月，那就赚了三个月。说不定最后发现是县医院误诊了，那就赚了一条命。

她把这些都想明白了，就觉得心安下来了，就像一个运筹帷幄的将军，把阵都布好了，进攻撤退的事宜也安排好了，就没什么要愁的了。

第二天，她很早就起来了，对妈妈说她要回农场去。妈妈有点吃惊，但她理直气壮地说农场就是这样安排的，只是叫她回来收钱的，第二天一定要赶回去的。她说："你不信的话，可以去问郑主任。"

妈妈见她这样说，当然相信，说："我怎么会不相信你呢？我——只是想你在家多待几天。"

静秋到了汽车站，把票一买，就到厕所把新罩衣换上了。她估计老三会在车站等她，所以她要早点换上，让他今天第一眼就看见她穿着他买的布做的衣服。她要尽量满足他的要求，不要说他是叫她穿给他看，就是他叫她脱给他看，她也一定脱给他看。

老三果然在汽车站等她，穿着他那件黑呢子衣服，但外面披了件军大衣。如果不是知道他病了，她一点也看不出他是个"等死"的人。她决定不提他的病，一个字也不提，装作不知道的样子，免得他心里难过。

他看见了她，快步走过来，接过她手里的包，连声说："穿上了？好漂亮，你好快的手啊，一下就做好了？你真应该去做服装师——”

她本来不想让他来替她背包的，怕他累了，但她意识到如果不让他背包，就说明她在把他当病人，所以她就让他背上。他没敢牵她的手，但跟她走得很近，路过一个商店时，他让她到橱窗跟前去，指着橱窗玻璃里的她说：“是不是好漂亮？”

她看见的是他们两个人，他微微侧着身，笑吟吟的，很健康很年轻的感觉。她听人说过，如果你照玻璃的时候，看见谁的头上有个骷髅头，就说明那个人快死了。她注意地看了，没有看到老三头上有骷髅头。她又转过头去看他的人，的确是很健康很年轻的感觉。她想也许县医院真的搞错了，一个小小的县医院，知道什么白血病黑血病的？

他问：“你明天回农场？”他见她点了头，欣喜地说，“那你——可以在这里待一天一夜？”

她又点点头。他笑着说：“我又先知先觉了一回，找医院的高护士借了她的寝室，你今晚可以在那里睡。”他带她到县城最大的一家百货商场去，买了一些毛巾、牙刷、脸盆什么的，好像她要在那里住一辈子一样。然后又到水果店买水果，到副食店买点心。他买什么她都不阻拦，让他畅所欲买。

大肆购买了一通之后，他说：“我们先把这些东西拿回去，然后你想到哪里去玩，我就带你去哪里玩。想不想去看电影？”

她摇摇头，她哪里都不想去，就想跟他待在一起。她见他穿得比一般人多，心想他到底是病了，怕冷，于是说：“你不是说你借了别人的寝室吗？我们去那里玩吧，外面冷——”

“你——想不想去看看那棵山楂树？”

她又摇摇头：“算了吧，现在又没开花，还要走那么远，以后再去吧——”

她见他没吭声，突然想：他是不是知道自己不久于人世，想在有生之年实现他许下的诺言？她觉得不寒而栗，小心地看了他一眼，发现他也在看她。

他把脸转到一边，说："你说得对，以后再去吧，开花了再去。"

他又提议了几个地方，她都没兴趣，坚持说："我们就到那个护士的寝室去坐坐吧，暖和一些。"

他们俩回到医院，他带她去了高护士的寝室，在二楼，是间很小的屋子，摆着一张单人床，铺的是医院用的那种白垫单，被子也像病房里用的那种，白色的套子，套着床棉絮。

他解释说："高护士在县城住，这只是她上中夜班的时候用用的，她很少在这里睡。床上的东西她昨天都换过了，是干净的。"

她看见屋子里只一把椅子，就在床上坐下。他忙忙碌碌地跑去洗水果，打开水，忙了一阵，才在椅子上坐下，削水果给她吃。她看见他左手背上那个伤疤有一寸来长，她问："那就是上次留下的？"

他顺着她的视线看了一下自己的左手背，说："嗯，难看吧？"

"不难看。你那次好快的手脚，一下就——"

"就是因为割了那一刀，那边医院才通知我去检查——"他好像发现自己说走了嘴，马上打住了，改口说，"通知我去换药。有了这个疤，就等于有了记号，不会走丢了。你有什么记号？告诉我，我好找你。"

她想问，到那里找我？但她没敢问，只是在脑海里冒出一个场面，是她经常梦到的，四处迷雾茫茫，他跟她两个人摸索着，到处寻找对方。她不知道为什么，想叫他的名字却总是叫不出口，看东西也看不真切，都是模模糊糊的。而他总是在什么地方叫"静秋，静秋"，每次她循着声音找去，就只看见他的背影笼罩在迷雾之中。

她突然悟出那就是他们死后的情景，觉得鼻子发酸，赶快深吸一口气，说:“我头发林子里有一块红色的胎记，就在后脑勺上，头发遮住了看不见。”

他问:“可不可以让我看看?”

她散开发辫，把那块胎记指给他看。他用手拨开她的头发，看了很长时间。她转过身，看见他眼圈发红，她慌忙问:“怎么啦?”

他说:“没什么。做过很多梦，总是云遮雾罩的，看不真切。看见一个背影像你的，就大声叫‘静秋，静秋’，但等别人回过头，就发现不是你——”他笑了笑，“以后知道怎么找到你了，就拨开头发看有没有胎记。”

她问:“为什么你总叫我‘静秋’? 我们这里都兴叫小名,不兴叫全名的。”

“可是我喜欢‘静秋’这个名字。听到这个名字,即便我一只脚踏进坟墓了，我也会拔回脚来看看你——”

她又觉得鼻子发酸，扭头去望别的地方。

他沉默了一会儿，说:“讲你小时候的故事给我听，讲你在农场的事给我听，我什么都想听。”

她就讲她小时候的故事给他听，也讲农场的事给他听。她也要他讲他小时候的故事给她听，讲他家乡的事给她听。那一天好像都用在讲话上了，中午就在医院食堂打饭来吃，晚上两个人出去到一家餐馆吃了饭。吃完后，因为天色晚了，外面没什么人，两个人就牵着手在县城里逛了逛。回到高护士的寝室时，天已经全黑了。他提了几瓶开水来，让她洗脸洗脚。

他出去了一下，她赶快洗了，但不知道把水泼哪里，就等着他回来了好问他。过了一会儿，他拿着一个医院用的那种痰盂回来了，说这楼里没厕所，你晚上就用这个吧。她脸一下红了，心想他一定是因为听她讲了在农场提斧头上厕所的故事，知道她半夜会需要上厕所。

他端起她的洗脚水就往外面走，她急得叫他：“哎，哎，那是我——洗了脚的水——”

他站住了，问：“怎么啦？你还要的？我泼了再去打干净的。”

她说：“不是，是——我们这里的男的不兴给女的倒洗脚水，没出息的——”

他笑起来：“你还信这些？我不要什么出息，只要能一辈子给你倒洗脚水就行。”说着，就走到外面去了，过了一会儿，拿着个空盆子转来。

他进了门，关上，问：“你还不赶快坐被子里去？赤脚站那里，一会儿就冻冰凉了。”说着，他把被子打开，铺上，掀开一角，叫她坐进去。她想了想，就和着衣服爬床上去，坐在床头，用被子捂住腿和脚。

他把椅子挪到她床边，坐下。她问：“你今天在哪里睡？”

“我回病房去睡。”

她犹豫了一下，问：“你……今晚不回病房去行不行？”

“你叫我不回去，我就不回去。”

两个人聊了一会儿，他说：“不早了，你睡吧，你今天坐车累了，明天又要坐车又要走路，早点休息吧。”

“那你呢？”

“我睡不睡无所谓，反正我白天可以睡的。”

她脱了外衣，只剩下毛衣毛裤，钻到被子里去躺下。

他给她盖好被子，隔着被子拍拍她，说：“睡吧，我守着你。”他在椅子上坐下，把军大衣盖在身上。

这是她第一次跟一个男的待在一间屋子里过夜，但她好像并不害怕一样。看来毛主席说的那句话有道理：“中国人死都不怕，还怕困难吗？”她现在连死的准备都有了，还有什么好怕的呢？别人要说什么，那都是别人的事。就算别人把嘴说歪了，她也不在乎。

但她害怕问他那个问题，她很想问他到底是不是得了白血病，如果是的话，她明天就到农场去跟郑主任说一声，再返回来照顾他。如果他真的只是感冒了，那她就还是回农场去上班，等休假的时候再来看他。

今天一整天，她都没能问出这句话。

42

静秋闭着眼睛，但一直没睡着，脑子里老在考虑什么时候问老三那个问题。

她偷偷睁开眼睛，想看他睡着了没有。刚一睁眼，就看见他正看着她，眼里都是泪水。他见她突然睁开眼，马上转过脸去，找个毛巾擦了擦眼睛，解释说："刚才——想起《白毛女》里面喜儿睡着了，杨白劳在唱'喜儿，喜儿，你睡着了，你不知道——你爹我欠账——'"

他唱不下去了。她从被子里跑出来，搂住他，低声说："你……告诉我，你是不是……得了……白血病？"

"白血病？谁……说的？"

"长芳说的。"

他似乎很惊异："她……说的？她……"

"不管是谁说的了，你告诉我，我想知道，你瞒着我，我更不安心，走路都差点让车撞了。你告诉我实话，我好知道……怎么办……"

他想了很久，终于点点头，泪又流出来了。她帮他擦掉泪，他抱歉地说：“我不像个男人吧？你说过的，男人不兴哭的。”

她解释说：“我说的是——男人不兴当着外人的面哭，我不是外人。”

“我其实不怕死，我只是——不想死，想天天跟你在一起——”

她安慰他说：“我们会在一起的，我不会让你一个人去的，我会跟你一起去的，不管在哪个世界里，我都跟你在一起，你不要怕——”

他愣了：“你在说些什么呀？你不要瞎说。我一直不敢告诉你实情，就是怕你这样瞎搞，乱来。我不要你跟我去。你活着，我就不会死；但是如果你死了，我就……真正地……死了。你懂不懂？你听见没有？”

她说：“我懂，‘你死了，我就真正的死了’，所以我要跟你去。”

他急了：“我要你好好活着，为我们两个人活着，帮我活着，我会通过你的眼睛看这个世界，通过你的心感受这个世界。我要你……结婚，生孩子，我们两个人就活在孩子身上，孩子又有孩子，我们就永远都不会死。生命就是这样一代一代延续下去的……”

她问：“我们会有——孩子？”

“我们不会有，但是你——会有的，你有就跟我有一样——你会活很久很久的，你会结婚，做妈妈，然后做奶奶，你会有子子孙孙的——很多年之后，你对你的后代讲起我，你不用说我的名字，只说是一个你——爱过的人——就行。我——就是想到那一天，才有勇气——面对——现在。想着那一天，我就觉得我只是——到另一个地方去，在那里看你——幸福地生活——”

说着说着，他发现她只穿着毛衣、毛裤跑到被子外面来了，连忙说：“快回到被子里去，当心感冒了——”

她钻回到被子里，对他说：“你——也到被子里来吧——”

他想了想，脱去外衣，也只穿毛衣毛裤，钻到被子里，伸了一条胳膊给她，让她枕着。两个人都有点抖，他说："你不要害怕，我什么都不会做的。"

她躺在他怀里，枕着他的胳膊，听见他的心跳得很快很响，她问："你的心是不是又要从喉咙那里跳出去了？"

"嗯，我……没想到……能跟你睡在一张床上，我以为……这一生都不会有这个机会了。"他侧过身，抱紧她，"好想……每天都能这样……"

"我也是。"

"我这样抱着你……你睡不睡得着？"他见她点头，就说，"那你就睡吧，安心地睡吧。"

她试着睡，但睡不着。她把头埋在他脖子边，用手"读"他的脸。他突然问："你……想不想看看……男人是什么样的？我是说……想不想看看我是什么样的？想看……我就给你看——"

她问："你给别人看过吗？"她见他摇摇头，又问，"你……看过……女的吗？"

他又摇摇头，自嘲地说："可能会死不瞑目吧。"说完，他开始在被子里摸索着脱衣服，边脱边说，"我脱给你看，但是你不要怕，我不会做什么的，我只是想……完成一个心愿……"

他把衣服一件件扔出被子，然后拉着她的手，放在他胸前："用你的手看——"他握住她的手，在他胸上移动，"我现在——还不是太瘦吧？"他把她的手放到他腹部，就松开了，"你自己慢慢看——"

她不敢动，知道往下就是男人的那个东西了。她看见过很小的小男孩的，他们拉尿的时候从来不避讳别人，她看见过他们挺着小肚子，使劲拉，拉出一个抛物线。她还在一张针灸穴位图上看到过成年男人的那个东西，不过没敢细看。

他见她不动了，就又握住她的手，向下移去，她触到他的体毛，吃惊地问：“男的也……长毛？”她记得针灸穴位图上的那个男的是没毛的，光溜溜的。

他笑了一下：“你以为就是女的才长？”

她更吃惊了：“你怎么知道女的长？”

“这是常识，书上也有的嘛——”他让她的手按在他那个又热又硬的地方。

她惊慌地问：“你发烧？肿了？”

他摇摇头，仿佛呻吟一样地说：“你……别怕，我没事，它能这样，说明我……暂时还不会死。你……握住它，它……喜欢你握住它……”

她握住它，她的手很小，只能握住一部分，她轻轻捏它一下，它就退一下，而他则抖一下。她说：“它好像不喜欢我握它，总在往后退——”

“它喜欢，它不是在退，是在跳——。记不记得那次在江里游泳？我看见穿游泳衣的你——它就成这样了，我怕你看见，只好躲在水里——”

她好像一下明白了很多事情，追问他：“那——你那次背我过河的时候，它是不是也成这样了？”她见他闭着眼点头，又问，“但是我那天没穿——游泳衣呢，它怎么也会……”

他笑了笑，突然搂紧她，在她脸上到处吻，仿佛狂乱地对她说：“我只要碰着你，看着你，想着你，它就会成这样抓住它，抓紧它，不要怕——”

她还没弄明白他在说什么，就感到手里一热，他好像在抽搐一样。她想肯定是她捏得太紧了，她想松开手，但被他的手抓住，松不开。她只好用另一只手去搂他，发现他背上像下雨一样，全都是汗。她着急地问：“你没事吧？你是不是很难受？要不要叫医生？”

他摇摇头，过了一会儿，才低声说：“我没事，我很好……刚飞到天上极乐世界去了一次，是你让我飞的……跟你在一起……我就想飞。我好想带你一起飞，但是……我的翅膀折断了，不能陪你飞多久了……”他拿了条毛巾擦她的手，“是不是觉得好恶心？不要怕，那不脏，那是……做小娃娃的东西……”

她也找了一条枕巾，擦他的背和身子，觉得“它”就是他身上的水龙头总开关，稍稍捏了一下就捏得他满身汗水，连被子都打湿了。她把被子翻个面，然后像他刚才那样，伸一条手臂给他做枕头。他弓着身子，躺在她怀里，筋疲力尽的样子。她见他连头发都汗湿了，知道他的飞翔一定让他很累，就心疼地搂着他，让他睡觉。她听着他均匀而轻微的鼻息，也沉入了梦乡。

睡了一会儿，她热醒了，怀里的他像个火炉子一样。她想，两个人睡真好，平时一个人睡总是睡不暖和，连脚都不敢伸直。现在她觉得全身热烘烘的，毛衣毛裤到处都像有针在锥她一样，里面穿的背心式乳罩也箍得她很不舒服。她妈妈教她的，睡觉要把乳罩扣子打开，说束缚太狠了会得乳癌的。她想脱掉毛衣毛裤，打开乳罩扣子，又怕惊醒了他，正在犹豫，他睁开眼，问：“你——没睡？”

“我睡了，热醒了，想把毛衣脱了。”她摸摸索索脱毛衣，问，“你想不想看我？你不是说——你没看过女的吗？你不是说你会死不瞑目吗？我脱给你看——”

“你不用这样，我只是那样说说，人死了，瞑目不瞑目都一样——”

“你不想看我？”

“怎么会不想？天天想，时时想，想得心里都长出手来了。但是我——”

她也像他一样，一件一件在被子里脱衣服，脱了扔到被子上面，然后抓住他的手放在她胸口：“你也用手看——”

他像被火烫了一样，从她胸前把手拿开："别，别这样，我……我怕我会……忍不住——"

"忍不住什么？"

"忍不住……要跟你……做夫妻才能做的事。"

"那就做吧。"

他摇摇头："你以后还要嫁人的，要跟人结婚的，我还是把你——完整地留给你的——丈夫吧。"

她坚定地说："我不会跟别人结婚的，我只跟你结婚。你走了，我会跟你去的，你想要做什么，就做吧。不然，你会死不瞑目的，我也会。"

他想了一会儿，用一条手臂搂住她，用另一只手慢慢"看"她。她觉得像被电击了一样，他的手抚摸到的地方，都有一种麻麻的感觉，连头皮都发麻。他用一只手把她两个乳房向中间挤，想一下都握住，但挤来挤去都没法把两个握住。他挤得她身体发软，下面好像有什么东西流出来，她慌张地说："等等，好像——我的老朋友来了，别把床单搞脏了——"

他跳起来，衣服都没穿就帮她找卫生纸，找到了，拿过来给她，说："不够的话，明天商店一开门我就去买。"

她看看床单，没见到红色，又抓张卫生纸擦了一下自己，也没见到红色，只是一些水一样的东西。她抱歉说："我搞错了，上星期刚来过了的。"

她没听到他答话，一抬头，见他赤裸着站在那里，正紧盯着她赤裸的身体，她看见了他的全部，她想他一定也看见了她的全部，她飞快地钻进被子，浑身发抖。

他跟了进来，搂住她，气喘吁吁地说："你……真美，发育得……真好，你这样斜躺在那里，像那些希腊神话里的女神一样。为什么你不喜欢……这里大？这样高高的才美呀。”他紧搂着她，喃喃地说，“好想带你飞——”

“那就带我飞——”

他轻叹一声，小心翼翼地伏到她身上……

43

静秋回到农场时，已经是第二天傍晚了。老三一直把她送上山，看得见农场那栋L形的房子了，两人才恋恋不舍地分手。

老三说他还在等医院确诊，叫她先回农场上班，不然他要生气的。她怕他生气了割他的手，只好回农场上班。他们约好两星期后她休息时在县医院见面，即使他那时已经出院了，他还是会到高护士寝室来等她。他答应她，如果真是白血病，他就马上写信告诉她，无信即平安。

静秋回到农场的当天晚上，就去找郑主任谈，免得他又退她的信。她旁敲侧击地说：“我有个朋友在严家河中学，她说她写了几封信到农场，用的是‘K县严家河公社付家冲大队K市八中农场’的地址，但都被按原址退回了。您看这是怎么回事？是不是地址不对？”

“地址是对的呀，”郑主任似乎很纳闷，“谁会把信退回去呢？”

她想，装得还挺像的，又追问道：“农场的信都是谁送来的？”

“信只送到大队，一般都是我父亲到大队去的时候把信带回来，我回家时就拿了带上山来。我父亲知道农场几个人的名字，绝对不会把你的信退回去。”郑主任问，“你是不是在怀疑我退了你的信？我可以用我的党籍做保证，我绝对没有退你的信。”

郑主任说到这个地步，她就不好再说什么了，相信郑主任应该不敢再退她的信了。

静秋白天忙着为学生们做饭，有时还下田劳动。到了晚上，当她躺在床上的时候，她总是闭上眼睛，回想跟老三一起度过的那一天一夜，尤其是那个夜晚，总是让她心潮澎湃。有时她用手抚摸自己，但一点感觉都没有，她觉得好奇怪，难道老三的手是带电的？为什么他触到哪里，哪里就有麻酥酥的感觉？她好想天天陪他飞，至少是在他的有生之年，天天陪他飞。

她听人说过，女孩跟男的做过那事了，身材就会变形，走路的样子也会改变，连拉尿都不一样了。她只听别人说“大姑娘拉尿一条线，小媳妇拉尿湿一片”，但别人没细说身材到底会变成什么样子，也没说走路会变成什么样子。她自己觉得她走路的样子没变，但她有点胆战心惊，怕别人看出她走路的样子变了。

好不容易熬过了一星期，但到了星期天傍晚，前一天回家休假的赵老师没回到农场来，过了两天才请人带信来说是做了人工流产，需要休息一个月。静秋一听这个消息就傻眼了，赵老师不回来就意味着她不能回 K 市休假，农场就她跟赵老师两人管伙食做饭，总得有一个人顶在那里。她心急如焚，跑去找郑主任商量，说她讲好了第二个周末回去的，现在不回去，她妈妈一定很着急。

郑主任安慰她说：“赵老师在 K 市休息，你妈妈就知道你在农场，她不会担心的。学校马上会派人来顶替赵老师，你坚持一两个星期，我多给你一两天假。现在农场就你一个人管伙食，你一定要以工作为重，帮农场这个忙。”

静秋有苦难言，不知道怎样才能让老三知道她走不开。好在老三没写信来，说明医院还没有断定他是那病，她只好耐着性子等几天，相信老三一定能理解。

过了几天，学校派了一个姓李的女老师临时顶替赵老师几天，静秋连忙央求郑主任让她这个周末回家休假。郑主任本来还想叫她再推迟一个星期，把李老师教会了再休假，但静秋坚决不肯了。郑主任从来没见过静秋这么不服从分配，很不高兴，但也没办法，就让她回家休假了。

现在比约定的时间已经迟了一个星期，但静秋相信老三会等她的。星期六早上，她很早就上了路，一个人从付家冲走到严家河，坐第一班车赶到K县医院，她先去老三的病房。但老三不在那里，同病房的人都好像换过了，说这病房没有姓孙的。

静秋又到高护士的寝室去找，但老三不在那里。她跑去找高护士，别人告诉她高护士那天休息。她求爹爹告奶奶地问到了高护士在县城的住址，一路找去，高护士家没人，她只好守在高护士家门口等。一直等到下午了，高护士才从婆家回来。她走上去自我介绍说是小孙的朋友，想看她知道不知道小孙到哪里去了。

高护士说："噢，你就是静秋啊？小孙那天借房子是招待你的吧？"

静秋点点头。高护士说："小孙早就出院了，他给你留了一封信的，不过我放在医院寝室里，你现在跟我去拿吧。"

静秋想，可能是老三给她留的二队的地址，叫她到那里去找她的。她跟着高护士又一次走进那个房间，思绪万千，那天晚上发生的一切尽在眼前。

高护士把老三的信拿来给静秋，没信封，还是折叠得像只鸽子。她突然有一种不祥的感觉，果然，老三说：

很抱歉我对你撒了谎，这是我第一次对你撒谎，也是我最后一次对你撒谎。我没有得白血病，我那样说，只是想在走之前见你一面。

这一向，我父亲身体非常糟糕，他想让我回到他身边去，所以他私下为我搞好了调动。本来早就该回A省去上班的，但是我总想见你一面，就一直待在这里，等待机会。这次承蒙上天开恩，总算让我见了你一面，跟你一起度过了幸福的一天一夜，我可以走而无憾了。

我曾经对你妈妈许诺，说要等你一年零一个月，我也曾对你许诺，说会等到你二十五岁，看来我是不能守住这些诺言了。儿女情长，终究比不上那些更高层次的召唤。你想怎么责备我就怎么责备我吧，一切都是我的错。

那个跟我同名的人，能为你遮风挡雨，能为你忍辱负重，我相信他是个好人。如果你让他陪你到老，我会为你们祝福。

这封信如同一记闷棍，把静秋打得发懵，不明白老三这到底是什么意思。她想一定是医院确诊老三是得了白血病，他怕她难过，撒了这个谎，好让她忘记他，幸福地生活。

她问高护士："您知道不知道小孙是为什么病住院？"

"你不知道？是重感冒。"

静秋小心地问："我怎么听说他得的是——白血病？"

"白血病？"高护士的惊讶分明不是装出来的，"没听说呀，白血病不会在我们这里住院吧？我们这里条件不好，稍微严重点的就转院了。"

"他什么时候出院的？"

高护士想了一下："应该是两星期之前就出院了，那天我上白班，我是一个星期倒一次班，对，是两星期前出院的。"

“那他上个周末回医院来了吗？”

“我不知道他上个周末回来没有，不过他把我房间钥匙借去了的。我还有一把钥匙，他走的时候把钥匙反锁在房间里就行，所以我不知道他周末在不在这里。他借钥匙是因为你要来吧？”

静秋没回答，看来老三上个周末在这里等过她的。会不会是因为最终见她没来，起了误会，才写了那封信，回 A 省去了？但是老三不像那种为一次失约就起误会的人啊。

她想不出是为什么，坐在这里也不能把老三坐出来，她想到二队去找老三，但问了高护士时间，发现已经太晚了，没有到严家河的车了，她只好谢了高护士，乘车回到 K 市。

在家待着，她的心也平静不下来，她最恨的就是不知道事情真相。不知道事情真相，就像球场没有个界线一样，你不知道该站在什么地方接球，可发球的可以把球发到任何地方，那种担心防范，比一个球直接砸中你前额还恐怖。她无比烦闷，谁跟她说话她都烦，好像每个人都在故意跟她搓反绳子一样。

她本来有三天假，但她星期一清晨就出发回农场，诳她妈妈说是因为新到农场的李老师不熟悉做饭的事，她早点回去帮忙的。她到了 K 县城就下了车，又跑到县医院去，先去老三住过的病房看看。老三当然不在那里，这她也预料到了，只不过是以防万一而已。

然后她去住院部办公室打听老三住院的原因，别人叫她去找内科的谢医生。她找到谢医生的办公室，见是一个中年女医生，正在跟另一个女医生谈论织毛衣的事。听说静秋找她，就叫静秋在门外等一会儿。

静秋听她们在为一个并不复杂的花式争来争去的，就毛遂自荐地走进去，说应该是这样这样的。两个女医生就把门关了，拿出毛衣来，当场叫静秋证实她没说错。静秋就快手快脚地织给她们看了，把她们两个折服了，叫她把织法写在一张处方纸上。

两个女医生又研究了一会儿，确信自己是搞懂了，谢医生才问静秋找她有什么事。静秋说：“就是想打听一下孙建新是因为什么病住院——”她把自己的担心说了一遍，说怕老三是得了绝症，怕她难过才躲起来的，如果是那样的话，她一定要找到A省去，陪他这几个月。

两个女医生都啧啧赞叹她心肠真好。谢医生说：“我也不记得谁是因为什么病住院的了，我帮你查查。”说着就在一个大柜子里翻来翻去，翻出一个本子，查看了一下，说：“是因为感冒住院的，这打的针、吃的药、输的液都是治感冒的。”

静秋不相信，说：“那本子是干什么的？我可不可以看看？”

谢医生说：“这是医嘱本，你要看就看吧，不过你也看不懂。”

静秋学过几天医，也在住院部待过，虽然连皮毛也没学到什么，但“医嘱”还是听说过的。她把本子拿来看了一下，的确是个医嘱本，都是医生那种鬼画符一样的字，大多数都是拉丁字的“同上”、“同上”。她翻到前面，找到老三刚进院时的医嘱，认出有“盘尼西林”的拉丁药名，还有静脉注射的葡萄糖药水等等，看来的确是感冒。

她从医院出来，心情很复杂。老三得的是感冒，她为他高兴，但他留那么一封信，就消失不见了，又令她迷惑不解。

在严家河一下车，她想都没想，就跑到中学去找长芳，也不管她正在上课，就在窗子那里招手，招得上课老师跑出来问她干什么，她说找张长芳，老师气呼呼地走回去把长芳叫了出来。

长芳似乎很惊讶：“你怎么这个时候跑来了？”

静秋有点责怪地说："你那天怎么说是你哥在住院？明明是——他在住院——"

"我是把他叫哥的嘛——"

"你那天说他是那个病，怎么医院说不是呢？是谁告诉你说他是那个病的？"

长芳犹豫了一下说："是他自己说的呀，我没撒谎，你信不信，那就是你的事了。"

"他调回A省去了，你知不知道？"

"听说了。怎么，你想到A省去找他？"

"我连他在A省的地址都不知道，我到哪里去找他？你有没有他的地址？"

长芳有点抱怨地说："我怎么会有他的地址？他连你都没给，他会给我？我不晓得你们两个人在搞什么鬼。"

"我们没搞什么鬼，我只是担心他是得了那个病，但他不想让我跟着着急，就躲到A省去了。"

"我不相信，他躲到A省去，你就不着急了？你这不急得更厉害？"

静秋想想也是。她不解地问："那你说他会是为什么跑回A省去了呢？"

长芳有点生气地说："你问我，我问谁？所以我说不知道你们两个人在搞什么鬼啰！"静秋恳求说："你知道不知道二队在哪里？你可不可以跟我去一下？我想去那里看看，我怕他就在二队，躲着不见我。"

长芳说："我还在上课，我告诉你地方，你自己找去吧，很近，我指给你看。"

静秋按长芳说的方向，直接找到二队上班的地方去了，离严家河只一里多路，难怪老三说他中午休息时就可以逛到严家河来。她问那些上班的人孙建新在哪里，别人告诉她说小孙调回A省B市去了，他爹是当官的，早就跟他把接收单位找好了，哪像我们这些没后台的，一辈子只有干野外的命。

静秋问："你们有没有听说他——得了——绝症？"

几个人面面相觑："小孙得了绝症？我们怎么没听说？"

有一个说："他得什么绝症？我看他身体好得很，打得死老虎。"

另一个说："哎，你莫说，他前一向是病了，在县医院住院了的——"

第三个说："他有后门，不想上班了，就跑到医院住几天，谁不知道县上的丫头长得漂亮？"

44

这一次，静秋不知道什么才是最坏的思想准备了。可能老三为了怕她担心他的病，就谎说自己没病，一个人躲到一边"等死"去了。但是所有的证据都在反驳这种推测，县医院的医嘱证明他的确是因感冒住院的，二队的人证明他的确是早就把调回A省的手续办好了。

要说老三把所有这些人全部买通了，都帮着他来骗她，应该是不可能的。特别是医嘱，那么多天、那么多人的医嘱都在那里，不同的鬼画符，肯定出自不同的医生之手，不可能是老三叫那么多医生帮忙编造了那本医嘱。

说到底，只有长芳一个人说老三得了白血病，而且也是听老三自己说的，谁也没看到过什么证据。静秋想不出老三为什么要对她撒这个谎，说自己得了白血病。他说是为了跟她见一面，但他是在跟她见面之后才说他有白血病的，这怎么讲得通呢？

她几乎还没有时间把这事想清楚，就被另一件事吓晕了：她的老朋友过了时间没来。她的老朋友一般是很准时的，只有在遇到重大事件的时候才会提前来，但从来没推迟过。老朋友过期没来就意味着怀了孕，这点常识她还是有的，因为听到过好些女孩怀孕的故事，都是因为老朋友过期不来才意识到自己怀孕的。

那些故事毫无例外都是很悲惨很恐怖的，又因为都是她认识的人，就更悲惨更恐怖。八中有个小名叫“大兰子”的女孩，初中毕业就下了农村，不知怎么的，就跟一个很调皮的男孩谈起了朋友，而且搞得怀孕了。听说大兰子想尽了千方百计要把小孩弄掉，故意挑很重的担子，从高处往地上跳，人都摔伤了，小孩也没弄掉。

后来小孩生了下来，可能是因为那样跳过压过，又用长布条子绑过肚子，所以小孩有点畸形，有两根肋骨下陷。大兰子到现在还在乡下没招出来，她的男朋友因为这件事再加上打架什么的，被判了二十年。那孩子交给她男朋友的妈妈带，两家人都是苦不堪言。

大兰子还不算最不幸的，因为她无非就是名声不好，在农村招不回来，至少她男朋友还承认那是他的孩子，大兰子也还保住了一条命。还有一个姓龚的女孩，就更不幸了，跟一个男孩谈朋友，弄得怀孕了，那个男孩不知道在哪里搞来的草药，说吃了可以把小孩打下来。姓龚的女孩就拿回去偷偷在家熬了喝，结果小孩没打下来，倒把自己打死掉了。这件事在 K 市八中闹得沸沸扬扬，女孩家里要男孩赔命，两边打来打去，最后男孩全家搬到别处去了。

静秋听说到医院去打掉小孩是要出示单位证明的，好像男女双方的单位证明都要。她当然是不可能弄到单位证明的，老三现在也不知去向，当然更弄不到他的单位证明。她想：老三什么都懂，肯定也知道这一点，他这样偷偷摸摸地跑掉，是不是就是因为害怕丢这个人？所以及早跑掉，让她一个人去面对这一切？

她怎么样想，都觉得老三不是这样的人，他以前对她的那种种的好，都说明他很体贴她，什么事都是替她着想。怎么会把她一个人扔到这样一个尴尬的境地不管了呢？即便是他真的得了白血病，他也没有理由让她一个人去面对这事吧？他总可以等这事了结了再躲到一边“等死”吧？

他这种不合逻辑的举动，只有一个办法可以解释：他做那一切，都是为了把她弄到手。

她想起看过的那本英国小说《苔丝》，那本书不是老三借给她看的，而是她在K市医院学医的时候从一个放射科的医生那里借来看的，只借了三天就被那个医生要回去了，她没时间细看，但故事情节还是记住了的，是关于一个年轻的女孩被一个有钱人骗去贞操的故事。

她还想起好几个类似的故事，都是有钱的男人欺骗贫穷女孩的故事。没到手的时候，男人追得很紧，甜言蜜语，金钱物质，什么都舍得，什么都答应。但等到“得手”了，就变了脸，最后倒霉的都是那个贫穷的女孩。她突然发现老三从来没借这种书给她看过，大概怕把她看出警惕性来了。

顺着这个路子一想，老三的一举一动都可以得到解释了。他努力了这么久，就是为了那天在医院的那一幕。如果他真的不想让她为他的病着急，他就不会说什么“同名不要紧，只要不同命”。他也不会在她问到他是不是白血病的时候点那个头，保密就从头保到尾。他不时地透露一下他得了绝症，为了什么呢？只能是为了把她弄到手。他知道她有多么爱他，他也知道如果他得了绝症，她会愿意为他做一切，包括让他“得手”。

看来“得手”就是他这一年多来孜孜以求的原因。“得手”以前，他扮成一个温文尔雅的绅士，关心体贴她；但“得手”之后，他就撕下了他的假面具，留下那么一个条子，就消失得无影无踪了。

她心急如焚，不知道该怎么办。如果她怀孕了，她只有两条路。一条就是一死了之,但即便是死,也只能解脱她自己,她的家人还是会永远被人笑话。最好是为了救人而死，那就没人追究她死的原因了。另一条路就是到医院去打胎，然后身败名裂，耻辱地活一辈子。她不敢设想把孩子生下来，那对孩子是多大的不公！自己一生耻辱也就罢了，难道还要连累一个无辜的孩子？

那几天，她简直是活在地狱里，惶惶不可终日。好在过了几天，她的老朋友来了，她激动得热泪盈眶，真的是像见到了多年不见的老朋友一样，所有身体的不适都成了值得庆祝的东西。只要没怀孕，其他一切都只是小事。

人们谈起女孩子受骗失身，就惊恐万状，都是因为两件事，一件就是怀了孕会身败名裂，另一件就是失去了女儿身以后就嫁不出去了。现在怀孕的事已经不用为之发愁了，剩下就是一个嫁不出去的问题。她觉得自己根本没有心思嫁人，如果连老三这样的人都只是为了“得手”才来向她献殷勤的，她想不出还有谁会是真心爱她的。

她倒并没怎么责怪老三，她想：如果我值得他爱，他自然会爱我；如果他不爱我，那就是因为我不值得他爱。

问题是老三既然不爱她，为什么还要花这么些精力来把她弄到手呢？可能男人就是这样，越弄不到手的，越要拼命弄。老三能跟她虚与委蛇这么久，主要是他一直没得手。像那个曹大秀，估计很早就得手了，所以老三很早就懒得理她了。他一定是在很多女的那里得手过了，所以他知道女的那个地方长什么样，他也知道“飞”是怎么回事。

还有“绿豆汤”的事，一定是他跟寝室里的人吹过的，说她是他用来泻火的“绿豆汤”，不然怎么他寝室的老蔡会那样说呢？同样一件事，他想哄她做的时候,就说那是“飞”;但到了他跟他同寝室人谈话时,就变成了“泻火”。想想就恶心。

还有那几封信，他说他写了信到农场的，但郑主任敢以党籍作保证，说他没退信。先前她怀疑是郑主任在撒谎，现在看来应该是老三在撒谎。

还有……她不愿多想了，几乎每件事都可以归纳到这条线上来，从头到尾就是一出苦肉计，在江边坐一晚上，流泪，用刀割自己的手，一出比一出更惨烈，当那一切都没能得逞的时候，他就想出了白血病这一招。

很奇怪的是，当她把他看穿了、看白了的时候，她的心不再疼痛，她也不为自己做过的事情后悔。吃一堑，才长一智。人生的智慧不是白白就能长出来的，别人用自己的经验教训告诫你，你都不可能真正学会。只有你自己经过了的，你才算真正长了智慧。等你用你的智慧去告诫别人的时候，别人又会像你当初那样，不相信你的智慧，所以每一代人都在犯错误，都在用自己的错误教育下一代，而下一代仍然在犯错误。

静秋在农场还没干到半年，就被调回来教书了，可以说是因祸得福，不过是因别人的祸得了福。她接手的是八中附小的四年级一班，原来的班主任姓王，属于那种脾气比较好、工作很踏实，但教不好书带不好班的老师，每天都是辛辛苦苦地工作，但班上就是搞不好。

前不久，轮到王老师的班劳动。每个学校都有交废铁的任务，学校就跟河那边一个工厂联系了，让学生去厂里的垃圾堆里捡那些废钉子、废螺丝，上交给国家炼钢炼铁。王老师带着学生去捡废铁,回来的时候队伍就走散了。王老师自己挑着一担废铁，还要跑前跑后维持纪律，忙得不可开交，搞到最后，就有几个调皮捣蛋的学生溜不见了。

那时学校门前的小河正退了水，只剩很窄的一道河沟。人们就用草袋装了煤渣什么的在河底铺出一条路，让过河的人从河坡走到河沟那里去乘一种很小的渡船。大家把这条铺出来的路叫“干码头”。

干码头两边有的地方是很干的河底，有的地方是淤泥，有的地方是干得裂口的泥块下藏着淤泥。王老师班上一个姓曾的调皮男孩离开班级，在河那边玩到很晚才往家走，结果误踩进淤泥了，刚好旁边没人，他就陷在淤泥里，越陷越深。

王老师带着大部分学生回到学校，又返回去找那几个离开了班级的学生，找来找去都没找到，只好忐忑不安地回了家，希望明天在班上能看见这几个调皮捣蛋的家伙。结果第二天刚进教室姓曾的学生家长就找来了，说他儿子昨晚一夜没回家，叫王老师把他儿子交出来。

这下学校也着急了，派人到处去找，还向派出所报了案。过了一天，才在河里的干码头旁边的淤泥里挖出了那个姓曾的学生，早就死了。姓曾的家长看见自己的儿子满嘴满脸都是污臭的淤泥，想到儿子垂死挣扎的情景，满心是愤怒和痛苦，而且都转嫁到王老师头上，说如果是个得力的老师，自己的儿子就不会离开班级，遭此劫难。

曾姓家长每天都带着一帮亲戚朋友围追堵截王老师，要她偿命。学校没办法了，只好把王老师派到农场躲一躲。王老师那个班没有谁敢去接，学校就把静秋调回来接那个班。

静秋一向是个服从分配的好学生，现在虽然参加工作了，对过去的老师仍然是毕恭毕敬，言听计从。而且她知道如果她这次不肯接这个班，以后学校就不会让她教书了。她二话没说就回到K市，接替王老师，当上了四年级一班的班主任。

姓曾的家长见静秋跟他无冤无仇，也没来找她麻烦。其他学生家长见总算来了一个老师接这个班，对静秋也有点感激。静秋把整个身心都投入到工作当中去，备课、教书、走家访、跟学生谈话，每天都忙到很晚才休息。后来她又发挥自己的排球特长，组织了一个小学女子排球队，每天早晚都带着球队练球。有时还带学生到外面去郊游，很得学生欢心，她的班很快就成了年级最好的班。

这样忙碌着的时候，静秋没有多少时间去想老三。但是夜深人静的时候，她会想起那些往事，会泛起一点怀疑，老三真的是个花花公子吗？他会不会正躺在哪个医院里，奄奄一息？

她想起老三提到过K市的那家军医院，说就是因为割了那一刀，他们才叫他去检查。是不是那家军医院查出了老三有白血病呢？她越想越不放心，就请成医生帮忙去打听一下。

成医生说那家医院不属于K市医疗系统，是直属中央的，听说是遵循毛主席“备战，备荒，为人民”的教导，为防备第三次世界大战爆发，特地为首长修建的。当时针对第三次世界大战的特点，还修建了很深的防空洞，防止帝国主义、修正主义国家的原子弹袭击。后来，第三次世界大战的风声似乎不那么紧了，那家医院才开放了一部分对外，但一般人是很难进去的。

成医生费了很大劲才打听到结果，说从就诊记录来看，孙建新有轻微的血小板减少，但不是白血病。

静秋死了心了，知道自己不过是重复了一个千百年来一直在发生的故事。她不是第一个受骗的女孩，她也不会是最后一个受骗的女孩。她越来越觉得自己一直以来爱着的并不是老三，而是成医生。她之所以会对老三一见钟情，也是因为他在某些地方像成医生。当然只是某些地方像，到了一个关键的地方，他跟成医生就分道扬镳了。

江心岛上有个豆芽社，专门生产豆芽卖的，所以江心岛人吃得最多的菜就是豆芽。静秋总觉得老三跟成医生就像一根黄豆芽，下面是同一个茎，白白的，纯纯的，手指一掐就能掐出水来。但到了上面，就分成两个大大的豆瓣，形状是一样的，只不过有一个豆瓣霉烂了，变黑了，而另一个豆瓣仍然是金黄的，保持着本色。

那个分岔点就是“得手”，成医生结婚这么多年了，仍然是忠心耿耿地爱着江老师，而老三一“得手”就马上变了脸。

她越来越频繁地到江老师家去，就为了听听成医生的声音，看他忠心耿耿地爱他的妻儿。成医生可能是江心岛唯一一个为女人倒洗脚水的男人，妻子的，岳母的，都是他倒。特别是夏天，大家都是用一个大木盆装很多水，在家洗澡。那一大盆水，没哪个女的端得动，都是用个小盆子一盆一盆舀了端到外面去倒。但成医生家都是他端起那一大盆水，拿到外面去倒。

她一点也没因为这点就觉得成医生没出息，相反，她觉得他是个伟大的男人。

特别令她感动的是成医生对两个小孩的爱。夏天的傍晚，总能看到成医生带着他的大儿子下河去游泳，而江老师就带着小儿子坐在江边看。很多个晚上，静秋都看见成医生在床上跟他的小儿子玩，趴在床上让儿子当马骑，真正的“俯首甘为孺子牛”。

成医生两口子是大家公认的恩爱夫妻，琴瑟和睦。他们两个人一个拉琴，一个唱歌，配合默契，差不多是江心岛的一大景观。

在静秋看来，只有成医生这样表里如一，始终如一，“得手”前“得手”后如一的人才值得人爱。

她看着成医生疼爱他的妻儿，她的心里就会盘旋着一些诗句，短短的，只是一个一个的片段，因某个情景触发的，为某个心情感叹的。那些诗句在她心里盘旋着不肯离去，好像在呼吁她把它们记下来一样。等她回到自己的寝室，她就把那些诗句写下来，有时连题目都没有，她也不用他的名字，只用一个字：“他”。

45

一个很偶然的机会，静秋发现了退信的“罪魁祸首”。那天，静秋被正在农场锻炼的高二两个班邀请到付家冲为他们的演出伴奏。八中农场要跟一个知青农场联欢，那个农场也在付家冲。因为是周末，静秋就毫不犹豫地接受了邀请，八中农场那边还专门派了一个男生来帮她背手风琴。

静秋到了农场，跟学生们一起排练了一下，就跟着高二的学生去了那个知青点。她一到那里，就成了一个引人注目的人物，因为她会拉手风琴，而且是女的。农场的知青也请她伴奏，都是几个很熟悉的曲子，她就为两边的节目都伴奏了。

演出完了，还有不少人围着她，有的叫她再拉一个，有的还拿过去扯两把，都说好重好重，扯不开。

有个叫牛福生的男知青听说了静秋的名字，就跑到她跟前来，说：“你真的姓‘静’？真的有姓‘静’的人？”他见静秋点头，就说，“那前段时间我们这里收到的应该是你的信了。”

原来当时八中农场才办起来不久，送信的还不太熟悉，只看见了“K 市八中农场”几个字，就想当然地投递到这个知青农场来了，因为这个农场是叫“K市第八工程队农场”。第八工程队以前是部队编制，后来转了地方，这个农场是专门为他们的子女办的，子女中学毕业了，到这里来锻炼，算是上山下乡，然后就抽回K市，大多数进了第八工程队。

农场管收发的人不知道这个“静秋”是何许人也，问来问去都没人知道，就把信退回去了。牛福生经常跑到收发处去拿信，见过这个很少见的姓，他看见信是从严家河寄来的，觉得很奇怪，才六里地，为什么要写信？他记住了“静秋”这个名字，现在看到了名字的主人，一下就想起这件事来了。

静秋谢了他，又拜托他如果以后看到写给“静秋”的信，就帮她收下，她有机会了自己来拿。牛福生问她要了她在K市的地址，许诺说如果以后看到静秋的信，就帮她收了，等他回K市的时候帮她送过去。

这个发现与其说是洗刷了郑主任，还不如说是洗刷了老三，至少在写信这件事上洗刷了他，说明他的确是写了信的。但他后来跟她见面的时候，怎么没把那些退回的信给她呢？她估计那都是些绝交信，所以他没给她看，免得坏了他的计划。

静秋现在已经有了自己的寝室，是学校分的，一个十平米左右的单间，她跟一个姓刘的女老师合住。她们寝室里放了一张两个抽屉的办公桌，一人一个抽屉，两个人都在自己那个抽屉上加了锁。静秋有了自己的半边天下，就把自己的小秘密都锁在那里。

刘老师的家在河那边，一到周末就回去了，所以到了周末，这间屋子就是静秋一个人的天下。那时，她会闩上门，把老三的信和照片拿出来看，想象那些信都是成医生写给她的。当她这样想的时候，就觉得很幸福，很陶醉，因为那些话只有从成医生那样的人嘴里说出来，才有意义，否则就是亵渎。

鬼使神差的，她把自己的几首诗抄在纸上，想找个机会给成医生看。她自己也不知道给他看是什么意思，她就是想给他看。

有一天，她趁着成医生来从她手里抱儿子过去的时候，偷偷地把那几张揣了好几天的小诗塞在成医生的衣袋里。有两三天，她不敢到成医生家去。她倒没有什么对不起江老师的感觉，因为她从来没想过要把成医生夺过来归自己所有，她只是崇拜他，爱他，那些诗句是为他写的，所以想给他看。她不敢去他家，主要是怕他会笑话她的文笔，笑话她的感情。

那个周末的晚上，成医生找到她寝室来了。他把那些诗歌还给了她，微笑着说："小女孩，你很有文采，你会成为一个大诗人的，你也会遇到你诗里面的'他'的，留着吧，留给他。"

静秋很慌乱，一再声明说："对不起，我不知道我在写些什么，我也不知道为什么把这些东西塞在你口袋里，我一定是疯了。"

成医生说："你有什么心事，可以跟江老师谈谈，她是过来人，她能理解你，她也会为你保密。"

静秋恳求他："你不要把这事告诉江老师，她一定会骂我的。你也不要把这事告诉任何人。"

"我不会的。你别怕，你没做什么，只不过是写了几首诗，请一个不懂诗的人参谋了一下。对于诗，我提不出什么意见，但是对于生活中有些难题，也许我能帮上忙。"

他的声音很柔和，很诚恳，她不知道到底是因为信赖他，还是想要声明自己除了崇拜没有别的意思，她把她跟老三的故事告诉了他，只没讲那一夜的那些细节。

成医生听完了，推测说："可能他还是得了白血病，不然没法解释他为什么会躲避你。他在县医院住院，有可能只是因为感冒，因为白血病人抵抗力降低，很容易患各种疾病。现在没有什么办法根治白血病，只能是感冒了治感冒，伤风了治伤风，尽量延长病人的生命。县医院有可能根本不知道他有白血病，他的白血病可能是那家军医院查出来的。”

“可是你不是说——那家医院诊断他是血小板减少吗？”

“如果他不想让你知道，他当然会叫医院保密——”成医生说，“我只是这样猜测，也不一定就猜得正确。不过如果是我的话，恐怕也只能这样，因为你说了要跟他去，他还能有什么别的选择呢？总不能真的让你跟去吧？而且让你看着他一天一天消瘦下去，憔悴下去，一步一步走向死亡，他怎么忍心呢？如果是你，你也不愿意他看见你一步步走向——死亡吧？”

“那你的意思是——他现在一个人在A省那边——等死？”

成医生想了一会儿：“说不准，他有可能就在K市。如果是我的话，我想我会回到K市来，终究——离得近一些——”

静秋急切地说：“那你能不能帮我到各个医院打听一下？”

“我可以为你打听，但你要保证你不会做傻事，我才会去打听。”

静秋连忙保证：“我不会的，我……我……再不会说那些话了。”

“不光是不说那些话，也不能做那些事。他为你担心，无形当中就加重了他的思想负担，也许他——已经作好了听天由命的准备，可以宁静地面对死亡，但是如果他想到他的离去也会把你带去，他会很生他自己的气的。”

成医生把自己大儿子的身世讲给静秋听，原来他的大儿子并不是他亲生的，而是他一个病人的儿子。那个病人死去后，她的丈夫也随着自杀了，留下一个孤儿，成医生领养了他，又从J市调到K市，免得外人告诉孩子他亲生父母的悲惨故事。

成医生说："我每天在医院工作，经常看到病人死去，看到病人家属悲痛欲绝。这些年，看了这许多的生离死别，最大的感受就是我们每个人的生命都不是我们一个人的，不能想怎么处置就怎么处置。如果你跟他去了，你妈妈该多难过？你哥哥妹妹该多难过？我们大家都会难过，而这对于他并没有什么好处。在他生前，只能是加重他的思想负担；在他死后——你肯定知道并没有什么来生，也没有另一个世界，即使两个人同时赴死，也不能让你们两个人在一起。他说得很好啊，你活着，他就不会死。"

静秋难过地说："我就怕……他已经——你能尽快帮我去打听吗？"

成医生到处为她打听，但没有哪家医院有一个叫孙建新的人在那里住院，包括那家军医院。成医生说："我已经黔驴技穷了，也许我猜错了，可能他不在 K 市。"

静秋也黔驴技穷了，唯一能安慰她的就是成医生可能真的猜错了，他说了"如果是我的话"，但是老三不是他，他们两个人在一个关键地方分道扬镳了，而她没把那个关键地方说出来，成医生就很可能猜错了。

1976 年四月间，正在地区师范读书的魏玲跑来找静秋，说有很重要的事跟她商量。魏玲从农村招到位于 K 市的地区师范后，每个周末都回到 K 市八中她父母家来，经常跟静秋在一起玩。

这次魏玲一见静秋就说："我闯了大祸了，只有你可以救我一命了。"

静秋吓一跳，赶快问是怎么回事。

魏玲支支吾吾地说："我……可能是……怀小毛毛了，但我男朋友没把东西弄到那去，怎么会怀孕的呢？"

静秋不解："什么东西没弄到那里去？"

“当然是生娃娃的那个东西，男人的精子。”

静秋本来是不愿意打听这些细节的，帮忙就帮忙，她不想因为帮了魏玲的忙就逼她交代“作案经过”，但这个细节对于她来说实在是太重要了，她忍不住就问了：“把生娃娃的东西弄到哪里去？”

魏玲说：“哎，你没谈过男朋友，没做过这些事，说了你也不懂，就是把生娃娃的东西弄到你来老朋友的那里去。”魏玲愤愤地说，“他最后是没弄到那里去，但是他前面——肯定还是弄了一些到那里去了，不然我怎么会怀小毛毛？天上掉下来的？我自己心里最清楚，我没跟任何别的男人同过房——”

静秋听得目瞪口呆，把那些滑腻腻的东西弄到“那里”去？好恶心。她一下子想起以前听到过的一个很恐怖的故事，说有个女孩把短裤反面朝外晾在靠墙的地方晒，结果被蜘蛛爬了，那个女孩穿了那条短裤就怀孕了，生出一窝蜘蛛。所以她从来不把短裤反面朝外晾，也从来不把短裤晾在靠墙的地方，或者任何蜘蛛能爬到的地方。但她以前不明白怎么蜘蛛爬了短裤，女孩就会怀孕。现在她才明白了，一定是蜘蛛把它生娃娃的东西糊在短裤上，女孩穿了，那些东西就跑到女孩“那里”去了，所以就怀了孕。

她突然明白老三真的像他说的那样，什么也没做，因为他没有把生娃娃的东西糊到她“那里”去，那说明他没“得手”。既然他没“得手”，她以前的那些猜测就都是错误的。他一定是得了白血病，他怕死了之后她要跟他一起去，所以他撒谎说他没得白血病。但他如果留在 K 县，她很快就会发现他是得了白血病，所以他只好躲回 A 省去了。他这样做，也许她会恨他，但可以保住她一条命。

想到这一点，她心如刀割，不知道怎样才能找到他，也不知道他现在还在不在。

46

静秋没想到自己这么无知，连什么是同房都不知道。如果不是这次碰巧听魏玲说起，她可能还在错怪老三，以为老三“得手”了。刚开始她以为在一个床上睡了就是同了房，但亚民那次说“幸好我们没脱棉衣没关灯”，她才认识到脱棉衣和关灯才是最重要的。

她跟老三在医院里相会那次，她是准备跟老三一起把死前能做的事都做了的，所以她很勇敢地脱了棉衣，最后还关了灯。

那次他说他不敢碰她，怕会忍不住做夫妻才能做的事。而她叫他不要怕，叫他做，不做两个人都会死不瞑目的。然后老三就伏到她身上，她以为接下去做的事就是夫妻的事了。

她想起她那晚因为无知和好奇说了一些很不好的话，一定是很令老三难受的，现在真的恨不得把自己的舌头割掉。那天他们“飞过”之后，他用毛巾为她擦掉肚皮上那些滑腻腻的东西，她问：“你怎么知道这不是尿？”

他似乎很尴尬，说：“这不是。”

“但是尿不也是从这里拉出来的吗？”她见他点头承认，就追问，“那你怎么知道什么时候是尿，什么时候不是呢？会不会搞错了？”

他好像有点讲不清楚，只含糊地说：“自己能感觉到的。你不要担心，那绝对不是——尿。”他起床披了件衣服，倒了些热水在脸盆里，拧了个毛巾，帮她把手和肚皮擦了半天，说：“这下放心了吧？”

她声明说：“我不是嫌你脏，我只是很怕滑腻腻的东西。”想了想，她又说，“真奇怪，为什么男的要用一个东西——管两件事呢？”

他答不上来，只搂着她，无声地笑：“你的意思是男人应该备两个管子，各司其职？你问的这个问题太复杂了，我答不上来。不是我自己要把自己造成这个样子的，可能要问造物主吧。”

后来他讲他的第一次给她听。那时他才读小学六年级，有一次考试，有个题目很难，他觉得自己做不出来，一紧张，就觉得像是拉出尿来一样，但是却有一种奇怪的舒服的感觉，后来才知道那就叫“遗精”。

她惊异极了：“你小学六年级就这么——流氓？”

他解释说：“这不是什么‘流氓’，只是正常的生理现象。男孩长到了青春期，开始发育了，就会有这种现象，有时做梦也会这样。就像你们女孩一样，到了一定的时候，就会有——‘老朋友’。”

她恍然大悟，原来男孩也有“老朋友”的，但是为什么女孩来老朋友的时候浑身不舒服，而男孩来老朋友的时候却有一种“奇怪的舒服感”呢？好像不大公平一样。

她也把自己的第一次讲给他听。那时正是她妈妈住院的时候，医院离她家有十里地左右，她妹妹还小，走不动那么远的路，就在医院过夜，跟妈妈睡在一张病床上。而她就白天到医院照顾妈妈，晚上回到家，跟左红一起睡。

有天半夜，她们两个人跑到外面拉了尿回来，左红说：“一定是你来老朋友了，床上有红色，但我老朋友没来。”

左红帮她找了些卫生纸，用一根长长的口罩带子拴好了，帮她带在身上。她又怕又羞，不知道该怎么办。左红告诉她：“每个女孩都会来老朋友的，你的同学可能有很多早就来了。你去医院的时候，告诉你妈妈就行了，她会教你的。”

那天她去了医院，却一直说不出口，磨蹭了很久，才告诉了妈妈。妈妈欣喜地说：“这真是巧啊，我马上就要做子宫全切手术，做了就不会来老朋友了，而你刚好在这个时候接上来了，生命真是代代相传啊。”

老三听了，说：“希望你以后结婚，生孩子，生女儿，女儿又生女儿，她们都长得像你，让静秋代代相传。”

她觉得他说这话的意思是让她跟别的人结婚生孩子，她不想听他说这些，就用手捂住他的嘴，说：“我不会跟别人结婚的，我只跟你结婚，生你的孩子。”

他紧搂着她，喃喃地说：“为什么你要对我这么好？我也想跟你结婚，但是——”

她看他很难过，就把话扯到别处去。她说：“我全身都是右边比左边大。”她把两个拇指并在一起给他看，把两条胳膊并在一起给他看，都是右边比左边略微粗壮一些。

他看了一会儿，握住她的乳房，问：“那你的这个是不是也是一个大一个小呢？”

她点点头：“有一点点不同，右边那个大一些，所以我做胸罩的时候，右边要多打一两个折。”

他钻到被子里去看了半天，冒出头来，说：“躺着看不出来，你坐起来给我看看。”她坐起来给他看，他说有一点点，然后他问，“我把你画下来好不好？我学过一点画画的。等天亮了，我回病房去拿笔和纸来——”

“画下来干什么？”

“画下来天天看呀——”他声明说，“你要是觉得不好就算了。”

“我没觉得不好，但是你不用画的呀，我可以天天给你看。”

“我还是想画下来——”

第二天，他回病房拿了笔和纸来，让她披着被子斜躺在床上，他看几眼，就让她躺被子里去，然后他就画一阵，画完再看再画。他很快就画了一张，她看了看，觉得虽然只是大致轮廓，看上去还挺像的。

她嘱咐说："你不要给别人看，让人知道会把你当流氓抓起来的。"

他笑了一下："我怎么会舍得给别人看？"

那天他让她别穿衣服，就待在被子里。他跑出去倒痰盂，又跑回来拿脸盆、漱口杯打水，让她洗脸漱口，后来又到医院食堂打饭回来吃。她就披件衣服坐在被子里吃，吃完又钻到被子里去。后来他也脱了衣服上床来，两个人温存了很久，一直到只剩半小时就没车到严家河了，才匆匆穿了衣服，跑到车站去坐车。

现在她回想那一幕，知道他那时就做好了离开她、好让她活下去的准备，而她却错怪了他，他真的是什么也没做。

她太遗憾太后悔了，如果她早知道这一点，她一定早就跑去找他了。现在离那次相会已经差不多快半年了，如果他在那次割手之后就查出了白血病，那就已经八九个月了，也许去年年底他就已经去世了。

但是他曾经说过"它能这样，就说明我一时还不会死"，她想起那一天，"它"好像经常就那样了，那是不是说明他还能活很久呢？她又充满了希望，也许他比一般人身体好，也许他还活着？

她一定要找到他，哪怕他已经去世了，她也要知道他埋在哪里。如果他没得病，只是回去照顾他父亲，即便他已经跟别的人结婚了，她也要去看他一眼。不管他究竟是为什么离开她的，她一定要弄个水落石出，不然她永远不得安心。

静秋能想到的第一个线索就是长芳，因为长芳那时是知道老三的真实病情的，也许她也知道他在A省的地址。长芳那次说不知道，可能是老三嘱咐过了，现在如果她向长芳保证不会自杀，长芳一定会告诉她老三的地址。

那个星期天，静秋就跑到西村坪去了一趟，直接到长芳家去找她。大妈他们见到她，都很惊讶，也很热情。长林已经结了婚，媳妇是从很远的一个老山区里找来的，长得挺秀气，两口子现在住在大妈这边，听说正在筹备盖新房子。

静秋跟大家打过招呼，就跟长芳到她房间说话。

长芳听静秋问起老三，很伤感，说："我是真的不知道他在A省的地址，我要是知道，我还等到今天？早就跟过去照顾他了。"

静秋不相信，恳求说："他那时对谁都没说他的病情，只对你说了，他肯定也把地址告诉你了——"

长芳说："他那时并没有告诉我他得了白血病，是他在严家河邮局打电话的时候，我大哥听见的。他已经是他们勘探队第二个得白血病的人了，所以他要求总队派人来调查，看看跟他们的工作环境有没有关系。"

"那他走了之后，我到中学去找你的时候，你怎么不告诉我呢？"

"你告诉他是从我这里听说他得白血病的，他就来问我怎么知道的。我告诉了他，他就叫我不要把这些告诉你，叫我说是他自己告诉我的。他说幸好他写给你的那些信你没收到，因为他在信里告诉了你的，他开始怕是这一带的水土有什么问题，想提醒你——"

静秋无力地说："难怪他后来不把信给我。那到底是不是这一带水土有问题呢？"

"应该不是吧，两个得病的都是他们勘探队的人，后来他们勘探队撤走了，不知道是把活干完了撤走的，还是因为什么别的原因——"

"那老三是跟他们队一起走的，还是——"

"他年底走的，说回A省去了，后来就没消息了。"

静秋决定趁五一劳动节放假的时候，到A省去找老三，希望还能见上一面。即使见不到面了，她也希望能到他坟墓上去看看他。她知道她妈妈不会让她一个人到A省这么远的地方去，人生地不熟的，她又从来没出过远门。她想约魏玲一起去，但魏玲说五一的时候小肖会回来休假，肯定不会放她去A省旅游。再说，到A省的路费也很贵，两个女孩出远门也很不安全。

静秋没办法了，决定不管三七二十一，就自己一个人去了。

她只知道老三的家在A省的省会B市，但她不知道究竟在哪里。她想：既然他父亲是军区司令，只要找到A省军区了，总有办法找到司令。找到司令了，司令的儿子当然是可以找到的了。

她想好了，就去找江老师帮忙买张五一劳动节期间到A省B市的火车票，她知道江老师有个学生家长是火车站的，能买到票。五一期间铁路很繁忙，自己去车站排队买票一是没时间，二是可能买不到。

江老师答应为她买票，但又很担心，说："你准备一个人到B市去旅游？那多不安全啊。"

静秋把去A省找老三的事告诉了江老师，请江老师无论如何帮她买到票，如果她这个五一期间不去，就要等到暑假了，去晚了，就更没希望见到老三了。

过了几天，江老师帮她把票买回来了，一共买了两张，江老师说她自己跟静秋跑一趟，免得她一个人去不安全。江老师去跟静秋的妈妈讲，说她要带小儿子去B市一个朋友家玩，路上一个人照顾孩子不方便，想请静秋一起去，帮忙照顾一下孩子。妈妈见是跟江老师一起去，没有什么意见，很爽快地答应了。

江老师的小儿子小名叫"弟弟"，那时还不到两岁。静秋和江老师带着弟弟乘火车去了B市，住在江老师的朋友胡老师家。

第二天，静秋和江老师带着弟弟转了几趟车，才找到省军区，是在一个叫桃花岭的地方，外面有很高的院墙，从院墙外就能看到里面山坡上的树，都开着花，真像是人间仙境一样。静秋看到老三住在这么美的地方，觉得他还是回来的好，总比住在她那间小屋子里要舒适，只希望他现在还在这里。

门口有带枪的卫兵站岗，她们说了是来找军区孙司令的，卫兵不让她们进去，说军区司令不姓孙，你们是不是搞错了？江老师问："那有没有姓孙的副司令或者什么类似级别的首长呢？"

卫兵查了一阵，说没有。静秋问："司令姓什么？"

卫兵不肯回答。江老师说："不管司令姓什么，我们就找司令。"

卫兵说要打电话进去请示，过了一会儿，出来告诉她们说，司令不在家。

静秋就问司令家有没有别人在家？我只想问问他儿子的情况。

卫兵又打电话进去，每次都花不少时间。江老师好奇地问："怎么你打个电话要这么长时间？"

卫兵解释说，电话不能直接打到司令家，是打到一个什么办公室的，由那里再转，所以有点费时间。

这样折腾了一通，什么消息也没打听到，只知道首长一家都出去了，可能是旅游去了。问首长到哪里旅游去了，卫兵打死也不肯说，好像怕她们两个埋伏在首长经过的路上，把首长一家炸死了一样。

下午她们又去了一次，希望碰到一个人情味比较浓一点的卫兵，结果下午的那个比上午的那个还糟糕，问了半天连上午那点情况都没问出来。

静秋垂头丧气了，千不该，万不该，她那时不该说她要跟他去死。要跟去，跟去就是了，为什么要早八百年就向他发个宣言呢？还怕不把他吓跑？

47

静秋垂头丧气地坐上了回 K 市的火车。来的时候，充满着希望，以为即使见不到老三，至少可以从他家人口中打听到他在哪里住院，就算他已经走了，他的家人也会告诉她坟墓在哪里，哪知道连军区的大门都没进成。

江老师安慰她说："可能是因为我们没带单位证明，别人才不让我们进去，下次我们记得让单位开个证明，就肯定能进去了。"

"可是卫兵说军区司令根本不姓孙，难道——"

"也许小孙是跟妈妈姓的呢？他以前说过他父亲挨斗的时候，他全家被赶出军区大院，那说明他那时是住在军区大院的。后来他父亲官复原职，那他家就肯定又搬回去了。"

静秋觉得江老师分析得有道理，问题是这次没找到，她最近就没假期了，要等到暑假才有时间再去找，不知老三那时还在不在。

江老师说："他全家都不在家，是坏事也是好事。说是坏事，就是我们没碰见他们；说是好事，是因为全家出去旅游，说明家里没发生什么大事。"

静秋听江老师这样说，也觉得有那种可能。如果老三在住院，或者去世了，他家里人怎么会有心思去旅游？一定是他病好了，或者 K 市那个军医院误诊了，老三回到 A 省，找了几个医院复查，结果发现不是白血病，于是皆大欢喜。反正他们勘探队已经撤走了，说不定解散了，老三就留在了 A 省。

她想象老三正跟他父亲和弟弟在一个什么风景区旅游，几个人你给我照相，我给你照相，还请过路的帮忙照合影。她想象得那么栩栩如生，仿佛连他的笑声都可以听见了。

但她马上就开始怀疑这种可能，她问江老师："如果他病好了，他怎么不来找我呢？”

江老师说：“你怎么知道他这次出去不是去找你呢？说不定他去了 K 市，我们来了 B 市，在路上错过了。这种事可多了。也许你回到家，他正坐在你家等你，被你妈妈左拷问右拷问，已经‘烤糊’了。”

静秋想起老三那次被妈妈“拷问”的样子，不由得笑了起来。她一下子变得归心似箭，只盼望列车快快开到 K 市。回到 K 市的时候，已经是深夜了。老三不在她家，她问妈妈这几天有没有人来找过她，妈妈说那个周建新来过，问他有什么事，他又不肯说，坐了一会儿就走了。

静秋万分失望，为什么是周建新，而不是孙建新呢？

当天夜晚，她顾不得睡觉，就给 A 省军区司令员写了一封信。她把老三的病情什么的都写上，还忍痛割爱，放了一张老三的照片在里面，请求司令帮忙查找孙建新这个人。她相信老三的爸爸即便不是军区司令，也一定是军区的什么头头，司令一定能找到他。

第二天，她用挂号把信寄了出去，知道挂号虽然慢一些，但一定能寄到。她现在已经不敢盼望奇迹出现了，只能做最坏的思想准备，那就是司令也找不到老三。那她就等放暑假了，再到 A 省去，住在那里找老三。如果这个暑假找不到老三，她就每个暑假都跑去找，一直到把老三找到为止。

五四青年节那天上午，八中开庆祝会。本来青年节不关小学生的事，但附小跟八中在一个校园里，中学部在那里载歌载舞，小学部也没办法上课，所以每次都是一起庆祝。不过下午中学生放半天假的时候，小学生就不放假。

静秋照例给各班的节目伴奏，她刚给一个班级的合唱伴奏完，就有个老师告诉她说有个解放军同志找你，有急事，叫你到门口传达室去一下。静秋听说是“解放军同志”，心想可能是老三的父亲派人来了。信刚寄出去，不可能是收到信了，只能是司令从外面回来，听说她去找了他，于是派人来了。

但她又觉得不可能，她没告诉卫兵她的地址，司令怎么会找到她？

她带着满腔疑惑跑到传达室，一眼就看见一个像极老三的军人等在那里，见到她，那个军人走上前来，急匆匆地说：“静秋同志吧？我是孙建民，孙建新的弟弟，我哥哥现在情况很不好，想请你到医院去一趟。”

静秋一听，就觉得腿发软，颤声问：“他——怎么啦？”

“先到车上去，我们在车上再谈，我已经来了一会儿了。本来想直接进去找你，但是今天你们开庆祝会，门卫把校门锁了。”

静秋也顾不上请假了，对门卫说：“您帮我叫我妈妈用风琴帮那些班级伴奏一下，叫她下午帮我到我班上顶一下，我现在要去医院，我的一个朋友情况很不好。”

门卫答应了，静秋就跟孙建民急急地往校外走。

校门外停着一辆军用吉普，静秋跟着孙建民往吉普走去的时候，听见几个溜号的学生在喊：“静老师被军管的抓去了！”

她只好跑回门卫，让门卫对她妈妈解释一下，免得以讹传讹，把她妈妈吓坏了。

军用吉普里只有司机和孙建民两人。在路上，孙建民告诉她，老三从县医院出来后，并没回A省，而是待在黄花场那边的三队，一方面可以协助查清勘探队的工作环境是否会诱发白血病，另一方面黄花场离八中农场只有几里地，那条路可以开车，也可以骑自行车，方便老三到农场去看她。

后来她回到K市八中附小教书，老三也转到K市，住在那家军医院里。他只在春节的时候回A省去了一下，春节后又回到了K市。他父亲劝他留在A省，但他不肯。他父亲只好让他家保姆跟着过来，在医院照顾他。再后来孙建民也过来了，在医院陪他。他父亲不能一直守在K市，只能经常过来看他，因为开车从A省过来只要十小时左右。现在他父亲、小姨、姨父、姑姑，几个表兄妹、堂兄妹，还有几个朋友都守在医院。

孙建民说："哥哥走得动的时候，我们到八中来看过你，看见你带着一些小女孩在操场打排球。我们也从校外的路上看过你给学生上课。后来哥哥躺倒了，他就让我一个人来看你，回去再讲给他听。他一直不让我们告诉你他在K市，也不让我们告诉你他得的是白血病。他说：'别让她知道，就让她这么无忧无虑地生活。'

"有他的交代，我们本来是不会来打搅你的，但是他走得太——痛苦，太久。他进入弥留之际已经几天了，医院已经停止用药、停止抢救了，但他一直咽不下最后那口气，闭不上眼睛。我们想他肯定是想见你一面，所以就不顾他立下的规矩，擅自找你来了。相信你会理解我们，也相信你会想见他一面。但是你千万不要做什么偏激的事，不然他在天有灵，一定会责怪我们。"

静秋说不出话来，她不知道是不是因为自己这段时间想老三想得太多，想得神经失常了。她一边为能见到老三欣喜，一面又为他已经进入"弥留之际"心如刀绞。她希望这只是一个梦，一个噩梦。她希望赶快从梦中醒来，看见老三俯身看着她，问她是不是做了噩梦，告诉她梦都是反的。

孙建民问："静秋同志，你是不是党员？"

静秋摇摇头。

"你是团员吗？"

静秋点点头。

"那请你以团员的名义保证绝对不会做出伤害你自己的事来。"

静秋又点点头。

到了医院，吉普车一直开到病房外面的空地上，孙建民招呼静秋下了车，带着她上二楼去。病房里有好些人，一个个都红肿着眼睛。看见她，一位首长模样的人就迎上前来，问了声："是静秋同志吧？"

静秋点点头，首长握住她的手，老泪纵横，指指病床说："他一定是在等你，你去——跟他告个别吧。"说完，就走到外面走廊上去了。

静秋走到病床跟前，看见了躺在床上的人，但她不敢相信那就是老三，他很瘦很瘦，真的是皮包骨头，显得他的眉毛特别长特别浓。他深陷的眼睛半睁着，眼白好像布满了血丝。头发掉了很多，显得很稀疏。他的颧骨突了出来，两面的腮帮陷了下去，脸像医院的床单一样白。

静秋不敢上前去，觉得这不可能是老三。几个月前她看见的老三，仍是那个英俊潇洒、风度翩翩的青年，而眼前这个病人真叫人惨不忍睹。

几个人在轻轻推她到病床前去，她鼓足勇气走到病床前，从被单下找到他的左手，看见了他手背上的那个伤疤。他的手现在瘦骨嶙峋，那道伤疤显得更长了。她腿一软，跪倒在床前。

她觉得有几个人在拉她起来，她不肯起来。她听见几个人在催促她："快叫！快叫啊！"

她回过头，茫然地问："叫什么？"

"叫他名字啊，你平时怎么叫的，现在就怎么叫，你不叫，他就走了！"

静秋叫不出声，她平时就叫不出他的名字，现在她更叫不出。她只知道握着他的手，呆呆地看着他。他的手还不是完全冰凉的，还有点暖气，说明他还活着，但他的胸膛没有起伏了。

几个人又在催她"快叫，快叫"，她握着他的手，对他说："我是静秋，我是静秋……”他说过的，即使他的一只脚踏进坟墓了，听到她的名字，他也会拔回脚来看看她。

她就一直握着他的手，满怀希望地对他说：“我是静秋，我是静秋……”

她不记得自己这样说了多少遍，她的腿跪麻了，嗓子也哑了，旁边的人都看不下去了，说：“别叫了吧，他听不见了。”

但她不信，因为他的眼睛还半睁着，她知道他听得见，他只是不能说话，不能回答她，但他一定听得见。她仿佛能看见他一只脚已经踩在了坟墓里，但她相信只要她一直叫着，他就舍不得把另一只脚也踏进坟墓。

她不停地对他说：“我是静秋！我是静秋……”

她怕他听不见，就移到他头跟前，在他耳边对他说：“我是静秋！我是静秋！”她觉得他能听见她，只不过被一片白雾笼罩，他需要一点时间，凭她的那个胎记来验证是不是她。

她听见一片压抑着的哭声，但她没有哭，仍然坚持对他说：“我是静秋！我是静秋！”

过了一会儿，她看见他闭上了眼睛，两滴泪从眼角滚了下来。

两滴红色的、晶莹的泪……

……

尾声

老三走了，按他的遗愿，他的遗体火化后，埋在了那棵山楂树下。他不是抗日烈士，但西村坪大队按因公殉职处理，让他埋在那里。“文革”初期，那些抗日烈士的墓碑都被当作“四旧”挖掉了，所以老三也没立墓碑。

老三的爸爸对静秋说：“他坚持要埋在这里，我们都离得远，我就把他托付给你了——”

老三生前把他的日记、写给静秋的信件、照片等都装在一个军用挂包里，委托他弟弟保存，说如果静秋过得很幸福，就不要把这些东西给她；如果她爱情不顺利，或者婚姻不幸福，就把这些东西给她，让她知道世界上曾经有一个人，倾其身心爱过她，让她相信世界上是有永远的爱的。

他在一个日记本的扉页上写着：“我不能等你一年零一个月了，我也不能等你到二十五岁了，但是我会等你一辈子。”

他身边只有一张静秋六岁时的照片和那封十六个字的信。他一直保存着，也放在那个军用挂包里。孙建民把这些东西都交给了静秋。

每年的五月，静秋都会到那棵山楂树下，跟老三一起看山楂花。不知道是不是她的心理作用，她觉得那树上的花比老三送去的那些花更红了。

十年后，静秋考上L大英文系的硕士研究生。

二十年后，静秋远渡重洋，来到美国攻读博士学位。

三十年后，静秋已经任教于美国的一所大学。今年，她会带着女儿飞回那棵山楂树下，看望老三。

她会对女儿说：“这里长眠着我爱的人。”

静秋的代后记

套黄颜的话，《山楂树之恋》不是我写的，我越俎代庖写后记，是为代。

艾米很早就“威胁”我说：“网友想看你的故事，我要把你的故事码出来。”但我是个没故事的人，因为我一贯活得谨小慎微，勤勤恳恳地“平凡-LIZE”自己的生活。灾难还没到来，已预先在心中做了最坏的准备，那份恐惧和痛苦已经分散到灾难来临之前的那些日子里去了。当灾难真正到来的时候，内心已经不能感受那份冲击和震动。同样，当幸福来临的时候，我总是警告自己：福兮祸之所伏，不要太高兴，欢喜必有愁来到。于是对幸福的感受又被对灾难的预悸冲淡了。

这样活着，不至于被突如其来的灾难击倒，但同时也剥夺了自己大喜大悲的权利，终于将生活兑成了一杯温开水，蜷缩在二十七度的恒温之中，昏昏欲睡。

最终想到让艾米把老三的故事写出来，是因为今年恰逢老三逝世三十周年，我准备回国看望老三，于是想当然地认为把他的故事写出来贴在网上也是一种纪念。艾米看了老三的故事，欣然答应，于是有了《山楂树之恋》。

我首先要感谢艾米的生花妙笔，那是我无法企及的。我给她的，仅仅是一个二十岁的女孩在一个非常粗糙的本子上写下的非常粗糙的东西。我那时所有的文学知识都来自于我看过的那几本书。故事发生在“文革”后期，我生活在那个年代，所以写的时候没有交代当时的背景。我那时的思想也受很多条条框框束缚,写出来的东西摆脱不了当时独霸文坛的那种“党八股”风格。

艾米就以这样一个幼稚、粗糙而且僵化的东西为蓝本，写出了一个引众多网友竞相泪下的故事，这应该归功于艾米独特的文笔、文眼与文心。艾米的文笔之好，有目共睹。有人曾批评她写的《致命的温柔》，说她“这么好的文笔，为什么不写点有意义的题材”。一个题材有没有意义，要看是对谁而言，在此我无意探讨《致命的温柔》究竟有没有意义，我只想以这个例子来证明，即便那些批评她的人，对她的文笔也是赞不绝口的。在我看来，艾米的文笔好就好在朴实无华，生动活泼，亦庄亦谐。她不追求辞藻的华丽或者结构的复杂。她写的东西，词汇很通俗，读过几年中学的人就能理解。她写的句子都不长，很少有长得转行的句子。但她刻画的人物却不仅生动，而且深刻，使人过目不忘。

听艾米说曾有人给她发悄悄话，说她写的男性都是一类人，女性也是一类人。也许说这话的人对“一类”有其独到的见解，但我们知道艾米刻画出了“多类”男性和女性，每个人物（包括次要人物）都是那么鲜明生动，几乎都成为某类人物的代名词。我们在生活中或别的小说中看到某个人，会情不自禁地想：“这个人跟小昆一样”，或者“这个人不如黄颜”，或者“这句话怎么像是唐小琳说的”，这说明艾米笔下的人物已经“活起来”了，不再是“人物”，而是一个个活生生的人，走进了我们的生活，仿佛就在我们身边。她写的每个故事，都有一众男性与女性，但我们绝对不会张冠李戴，不会把小白当成何塞，也不会把周建新当成孙建新。

当我们情不自禁地把老三拿来跟黄颜比较的时候，就证明艾米刻画人物非常成功，因为黄颜已经成了某类男性的代名词。称不称得上伟大的情人，先跟黄颜比试比试，比不过的，就干脆一边歇着。老三在跟黄颜的不屈不挠的斗争中赢得了一批粉丝，以他的“酸”战胜了黄颜，但又以他的过早离去输给了黄颜。

我在这里开这个不合时宜的玩笑，是想说明即便是两个非常类似的人物，艾米写出来也能让大家清楚地感到谁是谁。写两类不同的人写得让人看出谁是张三谁是李四，是很简单的。写同一类人，能让人感受到他们的不同，才需要一点功夫。

艾米能把人物写得这样活灵活现，是因为她有一双敏锐的文眼。鲁迅曾说过，要最节省地画出一个人，最好是画他的眼睛。艾米不管写什么人，都能最直接最简要地画出那对“眼睛”。《山楂树之恋》里面的一些配角，如“弟媳妇”、张一、“铜婆婆”之类，我曾花大量篇幅写在我那篇回忆录中，加了很多评语来区别这些人，但艾米抓住几个侧面，寥寥数句，就把这些人物活生生地摆到了我们面前。

很多时候，同一个人物，同一个事件，我们大家都看见了，听见了，甚至经历了，但如果我们每个人都写出来，感动人的程度却是不同的。像我们著名的“憨包子”弟弟，我是看着他长大的，知道他小时候很多趣事，但我无法用极短的篇幅，写出一个让众多网人痴迷的弟弟。是经艾米的妙笔点拨，才让我发现弟弟的可爱就可爱在他的憨。

我们生活在同一个世界里，但每个人看到的东西却是很不相同的。客观的世界只有一个，但人们心目中的主观世界，或者说这个客观世界折射在每个人心目中的映象是非常不同的，所谓“仁者见仁，智者见智”也可以用在这里。

有人说：“这个世界并不缺少美，缺少的是发现美的眼睛。”我非常赞同这句话。所以说，不是艾米幸运地跟这么多可爱的人生活在一起，而是这些人幸运地被艾米发现了他们的可爱之处，并通过她的笔，使这些人走到网上，被更多的人所认识、所认同。老三被埋在我那个本子里近三十年,也曾给人看过，也曾对人讲过，但他们感动的程度，不能望及山楂迷们之项背。老三是借着艾米的笔走上网络，才成了风靡“艾园”以至于风靡“原创网”的一个人物。

艾米敏锐的文眼来自于她玲珑剔透的文心。她是一个爱美的人，善于发现美、挖掘美、表达美、深化美。艾米总能从一个人物身上看到他或她最可爱的地方，所以她才能用她的文笔写出这些可爱的人物。

艾米说她写《十年忽悠》的时候，并不曾洒落一滴泪，这我完全相信，因为那段回忆对她来说是珍贵的财富。不论黄颜是否跟她在一起，她对于黄颜这个人始终是肯定的，他的那些品质她始终是欣赏的，她不会因为自己不能得到就否定他的价值。但艾米在写《山楂树之恋》的时候，却多次流泪，伤心到令黄颜胆战心惊、不得不违背自己的诺言、亲自操刀的地步。她的心为别人的故事而感动，她的泪为别人的故事而流淌，不禁使我想起老三的话:“男人不兴为自己流泪，男人也不兴为别人流泪？”问得好，问得理直气壮。可惜没有人惊异于女人的流泪，不然艾米也可以理直气壮地问这句话。

艾米写的几个连载，都是像滚雪球一样，一路滚来，吸引了越来越多的读者,到最后几天,真是人声鼎沸,欲罢不能,很多潜水多年的读者都冒出水面，诉说一下自己的感受。写故事写到让人痴迷，让人上瘾的地步，不能不说是一种成功。

有关艾米的文笔、文眼和文心的描述，也适用于黄颜，只不过黄颜有“男子汉”的大帽子压顶，比较羞于展现自己柔和温情的一面。但黄颜不仅包揽了全部家务，每天接送艾米，辛勤管理艾园，而且撰写了《山楂树之恋》的很多章节。听艾米讲,有不少可能令她泪眼婆娑的章节,黄颜都预先替她写好了初稿，免得她太过伤心，影响身体，她只需过个目，染上艾米腔，就可以贴了。

在此对艾、黄两人一并致谢。

这段时间，我每天跟读《山楂树之恋》，但我读得更多的是大家的跟帖。这段故事对我来说并不陌生，但大家的跟帖却是全新的。看这段故事和看这段故事在别人心中激起的波浪是两种完全不同的经历。我非常惊异于每天跟帖数目之多，言辞之真诚，内容之感人。大家帮我体会出了很多我自己不曾体会、不敢体会的东西，让我站在一个全新的高度再一次认识老三的动人之处。

能为别人的故事感动的人，心就仍然是年轻的。看书流眼泪，替古人担忧，这是很多人——包括我自己——曾经非常不屑的事情，总觉得故事就是故事，或者是作者编出来的，或者是已经过去了的，为故事人物的命运一唱三叹是很幼稚的举动。但读跟帖的经历使我彻底改变了这种看法，一个人，只有当他或她还能为那些与自己没有直接利害关系的人或事感动、担心、焦虑的时候，他或她的心才真正活着，真正年轻。世界因为这种“替古人担忧”式的关心而结成一个整体，个人因为这种看似幼稚的共鸣而不再孤独。一切我们认为真善美的东西都值得我们去为之感动，不管这个真善美会不会影响到我们下一顿晚餐，也不管这个真善美在别人眼里是多么不屑。

如果我们只关心我们自己鼻尖下的那一点喜怒哀乐，我们的生活是平面的，我们的世界是狭窄的，我们的灵魂是孤独的。如果我们只为别人的不幸而幸灾乐祸，我们的精神是苍白的，我们的形象是渺小的，我们的幸福是自私的。如果我们因为别人在喜怒哀乐而愤懑，而嘲笑，而讥讽，那我们的心灵是扭曲的，我们的灵魂是丑恶的，我们不仅在降低自己的生活情调，也在干涉别人的生活方式。

这几十天当中，每天都有几千人聚在“山楂树”下，看帖，跟帖，讨论，建议。

到最后几天，已经达到每天上万人次。我想，老三如果在天有灵，一定会感到欣慰，因为他的活法和爱法得到了这么多人的肯定，鼓励了这么多人珍惜身边人、珍惜平凡的生活。

很多人提出了很好的建议，很多人留下了肺腑之言，很多人洒下了同情之泪，这些都令我感动到泪流满面。我会把大家的问候、嘱托、期待与敬慕带到老三身边，告诉他：三十年之后，仍然有这么多人为你感动，为你洒下一掬热泪，你活在很多人心里。人生得一知己，便已足矣；人生得如此众多知己，九泉之下定然无憾。

再一次感谢艾、黄两位和所有跟读《山楂树之恋》的网友。很久没用汉语写东西，词不达意，挂一漏万，还请大家原谅。